金 學 叢 書
第二輯 12

吳 敢
胡衍南 霍現俊
主編

吳敢《金瓶梅》研究精選集

吳敢 著

臺灣 學生書局 印行

金學叢書第二輯序

　　2013 年 5 月第九屆（五蓮）國際《金瓶梅》學術討論會期間，胡衍南、霍現俊忙裏偷閒，時而小聚，漢書下酒，就中便有本叢書編輯出版一事。當時即擬與吳敢商談，以期盡快成議。只是吳敢當時會務繁多，此議終未提及。2013 年 7 月 3 日，胡衍南到徐州公幹，當晚至吳敢舍下小酌，此事即進入操作程序。此後電郵往來，徐州、臺北、石家莊三方輾轉，叢書編撰框架日漸明朗。2013 年 11 月 23 日，胡衍南再度到徐州公幹，代表臺灣學生書局與吳敢詳盡商談編輯出版事宜，本叢書遂成定案。

　　此「金學叢書」之由來也。

　　中國古代小說研究，重大課題眾多。近代以降，紅學捷足先登。20 世紀 80 年代，金學亦成顯學。明代長篇白話小說《金瓶梅》是中國文學史上一部里程碑式的重要作品，其橫空出世，破天荒打破以帝王將相、英雄豪傑、妖魔神怪為主體的敘事內容，以家庭為社會單元，以百姓為描摹對象，極盡渲染之能事，從平常中見真奇，被譽為明代社會的眾生相、世情圖與百科全書。幾乎在其出現同時，即被馮夢龍連同《三國演義》《水滸傳》《西遊記》一起稱為「四大奇書」。不久，又被張竹坡譽為「第一奇書」。《紅樓夢》庚辰本第十三回脂評：「深得《金瓶》壺奧」。魯迅《中國小說史略》認為「同時說部，無以上之」。

　　自有《金瓶梅》小說，便有《金瓶梅》研究。明清兩代的筆記叢談，便已帶有研究《金瓶梅》的意味。如明代關於《金瓶梅》抄本的記載，雖然大多是隻言片語的傳聞、實錄或點評，但已經涉及到《金瓶梅》研究課題的思想、藝術、成書、版本、作者、傳播等諸多方向，並頗有真知灼見。在《金瓶梅》古代評點史上，繡像本評點者、張竹坡、文龍，前後紹繼，彼此觀照，相互依連，貫穿有清一朝，形成筆架式三座高峰。繡像本評點拈出世情，規理路數，為《金瓶梅》評點高格立標；文龍評點引申發揚，撥亂反正，為《金瓶梅》評點補訂收結；而尤其是張竹坡評點，踵武金聖歎、毛宗崗，承前啟後，成為中國古代小說評點最具成效的代表，開啟了近代小說理論的先聲。明清時期的《金瓶梅》研究，具有發凡起例、啟導引進之功。

　　20 世紀是人類歷史上可足稱道的一個百年。對中國人來說，世紀伊始，產生了驚天動地的兩件大事：1911 年封建王朝的終結，1919 年「五四」新文化運動的興起。中國人

心裏承接有豐富的傳統，中國人肩上也負荷著厚重的擔當。揚棄傳統文化，呼喚當代文明，這一除舊佈新的文化使命，在中國用了大半個世紀的時間。觀念形態的更新、研究方法的轉變、思維體式的超越、科學格局的營設一旦萌發生成，便產生無量的影響，具有劃時代的意義。《金瓶梅》研究即為其中一例。

以 1924 年魯迅《中國小說史略》出版，標誌著《金瓶梅》研究古典階段的結束和現代階段的開始；以 1933 年北京古佚小說刊行會影印發行《金瓶梅詞話》，預示著《金瓶梅》研究現代階段的全面推進；以 30 年代鄭振鐸、吳晗等系列論文的發表，開拓著《金瓶梅》研究的學術層面；以中國大陸、臺港、日韓、歐美（美蘇法英）四大研究圈的形成，顯現著《金瓶梅》研究的強大陣容；以版本、寫作年代、成書過程、作者、思想內容、藝術特色、人物形象、語言風格、文學地位、理論批評、資料彙編、翻譯出版、藝術製作、文化傳播等課題的形成與展開，揭示著《金瓶梅》的研究方向。一門新的顯學——金學，已經赫然出現在世界文壇。

20 世紀 70 年代以來的當代金學，中國的吳曉鈴、王利器、魏子雲、朱星、徐朔方、梅節、孫述宇、蔡國梁、甯宗一、陳詔、盧興基、傅憎享、杜維沫、葉朗、陳遼、劉輝、黃霖、王汝梅、周中明、王啟忠、張遠芬、周鈞韜、孫遜、吳敢、石昌渝、白維國、陳昌恆、葉桂桐、張鴻魁、鮑延毅、馮子禮、田秉鍔、羅德榮、李申、魯歌、馬征、鄭慶山、鄭培凱、卜鍵、李時人、陳東有、徐志平、陳益源、趙興勤、王平、石鐘揚、孟昭連、何香久、許建平、張進德、霍現俊、陳維昭、孫秋克、曾慶雨、胡衍南、李志宏、潘承玉、洪濤、楊國玉、譚楚子等老中青三代，辨章學術，考鏡源流，營造了一座輝煌的金學寶塔。其考證、新證、考論、新探、探索、揭秘、解讀、探秘、溯源、解析、解說、評析、評注、匯釋、新解、索引、發微、解詁、論要、話說、新論等，蘊含宏富，立論精深，使得金學園林花團錦簇，美不勝收，可謂源淵流長，方興未艾。中國的《金瓶梅》研究，經過 80 年漫長的歷程，終於在 20 世紀的最後 20 年登堂入室，當仁不讓也當之無愧地走在了國際金學的前列。

此「金學叢書」之要義也。

本叢書暫分兩輯，第一輯為臺灣學人的金學著述，由魏子雲領銜，包括胡衍南、李志宏、李梁淑、鄭媛元、林偉淑、傅想容、林玉惠、曾鈺婷、李欣倫、李曉萍、張金蘭、沈心潔、鄭淑梅，可說是以老帶青；第二輯為中國大陸 20 世紀 80 年代以來學人的《金瓶梅》研究精選集，計由徐朔方、甯宗一、傅憎享、周中明、王汝梅、劉輝、張遠芬、周鈞韜、魯歌、馮子禮、黃霖、吳敢、葉桂桐、張鴻魁、陳昌恆、石鐘揚、王平、李時人、趙興勤、孟昭連、陳東有、孫秋克、卜鍵、何香久、許建平、張進德、霍現俊、曾慶雨、楊國玉、潘承玉、洪濤諸位先生的大作組成，凡 31 人 30 冊（其中徐朔方、孫秋克，

傅憎享、楊國玉，王平、趙興勤，因字數兩人合裝一冊），每冊 25 萬字左右。

天津師範學院（今天津師範大學）朱星是中國大陸金學新時期名符其實的一顆啟明星，他在 1979 年、1980 年連續發表多篇論文，並於 1980 年 10 月由百花文藝出版社結集出版了中國大陸新時期《金瓶梅》研究的第一部專著《金瓶梅考證》。朱星的研究結論不一定都能經得住學術的檢驗，但朱星繼魯迅、吳晗、鄭振鐸、李長之等人之後，重新點燃並高舉起這一支學術火炬，結束了沉寂 15 年之久的局面，這一歷史功績，應載入金學史冊。遺憾的是，朱星先生 1982 年逝世，後人查訪困難，只能闕如。

香港夢梅館主梅節可謂《金瓶梅》校注出版的大家，1988 年由香港星海文化出版有限公司出版《全校本金瓶梅詞話》；1993 年由梅節校訂，陳詔、黃霖注釋，香港夢梅館出版《重校本金瓶梅詞話》（該本後由臺灣里仁書局 2007 年 11 月初版，2009 年 2 月修訂一版，2013 年 2 月修訂一版八刷）；1998 年梅節再為校訂，陳少卿抄寫，香港夢梅館出版《夢梅館校定本金瓶梅詞話》。前後三次合共校正詞話原本訛錯衍奪七千多處，成為可讀性較好的一個本子。梅節由校書而研究，關於《金瓶梅》作者、傳播、成書、故事發生地等問題的認識，亦時有新見。可惜的是，梅節先生的論文集《瓶梅閒筆硯——梅節金學文存》2008 年 2 月由北京圖書館出版社出版，版權協商匭易，未能入選。

上海音樂學院蔡國梁 20 世紀 50 年代末即開始研習《金瓶梅》，寫下不少筆記，1980 年前後即依據筆記整理成文，1981 年開始發表金學論文，1984 年出版第一部專著[1]，累計出版金學專著 3 部[2]、編著 1 部[3]，發表論文多篇，內容涉及《金瓶梅》的思想、源流、人物、作者、評點、文化等諸多研究方向，是早期《金瓶梅》研究的主力成員。無奈聯繫不上，不得已而割愛。

國人研究《金瓶梅》的論著，最早是闞鐸的《紅樓夢抉微》[4]，但其只是一個讀書筆記。天津書局 1940 年 8 月出版之姚靈犀《瓶外巵言》，嚴格說也只是一個資料彙編。香港大源書局 1961 年出版之南宮生著《金瓶梅》簡說，算得上是一個原著導讀。臺北時報文化出版公司 1978 年 2 月出版之孫述宇著《金瓶梅的藝術》，可說是第一部文本研究的學術著作。該書全文收入石昌渝、尹恭弘編選的《臺港金瓶梅研究論文選》[5]。2011 年 3 月上海古籍出版社再版，增加了一篇作者自序，更名為《金瓶梅：平凡人的宗教劇》。

1　《金瓶梅考證與研究》，西安：陝西人民出版社，1984 年。

2　另兩部為：《明清小說探幽——明人、清人、今人評金瓶梅》，杭州：浙江文藝出版社，1985 年；《金瓶梅社會風俗》，天津：百花文藝出版社，2002 年。

3　《金瓶梅評注》，桂林：灘江出版社，1986 年。

4　天津大公報館 1925 年 4 月鉛印。

5　南京：江蘇古籍出版社，1986 年。

孫述宇先生本已與上海古籍出版社洽商同意編入金學叢書，並授權主編代理，忽中途撤稿，原因還是版權問題。

還有其他一些因故未能入選的師友：或已作仙遊[6]，或礙於本輯叢書的體例[7]，或因為版權期限，或失去聯繫等。凡此種種，均為缺憾。

儘管如此，第二輯連同第一輯 14 人 16 冊總計所入選的此 45 人 46 冊，已經是中國當代金學隊伍的主力陣容，反映著當代金學的全面風貌，涵蓋了金學的所有課題方向，代表了當代金學的最高水準。

此「金學叢書」之大略也。

臺灣學生書局高瞻遠矚，運籌帷幄，以戰略家的大眼光，以謀略家的大手筆，決計編撰出版「金學叢書」，實金學之幸，學術之福。主編同仁視本叢書為金學史長編，精心策劃，傾心編審。各位入選師友打造精品，共襄盛舉。《金瓶梅》研究關聯到中國小說批評史、中國小說史、中國文學史、中國文學評點史、中國文學批評史等諸多學科，是一個應該也已經做出大學問的領域。為彌補本叢書因為容量所限有很多師友未能入選的不足，特附設一冊《金學索引》[8]，廣輯金學專著、編著、單篇論文與博碩士論文，臚列學會、學刊與所舉辦之金學會議，立此存照，用供備覽。本叢書的編選，既是對過往的總結，也是對未來的期盼。本叢書諸體皆備，雅俗共賞，可以預測，將為金學做出新的貢獻。

此「金學叢書」之宗旨也。

金學已經不是一座象牙塔，而是一處公眾遊樂的園林。三百多部論著，四千多篇學術論文，二百多篇博碩士論文，既有挺拔的大樹，也有似錦的繁花，吸引著越來越多的研究者與愛好者探幽尋奇。不容置疑，傳統的金學，加上以文化與傳播為標誌的、以經典現代解讀為旗幟的新金學，必然展示著甯宗一先生的經典命題：說不盡的《金瓶梅》。

此「金學叢書」之感言也。

吳敢、胡衍南、霍現俊（吳敢執筆）

2014 年元旦

---

6 如王啟忠、鮑延毅、孔繁華、許志強諸先生等，駕鶴西去的徐朔方先生的精選集由其高足孫秋克代為編選，劉輝先生的精選集由其摯友吳敢代為編選。

7 本輯叢書乃論文精選集，字典、詞典與小塊文章結集便未能入選，《金瓶梅》語言研究的幾位專家如白維國、李申、張惠英、許仰民等因此失選。

8 吳敢編著，分上下兩編。

吳敢《金瓶梅》研究精選集

目　次

上編：張竹坡與《金瓶梅》

張竹坡年譜

清聖祖康熙九年庚戌（1670） 一歲

七月二十六日，竹坡生於徐州。[1]

五月六日，頒發〈馮太孺人晉封太宜人誥命〉〈授鐸奉政大夫配蔡孺人再贈宜人繼配蔡孺人晉封宜人誥命〉。（《張氏族譜・誥命》）

秋，河溢。（同治《徐州府志》卷五下〈記事表〉）

冬，大雪，凍及井泉。（同上）

康熙親政四年。

現存《金瓶梅詞話》刊刻五十四年。（據萬曆丁巳序）

竹坡家族近支年歲之可考者：

> 曾祖父應科卒三十九年。（《族譜・族名錄》，以下未注出處者同）

> 祖父垣殉難二十五年。

> 祖母劉氏卒九年。

> 祖母馮氏六十三歲。

> 叔祖聚胄六十一歲。

> 叔祖聚璧卒十年。

1　乾隆四十二年刊本《張氏族譜・族名錄》（以下未標刊行年代者俱指該譜）：「道深……生於康熙庚戌年七月二十六日。」《曙三張公志》：「應科……遷居彭城。」〈族名錄〉：「垣……住居郡城。」按譜例：子居同父者不重書。〈族名錄〉翱無居地，因知居仍徐州。故《族譜・傳述》引胡銓〈司城張公傳〉云：「翱……籛城世冑也。」又翱以兩兄瞻、鐸並仕獨奉母家居，一生不仕。故知竹坡生於徐州。〈鳥思記〉：「余籛里人也。」可相印證。《族譜・藏稿》錄張翱〔傳言玉女〕（重陽旅況）：「戲馬台前，想家園，宴高嶺」。則竹坡具體出生地為徐州戶部山戲馬台前。

大伯父瞻五十七歲。解甲歸里十六年。[2]

大伯母朱氏卒三十年。

大伯母孔氏四十八歲。

二伯父鐸三十四歲。在雲南臨安司馬任。[3]

二伯母蔡氏二十六歲。

父翃二十七歲。

母沙氏二十四歲。

堂叔、姨父鈴十八歲。

堂嬸、從母沙氏十七歲。

從兄道祥（瞻子）三十四歲。在山西雁平道任。[4]

從兄道瑞（瞻子）三十一歲。

從兄道源（瞻子）六歲。

從兄道著（鐸子）八歲。

從兄道中（鐸子）四歲。

胞兄道弘八歲。

妻劉氏三歲。

從侄彥琦（道祥子）四歲。[5]

從侄彥璘（道瑞子）二歲。[6]

竹坡家族交遊中年歲之可考者：

金之俊卒，享年七十八歲。[7]

2　《族譜・傳述》錄張瞻〈自述〉：「順治九年十一月，會推天津總兵員缺。十年十二月，會推河南開歸總兵員缺。兩次皆為有力負之而趨。……未幾，科參，解任聽勘。又閱數月，以風影事指摘掛誤，革職回籍。」據此可知，張瞻解組歸田在順治十一年。

3　《族譜・傳述》錄張道淵〈奉政公家傳〉：「己酉，出為臨安司馬。……癸丑，朝覲。」

4　《族譜・志銘》引馮溥〈拙存張公墓志〉：「康熙戊申……改補山西雁平僉事。……旋因逆藩蠢動，而大同西連秦境、雲中，地方遼闊，餉務殷繁，非道員管理不可。題請改銜，兼轄大同糧餉。……甲子春，升授湖廣湖北觀察使。」

5　《族譜・志銘》引孫倪城〈逸園張公墓誌銘〉：「先生……生於康熙丁未年九月初三日丑時。」

6　《族譜・玉文府君行述》：「府君生於康熙己酉年九月十六日申時。」

7　譚正璧《中國文學家大辭典》：「金之俊……生年不詳，卒於清聖祖康熙九年。」按《族譜》舊序中有金之俊一序，署：「康熙八年己酉長至七十有七息齋老人金之俊頓首拜題。」因知其享年。且逆推可知其生年為萬曆二十一年癸巳。蔡冠洛《清代七百名人傳》附錄一〈清代大事年表〉：「康熙九年閏二月，內閣史院大學士金之俊卒。」可資證明。楊殿珣《中國歷代年譜總錄》謂金之俊康熙八年卒，誤。

陳貞慧六十七歲。[8]

馮溥六十二歲。（毛奇齡《易齋馮公年譜》）

李漁六十歲。（《中國戲曲曲藝辭典》）

冒襄六十歲。（冒廣生《冒巢民先生年譜》）

尤侗五十三歲。（《中國文學家大辭典》）

侯方域卒十六年。（《壯悔堂文集》）

王熙四十三歲。（《王文靖公集》）

張玉書二十九歲。（丁傳靖《張文貞公年譜》）

張潮二十一歲。[9]

戴名世十八歲。（《戴南山先生全集》）

當時名人：

金聖歎卒九年。（《中國文學家大辭典》）

錢謙益卒六年。（同上）

丁耀亢卒。（孔另境《中國小說史料》）

毛宗崗完成《三國演義》評點二十七年。（據《第一才子書繡像三國志演義》順治甲申序）

吳偉業六十二歲。（顧師軾《梅村先生年譜》）

顧炎武五十八歲。（張穆《顧亭林先生年譜》）

朱彝尊四十二歲。（楊謙《朱竹垞先生年譜》）

王士禎三十七歲。（《中國文學家大辭典》）

宋犖三十七歲。（《西陂類稿》）

蒲松齡三十一歲。（路大荒《蒲松齡年譜》）

洪昇二十六歲。（章培恒《洪昇年譜》）

孔尚任二十三歲。（袁世碩《孔尚任年譜》）

方苞三歲。（《中國文學家大辭典》）

地方賢達：

萬壽祺卒十八年。（《隰西草堂集》）

8　《中國文學家大辭典》「陳貞慧（西元 1604-1656 年）」。按竹坡〈與張山來〉其一：「昨夜陳定翁過訪」。此「陳定翁」疑即陳定生（貞慧）。竹坡〈與張山來〉作於康熙三十五年，則是年貞慧九十三歲，其卒年必在西元 1696 年之後。參見丙子譜。

9　據顧國瑞、劉輝〈《尺牘偶存》《友聲》及其中的戲曲史料〉，載《文史》第 15 輯。

閻爾梅六十八歲。（《閻古古全集》）

康熙十年辛亥（1671）　二歲

竹坡解調聲。[10]

二月，勅命撰《孝經衍義》。（翦伯贊主編《中外歷史年表》）

二月四日，從弟道溥（膽子）生。（〈族名錄〉）

八月，蕭縣地震，河再溢。（同治《徐州府志》卷五下〈記事表〉）

是年，徐地大祲，張膽捐小麥三千石賑濟。[11]張潮僑寓揚州。[12]

康熙十一年壬子（1672）　三歲

八月，河決，蕭、碭大水。（同治《徐州府志》卷五下〈記事表〉）

八月九日，嫂陸氏（道弘妻）生。（〈族名錄〉）

九月二十日，胞弟道淵生。（〈族名錄〉）

秋，許虯作〈恭贈伯量張公序〉。（《族譜·贈言》）

是年，從侄女史張氏生。[13]

康熙十二年癸丑（1673）　四歲

十一月，平西王吳三桂舉兵反於雲南，稱天下都招討兵馬大元帥，以明年為周元年。

是年，張鐸以臨安司馬入京朝覲，升授澂江刺史。[14]

二伯母隨後離滇，行至常德，三桂反信踵至，城門晝閉，立出片語，賺關返徐。[15]

道瑞武進士中式。[16]

10　《族譜·傳述》錄張道淵〈仲兄竹坡傳〉：「甫能言笑，即解調聲。」按兒童普通周歲即可言笑走動，姑繫於此。

11　張膽〈自述〉：「數年以來，歲儉穀貴，往往半價平糶。時當大祲，則竭廩捐賑。康熙十年冬至次年四月，每人日給麥一升。扶老攜幼來自遠方者，不計其數。共捐小麥三千餘石。」

12　同庚戌譜註9。

13　《族譜·壹德》：「張氏，湖北梟司張諱道祥女。……繫壬子年生。」

14　〈奉政公家傳〉：「癸丑，朝覲，升授澂江刺史。」

15　〈奉政公家傳〉：「公早有先見，於奉表時即命眷屬歸里，竟免於難。」《族譜·壹德》引《徐州志》：「蔡氏……隨入滇。時吳藩反形未露，氏早見之。其夫朝覲入都，氏曰：此地非可久居，夫行，吾亦行矣。夫行後，氏即束裝就道。至常德稍憩，而吳藩逆信踵至。城門晝扃。氏命僕人持夫刺語當事。當事係其夫世好，啟門。一時擁而欲出者數百人，城門尉弗許。正喧訌間，氏於肩輿內命奴傳語曰：悉吾藏獲輩也，當此兇焰方張之際，吾故多隨護從衛之以行。尉弗阻，遂盡出之。」

16　張膽〈自述〉：「道瑞，癸丑科武進士。」〈族名錄〉同。按據《銅山縣誌》，道瑞先中康熙癸卯科武舉，癸丑聯雋武進士。故《族譜·志銘》引孔毓圻〈履貞張公墓誌銘〉：「康熙癸卯獲雋武闈，

淮安饑，張膽載小麥三千石輸於官賑濟。[17]

康熙十三年甲寅（1674）　五歲

正月初一日，祖母馮氏卒。（〈族名錄〉）

張鐸丁內艱未赴澂江刺史任。[18]

春，道瑞選侍禁庭。[19]

正月，四川巡撫羅森、提督鄭蛟麟降於吳三桂。

二月，廣西將軍孫延齡起兵響應吳三桂。

三月，靖南王耿精忠反於福建。

八月二十三日，胞弟道引生。（〈族名錄〉）

十二月，平涼提督王輔臣叛於寧羌。

康熙十四年乙卯（1675）　六歲

竹坡可賦小詩，為父所鍾愛。[20]

七月二十四日，從弟道汧（膽子）生。

是年，胞妹文閑生。[21]

河決徐州。（同治《徐州府志》卷五下〈記事表〉）

康熙十五年丙辰（1676）　七歲

二月，尚之信劫其父平南親王尚可喜降吳三桂。

六月，王輔臣兵敗降清。

十月，耿精忠兵敗降清。

冬，道祥奉旨監督應州礦務。[22]

癸丑成進士。」

17 張膽〈自述〉：「十二年，淮安饑。載小麥三千石輸於官，奉漕台帥公憲檄，分散山陽、清河、桃源、沭陽、睢寧五縣粥廠。」

18 〈奉政公家傳〉：「甫就道，聞馮太恭人訃，丁艱旋里。而吳逆適叛。」

19 〈族名錄〉：「道瑞……初任御前頭等侍衛。」〈履貞張公墓誌銘〉：「今上御天安門，廷較同榜多士。公制策藝勇悉當旨。遂選侍禁庭，出入扈蹕。」《族譜・贈言》引郝惟訥〈奉賀履貞張君高捷榮膺侍衛序〉：「甲寅春，聖天子側席求賢，推轂命將，掄文校射，……履貞對策校射，……飛馬破鵠，群雄驚異。旋且投鞭倚樹，旁若無人。……及傳臚御覽，選授侍衛。」

20 〈仲兄竹坡傳〉：「六歲，輒賦小詩。一日，丱角侍父側。座客命對曰：河上觀音柳。兄應聲曰：園外大夫松。舉座奇之。父由是愈鍾愛兄。」

21 《族譜・壹德》引外叔祖沙永祺〈張孝嫚小傳〉：「清河氏有女曰文閑，齒方齔，……康熙辛酉冬……」。按女七歲齒齔，故生於本年。參見辛酉譜。

是年，河決宿遷，徐地大水。（同治《徐州府志》卷五下〈記事表〉）

康熙十六年丁巳（1677）　八歲

竹坡偕弟道淵同就外傅，以聰穎傾倒同塾。[23]

正月二十七日，從弟道衍（鐸子）生。（〈族名錄〉）

三月，尚之信降清。

七月，河決，徐地大水。（同治《徐州府志》卷五下〈記事表〉）

是年，張鐸服闋，補漢陽太守。[24]

康熙十七年戊午（1678）　九歲

春，張膽半價平糶。（〈自述〉）

二月二十八日，從弟道敏（鐸子）生。（〈族名錄〉）

八月，吳三桂稱帝於衡州，旋病卒。

是年，河決蕭縣。（同治《徐州府志》卷五下〈記事表〉）

康熙十八年己未（1679）　十歲

春，張膽捐糧一千四百石賑濟。（〈自述〉）

三月，尤侗博學鴻儒科中式，授翰林院檢討，分修《明史》。（《中國文學家大辭典》）

是年，閻爾梅卒。（《閻古古全集》）

康熙十九年庚申（1680）　十一歲

二月，張膽大賑災民。[25]

六月，張膽捐資督工，重建徐州文廟。[26]

22　馮溥〈抽存張公墓志〉：「丙辰冬，欽差大人於應州之邊耀山開礦，特旨命公監督礦務。」

23　〈仲兄竹坡傳〉：「兄長余二歲，幼時同就外傅。余質鈍，盡日呫嗶，不能成誦。兄終朝嬉戲，及塾師考課，始為開卷。一寓目，即朗朗背出，如熟讀者然。余每遭夏楚，兄更得美譽焉。一日，師他出。余揀時藝一紙、玩物一枚，與兄約曰：讀一過而能背誦不忘者，即以為壽。設有遺錯，當以他物相償。兄笑諾。乃一手執玩具，一手持文讀之。余從旁催促，且故作他狀以亂之。讀竟複誦，隻字不訛。同社盡為傾倒。」按道淵入塾至少應有六歲，竹坡長道淵二歲，是為八歲，姑繫於此。

24　〈奉政公家傳〉：「服闋，補漢陽太守。」按十三年正月初一日，鐸生母馮氏卒，守制，至十六年四月一日起服，故知補職於此年。

25　張膽〈自述〉：「十九年春二月至四月，復大賑來者，無論男婦老弱，予糧一升，如十一年給放。」

26　張膽〈遷建徐州文廟記〉：「始於康熙十九年六月，時酷暑，躬為程督，雖日坐烈日中，不蓋不筵，因得藉手告竣，於次年秋落成。」張玉書〈徐州新建文廟記〉：「余宗叔伯量公……因捐其歲入之資六千餘金以為倡。……經始於康熙癸亥年春，落成於康熙甲子年。」按以上二記均曾鐫碑，立於

初冬，大同大饑，道祥賑米四千餘石。[27]

是年，道瑞題授江南福山營游擊將軍。[28]

康熙二十年辛酉（1681）　十二歲

春，蒙古告饑。道祥奉敕管理各省捐納事例。[29]

十月，雲南省城破，吳三桂反叛平息。

冬，張翅病，文閑割股療父。[30]

十二月二十日，頒發〈贈垣中憲大夫配劉氏贈恭人妾馮氏封恭人誥命〉〈授鐸中憲大夫配蔡氏贈恭人繼配蔡氏封恭人誥命〉（以上《彭城張氏族譜·恩綸》）、〈贈驃騎公應科晉榮祿大夫配趙太夫人再晉一品夫人誥命〉〈贈驃騎公垣晉榮祿大夫配劉太夫人再贈一品夫人誥命〉〈封驃騎公膽晉榮祿大夫配朱太夫人再贈一品夫人繼配孔太夫人晉封一品夫人誥命〉〈授道瑞榮祿大夫配劉氏贈一品夫人繼配王氏封一品夫人誥命〉。（以上《族譜·誥命》）

是年，彥琦應京兆試。[31]

徐地大饑，張膽、道瑞輸粟數千石賑濟。[32]

康熙二十一年壬戌（1682）　十三歲

三月十一日，從弟道維（鐸子）生。（〈族名錄〉）

徐州文廟。光緒十三年丁亥十二世張伯英入庠，尚得摩挲。後因兵燹碑佚。1941年伯英重書勒石，並加跋云：「文貞以作記之年為廟成之年則誤。」此碑今亦無存。徐州無線電五廠文金山藏有其拓片。楷書，潤勁端雅，為彭城書派上品。

27　〈拙存張公墓志〉：「大同大饑，公出己資設粥廠，日煮米三十餘斛。自庚申初冬至辛酉入夏而止，約計賑米四千餘石。」

28　〈履貞張公墓誌銘〉：「歲庚申，江南提督王公永譽以福山襟江枕海，邊腹要地，非長材不足以資彈壓，特題為福山營游擊將軍。」

29　〈拙存張公墓志〉：「辛酉，蒙古告饑。敕命在京現行各省捐納事例，俱移大同，屬公管理，將以備賑也。開例月餘，捐者寥寥，米價且復騰踴。例限八月報竣，為期甚促。」按姑以春三月道祥奉旨，「月餘」之後，已是四、五月間，距限期八月，僅三個月時間，可謂「甚促」。

30　〈張孝媛小傳〉：「康熙辛酉冬，余倩季超甫偶遘痰疾，延和扁診視，參酌湯盞，未即愈。當沉迷倉卒中，諸兒女繞床戶環泣。女獨入小閣繡佛前，戒侍者出，胡跪燃香再拜，願以身代父。算取花剪割股，潛置藥鼎內，數沸，進於父。……浹日，果漸瘳。」

31　〈逸園張公墓誌銘〉：「年十五，應京兆試。京江相公見而奇之，令與今學士天門先生同塾，課文與親昆弟等。」按彥琦生於康熙六年丁未，「年十五」，當即二十年辛酉。

32　《族譜·傳述》引王熙〈驃騎將軍張公傳〉：「康熙辛酉，徐地大饑。出囷粟數千石設廠分賑。」〈履貞張公墓誌銘〉「二十年來驃騎公之孳孳為善，惟日不足者，實公有以左右之也。……歲辛酉，徐邦大饑，公自福山馳報於驃騎公，輸粟數千石賑之。」

十一月四日，從弟道統（鐸子）生。（〈族名錄〉）

是年，張瞻捐資興建徐州荊山口石橋。[33]

從姐吳張氏夫亡守節，奉旨旌表。[34]

河決宿遷。（同治《徐州府志》卷五下〈記事表〉）

顧炎武卒。（張穆《顧亭林先生年譜》）

康熙二十二年癸亥（1683）　十四歲

竹坡捐監。[35]

三月四日，從弟道沛（瞻子）生。（〈族名錄〉）

六月十一日，頒發〈贈榮祿公應科晉光祿大夫配趙太夫人再晉一品夫人誥命〉〈贈榮祿公垣晉光祿大夫配劉太夫人再晉一品夫人誥命〉〈封榮祿公瞻晉封光祿大夫配朱太夫人再贈一品夫人繼配孔太夫人晉封一品夫人誥命〉〈授道祥光祿大夫配馬氏封一品夫人誥命〉。（《族譜·誥命》）

秋，康熙侍太皇太后幸五台山進香，道祥奉命築路。[36]

十月六日，山西地震，道祥賑錢瘞死，煮粥救生。[37]

是年，張潮《虞初新志》編成，自序。

康熙二十三年甲子（1684）　十五歲

竹坡騎馬舞劍，壯志凌雲。[38]

---

[33] 《族譜·贈言》引張玉書〈重建荊山口石橋碑記〉：「吾彭城族叔伯量公閔然殷懷，首志修復，……興工於康熙壬戌年，落成於康熙辛未年。」

[34] 〈族名錄〉：「瞻……女長，朱氏出，婿吳廷焯。」《族譜·壺德》引《徐州志》：「張氏，生員吳廷焯妻。夫亡守節，康熙二十一年奉旨旌表。至三十七年建坊。見《一統志》。」

[35] 〈仲兄竹坡傳〉：「父欲兄早就科第，恐童子試羈縻時日，遂入成均。」按據《清史稿·選舉志》，清代科舉制，童試須經縣試五場、府試多場、院試五場，合格者稱入泮，為生員。生員每年又須歲考，鄉試前尚須科考，自然「羈縻時日」。鄉試則須生員、貢生、監生方可應考。而監生，可以納資捐監，不一定就讀於國子監，故為科第之捷徑。據〈仲兄竹坡傳〉，竹坡二十四歲北上都門，才傾長安詩社，咸稱竹坡才子（參見癸酉譜）。玩其文意，竹坡此前並未入監就讀，因知「入成均」係捐監。然捐監年代不明。今據竹坡十五歲初次應舉（參見甲子譜），姑繫於此。竹坡此時家尚殷富。《十一草·撥悶三首》其二：「少年結客不知悔，黃金散去如流水。」

[36] 〈拙存張公墓志〉：「癸亥秋，皇上御駕奉侍太皇太后幸五台進香。山徑崎仄，步輦難行。奉文先期修路，公即率屬……」

[37] 〈拙存張公墓志〉：「癸亥……十月朔五日，代州、崞縣、原平、忻州、太原等處地大震。……公則賑錢瘞死，煮粥救生。」

[38] 《十一草·撥悶三首》：「十五好劍兼好馬，……壯氣凌霄志拂雲，不說人間兒女話。」

八月，竹坡赴省鄉試，落第。[39]

十一月十一日，張翅卒。竹坡哀毀致病。[40]

正月二十六日，道祥升授湖北按察使。[41]

九月，康熙南巡，閱河，幸宿遷。（同治《徐州府志》《中外歷史年表》）

康熙二十四年乙丑（1685）　十六歲

二月二十三日，從姪彥聖（道瑞子）生。（《彭城張氏族譜》）

四月三日，叔祖聚胄卒。[42]

是年，徐地大饑，張膽捐糧數千石賑濟。[43]

徐州儒學生員多人具呈公舉獲准，以張膽為鄉飲大賓。（《族譜·鄉飲》）

康熙二十五年丙寅（1686）　十七歲

一月十日，從姪彥琮（道瑞子）生。（康熙六十年本《張氏族譜》）

一月十九日，道祥卒於湖北臬署。子彥琦扶柩歸葬。[44]

四月十三日，從姪彥琨（道子）生。（《彭城張氏族譜》）

是年，湖廣武昌府鄉紳具呈公舉獲准，崇祀道祥於湖北名宦祠。（《族譜·崇祀》）

張鐸作〈感懷〉詩十首。[45]

道淵見族譜舊編未竟，立志補纂。[46]

---

[39] 〈仲兄竹坡傳〉：「十五赴棘圍，點額而回。」按監生以科舉上進，只可應鄉試，而通例鄉試在各省省城舉行。《清史稿·選舉志》：「鄉試以八月，會試以二月。均初九日首場，十二日二場，十五日三場。」此當為竹坡初次南下至南京。

[40] 〈族名錄〉：「翅……於清康熙甲子年十一月十一日疾終於家。」〈烏思記〉：「年十五而先嚴即見背。」〈仲兄竹坡傳〉：「十五……旋丁父艱，哀毀致病。兄體臞弱，青氣恒形於面，病後愈甚。」

[41] 〈拙存張公墓志〉：「甲子春，升授湖廣湖北按察使。故事，參議無升臬司之例。而公特膺殊寵」。據錢實甫《清代職官年表》，道祥任湖北臬司在正月二十六日。

[42] 〈族名錄〉：「聚胄……於康熙乙丑年四月初三日壽終於家。」《族譜·傳述》引呂維揚〈炯垣張公傳〉：「於康熙乙丑之陽月捐館於寢。」按《爾雅·釋天》：「十月為陽」。呂〈傳〉誤。

[43] 《族譜·崇祀》：「康熙二十四年，徐郡大祲。本宦出雜糧三千餘石，設廠賑濟。復出粟數千石，減價糶之。饑民賴以存活者無算。」

[44] 〈族名錄〉：「道祥……於清康熙丙寅年正月十九日，疾終於湖廣湖北臬署。」《族譜·徵聘》：「本宦克行孝道，親父道祥歿於楚臬任內，時年二十歲，扶柩歸葬。」按彥琦康熙六年丁未生，「二十歲」正是本年。

[45] 按《族譜·藏稿》選張鐸《晏如草堂集》十首，總題〈感懷〉。觀其詩意，俱緬懷往事之作，當作於同時。其一云：「盧度韶華五十秋」。鐸生於崇禎十年丁丑，五十歲正是本年。其三自注云：「時下詔求言，余有小疏陳錢法。」詩中則云：「彈指風光二十秋」。據《族譜·奏疏》，陳錢法疏作於康熙六年五月十八日，二十年後亦為本年。

康熙二十六年丁卯（1687）　十八歲

八月，竹坡二應鄉試，落第。[47]

竹坡與劉氏結婚。[48]

一月十八日，堂嬸、從母沙氏卒。（〈族名錄〉）

二月，禁淫詞小說。（王利器《元明清三代禁毀小說戲曲史料》《中外歷史年表》）

三月六日，從弟道衡（鐸子）生。（〈族名錄〉）

五月七日，從弟道用（鐸子）生。（〈族名錄〉）

秋，徐歉，張膽出粟代墊賦稅。[49]

是年，徐州總戎缺，道瑞委署鎮事。[50]

康熙二十七年戊辰（1688）　十九歲

春，竹坡因道弘婚事至宿遷，慨歎世事，志欲鵬飛，作〈烏思記〉。[51]

---

[46] 《族譜》張道淵雍正十一年後序：「余自十數齡時捧觀舊譜，見其條目空存，早已立心纂述，以竟先人未竟之事。」按道淵生於康熙十一年壬子，至本年十五歲。姑繫於此。

[47] 〈仲兄竹坡傳〉：「五困棘圍，而不能博一第。」《清史稿·選舉志》：「順治元年，定以子午卯酉年鄉試。」按自康熙二十三年甲子，至康熙三十五年丙子，總凡五科，又無恩科。竹坡既「五困棘圍」，必然科科俱到。參見甲子譜。

[48] 〈烏思記〉：「戊辰春，予以親迎至鐘吾。每致悲風木，抱恨終天。兼之萱樹遠離，荊枝遙隔……」。則康熙二十七年戊辰之春竹坡已有妻室。按竹坡丁外艱起服在本年二月十一日，再次應舉在本年八月，而新婚似不會即行遠離，故知竹坡結婚當在本年秋冬間。〈族名錄〉：「道深……妻劉氏，同郡人、陝西西安府參將諱國柱之女。」

[49] 《族譜·崇祀》：「康熙二十六年，徐地荒歉。小民秋糧難辨。本宦出粟七百餘石，代本鄉貧農墊完正賦。」

[50] 〈履貞張公墓誌銘〉：「丁卯，徐州總戎缺。督撫兩台素器重公，且以徐為公桑梓地，委署鎮事。剔弊釐奸，施德布惠，鄉評籍籍。」

[51] 〈烏思記〉：「余錢里人也。年十五而先嚴即見背。屆今梧葉悲秋，梨花泣雨，三載於斯。而江山如故，雲物依然。惟有先生長者，舊與詩酒往還。予童時追隨杖履者，僅存寥寥一二人。至於人情反覆，世事滄桑，若黃河之波，變幻不測，如青天之雲，起滅無常。憶，予小子久如出林松杉，孤立於人世矣。戊辰春，予以親迎至鐘吾。每致悲風木，抱恨終天。兼之萱樹遠離，荊枝遙隔，當風雨愁寂之時，對景永傷，不覺青衫淚濕，白眼途窮，竟不知今日為何日矣。偶見階前海榴映日，艾葉凌風，乃憶為屈大夫矢忠、曹娥盡孝之日也。嗟乎，三閭大夫不必復論。彼曹娥，一女子也。乃能逝長波，逐巨浪，貞魂不沒，終抱父屍以出。矧予以鬚眉男子，當失怙之後，乃不能一奮鵬飛，奉揚先烈，橋顏色，困行役，尚何面目舒兩臂，繫五色續命絲哉。嗟乎，吾欲上窮於碧落，則玉京迢遞，閶闔迥矣；吾欲下極於黃泉，則八荒杳茫，鬼磷燃矣。陟彼高岡，埋蒼煙矣。溯彼流水，泣雙魚矣。思之思之。惟有莊蝶虞鹿，時作趨庭鯉對之時。然後知殺雞椎牛，正人子追之不及，悔之不能，血淚並枯之語也。是為記。」按鐘吾為春秋古國名，據顧頡剛、章巽編《中國歷史地圖集（古代史部分）》，即「今江蘇宿遷北。」查〈族名錄〉，竹坡姐妹與嫂氏中，只有其胞兄道弘妻陸氏，

十二月一日，從孫秉緒（彥璘子）生。（康熙六十年本《張氏族譜》）

是年，洪昇《長生殿》撰成上演。（章培恒《洪昇年譜》）

康熙二十八年己巳（1689）　二十歲

正月，康熙二次南巡，閱河，幸宿遷。（同治《徐州府志》《中外歷史年表》）

四月十九日，從弟道貫（鐸子）生。（〈族名錄〉）

四月二十七日，長子彥寶生。（《清毅先生譜稿》）

八月，洪昇以國喪期間上演《長生殿》招禍。（章培恒《洪昇年譜》）

是年，道源入都需次，補授工部營繕司主事。（《族譜‧志銘》引莊楷〈雲谿張公墓志〉）

道溥隨道源效力河工。[52]

道汧隨道源之任京師。[53]

康熙二十九年庚午（1690）　二十一歲

八月，竹坡三應鄉試，落第。[54]

正月，徐淮大饑。張膽捐小麥五千石助賑。[55]

二月七日，張膽卒。（〈族名錄〉）

六月，以張玉書為文華殿大學士。（《清代七百名人傳》）

康熙三十年辛未（1691）　二十二歲

二月二十五日，從姪球（道源子）生。（康熙六十年本《張氏族譜》）

三月十八日，從姪彥珍（道瑞子）生。[56]

為「宿遷縣人，生員、鄉飲大賓諱奮翮之女。」陸氏生於康熙壬子年八月初九日，至本年十七歲，正是出閣之年。竹坡所謂「親迎」，當指此事。

52 《族譜‧傳述》引莊柱〈邑侯張公傳〉：「年甫弱冠，即偕副使公效力河干。八年之間，歷著成績。癸酉冬奉委解賑汴梁」。按道溥生於康熙十年辛亥：「弱冠」當為二十九年庚午。然二十九年二月七日張膽卒，道源等丁艱，因知此為本年事。而自「癸酉冬」倒推八年，為二十五年丙寅，道溥十六歲，不可稱「年甫弱冠」。莊〈傳〉八年誤。

53 《族譜‧傳述》引莊楷〈別駕張公傳〉：「年及冠，隨伯兄之任京師，相為倚毗。繼丁外艱，旋里。」按道汧生於康熙十四年，「及冠」應為康熙三十三年。本年十五歲，曰「及冠」不當。又伯兄道祥已卒，仲兄道瑞外任，此所謂「伯兄」，應為道源。道源行三，莊〈傳〉誤。

54 參見甲子譜、丁卯譜。

55 《族譜‧崇祀》：「二十九年，徐復大饑。又出小麥二千石助賑。……淮屬大饑，本宦捐小麥三千石運淮助賑。」按本年二月七日膽卒，此當為正月事。

56 張彥珍《樹滋堂詩集‧甲午元夕前一夜舉第一子四首》其二自注：「余生於常熟之署邸，辛未歲三月十八日也。」其三云：「明年五十忽平分」。「明年」即康熙五十四年乙未，彥珍二十五歲，故

十月二十七日，道瑞卒於福常營官署。（〈族名錄〉）

是年，馮溥卒。[57]

張潮援新例捐納京銜，以歲貢生授翰林院孔目，實未出仕。[58]

康熙三十一年壬申（1692） 二十三歲

三月十五日，從侄彥珣（道瑞子）生。（康熙六十年本《張氏族譜》）

是年，彥琦捐納候選司務。（《族譜·徵聘》）

康熙三十二年癸酉（1693） 二十四歲

八月，竹坡四應鄉試，落第。[59]

冬，竹坡北遊長安詩社，名震京都，咸稱竹坡才子。[60]

四月二十四日，張瞻葬於徐州太山祖塋。（張玉書〈伯量張公墓誌銘〉）

冬，道溥奉委解賑汴梁。[61]

是年，冒襄卒。[62]

康熙三十三年甲戌（1694） 二十五歲

年初，竹坡在京。[63]旋返里，作〈春朝〉詩二首，彥琦和之。[64]

日「五十忽平分」。

57　據毛奇齡《易齋馮公年譜》。章培恒《洪昇年譜》《中國文學家大辭典》同。《清代七百名人傳》附錄一〈清代大事年表〉謂卒於康熙三十一年二月，誤。

58　同庚戌譜註9。

59　參見甲子譜、丁卯譜。

60　《十一草·乙亥元夜戲作》：「去年前年客長安，春燈影裏誰為主。」按乙亥前二年即本年，竹坡二十四歲。竹坡八月在南京應試，落榜返里，休整後北上，當已入冬。《十一草·撥悶三首》其三：「廿歲文章遍都下」，係舉其成數。〈仲兄竹坡傳〉載有竹坡奪魁都門詩壇詳情，曰：「一日家居，與客夜坐。客有話及都門詩社之盛者。兄喜曰：吾即一往觀之，客能從否？客方以兄言為戲，未即應。次晨，客曉夢未醒，而兄已束裝就道矣。長安詩社每聚會不下數十百輩。兄訪至，登上座，竟病分拈，長章短句，賦成百有餘首。眾皆壓倒，一時都下稱為竹坡才子云。」

61　〈邑侯張公傳〉：「癸酉冬，奉委解賑汴梁。措置有方，且捐粟平糶，民賴以全活者甚眾。上憲稱能，交章特薦。」

62　據冒廣生《冒巢民先生年譜》。冒襄享年八十三歲。《清代七百名人傳》謂其年八十，誤。

63　《十一草·乙亥元夜戲作》：「去年前年在長安。」「去年」，即本年。

64　《十一草·春朝》：「長至封關未許開，藏薉暫解為春來。偶依萱樹裁花勝，敢使藜燈誤酒杯。呵凍莫愁三月浪，望雲已攘一聲雷。預拼拂拭朦朧眼，先賞疏籬臘後梅。」「去年臘盡尚留燕，帝里繁華不計錢。鳳闕雙瞻雲影裏，鶴軒連出御河邊。樹圍瀛島迷虛艇，花滿沙堤拾翠鈿。此日風光應未減，春明門外柳如煙。」《族譜·藏稿》選張彥琦〈甲戌春朝和叔氏原韻〉：「東風開凍未全開，

二月九日，張鐸卒。（〈族名錄〉）

四月九日，從孫秉綸（彥璘子）生。（康熙六十年本《張氏族譜》）

五月，康熙巡幸畿甸，閱視河堤。（《清代七百名人傳》附錄一〈清代大事年表〉）

七月二十三日，從弟道政（鐸子）生。（〈族名錄〉）

是年，道溥宰棠邑。[65]

彥璘選授平谷縣知縣。[66]

從孫志勤（彥琦子）生。[67]

孔尚任、顧天石《小忽雷》傳奇在京演出。（王季思《桃花扇·前言》）

河溢花山口。（同治《徐州府志》卷五下〈記事表〉）

康熙三十四年乙亥（1695）　二十六歲

竹坡作〈乙亥元夜戲作〉詩。[68]

正月七日，竹坡評點《金瓶梅》。旬有餘日批成，付梓。[69]

雲影濛濛帶雪來。辭臘只餘詩一卷，迎禧惟有酒千杯。三冬冱冷棲賓雁，二月驚濤起蟄雷。後日風光無限景，眼前著屐且尋梅。」「繁華何必說幽燕，是處風光盡值錢。錦裏土牛催種急，香飛玉蝶到梅邊。華堂晴暖開春宴，子夜清歌墮翠鈿。無那頻年空惹恨，三春辜負柳如煙。」兩詩第一首俱為十灰韻，第二首俱為一先韻，韻腳並次第全同，詩意亦相關聯。因知彥琦所和，必為竹坡原韻。彥琦為竹坡從兄道祥獨子，故稱竹坡為「叔氏」。和詩有「華堂晴暖開春宴」句，則詩作於家宴之上。原詩與和詩必為同時所作。因知竹坡〈春朝〉二首亦作於本年春。原詩有「去年臘盡尚留燕」句，則竹坡離京返里在本年年初。

65 〈邑侯張公傳〉：「癸酉，……明年，命宰棠邑。」

66 《族譜·玉文府君行述》：「服闋，即入都謁選，得寧津縣。因前令留任，回部改授，復選授順天府平谷縣知縣。」按道瑞卒於康熙三十年十月二十七日，彥璘起服當即本年。

67 《族譜·傳述》引吳雲標〈雪樵張君傳〉：「歿時年三十有六，為雍正己酉歲。」按逆推志勤當生於本年。

68 《十一草·乙亥元夜戲作》：「堂上歸來夜已午，春濃繡幕餘樽俎。荊妻執壺兒擊鼓，弱女提燈從旁舞。醉眼將燈仔細看，半類獅子半類虎。吁嗟兮，我生縱有百上元，屈指已過二十五。去年前年客長安，春燈影裏誰為主。歸來雖復舊時貧，兒女在抱忘愁苦。吁嗟兮，男兒富貴當有時，且以平安娛老母。」按竹坡二十五歲應為康熙三十三年甲戌，此詩因作於正月十五日，方入新年，係指實歲。

69 〈第一奇書非淫書論〉：「生始二十有六」。按張評本《金瓶梅》原刊本為康熙乙亥本，竹坡二十六歲正是乙亥年，因此，竹坡評點《金瓶梅》在本年，批成付梓亦在本年。大連圖書館藏本衙藏版本《第一奇書》所載〈寓意說〉：「竹坡，彭城人。……偶讀《金瓶》……乃發心于乙亥正月人日批起，至本月廿七日告成。」〈仲兄竹坡傳〉：「（兄）曾向余曰：『《金瓶》針線縝密，聖歎既歿，世鮮知者，吾將拈而出之。』遂鍵戶旬有餘日而批成。」《第一奇書·凡例》：「此書非有意刊行，偶因一時文興，借此一試目力，且成於十數天內。」據此又知竹坡評點《金瓶梅》僅用時十餘日。

二月七日，從侄彥珩（道源子）生。（康熙六十年本《張氏族譜》）

二月十七日，次子彥瑜生。（《清毅先生譜稿》）

五月，康熙巡視新河及海口運道。（《清代七百名人傳》附錄一〈清代大事年表〉）

是年，從侄女史張氏夫史楷歿，守節。[70]

洪昇《長生殿》授梓。（章培恒《洪昇年譜》）

王晫、張潮輯《檀几叢書》由新安張氏霞舉堂刊刻行世，張潮作序。

河溢花山口，運河亦溢。（同治《徐州府志》卷五下〈記事表〉）

康熙三十五年丙子（1696）　二十七歲

春，《第一奇書》刊成，載之金陵，遠近購求，竹坡才名益振。[71]

八月，竹坡五應鄉試，落第。[72]

秋冬間，竹坡旅居揚州，結識張潮等人，有〈與張山來〉書三封，並參與《幽夢影》批評。[73]

---

[70] 《族譜·壹德》：「張氏，湖北臬司張諱道祥女，適原任浙江甯紹道史光鑒子、監生史楷。後楷……貧歿京邸，氏年方二十四歲。……氏係壬子年生，孀居三十年。」按壬子為康熙十一年，氏「二十四歲」，當即本年事。

[71] 〈仲兄竹坡傳〉：「遂付剞劂，載之金陵。於是遠近購求，才名益振。四方名士之來白下者，日訪兄以數十計。兄性好交遊，雖居邸舍，而座上常滿。」《十一草·撥悶三首》其三：「去年過虎踞，今年來虎阜。」按竹坡本年八月五應鄉試於南京，秋冬間旅居揚州，明年移寓蘇州。因知康熙乙亥本《第一奇書》於本年春刊竣，並即「載之金陵」。參見丁丑譜。

[72] 參見甲子譜、丁卯譜。

[73] 張潮《友聲集·後集》收竹坡〈與張山來〉書三封。其一：「承頒賜各種奇書，捧讀之下，不勝敬服。老叔台誠昭代之偉人，儒林之柱石。小侄何幸，一旦而識荊州。廣陵一行，誠不虛矣。昨晚於大刻中見燈謎數十則，羨其典雅古勁，確而且趣。不揣冒昧，妄為擬議，不知有一二中鵠否？敢錄呈座下，幸進而教之為望。昨夜陳定翁過訪，亦猜得四枚，並呈台教。附候興居，俟容叩悉不盡。」其二：「連日未獲趨候，歉歉。承教《幽夢影》，以精金美玉之談，發天根理窟之妙。小侄旅邸無下酒物，得此，數夕酒杯間頗饒山珍海錯。何快如之。不揣狂瞽，妄贅瑣言數則。老叔台進而教之，幸甚幸甚。拙稿數篇並呈，期郢政為望。」其三：「捧讀佳序，真珠璀玉燦，能使礦石生光。小侄後學妄評，過龍門而成佳士，其成就振作之德，當沒世銘刻矣。謝謝。」信中涉事甚多，茲分別按詮如次：一、據顧國瑞、劉輝〈《尺牘偶存》《友聲》及其中的戲曲史料〉考證，此三封信俱作於本年。而本年夏季之前，竹坡均在南京。其去揚州，必在本年秋冬間。則〈與張山來〉書三封本年秋冬作於揚州。二、信中既云：「小侄何幸，一旦而識荊州。廣陵一行，誠不虛矣。」則竹坡與張潮本年在揚州必為初交。但因為同聲相應，同氣相求，又是同姓相親，其關係很快便極融洽。於是頒書、賜序、呈稿、寫信，儼然如同故知。三、所謂「昨晚於大刻中見燈謎數十則」云云，王汝梅〈再談張竹坡的小說評點〉考定「大刻」為《檀几叢書》，是。此即為「承頒賜各種奇書」之一。四、信中所提「陳定翁」，疑即陳定生。定生名貞慧，江蘇宜興人，一般認為他卒於順治十三年，

春，洪昇道經武進，往遊江寧。（章培恒《洪昇年譜》）

秋，徐州大雨，居民驚遷，道源設法保護。[74]

是年，彥琦填〈多麗〉（詠山莊新池葉曹先生十字韻）詞。[75]

河溢花山口，運河亦溢。（同治《徐州府志》卷五下〈記事表〉）

康熙三十六年丁丑（1697） 二十八歲

春，竹坡移寓蘇州，貧病交加，作〈撥悶三首〉，慨歎世情，自我解嘲。[76]

享年五十三歲。若他至本年尚健在，則已是九十三歲高齡，稱「翁」正當其宜。定生與竹坡為世交，《曙三張公志》錄張介〈雨村公口述所見盱紳藏本記略〉：「閣部按部淮安，遍閱諸將，兵皆虛誇不足用，惟興平部伍齊整，士馬精強，⋯⋯思妙選長材，為之輔佐。時宜興陳定生已招置幕府，曙三既至，任事明敏精密，⋯⋯史公大悅曰：吾得張陳兩君以佐興平，復何慮哉。⋯⋯乙酉正月十一日，興平抵睢。定國出迎四十里，⋯⋯即請興平入城。曙三與陳定生已窺定國狡詐志異，皆極言之。興平勿聽。定生密謂曙三曰：高公剛愎，無濟也。我輩從之，終受禍耳。盍去諸？曙三太息曰：知之久矣。顧子客也，可以去。我則有官守，鳳受高公知遇，史公託付，受事以來，已置此身於度外矣。子其行哉。」曙三即竹坡祖父張垣。竹坡與定生能在揚州會晤，緬懷往事，當更多一番感觸。五、據嘯園刊本，《幽夢影》批語多達五百十三則，其中竹坡批語八十三則。信中云：「承教《幽夢影》，⋯⋯小俆旅邸無下酒物，得此，⋯⋯不揣狂瞽，妄贅瑣言數則。」則竹坡《幽夢影》批語作於此時。六、信中所謂「佳序」，自是張潮為竹坡某評書所作之序。顧國瑞、劉輝〈《尺牘偶存》《友聲》及其中的戲曲史料〉以此「佳序」即《第一奇書》謝頤序，非是。由上文可知，竹坡〈與張山來〉書寫於康熙三十五年秋冬（據《友聲》編輯體例，其第三信當較前二信晚出，則寫第三信之時，或已入冬），則張潮「佳序」亦當作於此前不久。而《第一奇書》謝頤序，作於康熙三十四年「清明中浣」。時間相距一年又半，兩序顯非一序。《第一奇書》全稱為《皋鶴堂批評第一奇書金瓶梅》，皋鶴堂當即張竹坡之堂號。而謝序「題於皋鶴堂」，則謝序應為竹坡本人所作，即「謝頤」乃竹坡之化名。參見乙亥譜。

[74] 〈雲谿張公墓志〉：「丙子秋，霖雨浹旬，河流泛溢，城不浸者三版，居民驚駭遷避，公百方保護。」

[75] 《族譜·藏稿》選彥琦該詞：「屈指算，雙九易邁，余也行年三十。」按彥琦生於康熙六年丁未，「行年三十」，則為本年。

[76] 《十一草·撥悶三首》其一：「風從雙鬢生，月向懷中照，對此感別離，無何復長嘯。愁多白髮因欺人，頓使少年失青春。愁到無愁又愁老，何如不愁愁亦少。不見天涯潦倒人，饑時雖愁愁不飽。隨分一杯酒，無者何必求。其有遇，合力能，龍鳳飛拂逆，志甘牛馬走。知我不須待我言，不知我兮我何剖。高高者青天，淵淵者澄淵，千秋萬古事如彼，我敢獨不與天作周旋。既非詔鬼亦非顛，更非俯首求天憐。此中自有樂，難以喉舌傳。明日事，天已定，今夜月明裏，莫把愁提起。閑中得失決不下，致身百戰當何以。」其二：「少年結客不知悔，黃金散去如流水。老大作客反依人，手無黃金辭不美。而今識得世人心，藍田緩種玉，且去種黃金。」其三：「青天高，紅日近，浮雲有時自來往，太虛冥冥誰可印。南海角，北山足，二月春風地動來，無邊芳草一時綠。君子能守節，達人貴趨時，時至節可變，拘迫安所之。我生泗水上，志節愧疏放。天南地北汗漫遊，十載未遇不惆悵。我聞我母生我時，斑然之虎入夢思，掀鬐立起化作人，黃衣黑冠多偉姿。我生柔弱類靜女，我志騰驤過於虎。有時亦夢入青雲，傍看映日金龍舞。十五好劍兼好馬，廿歲文章遍都下。壯氣凌

七月十七日，同郡人李蟠一甲一名進士及第。（錢實甫《清代職官年表》）

七月十九日，頒發〈趙孺人封太孺人誥命〉〈授道溥文林郎配趙氏封孺人誥命〉。
（《族譜・浩命》）

秋，洪昇至蘇州。吳人釀資為演《長生殿》，江甯巡撫宋犖主之，八十翁尤侗作序，極一時之盛。（章培恒《洪昇年譜》）

是年，張潮《昭代叢書》甲集刊行，尤侗為序。

康熙三十七年戊寅（1698） 二十九歲

四月之前，竹坡在蘇州。[77]吟詩寄愁，作〈客虎阜遺興〉六首。[78]

志不少懈，北上效力於永定河工次，另圖進取。[79]

霄志拂雲，不說人間兒女話，去年過虎踞，今年來虎阜，金銀氣高虎呈祥，池上劍光射牛斗。古人去去不可返，今人又與後人遠。我來憑弔不勝情，落花啼鳥空滿眼。白雲知我心，清池怡我情，眼前未得志，豈足盡生平。」按竹坡曾於康熙二十三年甲子、二十六年丁卯、二十九年庚午、三十二年癸酉、三十五年丙子五至金陵。本詩中云：「廿歲文章遍都下」，則「去年過虎踞」，必在康熙三十二年癸酉竹坡北上都門、奪魁長安詩社之後，即指康熙三十五年丙子第五次至金陵事。「今年來虎阜」，自即康熙三十六年丁丑事。又本詩中「二月春風」云云，可知竹坡離揚來蘇，係在春季。參見癸酉譜、丙子譜。

77 〈仲兄竹坡傳〉：「一朝大呼曰：大丈夫寧事此以羈吾身耶！遂將所刊梨棗，棄置於逆旅主人。罄身北上，遇故友於永定河工次。」按每年春夏間築堤防汛，為當時例務，永定河亦然。而竹坡離蘇北上與效力河干中無間隔，可知竹坡「遇故友於永定河工次」，當為本年初夏間事。此前當仍在蘇州。參見本譜注78。

78 《十一草・客虎阜遺興》其一：「四月江南曬參天，日長無事莫高眠。好將詩思消愁思，省卻山塘買醉錢。」其二：「劍水無聲靜不流，天花何處講台幽。近來頑石能欺世，翻怪生公令點頭。」其三：「千秋霸氣已沉浮，銀虎何年臥此丘。憑弔有時心耳熱，雲根撥土覓吳鉤。」其四：「畫船歌舞漫移商，矜貴吳姬曲未央。歌擔菜傭橋上坐，也凝雙眼學周郎。」其五：「故園北望白雲遙，遊子依依淚欲飄。自是一身多缺限，敢評風土惹人嘲。」其六：「僧房兀坐掩重門，鳥過花翻近水村。週日又開詩酒戒，只緣愁緒欲消魂。」按本組詩與〈撥悶三首〉情趣大不相同。前詩怨天尤人，自我解嘲，而不得解脫。本詩雖亦吟詠寄愁，但描摹景物，清脫自然，其「雲根撥土覓吳鉤」句，已意味著不久將大呼而起，另求進取。可知本組詩的寫作時間，距其「五困棘圍」，當有較長的間隔。但兩組詩均寫蘇州春日事，而〈撥悶三首〉作於康熙三十六年丁丑，則本組詩當作於本年。詩中既有「四月江南曬參天」云云，則本年四月之前，竹坡仍在蘇州。

79 〈仲兄竹坡傳〉：「……遇故友於永定河工次。友薦兄河干效力。兄曰：吾聊試為之。於是晝則督理插畚，夜仍秉燭讀書達旦。」按自康熙六年至三十七年，黃河凡十四度決口。而自康熙二十三年至四十六年，康熙六次南巡，均曾閱河。治理黃河成為國家頭等要務之一。永定河亦然。《清史稿・河渠志・永定河》：「永定河亦名無定河，……順治八年，河由永清徙固安，與白溝合。明年，決口始塞。十一年，由固安西宮村與清水合，經霸州東，出清河；又決九花台、南里諸口，霸州西南遂成巨浸。康熙七年，決盧溝橋堤，命侍郎羅多等築之。三十一年，以河道漸次北移，永清、霸州、

九月十五日，竹坡暴卒，功敗於垂成。行櫥所遺，惟四子書一部、文稿一束、古硯一枚。[80]

葬於銅山縣丁塘先塋。[81]

五月二十日，頒發〈張道源母趙太儒人封太恭人誥命〉。（《彭城張氏族譜》）

十二月二十日，道著卒。（〈族名錄〉）

是年，彥琦構築醉流亭，以為遊覽地。[82]

河決李家樓口。（同治《徐州府志》卷五下〈記事表〉）

康熙六十年辛丑（1721）　竹坡卒後二十三年

二月十四日，孫世榮（彥瑜子）生。（《清毅先生譜稿》）

是年，道淵重修《張氏族譜》告一段落，作序。復因故中輟。然本譜所收竹坡各項，均已裒集入帙，惟多未梓成。[83]

吳敬梓二十一歲。（何澤翰《儒林外史人物本事考略》）

夏敬渠十七歲。（趙景深《中國小說叢考》）

袁枚六歲。（《中國文學家大辭典》）

清世宗雍正十一年癸丑（1733）　竹坡卒後三十五年

固安、文安時被水災，用直隸巡撫郭世隆議，疏永清東北故道，使順流歸澱。三十七年，以保定以南諸水與渾水合流，勢不能容，時有氾濫，聖祖臨視。巡撫于成龍疏築兼施，自良鄉老君堂舊河口起，經固安北十里鋪，永清東南朱家莊，會東安狼成河，出霸州柳岔口三角澱，達西沽入海，浚河百四十五里，築南北堤百八十餘里，賜名永定。自是渾流改注東北，無遷徙者垂四十年。」清廷每年僅治水一項，度支國帑，動輒數百萬計。藉此升官發財者則不計其數。即彭城張氏，如道源、道溥、道洴、廷獻等，均曾取譽邀寵於河工。竹坡困於場屋達十三、四年之久，此番可謂轉覓途徑，另求進取。

80　〈仲兄竹坡傳〉：「工竣，詣鉅鹿會計帑金。寓客舍，一夕突病，嘔血數升。同事者驚相視，急呼醫來，已不出一語。藥鐺未沸，而兄淹然氣絕矣。時年二十有九。……兄既沒，檢點行櫥，惟有四子書一部、文稿一束、古硯一枚而已。」〈族名錄〉：「道深……生年二十九歲，於康熙戊寅年九月十五日疾終於直隸保定府永定河工次。」

81　〈族名錄〉：「道深……葬於丁塘先塋穆穴。」按據〈族名錄〉，塋穴在丁塘紫金山之陰，主穴為其父母，昭穴為其兄嫂。

82　《族譜·雜著藏稿》錄張彥琦〈醉流亭賦〉：「余於戊寅年懷山居之念，遂構此亭，種花蒔竹，以為遊覽地。」

83　《族譜》道淵雍正十一年後序：「族譜之修，幾經讎校，曾於戊戌、己亥間，遍歷通族，詳分支派，……匯選恩綸、傳志、藏稿、贈言、壽挽諸章，裒集成帙。正在發刊，忽以他務糾纏，奔走於吳中、白下之途，……只得暫為輟工。只將鋟成之宗支圖、族名錄等等，附以家法十七則，訂輯成書，分給族人使用。」按《族譜》道淵前序作於康熙六十年，當為初成而輟工之期，因繫於此。

四月，禁民間刊刻書籍。（《清代七百名人傳》附錄一〈清代大事年表〉）

是年，道淵續修《張氏族譜》畢。作後序。倩徐州牧石傑序。八世塚孫張炯附序。梓成。竹坡《家傳》及其《十一草》〈治道〉〈烏思記〉等始與通族見面。[84]

清高宗乾隆四十二年丁酉（1777）　竹坡卒後七十九年

五月二日，頒發〈贈張紹之祖母王氏恭人誥命〉。（《彭城張氏族譜》）

是年，從孫張璐（道淵子）增修《張氏族譜》畢，作序，梓成。即本年譜所據《族譜》。竹坡生平著述因此得以傳世。[85]

脂硯齋抄閱再評《石頭記》二十三年。（據甲戌本《脂硯齋重評石頭記》）

清宣宗道光五年乙酉（1825）　竹坡卒後一百二十七年

是年，九世張協鼎（張贍來孫）第五次重修族譜畢，刊成，更名為《彭城張氏族譜》，轉詳於分支世系，而削除藏稿與雜著，並割裂原文，任意聯綴，尤纂改〈仲兄竹坡傳〉，盡刪與《金瓶梅》有關文字。

道光二十九年己酉（1849）　竹坡卒後一百五十一年

是年，九世張省齋（張贍來孫）重編族譜，[86]後抄訂成帙，名為《清毅先生譜稿》，恢復藏稿與雜著，然刪除〈仲兄竹坡傳〉，並在〈族名錄〉中極詆竹坡。[87]

清德宗光緒六年庚辰（1880）　竹坡卒後一百八十二年

是年，十世張介合訂《張氏族譜》為禮樂射御書數六冊。即筆者所見《族譜》。

光緒十七年辛卯（1891）　竹坡卒後一百九十三年

是年，桂中行、王嘉詵編《徐州詩徵》刊成。選竹坡詩二首，題為〈虎阜遣興〉，

84　《族譜》道淵雍正十一年後序：「編次方完，而梓人報竣。茲舉也起於癸丑四月之朔，成於九月之望。」

85　《族譜》張璐乾隆四十二年序：「迄今四十餘年，代日益遠，人日益多，使不重加訂正，詳為增入，將遠者或不免於湮，多者或不免於紊。璐罪其芟辭焉。……賴吾族中宦遊者解俸助梓，典核者悉心裏事，始克勒有成書。」

86　張介編《榮壽錄》引程保廉《清毅先生年譜》：「道光二十九年己酉，公五十四歲，重修族譜，采輯舊聞，搜羅遺事，夜以繼日，寢食不遑也。」按清毅先生為鄉人私諡，即張省齋，其《清毅先生譜稿》雖略有增刪，實乃乾隆四十二年刊本《張氏族譜》與道光五年刊本《彭城張氏族譜》之重新組合本。

87　《清毅先生譜稿·族名錄》墨筆稿：「道深……恃才傲物，曾批《金瓶梅》小說，隱寓譏刺，直犯家諱，非第誤用其才也，早逝而後嗣不昌，豈無故歟？」朱筆修改稿：「道深……恃才傲物，批《金瓶梅》小說，憤世疾俗，直犯家諱，則德有未足稱者，抑失裕後之道矣。」

注云：「道深，字竹坡，著有《十一草》。」另選竹坡〈中秋看月黃樓上〉七律一首，誤署為「張道源」。此乃竹坡詩首次面世。

中華民國二十四年乙亥（1935）　竹坡卒後二百三十七年

是年，十二世張伯英編《徐州續詩徵》刊成。徐東橋據張氏家藏稿編《張氏詩譜》，於道深名下注云：「翅子」。此首次公開歸竹坡於彭城張氏世系。後人遂得追蹤發見。

張竹坡家世概述

　　張竹坡評點《金瓶梅》之後，名聞遐邇。隨著張評本《金瓶梅》的一版再版，竹坡其名代代相傳。但是，近三百年來，人們對張竹坡其人的瞭解，依據劉廷璣《在園雜誌》、張潮《友聲》《徐州詩徵》、民國《銅山縣誌》等，僅僅知道竹坡是他的字[1]，名為道深，徐州人，如此而已。民國二十四年張伯英編刊《徐州續詩徵》時，徐東橋繪製了一個《張氏詩譜》，於道深名下注云：「翺子」。而翺及其兄膽、鐸，並諸子侄，在《徐州府志》《銅山縣誌》《蕭縣誌》上有傳。至此，人們才算對張竹坡的家世有了一個簡要的認識。但極為粗略，非惟府志、縣誌上的不少材料，因世系不明，無法統屬；而且對於張竹坡的家庭經濟，他在家族中的地位，他為什麼評點《金瓶梅》，為什麼在《金瓶梅》評論中提出「洩憤」說、「真假」論、「市井文字」說、「寓意說」「苦孝說」等這些實質性的問題，仍然難以解答。

　　並且，隨著近年來對中國古代小說理論的深入研究，又有人對張竹坡的家世，提出一些別說。譬如，據王麗娜、杜維沫介紹，美國學人大衛·特·羅伊（David Tod Roy，中文名芮效衛，1933-）認為：張竹坡約於 1650 年生於彭城，楊復吉編輯的《昭代叢書別集》中收有張潮著《幽夢影》，書中有張竹坡的評語，評語提到清代歙縣著名學者張潮是他父親的同父異母弟，因而他稱張潮為叔，由此可知竹坡的原籍應是安徽歙縣，竹坡的祖父張習孔是 1606 年生，1649 年中進士，張潮所編《檀几叢書》收有張習孔所作《家訓》，其中提到張竹坡的祖母十分賢慧，她對妾生子張潮，就像對親生子一樣。[2]

　　而據《徐州續詩徵》、民國《銅山縣誌》，張竹坡的祖籍是浙江紹興，他的祖父是張垣。前者，依據是《幽夢影》中的一則批語，後者的依據是《張氏詩譜》上的一條夾註。兩者究竟哪一個正確？是兩個竹坡還是一個竹坡？兩者雖然互相牴牾，卻也難判是非。因為兩者的根據都不充分，儘管《張氏詩譜》相比要可靠得多，也都不能確鑿說明他們那個籍貫的張竹坡，就是評點《金瓶梅》的張竹坡。更有甚者，英國學人亞瑟·大

1　實際上，竹坡為其號，字是自德。見《張氏族譜》。

2　王麗娜、杜維沫〈美國學人對於中國敘事體文學的研究〉，《藝譚》，1983 年第 3 期。

衛·韋利（Arthur David Waley，1889-1966）根本否定張竹坡的存在，認為只是偽託的假名[3]。迄今為止，國內外關於這一課題的研究狀況，大體如此。

筆者經過多方訪求，獲見《張氏族譜》四部、《曙三張公志》一冊，不但證明了張竹坡的真實存在，更確切證明了竹坡的祖父是張垣，而不是張習孔。茲先將張竹坡家世概述如次：

《族譜·傳述》引王鳳輝〈鑒遠張公傳〉：「張公諱銘，號鑒遠（敢按銘為竹坡堂叔）。其遠祖自於越之臥龍山，遷徐之崇慶鄉，卜居河頭。」《族譜·志銘》引莊楷〈雲谿張公墓志〉：「公諱道源（敢按道源為竹坡從兄）……先世為浙中著姓，由紹遷徐。」《族譜·傳述》引秦勇均〈岈山張公傳〉：「君諱道汧（敢按道汧為張竹坡從弟）……先世自紹興遷來。」《曙三張公志》：「祖合川公棋，遷自浙紹，隱居徐城東南五十里呂梁之河頭。」其他傳述、志銘、贈言，亦眾口一聲，俱持此說。本來，民國《銅山縣誌》引馮煦〈張卓堂墓誌銘〉就曾說過：「其先家浙之山陰。」當時孤獨一證，無法認同。現在，《張氏族譜》載之鑿鑿，說明竹坡的祖籍確是浙江紹興。姑退一步，即便竹坡祖籍紹興一說，因為年代久遠，漫不可詳考，也從未有任何一則資料說張竹坡的祖籍是安徽歙縣。

竹坡高祖名張棋，字合川，「天性渾穆，胸無城府，純孝性成，居家動有禮法，子弟輩相見肅衣冠出……處族黨親里，至誠藹惻，人弗忍欺」[4]。張棋是據《張氏族譜》歷歷可知的彭城張氏的一世祖。竹坡家族此際尚未發家，但是家風孝友，已見端緒。

竹坡曾祖名張應科，字敬川，生於明嘉靖二十七年，卒於崇禎四年，享年八十四歲。「以省祭赴部選而不仕，事合川公以孝謹稱，友於兄弟。慷慨俠烈，遇事明決，洞中機微，材幹通達，器量弘偉……而忠誠篤厚，雖三尺之童，弗忍欺也……晚年……持齋守戒，每晨諷誦梵笈，寒暑無間……鄉黨俱稱為善士云」[5]。竹坡家族從應科開始才遷居郡城。應科沒有入仕，奉守孝悌傳統，以布衣終。

竹坡祖父名張垣，字明卿，號曙三，生於明萬曆二十一年七月二十六日。據〈舊譜家傳〉《曙三張公志》，張垣於崇禎末，感歎國事，酒後擊劍，聞雞起舞，遂棄文習武，中崇禎癸酉科武舉。史可法駐守揚州，節制江北四鎮，遣興平伯高傑移鎮開洛，進圖中原。召垣授河南歸德府管糧通判，參謀高傑軍事。南明弘光元年正月十三日，睢州總兵許定國叛，誘殺高傑。垣與難，大罵不屈，壯烈殉國。張垣「生平性坦率曠達，雖目破萬卷，胸羅武庫，而無機械詭譎之術。家貧無資，輕財仗義，有所得即散……族黨間有

3　據顧希春譯文，題目〈《金瓶梅》引言〉，《河北大學學報》，1981年第1期。
4　《族譜·傳述》錄張瞻〈舊譜家傳〉。
5　〈舊譜家傳〉。

大疑大獄吉凶諸事，往往排難解紛片語。然諾千里必赴」[6]。能詩，慷慨悲歌，軒爽夷猶。張垣為彭城張氏肇興之祖，竹坡家族從此進入宦途，代不乏人，尤以順康間為最盛。然而張垣既然殉職於明，易代之際，滿人對其後裔似頗有猜懼。張氏入仕者俱有才幹，素享政聲，卻沒有一人能夠做到封疆大吏。張膽以副總兵，兩次會推總鎮，均未獲准。這一點對張竹坡本人雖無直接影響，但張膽及其同輩弟兄卻大多厭畏於仕途，而逍遙於閭里。彭城張氏因此濟濟一堂，這對竹坡既有影響，又有約束。張垣臨終，自覺於國無愧，但於族不安。《族譜》雍正十一年八世塚孫張炯序：「別駕公於睢陽殉難之頃，獨念家譜未修為遺憾焉。」張氏族人的家族觀念根深蒂固，這一點，在竹坡一生中，都產生著不可低估的影響。

竹坡的祖母劉氏，係張垣的原配，「為郡紳劉公潭女，夙嫻家教」[7]。〈舊譜家傳〉：「先妣……歸府君，家值中落，脫珥主中饋。事舅姑，虔恭齋肅，春秋奉蒸，嘗蘋繁必躬。閨教端嚴，內言不出，外言不入。咸以為母儀焉。字鐸、翅一如己出。」與芮效衛所論恰恰相反，竹坡的父親是庶出。

竹坡的大伯父名張膽，字伯量。據《族譜・傳述》錄張膽〈自述〉、引王熙〈驃騎將軍張公傳〉、引范周〈總戎伯亮張公傳〉，《曙三張公志》引十世孫張介〈雨村公口述所見盱紳藏本記略〉、引程南陂〈張氏兩世事略〉、引張膽《家乘記述》九世孫張省齋增注，《族譜・志銘》引張玉書〈伯量張公墓誌銘〉等，張膽幼習制舉業，文場弗售，轉攻孫吳家言，與父垣同中崇禎癸酉科武舉。史可法鎮守淮揚，題授河南歸德府城守參將。時父子文武一方，為世所重。父殉難後，清兵圍歸德，乃降。轉隨清軍南下，攻維揚，取金陵，下浙閩，累功官至督標中軍副將，加都督同知。順治十一年，解甲歸田，終老林下。張膽降清，雖出於欲報父仇，並保全歸德百姓，畢竟是一種變節行為，在他一生中都是一種不可消除的難言隱衷。張膽鄉居三十七年，直至竹坡二十一歲方去世。他捐糧賑災，重修文廟，築河造橋，建寺延僧，被公舉為鄉飲大賢，崇祀徐州鄉賢祠。張膽雖然三攝兵權，兩推大鎮，一方面因為身仕兩朝，名節有虧，於心不安；另方面又因為父親殉忠朱明，誠惶誠恐。所以他持家森嚴，生怕子侄輩戳出亂子，難以收拾。竹坡在張膽生前讀書應舉，孜孜不倦，顯然受到這種威懾。

竹坡的二伯父張鐸，字仲宣，號鶴亭，生於明崇禎十年。《族譜・傳述》錄張道淵〈奉政公家傳〉：「弱冠，以恩蔭考除內翰。西清禁地，侍從趨蹌，紅本票擬，悉公手錄……一時聲譽藉甚皇都……補漢陽太守……當是時，親王重鎮，雲集荊襄，耳公之才，莫不

6　《曙三張公志》錄張膽《家乘記述》。

7　《曙三張公志》引成克鞏〈睢陽別駕張二公元配劉夫人合葬墓誌銘〉。

願為一見。獨是公廉介自持，剛厲不屈，與時相左，不能宛轉葉貴人意，故被吏議。公恬然無慍色，笨車樸馬，遄回故里，優遊林下。」父親就義時，鐸方九齡，奉母兩太夫人，跋涉數百里，扶柩歸葬，極具膽識。《族譜·傳述》錄張道淵〈仲兄竹坡傳〉：「兄體臞弱，青氣恒形於面……伯父奉政公嘗面諭曰：侄氣色非正，恐不永年，當善自調攝……兄素善飲，且狂於酒，自是戒之。」如果說竹坡對大伯父是畏服的話，對這位伯父卻是佩服。張鐸能詩善書，被譽為張氏白眉。張鐸卒於康熙三十三年，時竹坡二十五歲。

　　竹坡的從兄道祥，膽長子，與仲叔鐸同庚，而長一日，初任內秘院中書，累官至湖北按察使。從兄道瑞，膽次子，生於明崇禎十三年，清康熙癸卯科武舉，癸酉成進士，選侍禁庭，題為福山營游擊將軍。從兄道源，膽第三子，長竹坡六歲，官至江西驛鹽道。

　　張氏家族此時武有張膽、張道瑞前後昭繼，文有張鐸、張道祥、張道源等一脈相承，經文緯武，可謂盛極。二十多歲的張竹坡，就生活在「一門群從，勢位傾閭」[8]的這個「簪纓世胄，鐘鼎名家」[9]之中。毫無疑問，這對張竹坡具有著極大的吸引力。然而張竹坡一支卻門庭清肅，在這個望族中，顯得很不相稱。

　　竹坡的父親張翱，字季超，號雪客，崇禎十六年七月二十九日生。據《族譜·傳述》引胡銓〈司城張公傳〉，父親殉難之時，張翱不滿二歲，隨母歸里，長途驚恐，所以一生多病。及長，伯兄遠鎮天雄，仲兄入侍清班，乃獨奉母家居，不欲宦達。其實，張翱是張氏家族中唯一懷有強烈的黍離之情的一個。其〈初夏靜夜玩月偶成〉詩有句云：「擁石高歌舒嘯傲，拋書起舞話興亡。銜杯不與人同醉，獨醒何妨三萬場。」他的不願入仕，除了家庭的原因之外，這應是最主要的根由。張翱能詩擅文，解律工畫，在《族譜·藏稿》所錄十二家詩集中，他的詩清新流麗，深得太白逸致，是最佳的一種。竹坡家學淵源，他二十四歲北進都門，奪魁長安詩社，並非僥倖取勝，是有著深厚的根基的。張翱一生嘯傲林泉，留連山水，廣結賓朋，約文會友。中州侯朝宗、北譙吳玉林、湖上李笠翁皆曾間關入社。竹坡的童年和少年時期就生活在如此詩酒自適、絲竹怡情的氣氛之中。在這種環境薰陶之下，他自幼英穎絕倫，「甫能言笑，即解調聲，六歲輒賦小詩」[10]。《族譜·贈言》引陸琬〈山水友詩序〉：「彭城季超張先生挾不世之才，負泉石之癖，多蓄異書古器，以嘯傲自適。」張翱的志趣，與其伯兄張膽大不相同。竹坡在自己家中是比較自由的，他很早就閱讀了《水滸傳》《金瓶梅》等稗史小說，並培養了對他們的濃厚的興趣，和很高的鑒賞能力。張翱自己雖然緬懷故國，不屑仕進，卻很希望自己的兒

8　《族譜·傳述》引周鉞〈孝靖先生傳〉。
9　《族譜·崇祀》。
10　〈仲兄竹坡傳〉。

子，尤其是他最鍾愛的竹坡，能夠早成功名。〈仲兄竹坡傳〉：「父欲兄早就科第」。可惜張翱亦其年不永，康熙二十三年，那時竹坡才十五歲，便因哭至友過慟而病卒。

竹坡的母親沙氏，同郡「廩生沙日清女……賦性沉靜，一生無疾言遽色。弱齡以孝女聞，於歸以賢婦名，晚歲以仁母稱」[11]。她與丈夫伉儷深情。張膽、張鐸均置妾多人，惟有張翱一生不備側室。她沒有辜負丈夫的恩愛。丈夫謝世時，季子道引僅十一歲，還有兩名幼女。子女們經過她的撫養教育，「男噪才名於弱冠，女解割股於垂髫。」[12]在那個封建社會中，她盡到了最大的責任。因此，她贏得子女的高度尊敬和孝順。康熙二十七年戊辰，竹坡以親迎至宿遷，在寓所作了一篇〈烏思記〉，內中說：「……萱樹遠離……當風雨愁寂之時，對景永傷，不覺青衫淚濕。」《十一草・乙亥元夜戲作》：「堂上歸來夜已午……且以平安娛老母。」

竹坡的胞兄道弘，字士毅，號秋山，長竹坡八歲。據《族譜・贈言》引葛繼孔〈張秋山畫記〉《曙三張公志》等，他能詩，尤擅丹青，以沒骨圖名噪一時。以貢監援例上林苑署丞，改補江西按察司知事。初欲調之贊化，終丁憂不仕，畫隱一生。他是竹坡一門中唯一入仕的一個，亦半途而廢。無形中，壓在竹坡肩上的擔子更重了一層。

竹坡的胞弟道淵，字明洲，號蓬庵，小竹坡二歲。能詩善文，雍容大度，具有入仕的良好素質。但「客有勸先生謁選為升斗計者，先生輒笑而頷之。蓋先生尊大人季超公，際伯仲緯武經文之際，獨抗懷高尚，不樂仕進」[13]。道淵極有乃父遺風，優遊天下，詩酒度日。季弟道引尚且年幼。兄官場中輟，弟不欲宦達，振奮家望，光宗耀祖，就這樣成為竹坡責無旁貸的一種事業，或者說一種負擔。然而道淵也沒有辜負仲兄的奮爭，自竹坡卒後二十年，即康熙五十七年起，至雍正十一年止，道淵毅然承擔起修家譜、建家祠的大任，並且以畢生的精力，終於獨立完成了這項艱巨的工程。這就是筆者見到的《張氏族譜》。正是因為有了這部族譜，我們才能得以明瞭張竹坡的家世、生平、著述。

張膽兄弟三人各家，只有張翱一門未曾宦顯，其他兩門則俱獲得了較大的榮譽。據《族譜・誥命》，自順治八年至雍正元年，誥命迭頒，恩綸屢加。計：應科以孫膽貴，追贈驃騎將軍；以曾孫道瑞貴，追贈榮祿大夫；以曾孫道祥貴，追贈光祿大夫。張垣以子膽貴，追贈驃騎將軍；以子鐸貴，追贈征仕郎；以孫道瑞貴，追贈榮祿大夫；以孫道祥貴，追贈光祿大夫。張膽誥授驃騎將軍；以子道瑞貴，誥封榮祿大夫；以子道祥貴，誥封光祿大夫。張鐸誥授奉政大夫。道祥誥授光祿大夫。道瑞誥授榮祿大夫。道源誥授中

11　《族譜・壺德》。

12　《族譜・壺德》。

13　〈孝靖先生傳〉。

憲大夫。道溥（瞻第四子）誥授文林郎。道汧（瞻第五子）以子廷獻貴，誥贈儒林郎。道沛（瞻第六子）誥授中憲大夫。彥璘（道瑞長子）誥授奉政大夫。彥琮（道瑞第三子）誥授儒林郎。彥球（道源長子，一名球）誥授文林郎。應科妻趙氏，張垣妻劉氏，張瞻妻朱氏、繼配孔氏，道祥妻馬氏，道瑞妻劉氏、繼配王氏，俱累贈（封）一品夫人。張垣妾馮氏累封太宜人。張瞻妾趙氏以子道沛貴，誥封恭人。張鐸妻蔡氏、繼配蔡氏累贈（封）宜人。道瑞妾李氏以子彥璘貴，誥贈宜人。道源妻吳氏誥贈恭人。道溥妻趙氏誥封孺人。彥璘妻孔氏誥封宜人。彥琮妻吳氏誥封安人。彥球妻馬氏誥贈孺人、繼配楊氏誥封孺人等。絡繹不絕的封贈，增加著彭城張氏的光榮，卻刺激著竹坡的神經。論才藝，竹坡父子更高出家族他支一籌。然而，祖宗未因他們父子而獲譽，父母未因竹坡兄弟而得封。竹坡實在此氣難平。張竹坡〈烏思記〉：「偶見階前海榴映日，艾葉凌風，乃憶為屈大夫矢忠、曹娥盡孝之日也。嗟乎……彼曹娥一女子也，乃能逝長波，逐巨浪，貞魂不沒，終抱父屍以出。矧予以鬚眉男子，當失怙之後，乃不能一奮鵬飛，奉揚先烈，槁顏色，困行役，尚何面目舒兩臂繫五色續命絲哉！」竹坡五困棘圍，而志不稍懈，原因蓋在於此。康熙二十三年甲子八月，竹坡初應鄉試落第。同年十一月十一日，父親見背。張翊對兒子期望很高，竹坡卻未能一舉中式，讓父親失望而逝。恃才傲物的竹坡，豈能甘心！

就這樣，造成了竹坡一生無法擺脫和解決的一個矛盾。他偏愛說部，在這方面具有著特異的才能，形勢卻逼著他攻讀時文，求取功名。真是用短消長！封建科舉桎梏人才，於此可見一斑。張潮《幽夢影》有一則曰：「著得一部新書，便是千秋大業；注得一部古書，允為萬世弘功。」竹坡批道：「注書無難，天使人得安居無累，有可以注書之時與地為難耳！」誠可謂辛酸之語。

竹坡童年與少年時期的生活較為富裕。張竹坡《十一草·撥悶三首》其二：「少年結客不知悔，黃金散去如流水。」他的父親能夠賞山樂水、聚客結社，也必須具備相當的經濟條件。經濟來源大約出於張瞻父子的提供。從某種意義上說，這也是對張翊奉母家居的一種報償。但自康熙甲子至甲戌，十年之間，張翊、道祥、張瞻、道瑞、張鐸先後病逝，家族經濟發生了很大的變化。特別是張翊去世以後，竹坡兄弟在家族中的地位，受到了極大的影響。竹坡從此「如出林松杉，孤立於人世矣」[14]。所以他在《十一草·撥悶三首》《十一草·客虎阜遣興》〈治道〉，以及《幽夢影》批語，和《金瓶梅》評點中，一再地感歎世情澆薄、貧病交加。竹坡生性慷慨，而自幼習慣於揮霍，至「老大作客反依人，手無黃金辭不美」[15]。這是竹坡生命後幾年中的幽靈似的纏繞著他的又一

14　〈烏思記〉。

15　〈撥悶三首〉。

個矛盾。

孝道是整個封建宗法禮教的重要組成部分，封建社會的每一個家庭細胞無一例外地都應該把它作為治家的準則之一。彭城張氏家族在這一方面表現得似乎特別突出。《族譜·宗訓》二十則，其首則即為「孝悌」。張氏族人的確是如此奉守躬行的。他們在入仕以前，以此發家；在入仕以後，以此得譽。打開《張氏族譜》，自一世張棋，至七世志勤，在每一個的傳述、志銘裏面，孝悌都是其主要內容之一。最著名的莫過於竹坡胞妹文閑割股療親一事。《族譜·壼德》引外叔祖沙永祺〈張孝媛小傳〉：「康熙辛酉冬，余倩季超甫偶遘痰疾，延和扁診視，參酌湯盞，未即愈。當沉迷倉卒中，諸兒女繞床戶環泣。女獨入小閣繡佛前，戒侍者出，胡跪燃香再拜，願以身代父。算取花剪割股，潛置藥鼎內，數沸，進於父……浹日果漸瘳……而季超病遂愈。」張竹坡在《金瓶梅》評點中之所以提出「苦孝說」，以及他在〈烏思記〉中強烈地傾慕於孝道，在〈治道〉中熱心於維護封建倫理，是有其深刻的宗教與家風淵源的。然而張竹坡不僅終生未博一第，而且在父親去世以後，寄廬外埠，疲於應考，未能在萱堂面前色笑承歡。這是他短促的一生中的又一矛盾，也是他一生痛苦肯綮之所在。

彭城張氏人俱能詩。《張氏族譜》為此專關「藏稿」一項，計選張垣《夷猶草》詩十二首，張鐸《晏如草堂集》詩十首，張翃《山水友》《惜春草》詩十五首詞四首，張道祥《宦遊草》詩二十一首，張道源《玉燕堂詩集》詩二十五首，張竹坡《十一草》詩十八首，張彥琦《山居編年》《適意吟》《鷗閑舫草》《章江隨筆》《凌虹閣詞集》詩三十五首詞三首，張彥聖（道瑞子）《學古堂詩集》詩十一首詞一首，張彥璲（道弘子）《情寄草》詩十二首，張彥珍（道瑞子）《樹滋堂詩集》詩二十首，張志勤（彥琦子）《青照軒詩草》詩十首，張彥瑗（道引女）《嫻猗草》詩六首詞八首。此外，《曙三張公志》收有《夷猶草》全部五十三首；同治《徐州府志·經籍考》《銅山縣誌·藝文考》《蕭縣誌·藝文》著錄有張氏族人詩集多種；《銅山縣誌》《徐州詩徵》並選有張氏族人詩多首，俱出自《張氏族譜》；《徐州續詩徵》又據張氏家藏稿，增選有張膽詩二首、張彥球《湘弦草》四首、張彥珽（道源子）《三影齋詩稿》二十九首、張彥琮詩一首等。另外還有筆者搜集到的竹坡父兄子侄散佚詩詞若干首。這些詩詞直抒胸臆，清脫飛動，俱極可觀。其中張翃的七律、竹坡的古風、彥瑗的七絕，甚至可以與清初大家相媲美。他們一生詩酒相伴，甚或嗜詩成性，以詩為人生第一要務。《族譜·壼德》錄張道淵〈侄女彥瑗小傳〉：「侄女……吾八弟之第三女也……尤喜吟哦。其父授以四聲之學，言下即能明徹。平上去入，應聲而得，百試不舛。吾徐北地，音韻不講，謬錯者多。時有往來詩文，吾弟相詠，女從旁聽之，一字之訛，悉能剖辯。父常口授小詩，即能講解大意。拈筆弄研，日不釋手。十餘齡後，詩已漸成片段。曾出所作《嫻猗草》示余。其間多有

天然之句，如〈詠落花〉有云：『不知一夜飛多少，贏得階前萬點紅。』何其飄灑之至！豈非出自性靈耶！〈詠雪〉詩云：『謾擬輕狂柳絮飄，合將素質比瓊瑤。』特翻謝庭之案，寄寓良高，大得詩人之旨……易簣之時……對其兄璿曰：『今吾永辭人世矣，獨有所遺詩詞數卷，一生心血，未免情牽。兄其為我刊而傳之，我方瞑目！』」竹坡的家族既是官宦之家，又是書香之族。

筆者所述彭城張氏家族中的這個張竹坡，正是評點《金瓶梅》的那個張竹坡。〈仲兄竹坡傳〉：「（兄）曾向余曰：《金瓶》針線縝密，聖歎既歿，世鮮知者，吾將拈而出之。遂鍵戶旬有餘日而批成。」至此，張竹坡籍貫之爭可以結束，而張竹坡的家世，在竹坡逝世 286 年之後，終於完整清晰地佈告於天下。

附記：本文作於 1984 年，發表於 1985 年。

張竹坡生平述略

　　考索張竹坡的生平，在對張竹坡評本《金瓶梅》研究的歷史過程中，一直受到研究者的重視。這一研究方向，在現代，應該說是由馬廉與孫楷第兩位先生首開其端緒的。當然，每一個張評本《金瓶梅》的研究者，自均曾留意《第一奇書》卷首的謝頤序[1]。但孫先生進一步從劉廷璣《在園雜誌》拈出張竹坡的籍貫，又從張潮《幽夢影》上的竹坡評語，推測出張竹坡生活的大約年代[2]。馬先生則據民國《銅山縣誌》等查知張竹坡名道深，並編制了一頁張竹坡家世簡表[3]。之後，這一研究領域沉寂了四五十年[4]。近年來，隨著《金瓶梅》版本研究領域的擴大，和中國古代小說理論課題的提出，對張竹坡生平的探求，才重又為學術界所重視，並取得了一定的進展[5]。

1　序中說：「今經張子竹坡一批，不特照出作者金針之細，兼使其粉膩香濃，皆如狐窮秦鏡，怪窘漫犀，無不洞鑒原形。」此乃關於張竹坡批點《金瓶梅》的最早記載。

2　孫楷第《中國通俗小說書目》：「竹坡名未詳。劉廷璣《在園雜誌》稱彭城張竹坡，蓋徐州府人。曾見張山來《幽夢影》有張竹坡評，則順康時人也。」又說：「《狐仙口授人見樂妓館珍藏東遊記》二十四章，⋯⋯每章後有『竹坡評』，末附『尾談』一卷。⋯⋯竹坡不知即張竹坡否？」劉廷璣《在園雜誌》原文為：「《金瓶梅》⋯⋯彭城張竹坡為之總大綱，次則逐卷逐段分注批點，可以繼武聖歎，是懲是勸，一目了然。惜其年不永，歿後將刊板抵償冤逋於汪蒼孚，蒼孚舉火焚之，故海內傳者甚少。」

3　據抄本《馬隅卿雜抄》。

4　1956 年 10 月 25 日《新民晚報》載有一篇署名「一丁」的文章，題目是〈評《金瓶梅》之張竹坡〉，內容比較簡略。1962 年英文版柳存仁著《倫敦所見中國小說書目提要》，曾對本衙藏板本《第一奇書》有所介紹，並提出張竹坡生年與營生的推測，但國內無法讀到。因此，以上兩文，未在國內產生反響。

5　國內已發表的論文與已出版的論著有：王汝梅〈評張竹坡的《金瓶梅》評論〉（載《文藝理論研究》1981 年第 2 期）；孫遜〈我國古典小說評點派的傳統美學觀〉（載《文學遺產》1981 年第 4 期）；顧國瑞、劉輝〈《尺牘偶存》《友聲》及其中的戲曲史料〉（載《文史》第 15 輯）；葉朗《中國小說美學》（北京大學出版社 1982 年 12 月一版）；陳昌恆〈論張竹坡關於文學典型的摹神說〉（載《華中師院學報》1983 年第 1 期）；蔡國梁〈明人清人今人評《金瓶梅》〉（載《社會科學戰線》1983 年第 4 期）等。國外的研究文章，筆者僅知：〔美〕大衛・特・羅伊〈張竹坡對《金瓶梅》的評論〉（載 1982 年 9 月《古代文學理論研究叢刊》第六輯，譯者曉洋）；〔英〕亞瑟・大衛・韋利〈《金瓶梅》引言〉（載《河北大學學報》1981 年第 1 期，譯者顧希春）。

　　迄今為止，據筆者所知，經過國內外學人的努力，關於張竹坡的生平，已經取得的研究成果，有如下幾點：其一，陸續發現了一些有關張竹坡生平的資料，譬如《在園雜誌》《幽夢影》《東遊記》《尺牘偶存》《友聲集》《徐州詩徵》、民國《銅山縣誌》《徐州續詩徵》《馬隅卿雜抄》等。其二，基本公認張竹坡是徐州人。其三，有人提出了張竹坡生年為康熙九年的推測，並引起了學術界的注意。其四，知道張竹坡名道深，著有《十一草》詩集，並查到他的兩首詩。其五，充分認識到張竹坡《金瓶梅》評點的美學價值，肯定他是中國古代小說的傑出評論家。其六，注意到張竹坡的行蹤，知道他曾旅居揚州、蘇州，與張潮等人有較為密切的交往。其七，留心到除《金瓶梅》外張竹坡所批的其他書籍。凡此數點，都為張竹坡生平的繼續探討與徹底揭曉，提供了線索。但是，還有許多問題沒有解決：張竹坡的字、號是什麼？能否確知他的出生年月？他活了多大歲數？他評點《金瓶梅》究在何時何地？他為什麼要評點《金瓶梅》？他在《金瓶梅》評點中的夫子自道是否可信？劉廷璣的話準確不準確？他什麼時間到的揚州、蘇州，在那裏都幹了些什麼？他一生另外還有哪些經歷？他的喜怒哀樂是什麼，從這些喜怒哀樂中能否判斷他的思想傾向？民國《銅山縣誌》與《徐州續詩徵》中所說的張氏家譜還存不存世？等等。這些重要問題，隨著《金瓶梅》研究的深入，愈來愈增添著人們求解的興趣。

　　筆者在前人研究的基礎上，也致力於張竹坡材料的訪求與研究，有幸訪見了《張氏族譜》。族譜中有一種是乾隆四十二年刊本，係竹坡的胞弟張道淵纂修。在這部《張氏族譜》裏，收有張道淵撰寫的〈仲兄竹坡傳〉、張竹坡的詩集《十一草》、張竹坡的幾篇散文，和其他關於竹坡生卒嫡傳、交遊著述的資料。現在，張竹坡的生平身世，總算可以較為全面而準確地獲解了。本文即將發現的關於張竹坡生平的新知，分則簡略考述如下：

　　(一)張竹坡的名、字、號與排行。〈仲兄竹坡傳〉：「兄名道深，字自得，號曰竹坡。余兄弟九人，而殤者五。兄雖居仲，而實行四。」《曙三張公志》：「道深，字自得，號竹坡。」[6]《張氏族譜·族名錄》則為：「道深，行四，字自德，號竹坡。」《荀子·成相》：「尚得推賢不失序。」知古「得」通「德」，則竹坡字當為自德。

　　〈族名錄〉：「張翃……子四：道弘，沙氏出；道深，沙氏出；道淵，沙氏出；道引，沙氏出。」查民國《銅山縣誌》張翃條，僅云：「子道淵」。《徐州續詩徵·張氏詩譜》又注云：「道深，翃子。」「彥璲，翃孫。」但竹坡究係兄弟幾人？行第如何？彥璲為誰之子？記載不詳，外人無法知曉。

6　《曙三張公志》亦筆者新發現的史料之一，係彭城張氏十世孫張介輯錄手抄，現藏寒舍。

（二）**張竹坡的生年與卒年。**〈族名錄〉：「竹坡生於康熙庚戌年七月二十六日，生年二十九歲，於康熙戊寅年九月十五日疾終。」〈仲兄竹坡傳〉：「歲庚戌，……遂生兄。……而兄奄然氣絕矣。時年二十有九。」《張氏族譜》的記載證明，〈第一奇書非淫書論〉中竹坡「生始二十有六，素與人全無恩怨」云云，是完全可信的。柳存仁先生和王汝梅先生均曾考證竹坡的生年為康熙九年。這一推斷是完全正確的。竹坡只活了二十九歲，無怪劉廷璣要慨歎「其年不永」，也無怪〈仲兄竹坡傳〉感歎說：「與李唐王子安歲數適符（敢按王勃生年二十七歲，道淵此處引誤）。吁，千古才人如出一轍，余大不解彼蒼蒼者果何意也！」芮效衛先生考證竹坡生於順治七年，提前了整整二十年，當因其認定竹坡是歙縣張氏族人而誤。

（三）**張竹坡的出生地與墓葬地。**〈族名錄〉：「垣……住居郡城。」張垣為竹坡祖父。《張氏族譜》譜例：子居同父者不重書。〈族名錄〉張翶條無居地，因知居仍徐州。故《族譜·傳述》引胡銓〈司城張公傳〉云：「翶……籛城世胄也。」又翶以兩兄膽、鐸並仕，獨奉母家居，故知竹坡生於徐州。《族譜·雜著藏稿》錄竹坡〈鳥思記〉：「余籛里人也。」可相印證。

康熙三十七年，張竹坡病卒於巨鹿（今河北平鄉縣）。〈族名錄〉：「道深……疾終於直隸保定府永定河工次。」這是約而言之。〈仲兄竹坡傳〉記載了竹坡病卒的具體地點與情形：「工竣，詣巨鹿，會計帑金。寓客舍，一夕突病，嘔血數升。同事者驚相視，急呼醫來，已不出一語。藥鐺未沸，而兄奄然氣絕矣。」

據〈族名錄〉，後來，竹坡被歸「葬於丁塘先塋穆穴」。據《張氏族譜》，丁塘先塋主穴葬的是竹坡的父母，昭穴葬的是竹坡的兄嫂。另據筆者調查，「丁塘先塋」位於今江蘇省銅山縣漢王鄉紫金山之陰，墳壠雖俱已夷平，墓穴尚未經破壞。其後人亦可確指其具體方位。

（四）**關於張竹坡誕生的傳說。**〈仲兄竹坡傳〉：「歲庚戌，母一夕夢繡虎躍於寢室，掀髯起立，化為偉丈夫，遂生兄。」這當然只是沙老夫人的夢感，帶有明顯的神秘色彩。但這一段神話般的故事，卻在竹坡的思想中起著作用，他後來簡直是聞「虎」興感。《十一草·客虎阜遣興》其三（即《徐州詩徵·虎阜遣興》其二）：「千秋霸氣已沉浮，銀虎何年臥此丘？憑弔有時心耳熱，雲根撥土覓吳鉤。」竹坡客居虎阜，自比「銀虎」，觸景生情，聯想身世，這才心耳發熱的。《十一草·撥悶三首》其三：「我聞我母生我時，斑然之虎入夢思，掀髯立起化作人，黃衣黑冠多偉姿。……我志騰驤過於虎。……去年過虎踞，今年來虎阜，金銀氣高虎呈祥，池上劍光射牛斗。」這不但是以虎喻己，簡直是非我莫虎。《十一草·乙亥元夜戲作》：「弱女提燈從傍舞，醉眼將燈仔細看，半類獅子半類虎。」在竹坡眼裏，竟然比比皆虎了。

（五）張竹坡的童年與少年生活。竹坡生而聰穎，聞名閭里。〈仲兄竹坡傳〉：「甫能言笑，即解調聲。六歲，輒賦小詩。一日，卯角侍父側。座客命對曰：河上觀音柳；兄應聲曰：園外大夫松。舉座奇之。……兄長余二歲，幼時同就外傅。……兄終朝嬉戲，及塾師考課，始為開卷。一寓目即朗朗背出，如熟讀者然。……一日師他出。余揀時藝一紙、玩物一枚，與兄約曰：讀一過而能背誦不忘者，即以為壽。設有遺錯，當以他物相償。兄笑諾。乃一手執玩具，一手持文讀之。余從旁催促，且故作他狀以亂之。讀竟複誦，隻字不訛。同社盡為傾倒。」

竹坡性情豪爽，稍長，喜交賓朋，有父風。這時他家的經濟狀況甚為殷實。〈撥悶三首〉共二：「少年結客不知悔，黃金散去如流水。」

竹坡自幼體質柔弱。〈撥悶三首〉其三：「我生柔弱類靜女。」〈仲兄竹坡傳〉：「兄體臞弱，青氣恒形於面，病後愈甚。伯父奉政公（敢按即張鐸）嘗面諭曰：侄氣色非正，恐不永年，當善自調攝。」竹坡頗受警策，一方面戒酒，〈仲兄竹坡傳〉：「兄素善飲，且狂於酒，自是戒之，終身涓滴不入於口。」一方面鍛煉，〈撥悶三首〉其三：「十五好劍兼好馬。」

（六）張竹坡的才氣與精力。竹坡二十四歲以前，雖稱譽於故園，但影響不遠。二十四歲時，他北遊京都，一舉轟動帝闕。〈乙亥元夜戲作〉：「去年前年客長安，春燈影裏誰為主。」乙亥年竹坡二十六歲，「前年」，他便是二十四歲。〈仲兄竹坡傳〉記載了這次北上的詳細情形：「兄性不羈，一日家居，與客夜坐。客有話及都門詩社之盛者，兄喜曰：吾即一往觀之，客能從否？客方以兄言為戲，未即應。次晨，客曉夢未醒，而兄已束裝就道矣。長安詩社每聚會不下數十百輩，兄訪至，登上座，競病分拈，長章短句，賦成百有餘首。眾皆壓倒，一時都下稱為竹坡才子云。」他在北京約停了大半年，載譽而歸。康熙三十三年甲戌春，他返回故里以後，還念念不忘此行會詩案首的壯舉。《十一草·春朝》其二：「去年臘盡尚留燕，帝里繁華不計錢。」直到乙亥元夜，還有前面已經引過的詩句，自豪之情，溢於文詞。

竹坡不但才氣過人，而且精力特異。〈仲兄竹坡傳〉：「兄雖立有羸形，而精神獨異乎眾。能數十晝夜目不交睫，不以為疲。」

由前述引文可知，張道淵撰寫的〈仲兄竹坡傳〉，緊緊把握住乃兄的異乎尋常的氣質，將竹坡靈慧絕倫、才傾八斗、恃才傲物、不可一世的稟賦，刻劃得入木三分。張竹坡後來能在十幾天的時間內完成《金瓶梅》的評點，直是自然而然之事。

（七）張竹坡成婚的時間與其妻劉氏。竹坡大約是十八歲結婚的。〈烏思記〉：「戊辰春，予以親迎至鐘吾。……兼之萱樹遠離，荊枝遙隔，當風雨愁寂之時，對景永傷，不覺青衫淚濕。」戊辰是康熙二十七年，竹坡十九歲，既言「荊枝遙隔」，說明他已有

妻室。鐘吾為春秋古國名，地點在今江蘇省宿遷縣北。從徐州到宿遷，不過一二百里路程，竹坡念念不忘「荊枝」，說明他新婚未久。而由下文可知，康熙二十六年丁卯八月，竹坡曾經二應鄉試於南京。因此，竹坡成親的時間，當在康熙二十六年秋冬間。〈族名錄〉：「道深……妻劉氏，同郡人、陝西西安府參將諱國柱之女。」劉氏是一位賢慧的妻子。〈乙亥元夜戲作〉：「堂上歸來夜已午，春濃繡幕餘樽俎。荊妻執壺兒擊鼓，弱女提燈從傍舞。」元宵之夜，丈夫高堂承歡，午夜歸來，她導演並參加演出了一場家庭晚會，真是「其樂融融」！後來竹坡久客外阜，極其渴望天倫之樂，希望能得到這種幸福。《幽夢影》中有他一條批語說：「久客者欲聽兒輩讀書聲，了不可得！」劉氏長竹坡二歲，一直活到七十五歲高齡。

（八）**張竹坡的用世精神與五困場屋**。竹坡早年捐監，曾經五應鄉試。〈仲兄竹坡傳〉：「兄一生負才拓落，五困棘圍，而不能博一第。」清代科舉如明制，鄉試三年一科，於子午卯酉年行之。而自康熙二十三年甲子，至康熙三十五年丙子，總凡五科，又無恩科，竹坡既「五困棘圍」，必然科科俱到。竹坡十五歲那年，即康熙二十三年甲子，他初試桂榜。因此，〈仲兄竹坡傳〉曰：「十五赴棘圍」。竹坡雖然五落秋榜，而志不少懈。〈撥悶三首〉其一：「知我不須待我言，不知我兮我何剖。……千秋萬古事如彼，我敢獨不與天作周旋。即非諂鬼亦非顛，更非俯首求天憐。此中自有樂，難以喉舌傳。……閑中得失決不下，致身百戰當何以？」

「貧士失職而志不平」。何況是竹坡才子！何況是自負其才又極欲用世的竹坡才子！何況是名震南北、天下盡知的竹坡才子！他不能自甘貧賤，受人冷落。〈撥悶三首〉其三：「眼前未得志，豈足盡生平。」〈客虎阜遣興〉其三：「憑弔有時心耳熱，雲根撥土覓吳鉤。」〈仲兄竹坡傳〉：「（兄）一朝大呼曰：大丈夫寧事此以羈吾身耶！遂將所刊梨棗，棄置於逆旅主人，罄身北上。」竹坡發這個狠心的時間，是康熙三十七年春，當時他因評刊與發行《金瓶梅》寓居在蘇州。所謂「逆旅主人」，大約便是劉廷璣《在園雜誌》所稱的汪蒼孚一類的人物。據乾隆《徐州府志》，劉廷璣康熙四十五年任淮徐道，駐守彭城，與張氏家族有交往。此時距竹坡謝世未久，他一定從張氏族人那裏聽到過竹坡的一些行實。但他所謂「歿後將刊板償抵夙逋於汪蒼孚」云云，應是傳聞而誤。

既然科舉一途此路不通，入仕也還有別的門徑。康熙三十七年戊寅春，他「罄身北上」，滿懷熱望，不甘沉淪，期待著能有一展經綸的機會。然而，他不慣於節約心力，養精蓄銳。他追求極度的刺激、過分的效率。「數十晝夜目不交睫」，這對於「青氣恒形於面」的身體虛弱者來說，豈是長久之計！《幽夢影》有一則曰：「賞花宜對佳人，醉月宜對韻人，映雪宜對高人。」竹坡評云：「聚花月雪於一時，合佳韻高為一人，吾將不賞而心醉矣。」《幽夢影》中他的另外兩條批語也說：「一歲當以我暢意日為佳節。」

「我願太奢,欲為清富,焉能遂願」。

他選擇了一個什麼樣的門徑呢?效力河干!〈仲兄竹坡傳〉:「遇故友於永定河工次,友薦兄河干效力。兄曰:吾聊試為之。於是晝則督理插畚,夜仍秉燭讀書達旦。」

治理河務是清政府的頭等大事之一,最高統治者動輒親臨巡視,在這項工程上升官發財的可說不計其數。張竹坡效力河干,不失為一個宦達的捷徑。即彭城張氏家族,就有不少人取譽顯耀於河工。如《族譜·傳述》引莊柱〈邑侯張公傳〉:「(道溥)年甫弱冠,即偕副使公效力河工。八年之間,歷著成績。」又《族譜·傳述》引秦勇均〈岍山張公傳〉:「嗣君廷獻,以京職初赴河工。君(敢按指道汧)與俱。河督滄州陳公一見驚且喜曰:吾耳子名久矣,治水事巨,若當為分理之。遂留不遣。君感陳公知己,遂慷慨勇躍為國家用。」永定河亦是屢屢氾濫,令清庭憂心之處。《清史稿·河渠志·永定河》:「永定河亦名無定河……三十七年,以保定以南諸水與渾水匯流,勢不能容,時有氾濫,聖祖臨視。巡撫于成龍疏築兼施,自良鄉老君堂舊河口起,經固安北十里鋪,永清東南朱家莊,會東安狼成河,出霸州柳岔口三角澱,達西沽入海。浚河百四十五里,築南北堤百八十餘里,賜名永定。自是渾流改注東北,無遷徙者垂四十年。」然而竹坡時運不濟,功敗於垂成。由前文可知,永定河工竣之後,他突然病亡。〈仲兄竹坡傳〉:「齎志以歿,何其阨哉!」

張竹坡為什麼會有這種銳意進取的精神?前面說過,他自幼聰敏,素享聲譽,要強好勝,極為自信。《十一草·留侯》:「飄然一孺子,乃作帝王師。……終得聘其志,功成鬢未絲。」《十一草·酇侯》:「不有蕭丞相,誰興漢沛公。……授漢以王業,卓哉人之雄。」他的確相信他應該像虎為獸中之王一樣,成為人中之傑。他認為他的落第只是一種偶然,只是時運不濟。他認為他一定會中式,一定勝任帝師國相之職,只不過時候未到而已。這是出自他個人襟懷天性方面的原因。除此之外,他們這一支在整個彭城張氏家族中的地位,也時時給他以刺激,促使他發奮抗爭,自強不息。據《張氏族譜》,張翱兄弟三人,張膽、張鐸兩門,緯武經文,雀起群從,敕命恩綸,絡繹不絕,真是地道地做到了光宗耀祖、封妻蔭子。而張翱一支卻門庭清肅,布衣始終,祖宗未因張翱父子而誥贈,父母未因竹坡兄弟而覃恩。然而,在整個家族之中,張翱父子的文情才思,實為翹楚。這就產生了一個極大的矛盾:張翱父子的才幹,族人不得不佩服;張膽、張鐸兄弟子侄的顯耀,族人也不能不企羨。世俗不以才情區別人之貴賤,文士卻以才情判斷人之清濁。張翱一門在家族中的地位,委實有點格格不入。當張翱活著的時候,因為他奉母盡孝,張膽、張鐸的宦囊,使竹坡家庭的經濟尚能裕如,張翱也很受族人鄉鄰的

尊敬，「每令老生宿儒對之撟舌」，「郡中巨細事咸質諸公」[7]。而在父親辭世之後，「人情反覆，世事滄桑，若黃海之波，變幻不測，如青天之雲，起滅無常。噫，予小子久如出林松杉，孤立於人世矣」[8]。竹坡之所以百折不回，強欲入世，也在於面對這種別有天壤的變化，他不能甘心服氣。

(九)**張竹坡評點《金瓶梅》的時間與原由。**竹坡評點《金瓶梅》時年齡二十六歲，對這一點，《金瓶梅》的研究者基本是承認的。也就是說，《張氏族譜》發現以前，已可考知張竹坡是在康熙三十四年乙亥完成《金瓶梅》的評點的。現在，則可具體知道，竹坡評點《金瓶梅》的時間，是康熙乙亥正月。至於竹坡為什麼評點《金瓶梅》，前人雖有論及，卻不夠準確。〈仲兄竹坡傳〉：「（兄）曾向余曰：《金瓶》針線縝密，聖歎既歿，世鮮知者，吾將拈而出之。……或曰：此稿貨之坊間，可獲重價。兄曰：吾豈謀利而為之耶？吾將梓以問世，使天下人共賞文字之美，不亦可乎！」竹坡自己也說：「偶為當世同筆墨者閑中解頤」[9]。顯然，竹坡主要是從文藝欣賞與文學批評的角度來批書的。因此，他才可能對於中國小說理論，作出重要的貢獻。〈竹坡閑話〉：「《金瓶梅》何為而有此書也哉？曰：此仁人志士，孝子悌弟，不得於時，上不能問諸天，下不能告諸人，悲憤嗚唈，而作穢言以泄其憤也。」張竹坡曾「恨不自撰一部世情書，以排遣悶懷」，但最後他選擇了評點《金瓶梅》的做法，當然也有出於「窮愁所迫，炎涼所激」的一面。

(十)**張竹坡的交遊。**前文已經指出，人們業已知道竹坡於康熙三十五年到過揚州，與張潮等人過從甚密，並參與了《幽夢影》的批評；也知道他到過蘇州，作有〈虎阜遣興〉二首。現在，進一步可知竹坡是在康熙三十五年秋冬間到揚州，一直到明年年初，他才移寓蘇州，直至康熙三十七年初夏，方離蘇北上。《十一草》中有他寫在蘇州的〈客虎阜遣興〉六首與〈撥悶三首〉等凡九首詩傳世。此外，竹坡的交遊，其尚可確知者，計有：其一，與閻古古之孫閻千里有交往。《十一草》中有一首〈贈閻孝廉孫千里〉，詩中說：「久思伐木登龍門，……高車忽來黃葉村。……請將詩律細講論，何以教我洗眵昏。」其二，康熙二十七年戊辰春，竹坡因胞兄道弘的婚事，到過宿遷，作有散文〈烏思記〉。其三，康熙三十二年秋，竹坡北遊京師，奪魁長安詩社，翌年初，返回彭城。其四，康熙二十三年甲子，二十六年丁卯，二十九年庚午，三十二年癸酉，三十五年丙子，竹坡五至南京參加江南省的鄉試。前四次都是秋初到南京，落選以後，秋末即返回

7　胡銓〈司城張公傳〉。
8　〈烏思記〉。
9　《第一奇書・凡例》

徐州。第五次則因為所評《金瓶梅》刊成，丙子春，他即「載之金陵」，並以金陵為立腳地，廣事交遊。〈仲兄竹坡傳〉：「四方名士之來白下者，日訪兄以數十計。兄性好交遊，雖居邸舍，而座上常滿。」其五，康熙三十七年戊寅初夏，竹坡北上永定河工地，圖謀進取。九月十五日，暴卒於巨鹿。其六，家族中間，除了父母妻子以外，竹坡與二伯父張鐸、胞弟道淵、從侄彥琦的關係，也有直接資料可稽。張鐸嚴正端方，能詩工書，被譽為張氏白眉。竹坡對他很為敬服。竹坡與道淵，則為知己兄弟。道淵在竹坡卒後，為仲兄撰了家傳，編了詩集、文集，對竹坡的《金瓶梅》評點，給予了充分的肯定和高度的評價。而彥琦肩負大宗重責，守成父祖勳業，其思想情趣，與竹坡是有很大不同的。

（十一）張竹坡的功名與子女。竹坡也得到過一點功名：候選縣丞。縣丞是正八品，又何況是候選，並無實任，這對於志大才高的竹坡，可謂絕大的諷刺！

竹坡「子二：彥寶，劉氏出；彥瑜，劉氏出。女，劉氏出，婿趙懋宗，鑲黃旗人；二，劉氏出，婿莊顯忠，直隸順天府大興縣人，廣東惠州營把總」[10]。另據《曙三張公志》：「彥寶，字石友，善詩畫，生員。」

（十二）張竹坡一生中的矛盾。在竹坡短促的一生裏，從十五歲起，有四個無法解決與擺脫的矛盾，纏繞著他十四個春秋。首先，他酷愛說部，對《水滸傳》《金瓶梅》等通俗小說，有著卓異的鑒賞力，但因為科舉，不得不將大量的時間花在制藝時文上面。《幽夢影》上有一則批語說：「注書無難，天使人得安居無累，有可以注書之時與地為難耳！」可謂道出其心聲。其次，他一生負才，極欲用世，卻困於場屋，未博一第。〈仲兄竹坡傳〉：「兄既歿，檢點行櫥，惟有四子書一部，文稿一束，古硯一枚而已。」他不明白：他那種鋒芒畢露的性格，不會受到正統儒道的青顧；他在稗語小說方面表現出來的才能，只會被封建禮教視為異端，而加以排斥。他至死都沒有放棄制舉，固執地認為他一定能夠獨占鰲頭。復次，他生當彭城張氏最為繁盛之時，族人們簪纓袍笏，勢傾閭里，他卻貧病交加，轉倚他人門戶。父親去世之時，正是竹坡由少年進入青年的階段。他本來就早熟，面對家景的滄桑，更促進了他對社會人生的理解。後來，他南奔北走，批書交友，領略人情，洞悉世務，飽嘗了炎涼冷暖的滋味。他愈是不能接受這種命運，愈要改變困苦的處境，命運卻愈趨險惡。自從他康熙三十五年春離開家鄉，直至去世，他有家不能歸，做了將近三年的寓公。在這期間，他窮困潦倒，二十七、八歲就已白髮滿頭。〈撥悶三首〉其一：「愁多白髮因欺人，頓使少年失青春。」其二：「老大作客反依人，手無黃金辭不美。」《幽夢影》有一則曰：「境有言之極雅而實難堪者，貧病也。」竹坡批云：「我幸得極雅之境。」他只有吟詩寄愁，自我解嘲。〈客虎阜遣興〉

---

10 〈族名錄〉。

其一：「好將詩思消愁思，省卻山塘買醉錢。」〈撥悶三首〉其一：「何如不愁愁亦少，不見天涯潦倒人，饑時雖愁愁不飽。隨分一杯酒，無者何必求。」他只能對這種現實予以辛辣的嘲諷。〈撥悶三首〉其二：「而今識得世人心，藍田緩種玉，且去種黃金。」最後，他性情純孝，卻既不能科舉中式，慰先考在天之靈，又每常棄家奔波，不得奉養高堂，色笑承歡。〈仲兄竹坡傳〉：「父欲兄早就科第」。康熙二十三年八月，竹坡初試落第；十一月十一日，張翱病逝。父親沒有看到兒子的功名，帶著傷心和不平，離開了人世。這件事，在竹坡生命的旋律中，打下了永遠悲哀悔恨的基調。〈烏思記〉：「偶見階前海榴映日，艾葉凌風，乃憶為……曹娥盡孝之日也。……矧予以鬚眉男子，當失怙之後，乃不能一奮鵬飛，奉揚先烈，搞顏色，困行役，尚何面目舒兩臂繫五色續命絲哉！」

康熙三十三年甲戌春，張竹坡從北京回到徐州，沉浸在長安奪標的自我陶醉情緒裏，安貧樂居了一個時期。〈乙亥元夜戲作〉：「歸來雖復舊時貧，兒女在抱忘愁苦。吁嗟兮，男兒富貴當有時，且以平安娛老母。」在此之前，特別是在此之後，他生命的激流，就像是三峽的江水，越被拘束，就越是奔騰咆哮，奪口而出。在中國文學史上，張竹坡可算是曇花一現，沒有來得及更多地馳騁才志，就離開了人間。他定是帶著他在評點《金瓶梅》時，所發遣的對於現實生活黑暗的揭露，和對於社會道德風尚的批判辭世的。當他在巨鹿客舍嘔血數升之傾，他心中定會充滿著壯志未遂的怨恨，和未盡其才的憤懣！

近年來，張竹坡評點《金瓶梅》的美學價值，正在獲得人們的公認；張竹坡在中國小說理論發展史和在中國文學批評史上的重要地位，正在引起國內外學人的重視。竹坡有知，當是欣慰含笑於九泉的吧？

附記：本文作於 1984 年，發表於 1984 年。

張竹坡《十一草》考評

一

在光緒十七年編刊的《徐州詩徵》銅山卷中，選了張道深的兩首詩，題為〈虎阜遣興〉：

> 四月江南曬麥天，日長無事莫高眠。
> 好將詩思消愁思，省卻山塘買醉錢。
>
> 千秋霸氣已沉浮，銀虎何年臥此丘。
> 憑弔有時心耳熱，雲根撥土覓吳鉤。

張道深名下並有注云：「道深，字竹坡，著有《十一草》。」這是我們得以知道張竹坡名道深，竹坡為其字，並著有詩別集《十一草》的最早文字記載。[1]後來，民國十五年官修的《銅山縣圖志》，肯定了《徐州詩徵》上的這一記載。在其卷二十《藝文考》中著錄云：「張道深《十一草》。道深，字竹坡。」民國二十四年，張竹坡的七世族孫張伯英選刊《徐州續詩徵》，雖然未再入選張竹坡的詩，卻由徐東橋編錄了一個《張氏詩譜》，附在張竹坡伯父張膽的詩後，在這個詩譜上，注明：「道深，翔子。」這就將張竹坡歸入張氏世系，使我們進一步瞭解到張竹坡的家世大略。

《張氏詩譜》前有徐東橋的小引，「勺圃（敢按張伯英號）續詩徵訖，以家藏集見示，曰先世遺著不敢自去取，囑代編錄」云云，則所增之注，亦當出於家藏故集。《徐州詩徵》《銅山縣圖志》均有張氏族人參與編修，他們的載錄自然也應出於家族藏稿。但是，前述諸書固然遞次有所增進，卻俱欲露還藏，未能詳明，甚或妄自刪割，張冠李戴，使張竹坡的身世著述，在有清一代埋藏了二百年之後，又繼續湮沒了七八十年之久，並且

---

[1] 竹坡的這兩首詩亦見載於《晚晴簃詩匯》卷四十。在此之前，張潮《友聲集》曾注明張竹坡名道深，但沒有指出他有《十一草》。

遭到了難以彌補的損失，實在是一個歷史的遺憾！

竹坡乃我桑梓先哲，筆者既學治小說，自予廣為稽查。不期果有所獲，終得睹識其佚詩若干！本文僅擬質正前人的妄改、誤置，並進而考評《十一草》，以及竹坡的其他佚詩。

姑仍由張竹坡的所謂「虎阜遺興」詩說起。我所發現的這一組詩，不是二首，而是六首。「四月江南曬麥天」一首為其第一首，「千秋霸氣已沉浮」一首為其第三首。這一組詩的詩題也不是「虎阜遺興」，而是〈客虎阜遺興〉。《徐州詩徵》是部選集，從六首中選取二首，原無可非議，但既未注明這一組詩的總數，又妄刪詩題，無論如何都不是恰當的做法。順便解釋一下第三首詩。從字面上看，自然是「貧士失職而志不平」的感慨。這樣說當然不錯，但詩中卻有著更深刻一層的含義。所發現的張竹坡的另外一組詩〈撥悶三首〉其三中有這樣幾句：「我聞我母生我時，斑然之虎入夢思，掀髯立起化作人，黃衣黑冠多偉姿。我生柔弱類靜女，我志騰驤過於虎……去年過虎踞，今年來虎阜，金銀氣高虎呈祥，池上劍光射牛斗。」以此印證前詩，原來竹坡是寫自身的故實，是因此發遣胸襟，並不單單是登高而賦的一般性的抒情。

另外，道光十一年《銅山縣誌》卷二十二〈藝文五·國朝詩一〉，選了張道源的一首〈中秋看月黃樓上〉，曰：

> 今古風光定不殊，古人對月意何如？
> 兔毫此夜仍堪數，人事當年孰可呼。
> 遠眺卻嫌南斗近，曠懷應笑北山孤。
> 百年以後登樓者，還有悲歌客也無。

民國《銅山縣誌》卷七十四〈志餘下·本縣諸賢詞賦〉，照錄了這首詩，亦題為道源作。道源是張膽的第三子，為竹坡的從兄，官至江西驛鹽道，著有《玉燕堂詩集》。但新發現的《玉燕堂詩集》裏沒有這首詩。相反，在張竹坡的佚詩裏，卻有此詩。因此，這首詩的著作權應該屬於張竹坡。在新發現這些材料之前，我們總感歎關於竹坡的著述知道得太少。其實，至少還有這一首詩是大家都見到過的。真是一個令人興歎的誤會！道源著述亦富，《玉燕堂詩集》就保存了他的二十五首詩。後人並沒有必要把這首〈中秋看月黃樓上〉移置到他的頭上。而且，《徐州詩徵》另選有他的一首〈佛手柑〉，就明明白白的是《玉燕堂詩集》二十五首之一。《玉燕堂詩集》裏有一首〈登黃鶴樓〉，詩題與此相近，或者竟因此誤置。「源」與「深」二字形似，也可能是由此李代。這當然只是一種猜測，恐怕也沒有更好的解釋。但不管是什麼原因造成，這首詩今天總算還原給了作者張竹坡。

　　我所發現的這些材料，均載錄於《張氏族譜》。關於《張氏族譜》的發現經過及其意義，筆者曾有專文言及[2]，這裏僅因行文必要略作介紹。《張氏族譜》係竹坡胞弟道淵纂修，道淵為此用了畢生的精力。是譜起修於康熙五十七年，至雍正十一年畢功。（道源嘗欲修譜，因居官無暇，轉命道淵襄事。源、淵二人至相親密，全譜體例即二人共同商定。道源雖卒於雍正七年，但此譜之藏稿、贈言等部分俱完成於康熙五十八年，道淵康熙六十年並寫了譜序。所有這些，道源不可能不過目。這時固然竹坡早已亡故，如果將道源的詩〈中秋看月黃樓上〉誤列在竹坡名下，道源是不會不指正的。因此，該詩確為竹坡所作。）譜為家刻本，最後復經道淵之子張璐增訂，重刊於乾隆四十二年。家譜的絕大部分和主要部分，俱纂修於乾隆即位以前，由這些文字裏面只避康熙的諱而不避乾隆的諱可以證明。並且是纂修於雍正十一年以前，因為雍正十一年道淵所作的序中說：「編次方完，而梓人報竣……今幸以成，如釋重負」。

　　在《張氏族譜・藏稿》裏，有「竹坡公」一項，選其詩凡十八首，總其名曰《十一草》。這個「十一草」是什麼含義？詩集《十一草》是不是張竹坡本人的命名？張竹坡一生寫了多少詩？他去世以後他的族人又保存過他的多少詩？茲試作考證。

　　張竹坡生於康熙九年，暴卒於康熙三十七年，得年二十九歲。後來就是這個纂修《張氏族譜》的弟弟道淵，為他寫了一篇家傳，倖存於《張氏族譜・傳述》。傳中說：「兄自六齡能詩，以至於歿，其間二十餘年，詩古文詞，無日無之。然皆隨手散亡，不復存稿。搜求於敗紙囊中，僅得如干首，一斑片羽，徒令人增忉怛耳！」話雖不多，卻說得再明白不過了。竹坡既然吟詩填詞「皆隨手散亡，不復存稿」，而且又是突然病卒，在他生前沒有手編自己的詩集，更不可能命名為《十一草》，其理至明。這個《十一草》的詩集名稱，應該就是他的弟弟道淵代擬的。道淵代擬這一名稱的時間，當即其纂修族譜之時，也就是選定這十八首詩之時。因此，《張氏族譜》中保存的這十八首詩，即是《十一草》的全部。換言之，張竹坡的《十一草》總共只有這十八首詩。「十一」者，十之存一也。這就是「十一草」的含義。我這個推斷，還有一條旁證。《族譜・藏稿》選有張彥聖（道源次子）的詩十一首，題其名曰《學古堂詩集》。而《族譜・傳述》錄張道淵〈聖侄家傳〉：「嗣子秉信數錄其父詩文以傳，歲久遺稿散亡，搜餘笥零箋斷簡中，僅得詩十一首，附梓家乘。」彥聖同樣「其年不永」，同樣是暴卒。顯然，《學古堂詩集》亦係道淵命名。而《學古堂詩集》只有十一首詩。《銅山縣誌》《徐州詩徵》所選彥聖詩，亦俱在這十一首之中。道淵才力逼趨乃兄，所以才在數十百個兄弟子侄之中，獨被公舉為修族譜與建家祠的主持人，他為仲兄竹坡詩集命名為《十一草》，語淺意深，

文短情長，至當不過。

但道淵「搜求於敗紙囊中，僅得如干首」的竹坡遺詩，卻似不僅這十八首。〈仲兄竹坡傳〉中並沒有說「僅得詩十八首」。《族譜·藏稿》所收族人十二家詩集，除彥聖《學古堂詩集》外，均非全豹，而為選集。《族譜·凡例》有一則即指此例，曰：「先人著作，子孫有力者全刊專集附譜，今仍公選族人詩文，合刻一集，庶使無力者不致湮沒祖父之澤。」竹坡的詩自然也不例外，所以在《十一草》題下注云：「選詩十八首。」但為道淵搜求到的竹坡遺詩究有幾許？光緒十六年十世孫張介依原本過錄了張垣的詩集《夷猶草》，都五十四首。而《張氏族譜》選錄《夷猶草》十二首。照此比例，道淵所收集到的竹坡遺詩，似在八十首左右。竹坡一生的實際詩作，自然遠遠不止此數。僅他二十四歲時北上都門，會詩長安，很短的時間，便「長章短句，賦成百有餘首」[3]。可惜這些詩已經查無頭緒了。

張垣為彭城張氏家族肇興之祖。他的詩據抄本《夷猶草》張介按引張膽的話說，尚且「因兵燹後散失頗多，見存三卷，查已剖厥他姓集中」，未有專集刊本傳世。據此推測竹坡遺詩未經專集鐫刻，恐怕不是武斷的結論。竹坡妻劉氏，是同郡人、陝西西安府參將劉國柱之女，長竹坡二歲，一直活到乾隆七年，享年七十五歲。劉夫人生有二子二女，竹坡去世時子女尚幼。孤兒寡婦生活匪易，子彥寶、彥瑜且未宦達。竹坡的詩作手稿，他們非但無力刊印，能否妥為保存傳世，亦實難逆測。至於竹坡受批《金瓶梅》之累，族人諱言，名姓不顯，就更使他的詩難以傳世了。凡此，不妨認為，《十一草》以外的竹坡的其他遺詩，俱早已亡佚。

《銅山縣誌》《徐州詩徵》所入選張氏族人詩作，凡為《張氏族譜·藏稿》入選者，俱未出其右，但在張氏第六世，增選了張彥珽詩一首[4]、張澍詩一首[5]。且後來《徐州續詩徵》除補選張膽詩二首外，增選六世、七世以下詩作甚多。再加上新發現的《夷猶草》抄本等，足以說明徐東橋所謂「以家藏集見示」云云，信然有據。只不過後來的選家，首肯了張道淵的眼力，圖個省事，據以再行錄選罷了。既然民國二十四年前後張氏「家藏集」尚且存世，而且為數甚夥，雖然後來迭經變遷、動亂，因距今未久，當仍有存於世間的可能。如果一旦再有新的發現，或許能夠對《十一草》作出更為準確詳備的考證，容且拭目以待。

---

3   《張氏族譜·仲兄竹坡傳》。

4   民國《銅山縣誌》。

5   《徐州詩徵》。

二

由前文可知，《十一草》全集十八首詩，就有十五首未曾見世。另外三首雖然分別見載於《銅山縣誌》《徐州詩徵》，但題署與詩題均有謬誤。茲先將《十一草》原文，按可編年與不可編年兩部分，全文迻錄，並加考證，然後綜合予以評論。

春朝

長至封關未許開，葳蕤暫解為春來。
偶依萱樹裁花勝，敢使藜燈誤酒杯。
呵凍莫愁三月浪，望雲已癢一聲雷。
預拼拂拭朦朧眼，先賞疏籬臘後梅。

去年臘盡尚留燕，帝里繁華不計錢。
鳳闕雙瞻雲影裏，鶴軒連出御河邊。
樹圍瀛島迷虛艇，花滿沙堤拾翠鈿。
此日風光應未減，春明門外柳如煙。

〔編年〕《族譜·藏稿》選張彥琦〈甲戌春朝和叔氏原韻〉：「東風開凍未全開，雲影濛濛帶雪來。辭臘只餘詩一卷，迎禧惟有酒千杯。三冬沍冷棲賓雁，二月驚濤起蟄雷。後日春光無限景，眼前著屐且尋梅。」「繁華何必說幽燕，是處風光盡值錢。錦裏土牛催種急，香飛玉蝶到梅邊。華堂晴暖開春宴，子夜清歌墮翠鈿。無那頻年空惹恨，三春辜負柳如煙。」兩詩第一首俱為十灰韻，第二首俱為一先韻，韻腳並次第全同，詩意亦相關聯，因知彥琦所和，必為竹坡原韻。彥琦為竹坡從兄道祥獨子，所以稱竹坡為「叔氏」。和詩有「華堂晴暖開春宴，子夜清歌墮翠鈿」句，則詩作於家宴之上，原詩與和詩必為同時所作。因知竹坡〈春朝〉二首亦作於康熙三十三年甲戌春。詩中「去年臘盡尚留燕」句，亦與下一首詩〈乙亥元夜戲作〉相合，可為旁證，參見下詩。

乙亥元夜戲作

堂上歸來夜已午，春濃繡幕餘樽俎。
荊妻執壺兒擊鼓，弱女提燈從傍舞。
醉眼將燈仔細看，半類獅子半類虎。
吁嗟兮，我生縱有百上元，屈指已過二十五。
去年前年客長安，春燈影裏誰為主，
歸來雖復舊時貧，兒女在抱忘愁苦。

吁嗟兮，男兒富貴當有時，且以平安娛老母。

〔編年〕本詩詩題至明，作於康熙三十四年乙亥正月十五日。竹坡生於康熙九年庚戌七月二十六日，至乙亥應為二十六歲，詩中「屈指已過二十五」云，因方入新年，係指實歲。

撥悶三首

風從雙鬢生，月向懷中照，對此感別離，無何復長嘯。愁多白髮因欺人，頓使少年失青春。愁到無愁又愁老，何如不愁愁亦少。不見天涯潦倒人，饑時雖愁愁不飽。隨分一杯酒，無者何必求。其有遇，合力能，龍鳳飛拂逆，志甘牛馬走。知我不須待我言，不知我兮我何剖。高高者青天，淵淵者澄淵，千秋萬古事如彼，我敢獨不與天作周旋。既非詔鬼亦非顛，更非俯首求天憐。此中自有樂，難以喉舌傳。明日事，天已定，今夜月明裏，莫把愁提起。閑中得失決不下，致身百戰當何以？

少年結客不知悔，黃金散去如流水。老大作客反依人，手無黃金辭不美。而今識得世人心，藍田緩種玉，且去種黃金。

青天高，紅日近，浮雲有時自來往，太虛冥冥誰可印。南海角，北山足，二月春風地動來，無邊芳草一時綠。君子能守節，達人貴趨時，時至節可變，拘迫安所之。我生泗水上，志節愧疏放。天南地北汗漫遊，十載未遇不惆悵。我聞我母生我時，斑然之虎入夢思，掀髯立起化作人，黃衣黑冠多偉姿。我生柔弱類靜女，我志騰驤過於虎。有時亦夢入青雲，傍看映日金龍舞。十五好劍兼好馬，廿歲文章遍都下。壯氣凌霄志拂雲，不說人間兒女話。去年過虎踞，今年來虎阜，金銀氣高虎呈祥，池上劍光射牛斗。古人去去不可返，今人又與後人遠。我來憑弔不勝情，落花啼鳥空滿眼。白雲知我心，清池怡我情，眼前未得志，豈足盡生平。

〔編年〕此三首詩既編為一組，當為同時所作。三詩情調統一，俱係寓公失志之感，可資佐證。其三中云：「去年過虎踞，今年來虎阜。」竹坡曾於康熙二十三年甲子、二十六年丁卯、二十九年庚午、三十二年癸酉、三十五年丙子五至金陵。其三中又云：「廿歲文章遍都下。」此係舉其成數，竹坡實於康熙三十二年癸酉秋北上都門，所以〈春朝〉才有「去年臘盡尚留燕」之句，〈乙亥元夜戲作〉才有「去年前年在長安」之句。因此，本詩所謂「去年過虎踞」，必指康熙三十五年丙子至南京事。「今年未虎阜」，自然為康熙三十六年丁丑事，本詩即作於是年。

客虎阜遣興

四月江南曬麥天，日長無事莫高眠。
好將詩思消愁思，省卻山塘買醉錢。

劍水無聲靜不流，無花何處講台幽。
近來頑石能欺世，翻怪生公令點頭。

千秋霸氣已沉浮，銀虎何年臥此丘。
憑弔有時心耳熱，雲根撥土覓吳鉤。

畫船歌舞漫移商，矜貴吳姬曲未央。
歇擔菜傭橋上坐，也凝雙眼學周郎。

故園北望白雲遙，遊子依依淚欲飄。
自是一身多缺陷，敢評風土惹人嘲。

僧房兀坐掩重門，鳥過花翻近水村。
逼日又開詩酒戒，只緣愁緒欲消魂。

〔編年〕《族譜·傳述》錄張道淵〈仲兄竹坡傳〉：「（兄）一朝大呼曰：大丈夫寧事此以羈吾身耶！遂將所刊梨棗，棄置於逆旅主人，罄身北上，遇故友於永定河工次。」顯然，竹坡離蘇北上與效力河干，為緊相連屬之事。而竹坡「遇故友於永定河工次」，為康熙三十七年戊寅初夏間事，「四月江南曬麥天」的時節，他應該還在蘇州。又，此詩與〈撥悶三首〉當非作於同時。否則，兩組詩詩意重複。而且，兩組詩的格調已大不相同。前詩怨天尤人，自我解嘲，而不得解脫。本詩雖亦吟詠寄愁，但已有閒情逸致。其狀景繪物，清脫自然。而「雲根撥土覓吳鉤」句，已意味首不久將大呼而起，另覓進取之途，故可判斷本詩作於康熙三十七年四月。

三

留侯

飄然一孺子，乃作帝王師。
豈盡傳書力，為思大索時。
報韓未竣事，輔漢亦何辭。

　　　　終得騁其志，功成鬢未絲。

　　　　鄘侯
　　　　驪山失一鹿，泗水走群龍。
　　　　不有蕭丞相，誰興漢沛公。
　　　　良謀潛蜀內，本計裕關中。
　　　　授漢以王業，卓哉人之雄。

　　　　淮陰侯
　　　　背水囊沙後，平齊下楚時。
　　　　既然用武善，為甚識機遲？
　　　　丞相何曾負，將軍實自危。
　　　　未央雲漠漠，莫與鄘生知。

　　〔考證〕以上三首詩，詠古寓志，似為一組，蓋作於同時。據〈仲兄竹坡傳〉，竹坡生而聰穎，少有大志。其父張翱亦以千里駒相視，屬望甚厚。在這一組詩裏，竹坡慨然以帝師人雄自喻，嘲笑韓信死不自知，其雄心勃勃，躍躍欲試。似當作於應舉落第之前。竹坡於康熙二十三年甲子初困場屋，本組詩之作，疑即在此前不久的時間內。

　　　　贈閻孝廉孫千里
　　　　先生孝廉之長孫，孝廉詩名滿乾坤。
　　　　金針玉律今尚存，先生又抵詞林根。
　　　　久思伐木登龍門，破屋擁鼻愁鳶蹲。
　　　　高車忽來黃葉村，相思有塊親手捫。
　　　　不嫌粗糲出雞豚，脫略不設癭木樽。
　　　　西塢新燒老瓦盆，木杓對舉聽春溫。
　　　　請將詩律細講論，何以教我洗眵昏。

　　〔考證〕閻千里，名圻，一字坤掌，閻爾梅之長孫，康熙己丑進士，官工科掌印給事中，著有《泗山詩文集》。據詩意，此番閻圻造訪竹坡，係他們初次會晤。《族譜·贈言》收有閻圻的詩〈前初至徐，有客來云張竹坡先生將枉顧。聞先生名久矣，尚未投一刺，仍乃先及之。因感其意，得詩四章〉〈再辱竹坡先生贈詩謬許，頗愧不敢當。不謂先生意中乃亦知當此時此地有閻子也。用是狂感，漫為放歌一首〉。按後題詩中有句云：「亦有人知閻千里，意外得之狂欲起」，則該題亦作於他們未曾見面之前。而閻圻前後兩

題五首詩，蓋作於相去不久的時間之內。其前題中云「聞君年少喜長遊」，「江南秋水薊門霜」，後題中亦云：「竹坡竹坡刻苦求，點墨如金筆如鉤，信得燕公好手腕，一揮萬卷築詩樓。」可知閻詩作於竹坡康熙三十二年長安詩社奪魁之後。竹坡此詩當即作於閻詩之後不久，這時竹坡已是四困棘圍，父親也已去世很久，家庭經濟甚為拮据，所以本詩屢言貧困。

和詠秋菊有佳色

不是尋常兒女姿，須從霜後認柔枝。
果堪盈把休嫌瘦，便過重陽莫迂遲。
誰道無錢羞老圃，只須有酒實空卮。
醉眼萬朵黃金下，更拭雙眸有所思。

〔考證〕陶淵明〈飲酒二十首〉其五：「采菊東籬下，悠然見南山。」安貧樂道，怡然自得，這是一種境界。竹坡本詩「更拭雙眸有所思」的，卻是「不是尋常兒女姿，須從霜後認柔枝」，即「東隅已失，桑榆非晚」的意思。竹坡一生銳意進取，幾落桂榜，而志不少懈。但後來總不免伴隨有愁苦怨恨，參見前述〈撥悶三首〉等。本詩格調頗高，柔枝經霜，黃金依舊，表現了一種不避磨難、後來居上的精神。似當作於〈贈閻孝廉孫千里〉之後不久。

中秋看月黃樓上

今古風光定不殊，古人對月意何如？
兔毫此夜仍堪數，人事當年孰可呼。
遠眺卻嫌南斗近，曠懷應笑北山孤。
百年以後登樓者，還有悲歌客也無。

〔考證〕《世說新語·言語第二》：「風景不殊，正自有山河之異！」竹坡本詩當然不是表達黍離之情，但充滿世風日下之慨，可謂「風景不殊，正自有人事之異！」《族譜·雜著藏稿》錄張竹坡〈治道〉：「三代以上為政易，三代以下為政難，何今天下不同於古天下哉……人心風俗污染已久，欲復時雍之勝，豈易為力哉！」這正是他在《金瓶梅》評點中「恨不自撰一部世情書以排遣悶懷」之所在。而竹坡評點《金瓶梅》的時間，在康熙乙亥清明前後。因此，本詩疑即作於康熙三十四年乙亥八月十五日。

四

　　一般文學史著作，認為清初詩作存在宗唐、宗宋和自抒胸臆三大派別。明代前後七子統領文壇，一味泥古，致使有明一代的詩，不但遠遜於唐宋，即與元詩、清詩相較，亦差肩一籌。明末閹黨專權，政治腐敗，滿族覬覦社稷，內困外危，情勢緊迫。有識之士，作詩屬文，奮臂直呼，這才突破摹擬的藩籬，開始使詩歌創作面對社會現實。清初詩壇宗唐、宗宋的傾向，實際是明代復古主義的繼續。更大量的詩人，則主張不拘一格，抒寫個性。錢謙益說：「詩者，志之所之也。陶冶性靈，流連景物，各言其所欲言者而已。」這話很有代表性。張竹坡及其族人，便是這種主張的實踐者之一。

　　竹坡的祖父張垣，明崇禎癸酉科武舉，南明弘光朝河南歸德府通判，抗清殉難，是一位民族英雄。彭城張氏的十世孫張介輯錄《曙三張公志》，收有張垣的詩集《夷猶草》，凡五十三首。集中既有流連山水之句，亦有感歎時事之章，寫的都是個人的襟懷。如〈登放鶴亭次霍司馬韻〉：「絕巘孤亭試此攀，蒼茫天地有餘閒。鶴蹤已去雲猶在，龍氣雖湮苔尚斑。一帶嵐光樽酒外，千秋勝狀畫圖間。登高倍切伊人思，何日乘風靖邊關。」又〈登沛上歌風台和蔡虛白孝廉韻〉：「漢裏歌風此是哉，我來憑弔獨徘徊。千年小篆中郎跡，半碣雄辭帝子裁。雲氣猶疑思猛士，水聲空自繞荒台。於今道路多烽火，且對遺蹤釃酒杯。」憂國憂時，遊不安蹤。

　　竹坡的父親張翀，生於明清易代之際，一生奉母家居，不屑仕進，每將黍離之思，寓向詩情畫意。《族譜·藏稿》選有他的詩十五首詞四首。其〈初夏靜夜玩月偶成〉：「庭角空階月似霜，清和天氣夜猶涼。花眠露浥香初細，柳靜風牽影漸長。擁石高歌舒嘯傲，拋書起舞話興亡。銜杯不與人同醉，獨醒何妨三萬場。」又〈春日雲龍山懷古和孫漢雯韻〉：「乾坤何處不雍容，野水清清草色濃。霸氣全消空戲馬，陽春初轉滿雲龍。三千世界端為幻，七十人生孰易逢。名利於今君莫問，尼山久隱道誰從。」清流沖遠，寫的是明末遺民的思緒情趣。

　　竹坡生活在康熙年間，是大清的臣民，他不可能有殉明之志，也不再有故國之思。但他繼承了乃祖乃父的詩風，我詩言我志，「我手寫我口」。《十一草》全集十八首，不論是春朝的回味，元夜的戲作，詠菊的思考，贈友的期望，還是寓公的遣興，遊子的撥悶，懷古的慨歎，賞月的悲歌，莫不有他自己的影子，莫不跳動著他的脈搏。我就是詩，詩就是我，這是張竹坡《十一草》的最顯著的特色。

　　竹坡的父親兄弟三人。伯兄張膽三握兵權，兩推大鎮，官至副總兵，加都督同知，誥封驃騎將軍，公舉鄉飲大賢，崇祀鄉賢祠。仲兄張鐸，三任內翰，兩為知府，誥授奉政大夫。從侄道祥官至湖北臬司，誥封光祿大夫；道瑞官至福常營游擊，誥封榮祿大夫；

道源官至江西驛鹽道，誥封中憲大夫。祖宗三代並諸嫂、侄媳亦俱因此得以誥贈（封）。惟獨張翀一門布衣始終，未能光宗耀祖，蔭妻封子。而張翀父子才氣學識，在彭城張氏族中，實為翹楚。竹坡就生活在這種矛盾的環境之中。他自幼使氣好勝，又恃才傲物，所以一生拼搏，百折不回。命運卻好像有意和他作對，越是急於求成，越是蹭蹬坎坷。他曾經五困棘圍，弄到貧病交加、寄人籬下的田地，飽嘗了人情冷暖、世態炎涼的滋味。他當然因此愧悔，借酒澆愁，吟詩寄恨；但更主要的是發憤抗爭，圖強復起。這種積極進取的精神，貫注在他的詩中，成為《十一草》的又一個鮮明的特色。在〈和詠秋菊有佳色〉中，他以傲霜的秋菊自喻，宣佈自己「不是尋常兒女姿」。在〈撥悶三首〉其一中，他不是「俯首求天憐」，而要「與天作周旋」，他把這種抗爭中的反覆視作樂趣，說「此中自有樂，難以喉舌傳」；他表示不要說是五舉不第，就是「致身百戰當何以」？在〈撥悶三首〉其三中，他追憶自己「十五好劍兼好馬，廿歲文章遍都下，壯氣凌霄志拂雲，不說人間兒女話」的豪情壯志，發遣「眼前未得志，豈足盡生平」的感歎，重申「我志騰驤過於虎」的志氣、決心。在〈客虎阜遣興〉中，他雖然「愁緒欲消魂」，卻要「好將詩思消愁思」；雖然因為「一身多缺陷」而慚愧，卻偏要評論風土，指斥世風；之所以如此，原來是他憑弔臥丘的「銀虎」，觸動「我志騰驤過於虎」的素志，心耳發熱，又要「雲根撥土覓吳鉤」了。對比或者更能說明問題。竹坡〈春朝〉其二的旨趣，與其說是企羨京都繁華，不如說是「去年前年客長安，春燈影裏誰為主」的自豪。「長安詩社每聚會不下數十百輩。兄訪至，登上座，競病分拈，長章短句，賦成百有餘首。眾皆壓倒，一時都下稱為竹坡才子云」[6]。詩藝才力如此，「樹圍瀛島迷虛艇，花滿沙堤拾翠鈿」，哪一椿不該竹坡才子欣賞！桂榜、杏榜，哪一榜不該竹坡才子題名！出將入相，哪一職不該竹坡才子榮任！誥授封贈，哪一敕不該竹坡才子獲得！而彥琦肩擔大宗重責，守成父祖勳業，受族人尊敬，得社會優容，自然他很難理解竹坡的處世為人。「繁華何必說幽燕，是處風光盡值錢」，他勸竹坡像自己一樣隨遇而安。「無那頻年空惹恨，三春辜負柳如煙」，他要竹坡像自己一樣得過且過。竹坡當然不會聽從這些勸慰，他期待著「春明門外柳如煙」的「風光」。

觀察事物，獨具隻眼，寓意寄趣，翻高一籌，是《十一草》的又一個特色。歷代歌頌留侯張良的詩，多著眼於他功成不居，急流勇退。《族譜·藏稿》選張彥琦《彭城懷古十詠·留侯廟》：「報秦原不為封侯，隆准能依借箸謀。養虎未須貽楚患，神龍便已學仙遊。崔巍寢廟千年在，帶礪山河一望收。此後高風誰得似？嚴陵五月獨披裘。」便屬於這一類。彥琦自己優遊山水，無意仕進，所以他特別欣賞留侯的「仙遊」。竹坡不

6　《張氏族譜·仲兄竹坡傳》。

這樣看張良，他認為張良最可稱譽的，是「飄然一孺子，乃作帝王師」，是「終得聘其志，功成鬢未絲」。他看到的張良只是風度瀟灑、年青有為、輔漢成功、志得意滿的一代偉人。同樣，他惋惜淮陰侯韓信的，也不是如一般論者所說的不知進止，而是識機太遲，入人之彀，不善為自己謀慮。〈撥悶三首〉其二更是言約義深，翻新出奇。「少年結客不知悔，黃金散去如流水，老大作客反依人，手無黃金辭不美。」講的是很常見的人情世態，但用的是強烈對比的手法。當主人與做客人，有黃金與無黃金，主客易位，有無極端，這種天壤之別，足令人歎為觀止。「而今識得世人心，藍田緩種玉，且去種黃金。」前半首詩的陳述感觸，一變而為譴責嘲刺，將全詩的格調，立刻推進到更高的境界。如果說前半首詩只是一道閃電，讓人們看清滿天烏雲，引起警覺的話；則後半首詩便是一聲霹靂，傾注下覆盆大雨，將趨炎附勢的小人，澆一個落湯雞，讓人們洞察他的原形，口誅手斥，使之無有藏身之地。「藍田日暖玉生煙」，冰清玉潔，輝光升騰，這是人類情操、社會道德應有的象徵。但是今天藍田不再種玉，黃金將要萬能，情操沉淪，道德敗壞，是多麼令人觸目驚心！這一首詩入手平淡，漫不足奇，卻奇峰突起，勢撥五嶽，而又前後接榫，渾然一體，非大手筆莫能為此。

竹坡才思橫溢，隨口成章，雖也能寫出值得反覆玩味的七律、七絕，卻不願為格律束縛，最喜以古風謀篇，其俊語連珠，豪情汪肆，出句平易，意境新奇，如出水芙蓉，清逸流麗，很得太白三昧。如〈乙亥元夜戲作〉前半首六句，活畫出一幅元宵家樂圖。一個高堂承歡已罷、午夜歸室的蒙懂醉漢，看到妻子兒女備盞挑燈以待，不覺餘興復濃，執杯在手。於是妻子傾壺，幼兒擊鼓，弱女舞燈，母親早已導演好的一場家庭晚會，就這樣以兒女為主角而開始。詩人頻頻舉杯，醉眼愈加模糊，看著婆娑的舞姿、旋轉的燈籠，聯想起自己的身世，觸擊到一生的志向，眼前出現了虎嘯獅縱、青雲繚繞的幻景。〈客虎阜遣興〉其四則像是一位攝影師搶拍下的吳門春江遊船的鏡頭。「君到姑蘇見，人家盡枕河。古宮閑地少，水港小橋多。夜市賣菱藕，春船載綺羅。」蘇州的春天，達貴富紳每常乘坐畫船漫遊，並叫有歌伎侑觴助興。忽然，一隻畫舫划到一座拱橋面前。麗裝的名姝異伎，自高身分，正在輕歌曼舞。歌聲悠揚，送進歇擔橋上、凝目注視的挑菜雇工的耳中。菜工情不自禁，隨著旋律，踏起拍子，那副認真的樣子，儼然也是一個顧曲的周郎。

《曙三張公志》：「道深……詩名家。」張竹坡《十一草》的思想內容與藝術特色俱皆可觀，稱之為「詩名家」，並非過譽之詞。可以說，《十一草》發現以後，張竹坡不僅是中國古代小說理論的重要批評家，也是清初的著名詩人。

張竹坡揚州行誼考

張竹坡名道深,字自德,以號行世。清康熙九年庚戌出生於徐州。生而穎慧,少有大志,時稱竹坡才子。及長,應舉子試,五困場屋,未博一第。康熙三十四年乙亥正月,轉批《金瓶梅》,以寄憤懣,並試才力。旬有餘日,批成十餘萬言,名聞遐邇。就在張竹坡科場失利而文壇獲譽之際,他到揚州寓居了三、四個月的時間,與這座文化古城結下了不解之緣。

張竹坡到揚州的時間與目的

在張潮編《友聲後集》中,收有張竹坡〈與張山來〉的書信三封。顧國瑞、劉輝〈《尺牘偶存》《友聲》及其中的戲曲史料〉[1]根據該書的編輯體例,認為這三封信俱作於康熙三十五年。從筆者新近發現的《張氏族譜》的記載來看,這一判斷是正確的。但尚不夠確切,茲試為補證。

《張氏族譜・傳述》錄張道淵〈仲兄竹坡傳〉:「或曰:此稿(敢按即其《金瓶梅》評點稿)貨之坊間,可獲重價。兄曰:吾豈謀利而為之耶?吾將梓以問世,使天下人共賞文字之美,不亦可乎!遂付欹厥。載之金陵。」張竹坡康熙三十四年將《金瓶梅》「偶爾批成,適有工便,隨刊呈世」[2],他刊刻《第一奇書》用了多長時間,亦即他將《金瓶梅》「載之金陵」是在哪一年呢?張竹坡《十一草・撥悶三首》:「去年過虎踞,今年來虎阜。」〈撥悶三首〉作於康熙三十六年春,則「去年」當為康熙三十五年。這一年八月,竹坡曾在南京第五次參加秋闈。那麼,他攜帶《第一奇書》至南京的時間,必在秋季之前。而康熙三十六年春竹坡已轉寓蘇州,顯然,竹坡到揚州的時間,係在他五落桂榜之後,即康熙三十五年秋冬之間。自然,〈與張山來〉書三封的寫作時間,即在此時。

張竹坡是為了發行《第一奇書》來到揚州的。〈仲兄竹坡傳〉:「載之金陵。於是

---

1   載《文史》第 15 輯。
2   《第一奇書・凡例》。

遠近購求，才名益振。四方名士之來白下者，日訪兄以數十計。兄性好交遊，雖居邸舍，而座上常滿。日之所入，僅足以供揮霍。一朝大呼曰：大丈夫寧事此以羈吾身耶！遂將所刊梨棗，棄置於逆旅主人，罄身北上。」竹坡「罄身北上」的時間在康熙三十七年，當時他是離開蘇州北到永定河工地另圖進身之階的。在蘇州他尚有「所刊梨棗」即《第一奇書》「棄置於逆旅主人」。由此可知，他發行《金瓶梅》的路線是：南京、揚州、蘇州。

張竹坡與張潮

　　張潮，字山來，號心齋居士，安徽歙縣人。生於清順治七年庚寅，初亦致力於舉業，累試不第。後援例捐納京銜，實未出仕。家積縹緗，胸羅星宿，工詞卓識，編著宏富。有《虞初新志》《昭代叢書》《花影詞》《幽夢影》等行世。康熙十年起，張潮僑寓揚州，交納文士，團結書賈，屆竹坡到揚州之時，儼然已是地方文林領袖。

　　張竹坡到揚州之後，因為同聲相應，同氣相求，又是同姓相親，很快就與張潮相識，並且過從甚密。他推崇張潮「誠昭代之偉人，儒林之柱石」，稱之為「老叔台」，說「小侄何幸，一旦而識荊州」[3]。他們之間交往的具體事例，今知有下列三種：互贈著述，竹坡參與《幽夢影》批評，張潮為竹坡某書作序。第二種留待後文專述，本節僅對一、三兩種略加考釋。

　　〈與張山來〉其一：「承頒賜各種奇書，捧讀之下，不勝敬服。……昨晚於大刻中見燈謎數十則，羨其典雅古勁，確而且趣，不揣冒昧，妄為擬議，不知有一二中鵠否？」張潮送給竹坡的「各種奇書」雖已不得而知，其均為張潮編著或刊行，當無疑問。否則，竹坡不會說「捧讀之下，不勝敬服」。收有「燈謎」的「大刻」無疑是其中之一。「大刻」不是大編、大著，範圍既可縮小，也不難確知。張潮〈昭代叢書甲集序〉：「甲戌初夏，晤王君丹麓於西子湖頭。出所輯《檀几叢書》，焚香共讀。予也載寶而歸，校梓行世，頗為同人所賞。」《檀几叢書》的原刊本是康熙三十四年新安張氏霞舉堂刊本，可見，所謂「大刻」當即《檀几叢書》。至於竹坡送給張潮「期郢政為望」的「拙稿數篇」[4]，今尚不可確知。

　　〈與張山來〉其三：「捧讀佳序，真珠璀玉燦，能使鐵石生光。小侄後學妄評，過龍門而成佳士，其成就振作之德，當沒世銘刻矣。」信中說得很明白，張潮的「佳序」是

3　〈與張山來〉其一。
4　〈與張山來〉其二。

為竹坡某評書而作。有的文章便據此以為此「佳序」即《第一奇書》卷首的謝頤序。當然，張竹坡既然將《第一奇書》運到揚州銷售，又與張潮互有饋贈，《第一奇書》無疑當在贈送之列。但這一篇「佳序」，卻並非謝頤序。理由其實很簡單，謝頤序作於康熙三十四年清明中浣，而此序作於康熙三十五年秋冬，時間相距一年又半，兩序顯非一序。竹坡評書甚多，張序究為何書而作，序文內容如何，今日只能暫付闕如。

張竹坡是「五困棘圍」以後到廣陵來的。他當時的情緒，應該比翌年移居姑蘇時「愁多白髮因欺人，頓使少年失青春」[5]的狀況更糟。但是從他的三封信與他在《幽夢影》中的批語看，他在揚州生活得還算如意。自然，這是因為他加入了張潮的活動圈子，得到境遇與志趣大致相同的朋友們同情、安慰和激勵的結果。

張竹坡與陳貞慧

如果說張竹坡結交張潮是他一生中的幸運的話，則他在維揚認識陳貞慧，更是一種意外巧遇。

〈與張山來〉其一：「昨夜陳定翁過訪，亦猜得四枚，並呈台教。」此「陳定翁」疑即陳定生。定生名貞慧，江蘇宜興人。仗義疏財，讀書勵行。明末與冒襄、侯方域、方以智並稱「四公子」，係復社重要成員，曾遭阮大鋮陷害入獄。明亡後，隱居不仕。一般認為陳貞慧卒於順治十三年，享年五十三歲。若他至康熙三十五年尚在廣陵出現，已是九十三歲高齡，所以竹坡在信中稱之為「翁」。

定生與竹坡其實是世交。《曙三張公志》引張膽《家乘記述》附張省齋增注云：「史公遣高傑移鎮開洛，進圖中原。以公與宜興陳定生參其軍事。」《曙三張公志》引張介〈雨村公口述所見盱紳藏本記略〉記載更為詳細：「閣部按部淮安，……惟興平部伍齊整，……思妙選長材，為之輔佐。時宜興陳定生已招置幕府，曙三既至，任事明敏精密，……史公大悅曰：『吾得張陳兩君以佐興平，復何慮哉。』……乙酉正月十一日，興平抵睢。定國出迎四十里，……即請興平入城。曙三與陳定生已窺定國狡詐志異，皆極言之。興平勿聽。定生密謂曙三曰：『高公剛愎，無濟也。我輩從之，終受禍耳。盍去諸？』曙三太息曰：『知之久矣。顧子客也，可以去。我則有官守，夙受高公知遇，史公託付，受事以來，已置此身於度外矣。子其行哉！』」曙三即竹坡的祖父張垣，竹坡與定生能在揚州會面，緬懷往事，當更多一番感觸。

5　《十一草・撥悶三首》。

張竹坡與《幽夢影》

〈與張山來〉其二:「承教《幽夢影》,以精金美玉之談,發天根理窟之妙。小侄旅邸無下酒物,得此,數夕酒杯間頗饒山珍海錯,何快如之。不揣狂瞽,妄贅瑣言數則。」

《幽夢影》是張潮撰寫的一部雜感集。該書以隨筆的方式,三言兩語,點到而止,對不少日常生活與世俗現象作出概括,底蘊豐厚,饒有韻致,頗見哲理與文彩,很吸引了一批文人借題發揮,暢吐塊壘。據光緒五年嘯園刊本,其上共有批語 513 條,批書者多達 112 人。

張竹坡在《幽夢影》上總共寫下 83 條批語,約可歸納為哲學觀點、社會見解與生活感受三大類。他的這些評語同樣寫得雋永靈俏,啟人思機。譬如,《幽夢影》有一則云:「一日之計種蕉,一歲之計種竹,十年之計種柳,百年之計種松。」竹坡批曰:「百世之計種德。」又如,他批「藏書不難,能看為難,看書不難,能讀為難;讀書不難,能用為難;能用不難,能記為難」這一則時說:「能記固難,能行尤難」。

張竹坡評點《金瓶梅》經過周密的計畫,「亦可算我又經營一書」[6],寫作態度十分嚴肅認真。他批《幽夢影》則不然,主要是文人雅興,閑中消遣。唯其如此,他的批語中涉及自己人生經歷、生活情趣的條款很多,為研究他的生平思想,提供了參考依據。例如他批「一歲諸節,以上元為第一,中秋次之,五月九日又次之」此則時說:「一歲當以我暢意日為佳節」。不為傳統所縛,敢向習俗挑戰,只此一語,表盡瀟脫達觀的胸襟,不是如見其人嗎?又如,《幽夢影》云:「文人每好鄙薄富人,然於詩文之佳者,又往往以金玉珠璣綿繡譽之,則又何也?」竹坡批曰:「不文雖窮可鄙,能文雖富可敬。」張竹坡之所以五落秋榜而志不少懈,窮愁憂困卻執意超拔,這一評語,不也是注腳嗎?

與竹坡後來的一年多蘇州生活相比,他在揚州的幾個月,是他自從評點與刊行《金瓶梅》之後,因為社會的排斥和家族的冷落,而流離失所之中,較為快慰的一個時期。張竹坡「廣陵之行,誠不虛矣」[7]!

6　《第一奇書·竹坡閒話》。
7　〈與張山來〉其一。

張竹坡著述交遊三考

張竹坡與《東遊記》

　　張竹坡雖然只活了二十九歲，卻著述甚富，今知存世者計五種：詩集《十一草》，散文〈治道〉〈烏思記〉，《幽夢影》批語，《金瓶梅》評語，《東遊記》評語。關於《東遊記》評語，孫楷第《中國通俗小說書目》云：

> 東遊記，二十四章，……僅存二本三章。……每章後有「竹坡評」。末附「尾談」一卷。字多古體，自造字尤多，遽難辨識。竹坡不知即張竹坡否？……「尾談」又云：「日本婦人妍美如玉，中國人多有留連喪身不歸者，今長崎島有大唐街，皆中國人。」按：長崎唐人街敷於日本元祿二年，當我國康熙二十八年，是此書之作至早不能過康熙二十八年。

評語作者尚是一個問號。其後三十年無人問津。柳存仁《倫敦所見中國小說書目提要》：

> 《第一奇書》（金瓶梅）……關於張竹坡，……他當是康熙九年生的人。……〔附記一〕……據北京大學圖書館藏狐仙口授人見樂妓館珍藏東遊記殘本，每章後有「竹坡評」，末附「尾談」一卷。「尾談」中敘及「長崎島有大唐街，皆中國人」。孫子書先生考證長崎島唐人街敷於日本元祿二年，即康熙二十八年，因謂「此書之作至早不能過康熙二十八年」。照我上文的考據，假如這個竹坡真的是批《金瓶梅》的張竹坡，則康熙二十八年他尚只有二十歲，再過幾年批書，與孫先生的考據正相符合。

仍然只是假設。那麼，為《東遊記》寫評語的竹坡，究竟是不是評點《金評梅》的張竹坡呢？隨著《張氏族譜》的發現，張竹坡家世生平全面揭曉，張竹坡與《東遊記》的關係，也便可以作進一步的考索。

　　張竹坡卒於康熙三十七年，《東遊記》「此書之作至早不能過康熙二十八年」，如果《東遊記》評語確為張竹坡所作，則他批評該書的時間，只能是在康熙二十八年至三

十七年這八、九年之間。八、九年（甚至可以是一、二年）之前在日本出現的事，遠隔重洋的中國人張竹坡是怎麼如此快就知道了的呢？《張氏族譜·傳述》錄張道淵〈奉政公家傳〉：「伯父奉政大夫二公諱鐸，……弱冠，以恩蔭考除內翰。西清禁地，侍從趨蹌，紅本票擬，悉公手錄進呈。……未旬餘，而兩遷中秘。燃藜起草，口傳綸綍，翻譯國書，朗如眉列。」《張氏族譜·族名錄》：「鐸……官職恩蔭，初任內閣辦事中書，二任內國史院中書，三任內弘文院典籍……。」〈族名錄〉：「道祥……官職恩蔭，初任內秘院中書……」。《張氏族譜·志銘》引孔毓圻〈張公墓誌銘〉：「道瑞……果以康熙癸卯獲雋武闈，癸丑成進士，……遂選侍禁庭，出入扈蹕……。」〈族名錄〉：「道瑞……初任御前頭等侍衛……。」《張氏族譜·志銘》引莊楷〈雲谿張公墓志〉：「公……以明經候補內閣中翰。……己巳入都，需次補授工部營繕司主事。」[1]張鐸是竹坡的二伯父，張道祥、張道瑞、張道源是竹坡大伯父張膽的長子、次子、三子，俱為竹坡從兄。原來張鐸、張道祥叔侄是皇帝的私人秘書，張鐸而且還是外交秘書；張道瑞則是皇帝的侍衛；康熙二十八年，張道源又新任京職，而同時，其弟張道溥、張道汧（竹坡從弟）隨任幫辦。張竹坡之所以能夠知解當時的國際時事，其消息來源，自然是張鐸、道祥、道瑞、道源、道溥、道汧叔侄。

張竹坡與閻圻

《徐州詩徵》卷五選了閻圻的一首詩，詩題為〈聞竹坡先生將至，賦此贈之〉：

> 聞君年少喜長遊，我亦披雲擁翠裘。
> 萬里山川供快筆，一囊禮樂重諸侯。
> 龍威蝌跡文難譯，狗盜蛾眉價未投。
> 尚有遠懷勤屐臘，目窮天際賦登樓。

其實閻圻當時寫的是一組詩，詩題為〈前初至徐，有客來云，張竹坡先生將枉顧。聞先生名久矣，尚未投一刺，仍乃先及之。因感其意，得詩四章〉。這一組詩見載於道光二十九年稿本《清毅先生譜稿·贈言》。《徐州詩徵》所選的一首，是第二首。其第一、三、四首為：

> 黃金滿路酒盈樽，客意悠悠道不存。

1　俱見乾隆四十二年刊本《張氏族譜》，下同。

千古才人爭石斗，百家風氣倭蠑蜴。
珠蘭琪樹隨青草，明月秋山冷白門。
怪此知名逢處少，高吟仙桂露香顏。

江南秋水薊門霜，落落天邊有乙行。
博物驚人傳石鼓，雄詞無敵擅長楊。
憑陵六代窮何病，賞鑒千秋刻不妨。
此意每憐誰共解，昏鴉接翅影蒼蒼。

君本留城襲漢公，致身家在曉雲中。
人如秋浦三分白，花想河陽一樣紅。
市石名豪非漫笑，濡頭草聖自稱雄。
聞聲肯許輕相問，百里煙波是沛宮。

閻圻，字千里，一字坤掌，沛縣人，徐州「明末二遺民」之一閻爾梅之長孫，康熙己丑科二甲第四十一名進士，官工科掌印給事中，著有《泗山詩文集》。詩中既云「憑陵六代窮何病，賞鑒千秋刻不妨」，則詩作於張竹坡評點刊刻《金瓶梅》之後，亦即康熙三十四年三月之後。[2] 詩作於徐州。康熙三十四年三月之後，張竹坡在徐州家中的時間，只有兩次：一次是康熙三十四年正月至康熙三十五年春，一次是康熙三十七年春夏之交。[3] 後者尚無確鑿證據，姑暫定閻圻該詩作於康熙三十四年。這時的張竹坡已是四困棘圍，父親也去世很久，家庭經濟甚為拮据。而閻圻當時也是一介布衣。兩人境遇相似，性情又都疏放，文學見解也很相通，同氣相求，同聲相應，遂先定文字交。

《清毅先生譜稿·贈言》還錄有閻圻的一首詩〈再辱竹坡先生贈詩謬許，頗愧不敢當，不謂先生意中，乃亦知當此時此地有閻子也，用是狂感，漫為放歌一首〉：

亦有人知閻千里，意外得之狂欲起。
十年落莫未逢人，傍湖築室閒泥水。
先民遺教時不投，讀書春夏射春秋。
出門治具高五嶽，蒼然逸興遠十洲。
少負吟癖移朝暮，長章短詠按律度。

2　參見《張竹坡年譜》。

3　參見拙文〈張竹坡《十一草》考評〉，載《明清小說研究》第二輯。當時限於資料，考證未確，應以本文為準。

> 江東風調歌周郎，一音一節時時顧。
> 謬折老宿奉典冊，傾囊千珠光粒粒。
> 悔後方知非佳言，概從燧火星星入。
> 師心一變家學荒，不學風雅學騷莊。
> 窮居放言少忌諱，不爭高步踞詞場。
> 詩為聖人一大政，匪獨文士依為命。
> 城中萬事起黃鐘，嶱谷之竹鳳凰應。
> 搔首青天問一聲，謝眺何奇使人驚？
> 杜公飲食懷君父，君父而外皆所輕。
> 立言有本大何病，義則可取音何定。
> 微言既絕又何人，茫茫此旨還相問。
> 竹坡竹坡刻苦求，點墨如金筆如鈎。
> 信得燕公好手腕，一揮萬卷築詩樓。
> 更不見井魚意深難，淺出山雲岫，
> 發停積高空，明月上城頭。
> 照人懷抱如秋白，誦君之詩對君語。
> 一語欲行不肯去，日復三歌瓊桂樹。

由詩題詩意可知，此詩作於前詩之後不久。「亦有人知閻千里，意外得之狂欲起」，則二人尚未曾見面。「十年落莫未逢人，傍湖築室閑泥水」，與張竹坡一樣，閻圻也是一個不甘寂寞、銳意進取、仕途失意、沽價待售的士子。「再辱竹坡先生贈詩謬許」，可見兩人詩歌往還，互許為知己。

於是閻圻前往彭城往顧張竹坡。《張氏族譜·藏稿》錄張竹坡《十一草》其四〈贈閻孝廉孫千里〉：

> 先生孝廉之長孫，孝廉詩名滿乾坤。
> 金針玉律今尚存，先生又抵詞林根。
> 久思伐木登龍門，破屋擁鼻愁鳶蹲。
> 高車忽來黃葉村，相思有塊親手捫。
> 不嫌粗糲出雞豚，脫略不設癭木樽。
> 西塢新燒老瓦盆，木杓對舉聽春溫。
> 請將詩律細講論，何以教我洗眵昏。

先是兩人互聞聲名，其後竹坡傳言要訪閻圻，閻乃作〈前初至徐……〉詩，接著竹坡回贈詩篇（惜竹坡其他贈詩今已無存），閻乃再作〈再辱竹坡先生贈詩……〉詩，遂導成閻徑至竹坡家中過訪，竹坡因得〈贈閻孝廉孫千里〉詩。

張竹坡與李漁、洪昇

張竹坡評本《金瓶梅》版本眾多，其早期刊本康熙乙亥本、在茲堂本書題右上方均署：李笠翁先生著。無獨有偶。1983 年秋筆者在中央戲劇學院圖書館著錄《合錦回文傳》，見其亦題：笠翁先生原本。《合錦回文傳》裏並有竹坡與回道人的題贊。就這樣，張竹坡與李漁之間便有了不容忽視的某種聯繫。

實在李漁與張竹坡並不是一代人。張竹坡出生的時候，李漁已是花甲之年。李漁卒於康熙十九年，其時張竹坡才十一歲。但李漁與張竹坡家族卻頗有淵源。《張氏族譜・傳述》引胡銓〈司城張公傳〉：「湖上李笠翁偶過彭門，寓公廨下，留連不忍去者將匝歲。」李漁為什麼住在張竹坡的父親張翃家中「留連不忍去」呢？原來張翃能詩擅文，解律工畫，多才多藝，聰穎絕倫，其詩尤為清新俊逸，而一生嘯傲林泉，留連山水，肆力芸編，約文會友，「嘗結同聲社，遠近名流，聞聲畢集」[4]。李漁便是「聞聲畢集」的名流之一，可見主雅客亦不俗。

《笠翁一家言全集》卷四〈聯〉收有李漁書贈張膽的兩幅對聯：其一〈贈張伯亮封翁〉：「少將出老將之門，喜今日科名重恢舊業；難弟繼難兄之後，卜他年將相並著芳聲。」原注云：「伯亮舊元戎也，長公履吉久作文臣，次君履貞新登武第。」其二〈贈張伯亮副總戎〉：「功業著寰中，喜汗馬從龍適逢其會；英雄羅膝下，羨經文緯武各有其人。」原注云：「令子二人，一為文吏，一為武臣。」按伯亮（膽）係張膽的字，履貞即道瑞的字。此云「新登武第」，當為道瑞中舉之時。則李漁為張膽書題對聯的時間，應在康熙二年癸卯。這也應是李漁到徐州過訪張翃「寓公廨下」的時間。這時李漁移家金陵不久，正是「無半畝之田，而有數十家之口，硯田筆耒，正靠一人」[5]，而遊歷四方，靠打抽豐過日子的時期。

李漁與父親和家族的交往，張竹坡後來不可能不聞說。劉輝《金瓶梅成書與版本研究》[6]考定李漁是所謂崇禎本《金瓶梅》的寫定者和作評者，若果如此，則這一消息，張

4　《張氏族譜・司城張公傳》。

5　《四庫全書總目提要》別集存目七引〈與柯岸初掌科〉。

6　遼寧人民出版社《金瓶梅》研究叢書本。

竹坡也不會不知道。因此，張竹坡這才在自己評點刊行的《第一奇書》封面鐫上「李笠翁先生著」的字樣，作為對這位前輩著作權的首肯。

　　至於張竹坡與洪昇，雖然尚未查到有關他們之間交往的直接資料，但也發現不少線索，姑附列於次，用供參考。張竹坡出生那年，洪昇二十六歲。洪昇《長生殿》撰成上演於康熙二十七年，其時竹坡十九歲，二困場屋，感慨世事，作散文〈烏思記〉。次年，洪昇以國喪期間在京上演《長生殿》招禍。又四年，竹坡北遊京都，魁奪長安詩社，譽稱竹坡才子。康熙三十四年乙亥，張評本《金瓶梅》批成付梓；同年，《長生殿》授梓。明年春，竹坡攜《第一奇書》至金陵銷售，名聞邇邇；同時，洪昇道經武進，往遊江寧。康熙三十六年丁丑春，竹坡自揚州移寓蘇州，貧困潦倒，吟詩寄愁，直至次年春夏間方離蘇北上；同年秋，洪昇至蘇州，吳人釀資為演《長生殿》，極一時之盛。

張竹坡《金瓶梅》評點概論

張竹坡上承金聖歎，下啟脂硯齋，通過對《金瓶梅》思想與藝術的評點，在很多方面把中國小說理論向前推進了一大步。

張竹坡評點《金瓶梅》的文字，總計約十幾萬字。其形式大致為書首專論，回首與回中總評，和文間夾批、旁批、眉批、圈點等三大類。屬於專論的，就有〈雜錄小引〉〈金瓶梅寓意說〉〈冷熱金針〉〈第一奇書非淫書論〉〈苦孝說〉〈竹坡閒話〉等十幾篇之多。明清小說評點中使用專論的形式，始於張竹坡。中國小說理論自此健全了自己的組織結構體系。從文學欣賞方面說，張竹坡的各篇專論以及一百零八條〈讀法〉，是《金瓶梅》全書的閱讀指導大綱；而回評與句批則是該回與該段的賞析示範。

張竹坡的《金瓶梅》評點，或概括論述，或具體分析，或擘肌分理，或畫龍點睛，對這部小說作了全面、系統、細微、深刻的評介，涉及題材、情節、結構、語言、思想內容、人物形象、藝術特點、創作方法等各個方面，其最有價值的為下述幾點：

第一，系統提出「第一奇書非淫書論」，給《金瓶梅》以合法的社會地位，使其得以廣泛流傳。《金瓶梅詞話》大約自明代中後葉問世以來，陸續有人在筆記叢談中予以評論。這些評論不僅一般都很零碎，而且大多閃爍其詞，諱莫如深。有的更乾脆目為「淫書」，急欲焚之而後快。這種觀點蔓延到社會，在人們心理上造成一種錯覺，抹煞了該書的文學價值，影響了它的流傳。張竹坡認為《金瓶梅》亦如「詩三百，一言以蔽之曰：思無邪」[1]。他說：「《金瓶梅》三字連貫者，是作者自喻。此書內雖包藏許多春色，卻一朵一朵一瓣一瓣，費盡春工，當注之金瓶，流香芝寶，為千古錦繡才子作案頭佳玩，斷不可使村夫俗子作枕頭物也」[2]。又說：「然則《金瓶梅》是不可看之書也，我又何以批之以誤世哉？不知我正以《金瓶》為不可不看之妙文，……恐人自不知戒而反以是咎《金瓶梅》，故先言之，不肯使《金瓶》受過也」[3]。又說：「今夫《金瓶》一書，作者亦是將〈蹇蹇〉〈風雨〉〈蘀兮〉〈子衿〉諸詩細為摹仿耳。夫微言之而文人知儆，顯

1　〈第一奇書非淫書論〉。
2　〈讀法·百六〉。
3　〈讀法·八十二〉。

言之而流俗皆知。不意世之看者，不以為懲勸之韋弦，反以為行樂之符節，所以目為淫書。不知淫者自見其為淫耳」[4]。他在〈讀法·五十三〉中也說：「凡人謂《金瓶》是淫書者，想必伊止看其淫處也。若我看此書，純是一部史公文字。」第七十一回「李瓶兒何家托夢，提刑官引奏朝儀」有一段寫小廝在何太監宴請西門慶的席前唱了一套【正宮·端正好】，張竹坡批道：「又是宋朝，總見寓言也。」聯繫他在〈金瓶梅寓意說〉中所謂「稗官者，寓言也。其假捏一人，幻造一事，雖為風影之談，亦必依山點石，借海揚波」的說法，則他的「史公文字」說便有了具體的內容。而看出小說有以宋喻明的一面，是很有見地的。所以他要「急欲批之請教」，以「憫作者之苦心，新同志之耳目」[5]。《金瓶梅》中當然有一些淫穢的文字，張竹坡強調要從整體上把握其主導傾向，不要輕易被「淫書」二字瞞過。〈讀法·三十八〉：「一百回是一回，必須放開眼作一回讀，乃知其起盡處。」〈讀法·五十二〉：「《金瓶梅》不可零星看。如零星，便止看其淫處也。故必盡數日之間，一氣看完，方知作者起伏層次，貫通氣脈，為一線穿下來也。」〈讀法·七十二〉：「讀《金瓶》必靜坐三月方可，否則眼光模糊，不能激射得到。」經過他鞭辟入裏的分析，雖然不能從官方的禁令中，但是從人們的觀念上，將《金瓶梅》解放了出來。《金瓶梅》的刻板發行，在張竹坡評點之前，只有萬曆丁巳本與所謂崇禎本，印數也很少；在張竹坡評點之後，卻出現了幾十種刊本。帶有張竹坡評語的《第一奇書》，成為流傳最廣、影響最大的《金瓶梅》，這不能不說是張竹坡評點《金瓶梅》的功績。

第二，指出《金瓶梅》「獨罪財色」，是洩憤之作，具體肯定了這部小說的思想性、傾向性。眾所周知，《金瓶梅》描寫了西門慶一家暴發與衰落的過程。張竹坡分析了該書「因一人寫及全縣」，由「一家」而及「天下國家」的寫作方法，認為通過對西門慶的揭露，暴露了整個社會的問題。〈讀法·六十三〉：「即千古算來，天之禍淫福善，顛倒權奸處，確乎如此。讀之似有一人，親曾執筆，在清河縣前，西門家裏，大大小小，前前後後，碟兒碗兒，……一一記之，似真有其事，不敢謂操筆伸紙做出來的。」〈讀法·八十二〉：「嘗見一人批《金瓶梅》曰：『此西門慶之大帳簿。』其兩眼無珠，可發一笑。夫伊於甚年月日，見作者雇工於西門慶家寫帳簿哉？」[6]似有人記帳，實無人記帳，說明雖然小說描寫細微逼真，但畢竟是小說不是帳簿。張竹坡實際已感覺到創作中的「典型」問題，所以他說：「《金瓶梅》因西門慶一分人家，寫好幾分人家，如武大一家，花子虛一家，喬大戶一家，陳洪一家，吳大舅一家，張大戶一家，王招宣一家，

4　〈第一奇書非淫書論〉。
5　〈第一奇書非淫書論〉。
6　同注4。

應伯爵一家，周守備一家，何千戶一家，夏提刑一家。他如翟雲峰在東京不算，夥計家以及女眷不往來者不算，凡這幾家，大約清河縣官員大戶屈指已遍，而因一人寫及一縣」[7]。《金瓶梅》中寫了很多地方貪官，市井惡霸，張竹坡認為「無非襯西門慶也」[8]，然社會上「何止百千西門，而一西門之惡已如此，其一太師之惡為何如也」[9]。他在第七十四回回評中也寫道：「今止言一家，不及天下國家，何以見怨之深，而不能忘哉！故此回歷敘運艮峰之苦，無謂諸奸臣之貪位慕祿，以一發胸中之恨也。」這就是魯迅說的「著此一家，即罵盡諸色」[10]。張竹坡實際也感覺到藝術真實與生活真實的關係問題，他說：「便使一時半夜，人死喧鬧，以及各人言語心事，並各人所做之事，一毫不差，歷歷如真有其事。即真事令一人提筆記之，亦不能全者，乃又曲曲折折，拉拉雜雜，無不寫之」[11]。〈竹坡閒話〉：「《金瓶梅》，何為而有此書也哉？曰：此仁人志士孝子悌弟，不得於時，上不能問諸天，下不能告諸人，悲憤嗚唈，而作穢言以泄其憤也。」第三十四回「獻芳樽內室乞恩，受私賄後庭說事」寫西門慶賄賂蔡京當了山東提刑官之後，即貪贓枉法，竹坡在回評中批道：「提刑所，朝廷設此以平天下之不平，所以重民命也。看他朝廷以之為人事送太師，太師又以之為人事送百千奔走之市井小人，而百千市井小人之中，有一市井小人之西門慶，是太師特以一提刑送之者也。今看到任以來，未行一事，先以伯爵一幫閒之情，道國一夥計之分，將直作曲，妄入人罪，後即於我所欲入之人，又因以龍陽之情，混入內室之面，隨出人罪，是西門慶又以提刑之刑為幫閒、淫婦、書童之人事，天下事至此尚忍言哉？作者提筆著此回時，必放聲大哭也。」所以他說：「讀《金瓶》必須列寶劍於右，或可劃空洩憤」[12]「讀《金瓶》必置大白於左，庶可痛飲以消此世情之惡」[13]。不僅如此，張竹坡進一步將小說中的人和事放到冷、熱、真、假的關係中考察，他在〈竹坡閒話〉中說：「將富貴而假者可真，貧賤而真者亦假。富貴，熱也，熱則無不真。貧賤，冷也，冷則無不假。不謂冷熱二字，顛倒真假，一至於此。……因彼之假者，欲肆其趨承，使我之真者，皆遭其荼毒。」說明他認識到，《金瓶梅》並及揭露到人心世情、社會風尚、道德觀念等社會意識形態。〈讀法·八十三〉：「《金瓶》是兩半截書，上半截熱，下半截冷；上半熱中有冷，下半冷中有熱。」張竹坡把第一回

7　〈讀法·八十四〉。
8　第四十七回回評。
9　第四十八回回評。
10　《中國小說史略》。
11　第六十二回回評。
12　〈讀法·九十五〉。
13　〈讀法·九十七〉。

文字就歸結為「熱結」「冷遇」，並說：「《金瓶》以冷熱二字開講，抑孰不知此二字，為一部之金鑰乎？」[14]他的冷熱說，在讀法、回評與夾批中雖然時相牴牾，界說不明，其基本含義還是一貫的，這就是：「其起頭熱得可笑，後文一冷便冷到徹底，再不能熱也」[15]。「作者直欲使此清河縣之西門氏冷到徹底並無一人，雖屬寓言，然而其恨此等人，直使之千百年後永不復望一復燃之灰」[16]。張竹坡還認為，《金瓶梅》之所以能夠對社會生活與社會思想作出如此深刻廣泛的暴露，是因為「作者必於世亦有大不得意之事，如史公之下蠶室，孫子之刖雙足，乃一腔憤懣而作此書，……以為後有知心，當悲我之辱身屈志，而負才淪落於污泥也」[17]。張竹坡從創作意圖到寫作效果，將《金瓶梅》提到與《史記》《詩經》等同的地位，高度評價了小說的寫實成就。

第三，緊緊把握住《金瓶梅》的美學風貌，以「市井文字」概括其藝術特色，從小說史的角度，充分肯定了這部小說在中國文學史中的地位。《金瓶梅》以前的中國長篇小說，如《三國演義》《水滸傳》《西遊記》等，寫的是歷史、英雄、神魔，著墨最多的是正面人物的刻畫與傳奇經歷的描述。《金瓶梅》則不然，它的主要人物都是反面角色，它的情節多係家庭日常瑣事。「審醜」不同於「審美」，寫家庭細節不同於寫社會巨變。不同的社會生活面，不同的人物形象群，必然會產生不同的藝術特色。張竹坡看到了這種不同，並從理論上準確地給予了總結。他指出，《金瓶梅》與《西廂記》不同，後者是「花嬌月媚」文字，而前者則是「一篇市井的文字」。〈讀法·三十二〉：「西門慶是混帳惡人，吳月娘是奸險好人，玉樓是乖人，金蓮不是人，瓶兒是癡人，春梅是狂人，敬濟是浮浪小人，嬌兒是死人，雪娥是蠢人，宋蕙蓮是不識高低的人，如意兒是頂缺之人。若王六兒與林太太等，直與李桂姐輩一流，總是不得叫做人。而伯爵、希大輩，皆是沒良心的人。兼之蔡太師、蔡狀元、宋御史，皆是枉為人也。」都是反面角色。反面角色又多是市井中人，「寫西門自加官至此，深淺皆見，又熱鬧已極。蓋市井至此，其福已不足當之矣」[18]。「西門拜太師乾子，王三宮又拜西門乾子，勢力之於人寧有盡止？寫千古英雄同聲一哭，不為此一班市井小人哭也」[19]。市井中人不論怎麼發跡變泰，穿戴裝扮，到底都有市井氣。第七回有一段：「這西門慶頭戴纏綜大帽，一撒鉤條粉底皂靴」，張竹坡批道：「富貴氣卻是市井氣。」寫這些人物的文字，「直是一派地獄文

14　〈冷熱金針〉。
15　〈讀法·八十七〉。
16　〈讀法·八十八〉。
17　第七回回評。
18　第七十回回評。
19　第七十二回回評。

字」[20]。「《金瓶梅》，倘他當日發心不作此一篇市井的文字，他必能另出韻筆，作花嬌月媚如《西廂》等文字也」[21]。小說寫的不是才子佳人，所以不能用「韻筆」寫成「花嬌月媚」文字；小說寫的是市井小人，所以只能用俗筆寫成「市井文字」。《金瓶梅》中的姦夫淫婦、貪官惡僕、幫閒娼妓各色人等，「不徒肖其貌，且並其神傳之」[22]，靠的是什麼呢？張竹坡認為「純是白描追魂攝影之筆」[23]。他的「市井文字」說包含有一系列表象，「白描」是其最主要的特徵。「子弟能看其白描處，必能做出異樣省力巧妙文字來也。」第三十回「蔡太師覃恩錫爵，西門慶生子加官」寫李瓶兒臨盆，張竹坡在本回回評中說：「今看其止令月娘一忙，眾人一齊在屋，金蓮發話，雪娥慌走，幾段文字，下回接呱的一聲，遂使生子已完，真是異樣巧滑之文，而金蓮妒口，又白描入骨也」。書中是怎樣描寫潘金蓮的「妒口」的呢？先是寫潘金蓮對孟玉樓說：「爹喏喏！緊著刺刺的，擠了一屋子的人，也不是養孩子，都看著下象胎哩！」又寫潘金蓮嘲弄孫雪娥說：「你看，獻勤的小婦奴才！你慢慢走，慌怎的？搶命哩！黑影裏絆倒了，磕了牙，也是錢。養下孩子來，明日賞你小婦一個紗帽戴？」這種白描文字，就如中國畫的墨線勾描，所以張竹坡又叫做「白描勾挑」[24]。第九十四回「大酒樓劉二撒潑，酒家店雪娥為娼」：「卻說春梅走歸房中，摘了冠兒，脫了繡服，倒在床上，便把心撾被，聲疼叫喚起來。……落後守備……也慌了，扯著他手兒問道：『你心裏怎的來？』也不言語。又問：『那個惹著你來？』也不做聲。守備道：『不是我剛才打了你兄弟，你心內惱嗎？』亦不應答。……大丫鬟月桂拿過藥來：『請奶奶吃藥！』被春梅拿過來匹臉只一潑，罵道：『賊浪奴才，你只顧拿這苦水來灌我怎的？我肚子裏有甚麼？』叫他跪在面前。」張竹坡批道：「內只用幾個一推一潑，寫春梅悍妒性急如畫」[25]。第六十七回寫應伯爵得子向西門慶借錢：「伯爵進來，見西門慶唱喏，坐下。西門慶道：『你連日怎的不來？』伯爵道：『哥，惱的我要不得在這裏。』西門慶問道：『又怎的惱，你告我說。』伯爵道：『緊自家中沒錢，昨日俺房下那個平白又捅出個孩兒來，……』西門慶問：『養個甚麼？』應伯爵道：『養了個小廝。』西門慶罵道：『傻狗才，生了個兒子倒不好，如何反惱？』伯爵道：『哥，你不知，冬寒時月，比不的你們有錢的人家，又有偌大前程，生個兒子，錦上添花，俺們連自家還多著個影兒哩，要他做什麼！……明日洗三，嚷的人家知道了，到滿月拿什

20　第五回回評。

21　〈讀法·八十〉。

22　謝肇淛〈金瓶梅跋〉。

23　第一回回評。

24　第一回夾批。

25　本回回評。

麼使！到那日我也不在家，信信拖拖，到那寺院裏且住幾日去罷。」西門慶笑道：『你
去了，好了和尚趁熱被窩兒。你這狗才，到底占小便益兒。』又笑了一回，那應伯爵故
意把嘴谷都著，不做聲。」張竹坡此處夾批：「一路白描，曲盡借債人心事。」第一回
回評：「描寫伯爵處，純是白描追魂攝影之筆。」白描，是《金瓶梅》使用最為普通的
手法，也是張竹坡反覆評點的地方。

第四，全面細微地點撥《金瓶梅》的章法技法，形成系統的《金瓶梅》藝術論，其
中不少論述，今天仍有借鑒意義。舉如《金瓶梅》的結構，與《水滸傳》等小說單線發
展結構方式不同，是一個以西門慶一家為主線，旁及清河他家，以及清河各家以外多家
多人，貫通關聯，穿插曲折的網狀形結構。張竹坡注意到這一點，他在〈竹坡閒話〉中
說：「然則《金瓶梅》，我又何以批之也哉？我喜其文之洋洋一百回，而千針萬線，同
出一絲，又千曲萬折，不露一線。閑窗獨坐，讀史讀諸家文，少假偶一觀之，曰：如此
妙文，不為之遞出金針，不幾辜負作者千秋苦心哉？久之心怛怊焉，不敢遽操管以從事，
蓋其書之細如牛毛，乃千萬根共具一體，血脈貫通，藏針伏線，千里相牽，少有所見」。
《金瓶梅》是怎樣「千曲萬折」又「血脈貫通」的呢？張竹坡說：「《金瓶梅》是一部《史
記》。然而《史記》有獨傳，有合傳，卻是分開做的。《金瓶梅》卻是一百回共成一傳，
而千百人總合一傳內，卻又斷斷續續各人自有一傳」[26]。《金瓶梅》一書寫了幾百個人，
其有始有終的少說也有幾十人，如此多人「總合一傳」，豈不是頭緒紛繁，讀來模糊嗎？
張竹坡認為說來也簡單：「劈空撰出金、瓶、梅三個人來，看其如何收攏一塊，如何發
放開去。看其前半部止做金、瓶，後半部止做春梅，前半人家的金、瓶，被他千方百計
弄來，後半自己的梅花，卻輕輕的被人奪去」[27]。他認為第一回是全書的總綱：「開卷
一部大書，乃用一律、一絕、三成語、一諺語盡之，而又入四句偈作證，則可云《金瓶
梅》已告完矣」[28]；第五十一回又是後半部的關鍵：「此書至五十回以後，便一節節冷
了去。今看他此回，先把後五十回的大頭緒，一一題清，如開首金蓮兩舌，伏後文官哥、
瓶兒之死；李三、黃四諄諄借帳，伏後文賴帳之由；李桂姐伏王三官、林太太；來保、
王六兒飲酒一段，伏後文二人結親，拐財背主之故；鬱大姐伏申二姐；品玉伏西門之死；
而鬥葉子伏敬濟之飄零；二尼講經，伏孝哥之幻化。蓋此一回，又後五十回之樞紐也」[29]。
但實際讀起小說來，卻不可如此粗疏。對這一點，張竹坡在每回回評與夾批中隨處都有

26　〈讀法·三十四〉。
27　〈讀法·一〉。
28　本回回評。
29　本回回評。

提醒,如:「一部一百回,乃於第一回中,如一縷頭髮,千絲萬絲,要在頭上一根繩兒紮住。又如一噴壺水,要在一提起來,即一線一線,同時噴出來。今看作者,惟西門慶一人是直說,他如出伯爵等人是帶出,月娘、三房是直敘,別的如桂姐、玳安、玉簫、子虛、瓶兒、吳道官、天福、應寶、吳銀兒、武松、武植、金蓮、迎幾、敬濟、來興、來保、王婆諸色人等一齊皆出,如噴壺傾水,然卻是說話做事,一路有意無意,東拉西扯,便皆敘出,並非另起鍋灶,重新下米,真是龍門能事。」[30]靠什麼把這些千絲萬縷的片斷總合成一個有機的整體呢?張竹坡認為:「做文章不過是情理二字。今做此一篇百回長文,亦只是情理二字。於一個人的心中,討出一個人的情理,則一個人的傳得矣。雖前後夾雜眾人的話,而此一人開口是此一人的情理。非其開口便得情理,由於討出這一人的情理方開口耳。是故寫十百千人皆如寫一人,而遂洋洋乎有此一百回大書也」[31]。

再如《金瓶梅》的人物塑造,與《水滸傳》類型化手法不同,注重人物性格刻畫,在個性化方面取得了很大進展。張竹坡在《金瓶梅》評點中很好地總結了小說這一方面的創作經驗,他特別抓住了人物性格的發展,在第四十一回回評中寫道:「上文生子後,方使金蓮醋甕開破泥頭,瓶兒氣包打開線口。蓋金蓮之刻薄尖酸,必如上文如許情節,自翡翠軒發源,一滴一點,以至於今,使瓶兒之心深懼,瓶兒之膽暗攝,方深深鬱鬱悶悶,守口如瓶,而不輕發一言,以與之爭,雖瓶兒天性溫厚,亦積威於漸以致之也。」小說是如何描寫潘金蓮醋甕開瓶的呢?第二十二回回評:「此回方寫蕙蓮。夫寫一金蓮,已令觀者髮指,乃偏又寫一似金蓮。特特犯手,卻無一相犯。而寫此一金蓮必受制於彼金蓮者,見金蓮之惡,已小試於蕙蓮一人,而金蓮恃寵為惡之膽,又漸起於治蕙蓮之時。其後遂至陷死瓶兒母子,勾串敬濟,藥死西門,一縱而幾不可治者,皆小試於蕙蓮之日。西門入其套中,不能以禮治之,以明察之,惟有縱其為惡之性耳。吾故曰:為金蓮寫肆惡之由,寫一武大死;為金蓮寫爭寵之由,乃寫一蕙蓮死也。」李瓶兒終於因此喪生,第六十二回「潘道士法遣黃巾士,西門慶大哭李瓶兒」寫李瓶兒死時各人的言行,竹坡本回回評批道:「西門是痛,月娘是假,玉樓是淡,金蓮是快。故西門之言,月娘便惱;西門之哭,玉樓不見;金蓮之言,西門發怒也。情事如畫」。張竹坡還指出小說寫出了同類人物的不同性格特徵,「《金瓶梅》妙在於善用犯筆而不犯也。如寫一伯爵,更寫一希大,然畢竟伯爵是伯爵,希大是希大,各人的身分,各人的談吐,一絲不紊。寫一金蓮,更寫一瓶兒,可謂犯矣。然又始終聚散,其言語舉動又各各不紊一絲。寫一王六兒,偏又寫一賈四嫂;寫一李桂姐,偏又寫一吳銀姐、鄭月兒;寫一王婆,偏又寫一薛

30 第一回回評。
31 〈讀法 · 四十三〉。

媒婆、一馮媽媽、一文嫂兒、一陶媒婆；寫一薛姑子，偏又寫一王姑子、劉姑子；諸如此類，皆妙在特特犯手，卻又各各一款，絕不相同也」[32]。小說是怎樣做到「用犯筆而不犯」的呢？張竹坡說：「《金瓶梅》於西門慶不作一文筆，於月娘不作一顯筆，於玉樓則純用俏筆，於金蓮不作一鈍筆，於瓶兒不作一深筆，於春梅純用傲筆，於敬濟不作一韻筆，於大姐不作一秀筆，於伯爵不作一呆筆，於玳安不作一蠢筆，此所以各各皆到」[33]。

又如《金瓶梅》的寫作手法，張竹坡做了很多概括，起了不少名目，雖然沒有跳出評點派的窠臼，不免瑣屑龐雜，其具體闡述，自有真知灼見。〈讀法·十四〉：「《金瓶》有節節露破綻處。如窗內淫聲，和尚偏聽見；私琴童，雪娥偏知道。而裙帶葫蘆，更屬險事。牆頭密約，金蓮偏看見；蕙蓮偷期，金蓮偏撞著。翡翠軒，自謂打聽瓶兒；葡萄架，早已照入鐵棍。才受贓，即動大巡之怒；才乞恩，便有平安之讒。……諸如此類，又不可勝數。總之，用險筆以寫人情之可畏，而尤妙在既已露破，乃一語即解，絕不費力累贅。此所以為化筆也。」〈讀法·二十五〉：「文章有加一倍寫法。此書則善於加倍寫也。如寫西門之熱，更寫蔡、宋二御史，更寫六黃太尉，更寫蔡太師，更寫朝房，此加一倍熱也。如寫西門之冷，則更寫一敬濟在冷鋪中，更寫蔡太師充軍，更寫徽欽北狩，真是加一倍冷。要之，加一倍熱，更欲寫西門之熱者何限，而西門恃財肆惡；加一倍冷者，正欲寫如西門之冷者何窮，而西門乃不早見機也。」〈讀法·四十四〉：「《金瓶》每於極忙時，偏夾敘他事入內。如正未娶金蓮，先插娶孟玉樓；娶孟玉樓時，即夾敘嫁大姐；生子時，即夾敘吳典恩借債；官哥臨危時，乃有謝希大借銀；瓶兒死時，乃入玉簫受約；擇日出殯，乃有請六黃太尉等事。皆於百忙中，故作消閒之筆。非才富一石者何以能之？」它如「板定大章法」「兩對章法」「大間架處」「入筍處」「特特錯亂其年譜」「脫卸處」「避難處」「手閒事忙處」「穿插處」「結穴發脈關鎖照應處」「反射法」「點睛處」等，隨文點撥，俯拾皆是，用張竹坡的話說是「《金瓶梅》一書，於作文之法，無所不備」[34]。

又如《金瓶梅》的細節描寫，今傳本《金瓶梅》內雖有不少前後抵牾之處，但「《金瓶梅》是大手筆，卻是極細的心思做出來者」[35]。張竹坡特別稱許小說的細針密線，〈讀法·四十八〉：「寫花子虛，即於開首十人中，何以不便出瓶兒哉？夫作者於提筆時，

32　〈讀法·四十五〉。
33　〈讀法·四十六〉。
34　〈讀法·五十〉。
35　〈讀法·百四〉。

固先有一瓶兒在其意中也。先有一瓶兒在其意中，其後如何偷期，如何迎姦，如何另嫁竹山，如何轉嫁西門，其著數俱已算就，然後想到其夫，當令何名，夫不過令其應名而已。則將來雖有如無，故名之曰子虛。瓶本為花而有，故即姓花。忽然於出筆時，乃想敘西門氏正傳也。於敘西門傳中，不出瓶兒，何以入此公案？特敘瓶兒，則敘西門起頭時，何以說隔壁一家姓花名某，其妻姓李名某也？此無頭緒之筆，必不能入也。然則俟金蓮進門再敘何如？夫他小說便有一件件敘去另起頭緒於中，惟《金瓶梅》純是太史公筆法。夫龍門文字中，豈有於一篇特特著意寫之人，且十分有八分寫此人之人，而於開卷第一回中不總出樞紐，如衣之領，如花之蒂，而謂之太史公之文哉？……然則作者又不能自己另出頭緒說，勢必借結弟兄時入花子虛也。夫使無伯爵一班人，先與西門打熱，則弟兄又何由而結？……故用寫子虛為會外之人，今日拉其入會，而因其鄰牆，乃用西門數語，李瓶兒已出。……今日自純以神工鬼斧之筆行文，故曲曲折折，只令看者迷目，而不令其窺彼金針之一度。」他認為第六十二回「最是難寫」，但「內卻前前後後，穿針遞線，一絲不苟。……如寫瓶兒，寫西門，寫伯爵，寫潘道士，寫吳銀兒、王姑子，寫馮媽媽，寫如意兒，寫花子由，其一時或閒筆插入，或忙筆正寫，或關切，或不關切，疏略淺深，一時皆見。至於瓶兒遺囑，又是王姑子、如意、迎春、繡春、老馮、月娘、西門、嬌兒、玉樓、金蓮、雪娥，不漏一人，而淺深恩怨皆出。其諸人之親疏厚薄淺深，感觸心事，又一筆不苟，層層描出，文至此亦可云至矣。看他偏有餘力，又接手寫其死後西門大哭一篇。且偏更於其本命燈絕後，預先寫其一番哭泣，不特瓶兒、西門哭，直寫至西門與月娘哭，豈不大奇？至其一死，獨寫西門一人大哭，真聲淚俱出。又寫月娘之哭，又寫眾人之哭，又接寫西門之再哭，又接寫月娘之不哭，又接寫西門前廳哭，又寫哭了又哭，然後將『雞都叫了』一句頓住，……我已為至矣盡矣，其才亦應少竭矣，乃偏又接寫請徐先生，報花子由，報諸親，又寫黑書，又寫取布搭棚，請畫師，且夾寫玳安哭，又夾寫西門再哭，月娘惱，玉樓疏，金蓮暢快，又接寫伯爵做夢，咂嘴跌腳，再接寫西門哭，伯爵勸，一篇文字方完。我亦並不知作者是神工，是鬼斧，但見其三段中，如千人萬馬，卻一步不亂」[36]。

張竹坡評點《金瓶梅》還有一個很大的特點，把自己的家世遭遇情緒感觸擺進去。在他的評點文字中，這一內容占了不少分量。〈竹坡閒話〉：「邇來為窮愁所迫，炎涼所激，於難消遣時，恨不自撰一部世情書以排遣悶懷，幾欲下筆，而前後結構，甚費經營，乃擱筆曰：我且將他人炎涼之書，其所以前後經營者，細細算出，一者可消我悶懷，二者算出古人之書，亦可算我今又經營一書。」〈第一奇書非淫書論〉：「小子窮愁著

書，亦書生常事。又非借此沽名，本因家無寸土，欲覓蠅頭以養生耳。」〈金瓶梅寓意說〉：「至其以孝哥結入一百回，用普淨幻化，言惟孝可以消除萬惡，惟孝可以永錫爾類，今使我不能全孝，抑曾反思爾之於爾親卻是如何，千秋萬歲，此恨綿綿，悠悠蒼天，曷其有極，悲哉悲哉！」他在〈讀法·八十六〉中的感慨：「奈何世人於一本九族之親，乃漠然視之，且恨不排擠而去之，是何肺腑！」指的就是自己的家世。第一回正文開首，他只圈了「親朋白眼，面目寒酸」四字，便基於自己的身世。他評點《金瓶梅》可謂牽腸掛肚，驚心動魄，「今夜五更燈花影裏，我亦眼淚盈把，笑聲驚動妻孥兒子輩夢魂也」[37]。「我卻批完此一回時，心血已枯了一半也」[38]。「夜深風雨，鬼火青熒，對之心絕欲死，我不忍批，不耐批，亦且不能批」[39]。「我不覺為之大哭十日百千日不歇，然而又大笑不歇也」[40]。「我亦不能逐節細批，蓋讀此等文，不知何故，雙眼惟有淚出，不能再看文字矣。讀過一遍，一月兩月，心中忽忽不樂，不能釋然」[41]。

惟其如此，加上時代局限與思想局限，張竹坡的《金瓶梅》評點中，也摻雜了一些主觀臆斷，闡發了不少封建綱常。第一百回回評：「第一回弟兄哥嫂，以悌字起，一百回幻化孝哥，以孝字結。始悟此書，一部姦淫情事，俱是孝子悌弟窮途之淚。」不少論者接著引用張竹坡的話：「夫以孝悌起結之書，謂之曰淫書，此人真是不孝悌」，認為這是他為《金瓶梅》辯白的托詞。但聯繫到他冠於書首的「苦孝說」，他在其他專論與回評、夾批中對孝悌的反覆論述，他對作者身分家世的猜測，他自己的家世生平，便不能不認為這正是張竹坡的真實思想，是他思想中迂腐落後的一面。張竹坡對貧富、財色、冷熱、真假關係的解說也不夠固定，並且最後「以空結此財色二字也」[42]，在第六十一回的夾批中更進而說道：「夫一夢一空，已全空矣。現一夢兩空，天下安往非夢，亦安往非空。」《紅樓夢》評論中的色空觀念、說夢之談，原來濫觴於此。張竹坡的〈《金瓶梅》寓意說〉更是一篇奇文，他說：「故《金瓶》一書，有名人物，不下百數，為之尋端竟委，大半皆屬寓言」。於是他在全書「尋端竟委」，找微言大義，竟至認為「梅雪不相下，故春梅寵而雪娥辱，春梅正位而雪娥愈辱。月為梅花主人，故永福相逢，必云故主。……至周舟同音，春梅歸之，為載花舟，秀臭同音，春梅遭臭，載花舟且作糞舟」，牽強附會到可笑的地步，開了後來紅學索隱派的先河。張竹坡激烈貶斥吳月娘，

37　第三回回評。
38　第四回回評。
39　第五回回評。
40　第七十三回回評。
41　第七十八回回評。
42　〈讀法·二十六〉。

極力推譽孟玉樓，甚至說孟玉樓就是作者的化身，遭到清末《金瓶梅》評點者文龍的批評：「作書難，看書亦難，批書尤難。未得其意，不求其細，一味亂批，是為酒醉雷公。批者深惡月娘，而深愛玉樓，至謂作者以玉樓自比，何其謬也」[43]。

因此，《歧路燈》作者李海觀在其書自序中譏諷張竹坡是「三家村冬烘學究」，不能說全無道理。但近人朱星說：「崇禎本已有評點，張評本又加擴大，……〈讀法〉共一百零六條，說『《金瓶梅》是一部《史記》』，這一句還可取，其餘都是冬烘先生八股調，全不足取」[44]，便失之公允。平心而論，張竹坡的《金瓶梅》評點，雖然瑕瑜互見，畢竟瑕不掩瑜。崇禎本只有零散的夾批，張竹坡的評點則是一部系統的《金瓶梅》論，並不僅僅是「又加擴大」而已。何況張竹坡在他的《金瓶梅》論中，完備了古代小說評點的結構體系，對古代小說理論增添了一系列新的創造，開發了近代小說理論的先聲。在《金瓶梅》研究史上，張竹坡的評點不可低估；在中國小說批評史上，張竹坡的功績不可抹煞。

43　第二十九回回評。

44　《金瓶梅考證》。

張竹坡評本《金瓶梅》瑣考

張竹坡評點《金瓶梅》在康熙乙亥正月

　　張竹坡是在什麼時間評點的《金瓶梅》？這一問題，似尚未引起學術界普遍的注意。芮效衛先生在其論文〈張竹坡評金瓶梅〉中，認為是在康熙五年至康熙二十三年之間；其他一些文章則籠統地說在康熙乙亥。芮效衛的提法對不對？能不能進一步考定張竹坡評點《金瓶梅》的具體時間？據筆者發現的《張氏族譜》，參酌《金瓶梅》張評的夫子自道，以及《第一奇書》諸多版本上的附文，已可確知張竹坡是在康熙三十四年乙亥正月評點的《金瓶梅》。茲論證如次：

　　大連圖書館藏本衙藏版本《第一奇書》所載〈寓意說〉，較《第一奇書》其他版本同篇，多出下面一段文字：「作者之意，曲如文螺，細如頭髮。不謂後古有一竹坡為之細細點出，作者於九泉下當滴淚以謝竹坡；竹坡又當酹酒以白天下錦繡才子：如我所說，豈非使作者之意，彰明較著也乎！竹坡，彭城人，十五而孤，於今十載，流離風塵，諸苦備歷。遊倦歸來，細思床頭金盡之語，忽忽不樂。偶讀《金瓶》起首云『親朋白眼，面目含酸』，便是凌雲志氣，分外消磨，不禁為之淚落如豆。乃拍案曰：『有是哉，冷熱真假，不我欺也。』乃發心於乙亥正月人日批起，至本月廿七日告成。其中頗多草草，然予亦自信其眼照古人用意處，為傳其金針大意云爾。緣作〈寓意說〉，以弁於前。」這段文字，王汝梅《王汝梅解讀金瓶梅》[1]認為是張竹坡的夫子自道，劉輝〈《會評會校金瓶梅》再版後記〉[2]認為是張道淵的附文。筆者贊同劉說。但不管是劉說、王說，對這段話的真偽，卻均認為信實可靠。這就是說，張竹坡評點《金瓶梅》是在康熙三十四年乙亥正月。

　　所有的張竹坡評本《金瓶梅》的卷首，都有一篇題署謝頤的序，作序的時間寫得清清楚楚：時康熙歲次乙亥清明中浣。一般說，為某書作序應在全書畢稿之後，就是作者

1　長春：時代文藝出版社，2007年。

2　《金瓶梅研究》第7期，北京：知識出版社，2002年。

自序也是如此。〈仲兄竹坡傳〉：「遂付剞劂」。張評本《金瓶梅》初刻本似在張竹坡評點完成之後兩個月殺青，這就是謝頤作序的「清明中浣」。

張竹坡在〈第一奇書非淫書論〉中稱：「生始二十有六」。據《張氏族譜》，張竹坡生於康熙九年庚戌。至乙亥年，正好是二十六歲。這說明張竹坡上面關於自己年齡的話誠實可信。大連本所謂「於今十載，流離風塵，諸苦備歷。遊倦歸來」云云，只是約舉成數。張翀卒於康熙二十三年甲子，至康熙乙亥，已是十一個年頭，「十載」顯指整數。但其「流離風塵，諸苦備歷。遊倦歸來」卻是實指。康熙甲戌年初，竹坡在京，旋返里；而二月九日，張鐸卒，張竹坡沒有了最後一個顧慮。他這才敢於在「向日所為密邇知交，今日皆成陌路」之後，去評點禁書《金瓶梅》。

張竹坡在《第一奇書‧凡例》中還說：「此書非有意刊行，偶因一時文興，借此一試目力，且成於十數天內。」這也不是自我炫耀之詞。《族譜‧傳述》錄張道淵〈仲兄竹坡傳〉：「（兄）曾向余曰：《金瓶》針線縝密，聖歎既歿，世鮮知者。吾將拈而出之。遂鍵戶旬有餘日而批成。」「旬有餘日」就是「十數天內」。張道淵的話是竹坡自白的一個有力的旁證。所以，大連本所謂「本月」，當指的是正月。大連本所謂自「正月人日批起，至本月廿七日告成」，看似 20 天時間，其實就是「十數天內」「旬有餘日」的意思。

「旬有餘日」批完一部文學名著，而且「為之先總大綱，次則逐卷逐段分注批點」，寫出具有很高美學價值的十幾萬字的評語，這可能嗎？人們或是出於這種懷疑，不能承認這個事實。由上文可知，竹坡確實是在「旬有餘日」的時間內評完的《金瓶梅》。與其說這是中國古代小說理論批評史上的奇跡，不如說竹坡在批書之前，受過有益的薰陶，經過反覆的醞釀。《族譜‧贈言》引陸琬〈山水友詩序〉：「彭城季超張先生挾不世之材，負泉石之癖，多蓄異書古器，以嘯詠自適。」季超是竹坡父親張翀的字，他所藏的「異書」，當即包括《金瓶梅》。〈仲兄竹坡傳〉：「兄讀書能一目數行下，偶見其翻閱稗史，如《水滸》《金瓶》等傳，快若敗葉翻風。暑影方移，而覽輒無遺矣。」一目數行、過目不忘云云，是古人稱譽才子的例話。竹坡閱覽《金瓶梅》，能快到「若敗葉翻風」，不是曾經再三研讀，是不可想像的。他能夠長期反覆玩味《金瓶梅》，沒有家藏本，也是不易做到的。這並不是低估「竹坡才子」的才氣，忽視他的異乎常人的氣質，而是說明竹坡對於《金瓶梅》《水滸傳》等說部，確是具有特殊的興趣和卓異的鑒賞力。

張竹坡能夠「十數天內」批完《金瓶梅》，當然也有他自身的才力、精力條件做保證。〈仲兄竹坡傳〉曰：「長安詩社每聚會不下數十百輩，兄訪至，登上座，競病分拈，長章短句，賦成百有餘首。眾皆壓倒，一時都下稱為竹坡才子云。」又曰：「兄雖立有羸形，而精神獨異乎眾。能數十晝夜目不交睫，不以為疲。」竹坡的才力、精力如此，

又是長期醞釀，成竹在胸，他創造出這種奇跡，是並不奇怪的。

皋鶴堂是張竹坡的堂號

有清一代，在社會上流行的《金瓶梅》，基本上都是張竹坡評本。其版本可約略分為早期刊本、中期刊本與晚清刊本三大類。早期刊本與中晚期刊本的版本特徵有許多不同。其中一點突出的差異，是中晚期刊本在封面上增刻有「彭城張竹坡批評」字樣，而正文書題則為《皋鶴堂批評第一奇書金瓶梅》。如在茲堂本，係早期複刻本之一，封面書題《第一奇書》，正文書題《皋鶴堂批評第一奇書金瓶梅》。到了稍晚一點的影松軒本，封面書題增改為《彭城張竹坡批評金瓶梅第一奇書》，正文書題同在茲堂本。再晚一些的本衙藏板本，封面書題《彭城張竹坡批評全像金瓶梅第一奇書》，正文書題仍同在茲堂本。如此排比一下，便可看出其中的機竅。「皋鶴堂批評金瓶梅」與「張竹坡批評金瓶梅」，原來只是同一種含意的兩種不同說法而已。有一種日本石印油光紙小字本，則乾脆在扉頁上徑署「皋鶴堂第一奇書」。在此之前，《金瓶梅》的研究者似乎都忽略了這一微妙的關係。「皋鶴堂批評」的是《金瓶梅》，「張竹坡批評」的也是《金瓶梅》，而且晚清以前又僅有一種批評本《金瓶梅》，不言而喻，皋鶴堂是張竹坡的堂號。

《詩經·小雅·鶴鳴》：「鶴鳴於九皋」。這是皋鶴堂的語源出處。而自北宋張山人放鶴雲龍山，蘇軾為作〈放鶴亭記〉以來，鶴常被看作彭城的象徵。張竹坡以皋鶴堂作堂號，應該說是十分典貼高雅的。據筆者調查，張竹坡的故居，即在徐州雲龍山北戶部山南坡。在其故居憑軒觀山，放鶴亭舉首可見。竹坡或者是久睹合契，方才靈犀一點的吧？

皋鶴草堂本是徐州自刊本

張竹坡評《金瓶梅》的版本，有皋鶴草堂本、康熙乙亥本、在茲堂本、金閶書業堂本、目睹堂本、影松軒本、玩花書屋本、本衙藏板本等多種。既然皋鶴堂是張竹坡的堂號，皋鶴草堂本自當為張評《金瓶梅》的自刊本。〈仲兄竹坡傳〉：「遂鍵戶旬有餘日而批成。或曰：此稿貨之坊間，可獲重價。兄曰：吾豈謀利而為之耶？吾將梓以問世，使天下人共賞文字之美，不亦可乎？遂付剞劂。」話說得再明白不過，皋鶴草堂本不但是自刊本，而且是原刊本。張竹坡以皋鶴草堂名義自刊《金瓶梅》的地點，應該就是他的故園徐州。「遂付剞劂」，說明稿成即行付梓，中間並無間隔。他不願意「貨之坊間」，當然他不會到外地去聯繫出版商。下文將要證明，最遲至康熙三十五年丙子春，《金瓶

梅》張評初刻本最後竣工。就是說，張竹坡自刊《金瓶梅》的時間，只有康熙三十四年
正月至年底這大半年時間，工程量擺在那裏，也不容許他耽擱。後文還要講到，梓工報
竣以後，是張竹坡本人將書運到金陵銷售的。因此，即便當時徐州有坊賈，竹坡也未讓
他們承刊本書。至於皋鶴草堂本封面刻有「姑蘇原板」字樣，當係張竹坡的偽託。

康雍間，《張氏族譜》修成，也是在徐州家刻的。「譜約千頁」，「盈尺之書」，
「隨手付梓，編次方完，而梓人報竣」[3]。《族譜》係仿宋大字本，字體端正，用刀圓熟，
說明當時的刻書力量與刻字技術都是相當可觀的。《張氏族譜》的刊刻，六越月而畢事。
張竹坡在徐州用大半年時間自刊《金瓶梅》，當然也是完全可能實現的。

謝頤是張竹坡的化名

為張評本《金瓶梅》作序的「謝頤」，不少《金瓶梅》的研究者都懷疑不是真名。
如〔英〕亞瑟·大衛·韋利（Arthur David Waley，1889-1966）在〈《金瓶梅》引言〉[4]中就
如此認為，譯者即將「謝頤」譯為「孝義」。但亞瑟·大衛·韋利沒有說明謝頤是誰的
化名。顧國瑞、劉輝〈《尺牘偶存》《友聲》及其中的戲曲史料〉[5]，也認為謝頤實無其
人，但認為是張潮的託名。說「謝頤」為假名，是對的，說謝頤即張潮，筆者卻不敢苟
同。今辨證如下。顧、劉兩先生既然考證出張潮編《友聲》中竹坡的三封〈與張山來〉
書，俱於康熙三十五年寫於揚州，（這考證是極為正確的）顯而易見，他們據以立論的第三
封信（據《友聲》編例，此信較前二信晚出）中所提到的張潮的「佳序」，亦當作於竹坡寫信
前不久。為便於說明問題，今將第三封信全文引錄於下：

> 捧讀佳序，真珠璀玉燦，能使鐵石生光。小侄後學妄評，過龍門而成佳士，其成
> 就振作之德，當沒世銘刻矣。謝謝！

據《張氏族譜》，康熙三十五年丙子八月，竹坡在南京第五次參加江南省的鄉試。應試
之前，他在南京住了半年，一方面準備時文，一方面推銷《第一奇書》。只是在桂榜落
第之後，他才先在揚州後在蘇州一帶，做了一年多的寓公。因此，他的三封〈與張山來〉
書，可進一步考知寫於康熙三十五年下半年。則張潮的所謂「佳序」，亦當作於此時。
而皋鶴草堂本《第一奇書》刊刻於康熙三十四年，題名謝頤的序，更早在三十四年三月

3　《張氏族譜》張道淵雍正十一年後序。
4　據顧希春譯文，《河北大學學報》，1981 年第 1 期。
5　《文史》，第 15 輯。

中旬。顧、劉兩先生忽略了這前後一年多的時間差距。試想,張潮於三十五年下半年所作的「佳序」,怎麼可能刻印在三十四年刊行的書上呢?而旅居揚州的張竹坡,又怎麼能把張潮化名謝頤(姑如顧、劉兩先生所說)於一年半之前所作的序,寫在這第三封信中,說「捧讀佳序」之類的話呢?顯然,張評本《金瓶梅》上謝頤的序,並不是張潮的作品。筆者無意否定竹坡信中所說的張潮「佳序」的存在,但那是一篇給什麼書所作的序,就很難說了。因為竹坡所評的書,並非《金瓶梅》一種。縱便是《金瓶梅》序,也斷不是皋鶴草堂本的謝頤序,而是一篇雖令竹坡「沒世銘刻」卻未曾刊用的序。

有沒有另外一種可能,即竹坡與張潮早已相識,張潮在「康熙乙亥清明中浣」的確曾化名謝頤為張評本寫過一篇序?通觀竹坡三封〈與張山來〉書,這種可能也是不存在的。其第一封信云:「老叔台誠昭代之偉人,儒林之柱石。小姪何幸,一旦而識荊州。廣陵一行,誠不虛矣。」語氣如此生分客氣,而且明白道出「廣陵一行」、初「識荊州」。顯然,竹坡與張潮康熙三十五年下半年在揚州係初次相識。

那麼,「謝頤」究係誰氏的託名?我們知道,張評本《金瓶梅》的書題全稱是《皋鶴堂批評第一奇書金瓶梅》。而謝序題署:「秦中覺天者謝頤題於皋鶴堂」。這就漏出了其中的機關。《金瓶梅》是張竹坡批評的,皋鶴堂是張竹坡的堂號,則作序於皋鶴堂的這個「謝頤」,當即竹坡本人。《第一奇書·凡例》:「偶為當世同筆墨者閑中解頤」。序中說:「不特作者解頤而謝」。兩相對應,當出一人之手,可為佐證。謝序係寫刻,如果上述考證成立,則也可能我們得到了一篇竹坡的手跡。

汪蒼孚其人

劉廷璣《在園雜誌》卷二:「彭城張竹坡為之先總大綱,次則逐卷逐段分注批點,可以繼武聖歎,是懲是勸,一目了然。惜其年不永,歿後將刊板抵償夙逋於汪蒼孚。蒼孚舉火焚之,故海內傳者甚少。」這一段話曾為人們反覆徵引,但其中頗有欠確以至謬誤之處。據《徐州府志》,劉廷璣康熙四十五年任淮徐道,駐守彭城,與張氏族人有交往。所謂「先總大綱,次則逐卷逐段分注批點」,居然能夠知道竹坡評點《金瓶梅》的先後次序,不用說是從張氏族人那裏得知的。但這時竹坡已經去世八年,傳聞上難免有些差誤。

〈仲兄竹坡傳〉:「遂付剞劂。載之金陵。於是遠近購求,才名益振。四方名士之來白下者,日訪兄以數十計。兄性好交遊,雖居邸舍,而座上常滿。日之所入,僅足以供揮霍。一朝大呼曰:大丈夫寧事此以羈吾身耶!遂將所刊梨棗,棄置於逆旅主人,罄身北上。」此段話包含以下幾層意思:其一,皋鶴草堂本是竹坡自己發行的。《十一草·

撥悶三首》其三：「去年過虎踞，今年來虎阜」。竹坡於康熙三十六年春，由揚州移寓蘇州。「去年」當為康熙三十五年。前文提到，三十五年八月他在南京應試，旋即旅居廣陵，直至年底。因此，「載之金陵」發行《第一奇書》的時間，必在三十五年春。又竹坡於康熙三十七年初夏離開蘇州北上，其「罄身北上」之前，一直都在蘇州。此時尚有「所刊梨棗」。由此可知，竹坡發行《第一奇書》的路線為南京、揚州、蘇州。其二，皋鶴草堂本是竹坡以己資刊刻的。自從康熙二十三年竹坡的父親謝世之後，竹坡家庭的經濟條件便每況愈下。《十一草·乙亥元夜戲作》：「去年前年客長安，春燈影裏誰為主。歸來雖復舊時貧，兒女在抱忘愁苦。」他這裏所說的貧苦，當然不是矯情虛語，但也僅是與他「少年結客不知悔，黃金散去如流水」[6]那種富貴公子的生活相比而言，並非窮到不名一文的地步。因為沒有借貸，他也不是「謀利而為之」，所以他才敢於「雖居邸舍，而座上常滿。日之所入，僅足以供揮霍」。否則，如果有一個還賬的後顧之憂，他將不至於如此浪費。而且，如果他需要借貸付梓，他何不「貨之坊間」而獲其「重價」。因此，劉廷璣所謂「夙逋」，並不是刊書的借貸。其三，他因為「才名益振」，交遊愈廣，慷慨揮霍，寄廬蘇州的一年多時間，真的欠下逆旅主人一筆款項，而離開蘇州時「將所刊梨棗，棄置於逆旅主人，罄身北上」。如果說是「抵償夙逋」，便是抵償的這筆旅費。所謂「逆旅主人」，便是汪蒼孚一類的人物。其四，他用以抵償的，是剩餘的圖書，而不是刊板。所謂「歿後將刊板抵償夙逋於汪蒼孚」，即便劉廷璣是忠實地記錄張氏族人的原話，那也僅是因為族人們為避免刊行「淫詞小說」危害的一種托詞。況且，縱便汪蒼孚之流果有舉火焚板的蠢舉，張評本《金瓶梅》依然廣為流行，並非「海內傳者甚少」。

張竹坡評點《金瓶梅》所受的連累

　　稗語小說本不為封建正統文人重視，封建當局更屢頒法令，嚴加禁止。據王利器《元明清三代禁毀小說戲曲史料》，清朝定鼎未久，順康兩朝僅中央法令，就有十三宗之多。就在張竹坡評點《金瓶梅》前九年，「康熙二十六年議准，書肆淫詞小說，……固應嚴行禁止；至私行撰著淫詞等書，……亦應一體查禁，毀其刻板。如違禁不遵，……從重治罪」。

　　彭城張氏是官宦之家，對此法令自然不會熟視無睹。張竹坡評點《金瓶梅》的時候，雖然其父輩張膽、張鐸、張起兄弟均已辭世，從兄道祥、道瑞也已亡故，但張氏家族中

6　《十一草·撥悶三首》其二。

為宦者尚眾，他們當然不會支持他的這一危及全族的行為。張竹坡將《第一奇書》自刊畢功之後，只能「載之金陵」銷售。而且從此他遠離桑梓，直至病卒，再也沒有與家族團聚。（他離蘇北上之時，即使路經家園，逗留也應極為短促。因為他是初夏離開蘇州的，這時河工正當緊張之時，據《族譜》，本年竹坡曾效力永定河工地，時間也不允許他多所停留）另外，他第五次秋闈點額，正是他在南京推銷《第一奇書》鬧騰得滿城風雨之後不久。他一生中這最後一次困於棘闈，自然也與他評點《金瓶梅》不無關係。他對這一點深有感觸，可以說是憤懣滿胸。他評點《幽夢影》：「凡事不宜刻，若讀書則不可不刻」這一則時說：「我為刻書累，請並去一不字。」《十一草·客虎阜遣興》其五：「故園北望白雲遙，遊子依依淚欲飄。自是一身多缺陷，敢評風土惹人嘲。」他無官無職，有什麼不能回家的呢？僅僅因為他評點了一部所謂「淫詞小說」，在他生命的最後三年，弄到貧病交加、寄人籬下、飽嘗辛酸、有家不可歸的田地。

張竹坡身後的景況並不比他生前好多少。除了他的胞弟道淵在纂修《張氏族譜》時，為他說了公道話，並將他的生平著述部分地保存下來之外，直至近代，張氏族人諱莫如深，不願在公開場合提到他。歷次修纂《徐州府志》《銅山縣誌》，雖然差不多總有張氏族人參與其事，卻一律無有他的名姓。只有光緒十七年王嘉詵編選《徐州詩徵》，才第一次提到他的名字、詩集，並選入他的二首詩。民國十五年《銅山縣誌》卷二十〈藝文考〉這才跟著作了著錄。但如果不是後來張伯英於民國二十四年繼編《徐州續詩徵》，增入一個「道深、翌子」的註腳，人們仍然無法確知張竹坡是彭城張氏族中之人。即彭城張氏族人後來重修家譜，也對竹坡採取了歧視排斥的態度。道光五年張協鼎所修《彭城張氏族譜》，對前譜所載〈仲兄竹坡傳〉作了大量刪削，舉凡與《金瓶梅》有關的文字，俱已砍除淨盡。道光二十九年張省齋新修家譜，索性將該傳刪除，而在〈族名錄〉中說竹坡「恃才傲物，曾批《金瓶梅》小說，隱寓譏刺，直犯家諱，非第誤用其才也，早逝而後嗣不昌，豈無故歟？」張竹坡為評點與刊行《金瓶梅》可謂付出了極大的代價。

《金瓶梅》作者王世貞說李漁說的由來

關於《金瓶梅》的作者，自明代萬曆以來，已經提出了幾十種說法。本文既非研究這一專題，筆者目前也無力確主一說或另倡新說，本節僅就張評本《金瓶梅》所涉及到的王世貞說、李漁說，略申鄙見。

先談王世貞說。張竹坡化名謝頤序稱：「《金瓶》一書，傳為鳳洲門人之作也，或云即鳳洲手然。……的是揮《豔異》舊手而出之者，信乎為鳳洲作無疑也。」《金瓶梅》作者王世貞說即濫觴於此。我們看張竹坡的《金瓶梅》批語、《幽夢影》批語以及他的

詩文，無論話說得正確與否，儘管他有時好用豪壯之詞，又時帶酸辛之語，卻無一例外地說的都是誠實話。那麼，他在序中的提法，自亦不當認為是信口雌黃。張竹坡提出王世貞說的根據，似主要來源於張氏家族的世代相傳。竹坡的祖父張垣，生於明萬曆二十一年，「今古之詞，博學強記，無所不窺，下筆浩瀚，跌宕詩賦，屢應賓興，……崇禎末年，……憤時事不可為，棄文改武，中崇禎癸酉科武舉」[7]。張垣極有氣節，後來抗清殉國，是一位民族英雄。但他偎紅賞月，依翠觀花，落拓不羈，不拘小節。他的中年和壯年時期，正是《金瓶梅詞話》和所謂崇禎本《金瓶梅》刊行，世議紛紛，毀譽不一的年代。不能說張垣沒有見過《金瓶梅》，或者至少是聽人議論過《金瓶梅》及其作者。前文講過，竹坡的父親張翀「多蓄異書」，竹坡很早就得以閱讀《金瓶梅》。不能說竹坡沒有從他父親那裏聽到過《金瓶梅》作者的傳聞。張翀又「最重交遊，嘗結同聲社，遠近名流，聞聲畢集。中州侯朝宗方域，時下負盛名；北譙吳玉林國縉，詞壇宗匠，皆間關入社」[8]。不能說竹坡沒有從他的父執那裏聽到過關於《金瓶梅》作者的議論。竹坡本人在評點《金瓶梅》之前，四下金陵，廣交全省學子；北上京都，魁奪長安詩社。不能說他沒有從他的朋友中間聽到過《金瓶梅》作者的流言。總之，《金瓶梅》作者王世貞說，應當是當時普遍的議論，張竹坡只是第一次用文字記載下這種時議而已。實在張竹坡也並不是咬定王世貞說不放的。〈讀法·三十六〉：「傳聞之說，大都穿鑿，不可深信」，「彼既不著名於書，予何多贅」。

再談李漁說。康熙乙亥本、在茲堂本《第一奇書》於封面題署「李笠翁先生著」，是為此說始作俑者。說李漁是《金瓶梅》的作者，當然是無稽之談。但刻本如此託名，也並非沒有來由。皋鶴草堂本《第一奇書》初售於金陵，立即「遠近購求」，說明張竹坡的評點很快就得到了世人的首肯。複刻《第一奇書》，只要原樣照搬，或者掛上「彭城張竹坡批評」的招牌，不愁沒有銷路。而且，「目今舊板，現在金陵印刷，原本四處流行買賣」[9]。原本流傳既久且廣，世人並不會相信「李笠翁先生著」這種偽託。就是說，康熙乙亥本、在茲堂本沒有必要也不可能借用李漁的名義擴大銷數。可是康熙乙亥本、在茲堂本偏偏如此做了，筆者以為，或者張評本的祖本即所謂崇禎本《新刻繡像批評金瓶梅》，係李笠翁由說唱本改定為說散本的吧？如果是這樣的話，則這一事實張竹坡應該早已知曉。〈司城張公傳〉：「湖上李笠翁偶過彭門，寓公廡下，留連不忍去者，將匝歲。」《笠翁一家言全集》卷四〈聯〉收有李漁書贈張膽的兩幅對聯，其一注云：「次

7　《張氏族譜·傳述》錄張膽〈舊譜家傳〉。

8　《張氏族譜·傳述》引胡銓〈司城張公傳〉。

9　〈第一奇書非淫書論〉。

君履貞新登武第」。按履貞係張膽次子道瑞之字，道瑞中康熙癸卯（二年）科武舉，癸酉（十二年）成武進士。無論李漁所指是道瑞中舉還是中進士，都是在康熙初年，亦即李漁晚年。李漁在竹坡家中住了那麼長的時間，與張翱應是非常合契，自然無話不談。他改削《金瓶梅》一事，當然也要向張翱誇述。不過，李漁既然不願在崇禎本上署名，康熙乙亥本、在茲堂本便屬多此一舉。後來的張評《金瓶梅》刊本，便又拿掉了這一多事而無益的偽託。

本文提到的一些問題，在《張氏族譜》發現以前，都曾經百思不得其解。現在能夠貫串為線，順理成章，應該感謝《張氏族譜》的修纂者與歷代保存者。文內武斷與誤推之處，或不能全免，謹請方家不吝賜教。

乾隆四十二年刊本《張氏族譜》述考

一

　　張竹坡與《金瓶梅》的關係，如同金聖歎與《水滸傳》、脂硯齋與《紅樓夢》一樣，相得益彰，密不可分。自從康熙三十四年乙亥初版《第一奇書》即張竹坡評本《金瓶梅》以後，「舊板現在金陵印刷，原本四處流行買賣」[1]的萬曆詞話本和所謂崇禎本，便絕少流傳。其後的《金瓶梅》的讀者，差不多也是張竹坡評語的欣賞者。然而，近三百年來，人們對張竹坡其人的家世生平卻極少瞭解。近年來，國內陸續從《銅山縣誌》《徐州詩徵》《友聲後集》等文獻中拈出一些有關張竹坡的資料，將張竹坡與《金瓶梅》的研究，推進到一個新的階段。但上述文獻中的記載，既零星片斷，又有謬誤，尚不足以對張竹坡形成一個全面、系統、準確的認識。

　　民國十五年官修《銅山縣圖志》時，增補了不少張氏族人的姓名，均夾註標明所據為「張氏譜」。民國二十二年張伯英選編《徐州續詩徵》，徐東橋為編《張氏詩譜》，前加小引云：

> 勺圃續詩徵詑，以家藏集見示，曰：先世遺著，不敢自去取。屬代編錄。予辭不獲，受而讀之。依原編體例，於前徵已采者不重錄。凡得詩三十一家，合前徵得五十一家。……而張氏分居銅、蕭，因時與地之各異，詩皆不能聯屬。予考其家乘，別其世次，撰為《張氏詩譜》。由是張氏同族之詩，一覽可知。……

「家乘」即民國《銅山縣誌》所謂「張氏譜」。這就提供了一個明確的線索：要想得到更多的資料，就必須訪求張氏家譜與家藏故集。

　　筆者即循此線索，先於 1984 年 5 月獲見乾隆四十二年刊本《張氏族譜》一部，又於同年七、八月間訪得康熙六十年刊本《張氏族譜》與道光五年刊本《彭城張氏族譜》各一部，以及數十冊張氏家藏集。同年九月中旬，徐州師範學院圖書館在整理時有恆先生

1　〈第一奇書非淫書論〉。

藏書之時，也發見康熙六十年刊本《張氏族譜》與晚清抄本《清毅先生譜稿》各一部。

在這些不同時期纂修的張氏家譜中，以乾隆四十二年刊本《張氏族譜》最具資料價值。本文即主要對該譜加以考述，將這部在張竹坡研究上具有劃時代意義的文獻，紹介於同好。

二

這部族譜是刊本。封面籤條書題《張氏族譜》，目錄書題同，凡例書題《張氏家譜》。書脊不甚統一，凡例六頁刻《張氏家譜》，石傑序九頁僅刻一「序」字，張道淵前序五頁刻「家譜序」（首頁「序」又作「敘」），餘俱刻《張氏族譜》。大型大字本，刊刻頗精。四周雙邊，白口，單魚尾。版心注類名、頁次，〈族名錄〉部分第十六至五十五頁上魚尾與類名之間增刻一「卷」字，卻未刻卷次。有界欄。正文每半頁八行，行二十字。不分卷，每類編頁自為起訖。原為活頁，後合訂成禮樂射御書數六冊。字多用異體字，如「輩」刻為「軰」、「視」刻為「眡」，「輙」刻為「輒」等。又喜自造字，如「邉」，實為「邊」字；「聲」，實為「馨」字等。還有不少錯別字，如「初」刻作「衩」，「齔」刻作「齓」等。

三

張氏家譜前後經過張膽、張翀、張道淵、張璐等人修纂增補，主要成書於道淵之手。

張膽，字伯量，為彭城張氏四世祖，係大宗長孫。生於明萬曆四十二年十二月十八日，卒於清康熙二十九年二月初七日，享年七十七歲。幼習時文，文場失利，轉攻兵書，與父垣同中崇禎癸酉科武舉。清兵入關，進逼黃河，史可法鎮守淮揚，錄用軍前，題授河南歸德府城守參軍。時張垣為歸德通判，參謀興平伯高傑軍事。南明弘光元年，睢州總兵許定國叛變，誘殺高傑，垣與其難。清兵遂圍城。膽為報父仇，並保全全城百姓，乃降。轉隨清兵南下，三攝兵權，兩推大鎮，累功官至督標中軍副將，加都督同知，誥封驃騎將軍。順治十一年，解甲歸里，終老彭城。

張翀，字季超，號雪客，膽季弟，竹坡之父。生於明崇禎十六年七月二十九日，卒於清康熙二十三年十一月十一日，享年四十二歲。一生奉母家居，不欲宦達，而留連山水，結社會友，嘯傲林泉，詩酒自娛。能詩善文，解律工畫，雍容恬雅，英穎絕倫。與伯兄膽、仲兄鐸時稱「彭城三鳳」。

張道淵，字明洲，號蓬庵，為竹坡胞弟。生於康熙十一年九月二十日，卒於乾隆七

年二月初七日，享年七十一歲。淡泊處世，不樂仕進，有乃父遺風。喜收字書古器，七十手不釋卷。性情孝友，以禮讓率族，深得族人愛戴。詩文情真辭切，皆可觀。

張璐，道淵第三子，候選州同。醇謹練達，謙恭好學，勇於任事。

四

彭城張氏的家譜，至乾隆四十二年，先後經過四次纂修。

張垣殉難睢陽之際，自覺於國無愧，卻於族不安。原因就是他早有修譜之意，因為國事倥偬，無暇顧及，如今長辭人間，好多話都不能交待下來。《張氏族譜》（以下簡稱《族譜》，非特別標明俱指乾隆四十二年刊本）劉明侁順治四年舊序：「無何國難，竟以身殉。（垣）坦然語左右曰：……惟族譜輯未就，終當有繼之者，吾於斯世何有哉。」《族譜》八世塚孫張炯雍正十一年序：「聞先代自浙紹分來，世遠難稽。明季譜失，近世祖亦莫可考。先王父孝愨公（敢按即張彥琦）嘗謂余之五世祖別駕公，猶能自合川公（敢按即一世祖張棋）而上追憶數代，音容想像，可屈指而歷數之。別駕公捐館後，無復有能知之者。故別駕公於睢陽殉難之頃，獨念家譜未修為遺憾焉。」所以後來的修譜者，便公推張棋為其始祖。

父親的遺志，張瞻耿耿記憶，未敢忘懷。劉明侁序：「其所為譜，一仿巨族名家，細舉而記悉，炳炳麟麟，為足侈矣。乃以竟其尊人未竟之志，……伯亮以戎馬之暇，紹厥父志，……」。順治四年，張瞻任浙閩總督張存仁標下中軍副將，正在閩北會戰，「戎馬之暇」，請劉明侁為家譜作了這篇序。其實，當時張瞻只是為家譜作了一番規劃，並未具體著手。因為《族譜》所收張瞻舊譜之作，多係順治四年以後事。又《族譜》山陰張疊康熙元年序：「疊是以譜其圖，攜歸會稽以備考。」此時張瞻已經解組歸田八年，家譜方才編繪出一個譜系圖。但似乎當時已經擬好了體例，下面還要證明，《族譜》體例上一個很大的特點是邊修邊刊。《族譜·贈言》引陸志熙〈奉贈總戎伯量張公序〉，不避玄燁的諱，陸序在〈贈言〉類編頁為九、十兩頁，說明本篇以前本類各篇，俱修定於順治年間。查各篇所敘確均為康熙以前事。康熙元年以前，張瞻修譜所作的事大體如此。張瞻出身行伍，不慣文墨，康熙初年，季弟翊年已弱冠，儒雅多才，鄉居不仕，兄弟二人遂共襄譜事。《族譜》張道淵康熙六十年前序：「迨至康熙初年間，伯父伯量公解組家居，時始與先大人共議修輯。……既列總圖，復立各傳，宗支明畫，祖德彰聞。」張炯序：「康熙初年，高祖驃騎公同其嫡弟司城公（敢按即張翊）共為增修。」

《族譜》金之俊康熙八年舊序：「一日，瀰壑和尚以贈公（敢按張瞻）序言，並公族譜見示。」則康熙八年張氏家譜已經修成。這是彭城張氏家譜的第一次纂修。但《族譜·

傳述》錄張膽《自傳》，記有康熙十九年事，說明這次修譜的善後工作拖了好長的時間。

《族譜·凡例》：「余（敢按道淵）家藏先大人手跡宗支舊圖一紙，自合川公以上某公某氏列及三世，惜其諱號闕然，其中有諱桂者，係合川公胞兄。何事譜中不載？想必相傳失真，考求無據。」據此，張翃的確具體參加了修譜一事，而且非常謹慎。今存譜中哪些出自他的手筆，已不易辨析。但有一點可以指明，張翃沒有在族譜上投入過多的精力。在張氏家族中，無論詩思才氣，還是學力器識，張翃都堪稱翹楚。由他來承修家譜，可謂遊刃有餘。但這一次的家譜修得並不理想，甚或有目無文，是個半成品。《族譜》雍正十一年張道淵後序：「余自十數齡時捧觀舊譜，見其條目空存，早已立心纂述，以竟先人未竟之事。」張炯序：「（舊譜）條目歷歷明刊，而事實則茫茫未載。」張道淵在〈凡例〉最後一則中並介紹了舊譜即第一次所修譜的大略：「舊譜目錄十則：首序文，次恩綸，三總圖，四分圖，五備考，六藏稿，七壽文，八挽章，九贈言，十紀略。其後四則徒有目而未刊，恩綸乃散見於備考諸條，亦未專梓。」

道淵確實說到做到了，但也前後經歷了十五、六年時間。康熙五十七年至康熙六十年，是他第一次修譜，也就是張氏家譜的第二次修纂。但這次未能竣工。道淵後序：「族譜之修，幾經讎校，曾於戊戌、己亥間，遍歷通族，詳分支派，遵照舊譜條目，匯選恩綸、傳志、藏稿、贈言、壽挽諸章，裒集成帙。正在發刊，忽以他務糾纏，奔走於吳中、白下之途，曾一歲而三往返焉……。只得暫為輟工，止將錄成之宗支圖、族名錄等等，附以家法十七則，訂輯成書，分給族人使用，……余則庋之高閣，以待來茲。」張炯序：「辛丑歲，譜已垂成，復為他事所誤，庋之高閣者又十餘年。」這次修譜，雖然未能一舉畢事，修譜的素材，道淵卻是準備得很為充分，並且得到從兄道源、從侄大宗彥琦的協助。道淵前序：「此譜傳守至今五十餘年，世日益遠，族日益繁，後進子孫，悉未增入。以至重字重名，彼此之稱呼莫辨，孰兄孰弟，尊卑之次序無分。況支分派衍，異井喬遷，不無散逸，漸以成疏。余兄履長（敢按即道源）患之，嘗欲增修，以繼先人之志。於時倥傯王事，無暇講求，因自永平官署遙致一函，囑余襄事。余愧不敏，然分不容辭。聞命之日，凜凜於懷。於是握槧懷鉛，循支依派，逐戶諮詢，盡人究察。如某諱某行某字某號居某處生某日卒某時葬某地職某銜官某方妻某氏妾某人子某出女某歸，以及孫曾雲礽一一細記。通族遍歷，越歲始周。其間名字雷同者改之，嫡庶混淆者辨之。聯合譜之次序，排長幼以攸分。至於事功不泯，文行堪傳者，則另為立傳。其恩綸、藏稿、壽挽諸章，悉選入集。恪遵舊譜程式，殫精竭慮，閱數載而譜成。」張炯序：「先王父與余曾叔祖明洲約共增修，……先王父上承大宗之重任，修譜之責愈重，修譜之念愈急，……憶余髫時曾記曾叔祖與先王父時共商修，西窗折聖，嘗至夜分，尚亹亹而未倦也。」這次修譜的結果便是今傳康熙六十年刊本《張氏族譜》，顯然，這是一個半成品。

十幾年後，道淵第二次修譜，即張氏家譜第三次編纂，才基本完成了這項工程。道淵後序：「歲月蹉跎，遲至壬子秋七月，墓祭之期，通族子姓，長幼尊卑，咸集泰山祖塋。因起建立宗祠之議，……於是歲十月穀旦，奉安先人主位於祠。……食餕之餘，人人欣暢，僉謂余曰：建祠、修譜，吾族兩大事。今祠已建，譜安容緩。余曰：唯唯。……余謝絕人事，入祠擁關，敬謹增修。舊條目中逐目增益新條，舊條目外按條另標新目。更立宗訓、族規、家法，……又恐遲或他誤，前轍可鑒也，乃即鳩工於祠，隨手付梓。編次方完，而梓人報竣。茲舉也，起於癸丑四月之朔，成於九月之望。」張璐序：「雍正壬子建祠後，先大人復受合族之請，膺修譜之責。於癸丑春，率胞兄玉五公（敢按即張瑭），潛心編輯。凡譜所應有，無不纖悉俱備。較舊譜之條目僅存，直覺無遺憾。其善因能述，為何如耶！」今存《張氏族譜》，絕大部分就是這次修纂的成果。下文還要講到，這次修譜修得相當成功。《族譜》徐州牧石傑雍正十一年序：「觀其發凡起例，井井有條，書法之直，不容假借。」實非過譽之詞。

乾隆四十二年，張璐紹繼乃父遺緒，第四次增訂族譜。本文所述，即為此次重訂新刊本。張璐序稱：「迄今四十餘年，代日益遠，人日益多，使不重加訂正，詳為增入，將遠者或不免於湮，多者或不免於紊。璐罪奚辭焉。獨念璐既無力，且愧不文深。賴吾族中宦遊者解俸助梓，典核者悉心襄事，始克勒有成書。用是敬序數言，以志第四次之纂修年月。」

修一部家譜，自順治四年起議，至乾隆四十二年終刊，凡歷時一百三十年。修譜之匪易，於此可見一斑。張氏家譜四次修纂，俱由張翊父子祖孫主持。張翊一支雖未宦達光宗，亦可謂著述志祖。彭城張氏的詳情得以傳留至今，主要是道淵父子的功績。

五

這部《張氏族譜》，具有以下幾個特點：

首先，關於張竹坡的材料極為豐富。當然，全譜都是瞭解張竹坡家世的資料。但其中直接有關竹坡生平的，就有：〈族名錄〉中一篇一百七十五字的竹坡小傳，〈傳述〉中張道淵撰寫的一篇九百九十七字的〈仲兄竹坡傳〉，〈藏稿〉中張竹坡的《十一草》全文，〈雜著藏稿〉中張竹坡的一篇七百七十字的政論散文〈治道〉和一篇三百六十八字的記敘散文〈烏思記〉，以及其他一些篇章中所提到的與竹坡生平行誼有關的文字。根據這些資料，可以說，張竹坡的家世生平，今天已經基本揭曉。這一特色，後來的《彭城張氏族譜》和《清毅先生譜稿》都因為種種原因（主要是張竹坡評點《金瓶梅》這部所謂「淫詞小說」的原因），而未能繼承下來。前者不收藏稿，並竄改了〈仲兄竹坡傳〉；後者雖

收藏稿，卻刪除了〈仲兄竹坡傳〉。

其次，它與其他一些家譜不同，沒有那些瑣屑的宗祠、祭田、祖塋、家產的記載，而將主要篇幅放在族名、傳述、藏稿、志銘、贈言各項。這就使這部族譜首先在纂修體例上，高出其他家譜一籌。它的主要纂修者張翀、張道淵父子均具有較高的文學修養，他們的詩文在當時就取譽於名流。張氏族人又幾乎人俱能詩，他們的交遊不是社會賢達就是高士逸人。因此，吟其詩詞藏稿，觀其傳述雜著，無異於是一種藝術享受。這部家譜的文學性很強，甚至可以說是一部文學總集。張氏族人的詩詞散文，不但給《全清詩》《全清詞》《全清文》增加了新的內容，其中的不少篇章，即放進清初名作之列，亦當之無愧。

再次，它具有豐富的社會內容。譜中所記年代，起自明嘉靖初年，迄於清乾隆四十年，首尾二百五十餘年，其間經過明清易代的變遷，諸如李自成起義、史可法節制江北四鎮、南明王朝覆滅、鄭成功抗清、三藩之亂等，均有不同側面和程度的反映。譜中所記張氏族人近千名，有將近一半的人有功名，文臣武將，宦遊足跡遍佈今華北、西北、西南、中原、華東各地。伴隨著他們的文治武功，各地的政治經濟面貌，以及風土人情，都有所載錄。為譜作序，為族人作傳、贈言和撰寫墓誌銘者數十百名，或係當朝宰輔，或係文學巨擘，對瞭解他們的著述交遊，也有不少幫助。他如河患、天災、官制、禮法、當時文壇風尚、少數民族習俗等等，也都有所涉及。因此，這部族譜可以給研究明末清初政治史、思想史、經濟史、軍事史、文化史等，提供新的參考資料。

另外，這部族譜裏的資料信實可徵。這樣說不僅因為它的編刊年代較早，更主要的是修譜者秉筆直書，據實錄輯，編纂態度十分嚴肅。雖然傳述、贈言中照例有一些溢美之詞，但並不為尊者諱，為族人諱，如指出張膽、張翀所修舊譜「有目無文」，注明族人張道行「人品不端……拐賣二弟」等。查無實據者，則寧缺不亂，如〈族名錄〉中有一些人的姓名、生卒、去向不明，徑空白不刻。康乾時期，深文周納，文網甚密，〈藏稿〉居然收錄了一些具有強烈黍離之情的詩詞，尤為難得。如張翀〈泗水懷古和石蘊玉韻〉：「豐沛雄圖望眼消，空餘泗上水迢迢。詩歌舊跡碑猶在，湯沐遺恩事已遙。白鷺閑依荒草渡，錦禽爭過斷楊橋。山川無限興亡意，月色風聲正寂寥。」故國之思，溢於言辭。

當然，族譜中也有一些封建性的糟粕，如頌揚皇恩聖德，提倡忠孝貞操等。但總起來說它們占的比重很小，有些明顯只是表面文章，瑕不掩瑜。

六

　　將該譜散頁合訂成六冊的時間在光緒六年，其封面籤條上面有墨筆注云：「光緒六年合訂。」並在每冊封面右上角注明本冊的目次。但裝訂時與譜前目次不盡一致。譜中少數篇章有朱墨兩色的眉批、夾註、圈點和總評，〈霖田張公墓誌銘〉更經過墨筆刪改，〈雜著藏稿〉前五頁天頭，並抄補了張膽的一篇〈重修奎樓碑文〉。封面墨筆字跡，與筆者另外發現的光緒十六年十世張介輯抄本《曙三張公志》字跡同一，因知合訂人即張介。介字石夫，係道瑞（張膽第二子）來孫，道光八年生，廩膳生員，山東衍聖公委署司樂廳。

　　茲將各冊細目附列如次：

〔禮冊〕

　　雍正十一年徐州牧石傑序，康熙六十年五世孫張道淵序，雍正十一年五世孫張道淵後序，雍正十一年八世塚孫張炯序，乾隆四十二年六世孫張璐序，順治四年山左劉明俟舊序，康熙元年山陰張壘舊序，康熙八年息齋老人金之俊舊序。

　　凡例，譜說，族規（按族譜目次，宗訓在前，族規在後，今倒置），宗訓，家法，譜系，族名錄（按族譜目次為「名錄」）。

〔樂冊〕

　　族名錄（續）。

〔射冊〕

　　誥命（按族譜目次為「恩綸」），勅諭（按族譜目次為「敕命」），崇祀（按族譜目次，鄉飲在前，次徵聘，次崇祀，今倒置），鄉飲，徵聘，鄉諡。

　　傳述收有：張膽〈舊譜家傳〉，張膽〈自述〉，〈別駕曙三公小傳〉，〈別駕曙三公殉難小傳〉，〈驃騎伯量公小傳〉，〈驃騎伯量公傳〉。

〔御冊〕

　　傳述（續）收有：呂維揚〈炯垣張公傳〉，拾泰〈珍垣張公傳〉，苗大會〈稚垣張公傳〉，丁鵬振〈拱垣張公傳〉，王熙〈驃騎將軍張公傳〉，范周〈總戎伯量張公傳〉，張道淵〈奉政公家傳〉，胡銓〈司城張公傳〉，王鳳輝〈鑒遠張公傳〉，司馬夢詳〈青玉張公傳〉，張道淵〈仲兄竹坡傳〉，莊柱〈邑侯張公傳〉，周鉞〈孝靖先生傳〉，莊楷〈別駕張公傳〉，秦勇均〈岈山張公傳〉，張道淵〈聖侄家傳〉，張道淵〈珍侄家傳〉，吳雲標〈雪樵張君傳〉。

　　壼德收有：閫儀，節孝，孝媛，閨秀。

　　志銘收有：成克鞏〈睢陽別駕張二公元配劉夫人合葬墓誌銘〉，張玉書〈伯量張公墓誌銘〉，羅濬〈子藩張公墓誌銘〉，馮溥〈拙存張公墓志〉，孔毓圻〈履貞張公墓誌

銘〉，莊楷〈雲谿張公墓志〉，余文儀〈霖田張君墓誌銘〉，孫倪城〈逸園張公墓誌銘〉。
〔書冊〕

藏稿（按族譜目次此為大類名，下分奏疏、雜著、詩、詞四小類，正文則合詩詞為藏稿，另將奏疏、雜著獨立為大類）收有：曙三公《夷猶草》，鶴亭公《晏如草堂集》，雪客公《山水友》《惜春草》，拙存公《宦遊草》，雲溪公《玉燕堂詩集》，竹坡公《十一草》，逸園公《山居編年》《適意吟》《鷗閑舫草》《章江隨筆》《凌虹閣詞集》，倫至公《學古堂詩集》，佩鞱公《情寄草》，蒼崖公《樹滋堂詩集》，雪樵公《青照軒詩草》，閨秀青婉氏《嫻猗草》。

奏疏。

雜著藏稿收有：伯量公〈兵憲袁公傳〉〈羅山人小傳〉，雪客公〈山水友約言〉〈惜春草小引〉，竹坡公〈治道〉〈鳥思記〉，逸園公〈醉流亭賦〉〈雲龍山賦〉〈華岳記遊〉，默亭公〈祭隴州城隍驅虎文〉〈祭隴州山神驅虎文〉〈祈晴文〉。

贈言：詩，詞，聯，額。
〔數冊〕

贈言（續）。

壽箋：文，詩。

挽章：文，詩，聯，額。

道光二十九年
稿本《清毅先生譜稿》考略

　　1984 年九、十月間，徐州師範學院（現江蘇師範大學）圖書館特藏時有恆先生捐贈圖書清理告一段落，發現一部稿本《清毅先生譜稿》。這是繼乾隆四十二年刊本《張氏族譜》、康熙六十年刊本《張氏族譜》、道光五年刊本《彭城張氏族譜》之後，關於張竹坡家世生平資料的又一發現。

　　《清毅先生譜稿》八卷八冊，裝訂雖有錯簡，尚可辨正。第一卷包括序文、宗訓、族規、家法、恩綸、旌崇文。第二卷為世系總圖與部分世系分圖。第三至第五卷為世系分圖。第六卷輯存張氏族人詩文稿。第七卷彙集張氏族人親友之贈言、壽箋、挽章。第八卷收錄關於張氏族人的傳記、行述、墓誌銘。

　　「清毅先生」，名張象賢，字省齋，號魯門，一號心竹，晚年自號息園叟，「清毅」為其私諡之號，係張竹坡大伯父張膽六世孫暨張膽次子張道瑞五世孫。生於嘉慶元年十二月十三日，卒於咸豐七年五月初一日，享年六十二歲。今江蘇省銅山縣羅崗村人。以銅山縣學生員議敘鹽運司知事，加州同銜，崇祀鄉賢，旌表朝議大夫。一生潛心理學，以程朱為宗，尤致力於義利之辨。咸豐初年，太平天國北伐，撚軍進擊徐地，張省齋聯絡鄉里，團練民兵，配合清軍，抵抗天兵，鎮壓撚軍，終因墜馬傷胸，咯血而死。據筆者另外發現的，由其子張介、張達輯抄的《清毅先生榮壽錄》載，張省齋著有《克治錄日記》《梁園日記》《團練圖說》〈團練防堵上奕周兩中丞書〉〈送高賜社還豫詩〉〈書鄭孝子尋親本末記後詩〉等。

　　《清毅先生榮壽錄》錄張省齋之外甥程保廉咸豐八年撰《清毅先生年譜》：「道光二十九年己酉，公五十四歲，重修族譜，采輯舊聞，搜羅遺事，夜以繼日，寢食不遑也。」這裏所謂「重修族譜」，當即指編纂此《譜稿》事。即《清毅先生譜稿》的編修時間當為道光二十九年。

　　《清毅先生譜稿》是手寫本，筆跡有墨、朱兩種，墨筆為底稿，朱筆則就墨筆的部分文字增刪改訂。根據《譜稿》《榮壽錄》的記載，墨筆為張省齋手跡，其謄錄《譜稿》的時間，在道光末咸豐初。《譜稿》世系圖各卷凡有題名者皆作《張氏族譜》，這應是

張省齋編纂時的書題原名。當時分冊不分卷,分冊情況也與今存本不同。

筆者另外發現的單行抄本《清毅先生年譜》的輯抄時間為同治八年,《清毅先生榮壽錄》的輯抄時間為光緒五年,乾隆四十二年刊本《張氏族譜》的合訂時間為光緒六年,三者皆係張省齋長子張介所為。對照筆跡,明顯可見,《譜稿》中的朱筆為張介手跡。其增刪修改《譜稿》的時間,必在同治、光緒年間。

張介一生只是廩膳生員,後來勉強做了一個山東衍聖公委署司樂廳,是個無名士子。他似乎有過紹厥父志、續修族譜的打算,至少也是一個向慕祖宗勳業、收集家族文獻的熱心人。他用朱筆對《譜稿》所做的工作,除更變部分文字、添補家族新人新事之外,便是改訂重裝,標出卷次,題寫書名。

彭城張氏編修家乘,至《清毅先生譜稿》,已是第六次。以《譜稿》對照現存康熙六十年譜、乾隆四十二年譜、道光五年譜,可知其具有以下幾個特點:

其一,《譜稿》只是以往各譜的綜合彙編。乾隆四十二年刊本《張氏族譜》是筆者從張省齋來孫暨張介重孫張伯吹處發現的,封面上尚有張介的墨筆題字。道光五年刊本《彭城張氏族譜》卷首〈道光乙酉年重修族譜族名〉「謄錄」與「校勘」項下均有「九世象賢」,《清毅先生年譜》亦明載此事。康熙六十年刊本《張氏族譜》與《譜稿》同在時有恆藏書之中,其收購來源當同出一處。就是說,康熙六十年譜、乾隆四十二年譜、道光五年譜在張省齋「重修族譜」時,是同在其手頭的。《譜稿》墨筆所記之人、事,一般以道光五年為下限,並未超出道光五年譜的記載。這說明張省齋這次修譜,並不像以往各次那樣,做過通族的大量的調查。本來,之所以需要重修譜牒,一個主要原因是增補後來的子孫。《譜稿》沒有做到這一點,張省齋只是做了一番案頭的增刪組合工作。康熙六十年的《張氏族譜》並未修成,當時付梓的就只是部分活頁,現存的(無論是筆者發現的一部,還是時有恆原藏的一部)更只是活頁的殘編,而且去日久遠,《譜稿》基本未加參用。《譜稿》主要是揉合乾隆四十二年譜與道光五年譜而成。其第一至第五卷,以及第八卷,基本是採用的道光五年譜的內容,而參用了乾隆四十二年譜的形式。《譜稿》卷二〈聚軫小傳〉張省齋按云:「茲按舊總圖分九(朱筆改作六)冊,仍立支圖於各冊之前。」這裏所謂「總圖」「支圖」,指的便是道光五年譜的「總圖」「分圖」。道光五年譜的卷三至卷六凡四卷均為世系圖,占了一半以上的分量。《譜稿》卷二至卷五亦有四卷的篇幅用列世系,其頁數比例亦相仿佛。而乾隆四十二年譜用為世系的卷帙只有全書的六分之一稍強。《譜稿》第六、七兩卷則相當於乾隆四十二年譜的第五、六兩冊,而稍有增添。可以看出,張省齋對他從兄張協鼎道光五年主修的《彭城張氏族譜》是不甚滿意的,認為其中「失當處、急應更正處」很多(《譜稿》卷二張省齋按語)。如果說雍正十一年張道淵修譜是文人修譜因而文學性甚強、道光五年張協鼎修譜是官僚修譜因而

譜牒味很濃的話，那麼這次張省齋修譜，則是兼及了譜牒味與文學性，儘管他只是做了這兩種性質資料的取捨彙編工作。

其二，**思想守舊，力不從心**。張省齋、張介父子在《榮壽錄》中表現的強烈的封建正統觀念，在《譜稿》編修體例與人物評贊中表現得很為充分。譬如，乾隆四十二年譜所收張道淵〈仲兄竹坡傳〉，披露張竹坡評點《金瓶梅》的詳情，具有極為重要的歷史文獻價值。道光五年譜雖保留了這篇傳，卻將有關《金瓶梅》的文字刪除淨盡。《譜稿》則更甚，乾脆不收此傳，而在〈竹坡小傳〉中說：「曾批《金瓶梅》小說，隱寓譏刺，直犯家諱，非第誤用其才也，早逝而後嗣不昌，豈無故歟！」（朱筆改為「……批《金瓶梅》小說，憤世嫉俗，直犯家諱，則德有不足稱者，抑失裕後之道矣。」）直視《金瓶梅》為淫書、張竹坡評點《金瓶梅》為異端。與其說張省齋因為不滿意道光五年譜的體例而加以重修，不如說他想通過重修家譜，對家族文獻來一番更為符合封建規範的淨化。彭城張氏赫赫揚揚二百餘年，到晚清時候，早已衰微不振。無論從權勢、財力、才氣上，張氏家族都已迥別於往昔。道光五年張協鼎五修家譜，已是捉襟見肘；張省齋編修《譜稿》，雖然用心良苦，更覺不自量力。《譜稿》卷二〈聚軫小傳〉張省齋按：「惟五世履貞公系下支派特盛，復按第六世再分支圖。」突出本支系統，雖然反映了張省齋的小宗觀念，他當時能做到的，卻也的確只能如此。當時已不可能在全族「逐戶諮詢，盡人究察」[1]，也不可能付梓印刷，甚至張省齋沒能做到始終如一，畢功其事。今存《譜稿》的散亂現象，並不全是因為後來的遺落，而是當時就不是一個完成品。

其三，**《譜稿》具有獨立的資料價值**。主要表現在兩個方面：一是增補出一些以往各譜所沒有的資料，譬如卷六收錄有 24 名張氏族人的詩詞 267 首，8 名張氏族人的文稿 17 篇，其中張膽〈歸田詞〉8 首、張澍詩 2 首、張彥珽詩 1 首、張彥琮詩 3 首、張秉忠詩 3 首、張名宿〈爾爾鳴〉23 首、張長清詩 1 首、張符升詩 7 首、張恒〈工庸雜詠〉〈山楚偶吟〉5 首、張茗〈望羊草〉5 首、張秉智〈願學齋詩鈔〉〈舌葉小草〉2 首、閨秀晴筠氏詩 5 首，張名宿〈遊天門山記〉〈覆瓿集序〉與張秉智〈崔泉山莊賦〉等，即為以前各譜所無。二是今存康熙六十年譜、乾隆四十二年譜，道光五年譜均非全帙，有著不同程度的殘缺，其缺失部分，一般都較完整地保存在《譜稿》之中。譬如，世系圖，乾隆四十二年譜缺失六世以下部分，道光五年譜缺失張道瑞以外部分，缺失的這些，《譜稿》中均有。又如，張氏族人親友之贈言、壽箋、挽章，乾隆四十二年譜有缺失，道光五年譜則未收錄，這些，《譜稿》中也均有。

對於張竹坡與《金瓶梅》研究，如果乾隆四十二年譜完整無失，道光五年譜與《清

1　《張氏族譜》康熙六十年張道淵前序。

毅先生譜稿》便沒有多大價值。因為道光五年譜也有散佚，則《譜稿》中關於張翊一系（尤其是竹坡一支）六世以下的世系與小傳，以及贈言中閻圻贈竹坡的詩篇，便屬絕無僅有，彌足珍貴。

　　總之，《清毅先生譜稿》因為失收〈仲兄竹坡傳〉，在張竹坡與《金瓶梅》研究中，與乾隆四十二年譜相比，文獻價值是要低遜很多的。但它與道光五年譜各有短長，也值得引起注意。

張翀與張竹坡

　　張竹坡的父親張翀（1643-1684），字季超，號雪客，生逢明清易代，每作式微之歎，而縱情山水，肆力芸編，尤以詩詞駢文見長，卓然可為清初大家。在張竹坡一生中，無論是人生態度、思想情趣，還是文學修養、性情習尚，對其影響最大者，莫過於他的父親。

一

　　張竹坡的祖父張垣，中式崇禎癸酉科武舉，出任河南歸德府通判。清兵進逼黃河，睢陽總兵許定國叛變，張垣威武不屈，壯烈殉難。時為南明弘光元年暨清順治二年。當時張翀不滿二周歲，尚在繈褓之中。

　　張垣是彭城張氏肇興之祖，有清一代，備受張氏後人的推崇懷念。國仇家恨，在張翀內心深處，打上了永不可磨滅的烙印。順治十二年，「公年十三，伯兄遠鎮天雄，仲兄以內史入侍清班，群從各復蟬聯鵲起以去。公內而親幃獨奉，色笑承歡，外而廣結賓朋，座中常滿」[1]。各人有各人的人生旅程。張膽、張鐸並仕於清庭，為家族贏得了「簪纓世胄，鐘鼎名家」[2]的地位。張翀並不苛求於二位兄長，但他自己卻找到了隱居不仕的理由：奉養萱堂。〈司城張公傳〉：「方公之嘯傲林泉也，閭里望其仕，群相告曰：東山不起，如蒼生何，此語竟忘之耶？公笑而不答。交親勸其仕，私相謂曰：慕容垂乘父兄之資，少加倚仗，便足立功，此語竟忘之耶？公不答。公之伯兄強公之都下，逼之仕，激相問曰：伯石辭卿，子產所惡，少而學，壯而行，致身顯盛，光大前人遺烈，此語竟忘之耶？公勉應之。授司城之銜。旋即遣歸，終不仕。」張翀所得的官是候選兵馬司指揮，並未實任。

　　張翀在自己的詩文中，一再地表達了強烈的故國之思。《張氏族譜·藏稿》錄其〈泗水懷古和石蘊輝韻〉：「豐沛雄圖望眼消，空餘泗上水迢迢。詩歌舊跡碑猶在，湯沐遺

1　《張氏族譜·傳述》引胡銓〈司城張公傳〉。

2　《張氏族譜·崇祀》。

恩事已遙。白鷺閑依荒草渡,錦禽爭過斷楊橋。山川無限興亡意,月色風聲正寂寥。」又〈初夏靜夜玩月偶成〉:「庭角空階月似霜,清和天氣夜猶涼。花眠露浥香初細,柳靜風牽影漸長。擁石高歌舒嘯傲,拋書起舞話興亡。銜杯不與人同醉,獨醒何妨三萬場。」故土易主,睹物觸情,花木有知,山川懷恨,詩人拋書起舞,飲酒高歌,人醉心醒,嘯傲林泉。《族譜·雜著藏稿》錄其〈山水友約言〉云:「丹詔九重,難致草堂之居士。白雲一片,堪娛華陽之隱君。曠達無拘,陶靖節之放懷對酒。詼諧特異,嵇中散之樂志攜琴。」更以陶潛、嵇康自況,為其終生不仕,自加了注腳。〈司城張公傳〉:「又念國家用武之秋,弧矢之事,尤不可緩。更結經濟社,標以射約。而少年英俊輩,紛紛然操弓挾矢以從。」聯繫張翱一生的政治態度,他組織騎射的目的,恐怕也和這種黍離之情有關。

張翱雖然成長在清朝,也算得是由明入清的遺少,而且又有自己特殊的家庭背景,他之不與清朝合作,應是國仇家恨使然。在彭城張氏家族中,表現出這種明顯的排滿情緒的,張翱算是唯一的一個。後文還要講到,張翱為人通脫達觀,追求個性的自如,家庭關係也甚為開明。他的政治傾向,不強加於族人,包括他最鍾愛器重的兒子張竹坡。《張氏族譜·傳述》錄張道淵〈仲兄竹坡傳〉:「父欲兄早就科第,恐童子試羈縻時日,遂入成均。」兒子既然生長在清朝,是大清的臣民,他就應有自己選擇前程的權利,父親便也就為兒子提供了儘量的可能。後來張竹坡五困棘圍,而志不少懈,除了個人的志向、家族的壓力之外,父親的期望也是主要動力之一。父親甘為竹林隱逸而明志,兒子奮欲金榜題名以慰心,父子二人的政治傾向雖異,其人生態度,卻是殊途歸一。

父子們都有一種幽憤鬱積胸中,他們對人情冷暖、世態炎涼深有感慨,並時常在詩文中流露出來。

明末清初,社會動亂,人心浮搖,是一個民俗丕變、世情澆薄的時期。《張氏族譜·傳述》錄張膽〈舊譜家傳〉:「神宗末年,徐以武功世其家者,錦衣指揮,指不勝屈。出必寶馬玉帶,緹騎如雲;居則甲第連霄,雕甍映日。其威福赫奕,熏灼五侯。」〈司城張公傳〉:「當是時,流氛蹂躪之餘,吾徐驚鴻甫奠,俗鄙風頹。」張翱對「俗鄙風頹」的世習極為痛惜,〈司城張公傳〉:「高讓之士,厲濁激貪,公其人歟?」《張氏族譜·藏稿》錄張翱〈春日雲龍山懷古和孫漢雯韻〉:「……三千世界端為幻,七十人生孰易逢。名利於今君莫問,尼山久隱道誰從。」張翱這裏所謂「道」,指的是什麼呢?《張氏族譜·雜著藏稿》錄張竹坡〈治道〉:「得道則治,失道則亂,……蓋政教存乎風俗,風俗繫乎人心。自古禮之不作也,而人心蕩蕩,則出乎規矩之外矣。自古樂之不作也,而人心驕驕,則肆於淫逸之中矣。人心不正,風俗以頹。……人心風俗污染已久,欲復時雍之勝,豈易為力哉。」顯然,他們父子所說的道,還是封建倫理規範。他們都

不是哲學家，不能對新的社會環境所造成的新的時代風尚，給予哲學的解釋，他們對流俗澆漓的譴責，只能以文藝的形式表現出來。在這一方面，兒子承繼了父親的情緒，並因為自己的身世表現得更為深刻。

《張氏族譜・雜著藏稿》錄張竹坡〈烏思記〉：「至於人情反覆，世事滄桑，若黃河之波，變幻不測；如青天之雲，起滅無常。」他的詩更予以直接的指責，《十一草・撥悶三首》其二：「老大作客反依人，手無黃金辭不美。而今識得世人心，藍田緩種玉，且去種黃金。」他的這種情緒，在《幽夢影》的批語中也有所表露，如他評「古之不傳於今者，嘯也，劍術也，彈棋也，打球也」這一則時說：「今之絕勝於古者，能吏也，滑棍也，無恥也。」他曾「恨不自撰一部世情書，以排遣悶懷」，後來他評點《金瓶梅》，原因之一，便是出於「窮愁所迫，炎涼所激」[3]。

二

如果說在政治思想傾向方面，張翀對張竹坡的影響，還算是部分的間接的話，則在人生態度、生活情趣方面，父親給予了兒子全面的直接的影響。

父子們都有活著就要做生活強者的志趣，儘管他們的表現形式不盡相同。〈司城張公傳〉：「吾徐驚鴻甫奠，俗鄙風頹，公乃肆力芸編，約文會友，一時聞風興起，誦讀之聲，盈於裏巷。……由此國俗為之丕變。」張翀限於不仕於滿清的初衷，慨然以力挽日見頹鄙的人情世故為己任。他「樂水樂山，會文會友」[4]，排難解紛，甘作不垂於正史的民眾領袖，贏得了桑梓父老的推崇愛戴。〈司城張公傳〉：「而乃周旋恬雅，揖讓雍容，止覺奇氣英英，撲人眉宇。至其綜理家政，則部署有方，屏當不紊。夫以翩翩年少，具此練達之才，每令老生宿儒對之撟舌。……公敷陳事理，詞義精剴，聲響朗然，郡中巨細事咸質諸公。公剖分明晰，悉中肯綮，而桀黠爭雄糾結難明者，經公片語，莫不含羞釋忿而退。蓋公臨事剛而不亢，柔而不藝，直爽軒豁，音吐鴻巨，令人凜然如對巨鑒，而不能隱其跡也。」張翀既不能「達則兼濟天下」，便「窮則獨善其身」。但他雖「是以富春垂釣之士，友麋鹿而侶魚蝦；神武掛冠之賢，芥功名而塵富貴」[5]，卻並非頹廢沮喪，沉淪不起，而是以畢生精力，汲山川之精華，借前賢為砥礪，在詩詞駢文方面，達到了很高的造詣，得到當代的首肯。

3　〈竹坡閒話〉。
4　〈山水友約言〉。
5　〈山水友約言〉。

　　張竹坡則奮以天下為己任，極欲在政治上大展經綸。他少有大志，每以張良、蕭何自許。《十一草・留侯》：「飄然一孺子，乃作帝王師。……終得騁其志，功成鬢未絲。」《十一草・酇侯》：「……不有蕭丞相，誰興漢沛公。……授漢以王業，卓哉人之雄。」他之所以「一生負才拓落」[6]，百折不回，是因為他堅信自己「不是尋常兒女姿，須從霜後認柔枝」[7]。他覺得自己就像虎為獸中之王一樣，天生就該是人中之傑。〈撥悶三首〉其三：「我志騰驤過於虎，……壯氣凌霄志拂雲，不說人間兒女話。」張竹坡在評《幽夢影》時說：「心能自信。」他的確不但堅信他一定能夠高占鰲頭，而且堅信他未有不能幹成的事業。也是靠著這種自信心，在北京奪標返徐，翌年舉次子，心情較為平靜的情況下，他「偶因一時文興，借此一試目力」，而在「十數天內」[8]評點了《金瓶梅》。

　　父與子都追求至性至情，盡意捕捉靈感契機，力爭過分的效益，喜尚極度的刺激，有一種為自己的事業和愛好窮心竭力、不惜心神的獻身精神。《張氏族譜・雜著藏稿》錄張翃〈惜春草小引〉：「余琴書性癖，花鳥情深。九十韶光，欲盡綢繆久住；三春景物，肯教容易輕歸。」〈山水友約言〉：「況朝露易晞，浮雲難久，春花虛豔，秋月徒輝，……會之期也宜頻，庶情懷之相洽。要知氣分既相投，須置形骸於莫問。」不但他自己這樣說，他的朋友也如此看，《張氏族譜・贈言》引陸琬〈山水友詩序〉：「彭城季超張先生挾不世之才，負泉石之癖，而時時尋幽選趣，信宿乃返。自號曰：山水友。」《張氏族譜・贈言》引趙之鎮〈惜春草序〉：「季翁先生……才奇八斗，而一往情深。且與山水為緣，鶯花作主。當雲龍、戲馬嵐翠侵衣，燕子、黃樓春光滿目，無日不攜斗酒，挾管弦，酣觴嘯詠其間。每撫景興懷，豪視一世。」張翃性耽山水，熔鍛詩詞，一生的心血，都用於「立言」。

　　父親嘔歌任事的癡心入迷，兒子更發揚成為拼搏。〈仲兄竹坡傳〉：「兄雖立有羸形，而精神獨異乎眾，能數十晝夜目不交睫，不以為疲。」張竹坡五落桂榜，銳氣不歇，《十一草・客虎阜遣興》其三：「憑弔有時心耳熱，雲根撥土覓吳鉤。」〈撥悶三首〉其一：「千秋萬古事如彼，我敢獨不與天作周旋。既非謅鬼亦非顛，更非俯首求天憐。……閑中得失決不下，致身百戰當何以？」張竹坡評點《金瓶梅》以後，受到家族的冷落，社會的排斥，但他「自是一身多缺陷，敢評風土惹人嘲」[9]，沒有因此退卻，而接著又在揚州參與了《幽夢影》的批評。

6　〈仲兄竹坡傳〉。
7　《十一草・和詠秋菊有佳色》。
8　《第一奇書・凡例》。
9　《十一草・客虎阜遣興》其五。

與父親「朗暢之懷，直欲不容一點俗塵飛來左右者」[10]那種清雅的情調不同，張竹坡因為更多的是在貧困潦倒的逆境中度過，他希望得到世人所能得到的一切，而且要加倍地獵獲。他批評《幽夢影》時說：「我願太奢，欲為清富，焉能遂願。」又說：「一歲當以我暢意日為佳節。」什麼是他理想的「暢意日」呢？《幽夢影》有一則云：「賞花宜對佳人，醉月宜對韻人，映雪宜對高人。」張竹坡評曰：「聚花、月、雪於一時，合佳、韻、高為一人，吾當不賞而心醉矣。」他認為這樣的日子，「其樂一刻勝於一日矣」。

張翱和張竹坡都最重交遊，性喜揮霍，視金錢富貴如流水，以友情知己為生命。〈司城張公傳〉：「公門第迥然，而晰產乃不及中人，且性喜揮霍，以澀囊致困。客勸公經營子母，以為饒裕計。公答曰：珠簾玉箔之奇，金屋瑤台之美，雖時俗之崇麗，實哲人之所鄙。……公最重交遊，嘗結同聲社，遠近名流，聞聲畢集。中州侯朝宗方域，時下負盛名，北譙吳玉林國縉，詞壇宗匠，皆間關入社。盛可知矣。……湖上李笠翁漁偶過彭門，寓公廡下，留連不忍去者將匝歲。同里呂青履維揚、孫直公曰繩、居夢真毓香、楊又、曾羹、徐碩、林栴之數子，常與公共數晨夕於煙露泉石之間，數十年無間然也。」張翱也常離家出遊，《族譜‧藏稿》錄其〈贈博平耿隱之〉：「癖愛煙霞塵富貴，性甘泉石老林丘。雲龍折柳為君賦，他日同期五嶽遊。」據《張氏族譜》，他曾到過北京、任城、漢陽、蘇州、杭州等地。張翱四十二歲那年，因哭友過慟而卒。〈司城張公傳〉：「公一日挾病出數十里外，哭其至友於懸水村，過慟，歸途冒風雪，病轉劇，因著床褥，遂不起。吁，公以至性死於友，公父以至性死於君，易地皆然，而志節萃於一門，能不令人景行而仰止耶！」

張竹坡從小生活在父執們同聲相應、詩酒怡情的環境之中，他很早就學會了觀察生活。他看到父親以雍容恬雅的風度和出類拔萃的詩章，團結著一群有才華的朋友，他對於「寧為小人之所罵，毋為君子之所鄙；寧為盲主司之所擯棄，毋為諸名宿之所不知」[11]的說法，極為贊成。張竹坡幼年還在私塾之時，就以他聰穎絕倫的才氣，使「同社盡為傾倒」[12]。他開始尋找和選擇朋友，「少年結客不知悔，黃金散去如流水」[13]，終於他找到了諸如「少負吟癖移朝暮，長章短詠按律度，……師心一變家學荒，不學風雅學騷莊」[14]的閻千里這樣的詩友。《張氏族譜‧贈言》引閻圻〈聞竹坡先生將至賦此答之〉

10 《張氏族譜‧傳述》引胡銓〈司城張公傳〉。
11 張潮《幽夢影》。
12 〈仲兄竹坡傳〉。
13 《十一草‧撥悶三首》其二。
14 《張氏族譜‧贈言》引閻圻〈再辱竹坡先生贈詩謬許……漫為放歌一首〉。

其二:「聞君年少喜長遊」,其三:「江南秋風薊門霜」,張竹坡確是走南闖北,遊興甚濃。他二十四歲北上都門,魁奪長安詩社,「一時都下稱為竹坡才子」[15],而像父親一樣為名流所青目。他二十七歲再下金陵,銷售《第一奇書》,「於是遠近購求,才名益振,四方名士之來白下者,日訪兄以數十計。兄性好交遊,雖居邸舍,而座上常滿。日之所入,僅足以供揮霍」[16]。雖然這時張翀去世已久,從張竹坡身上,仍很可以看到他的影子。這一年秋天,張竹坡第五次應舉落第之後,先後旅寓揚州、蘇州,加入張潮等人的活動圈子,也是很活躍的人物。

三

據《族譜》,張翀生前著有詩集《山水友》《惜春草》,並編有詩集《同聲集》。《族譜·藏稿》雖然只從其《山水友》《惜春草》中選刊了十五首詩、四首詞,張翀詩詞的格調特色,仍約略可以從中窺探出來。〈山水友約言〉與〈惜春草小引〉,因為是駢文,與其詩詞的風格也是統一的。

張翀的詩詞,從題材上看,不外乎三類:一是贈答唱和詩,如〈春夜晏西園次孫漢雯韻〉〈送董建威之京〉〈贈博平耿隱之〉〈和答彌壑和尚〉〈和答王子大〉〈春日雲龍山懷古和孫漢雯韻〉〈泗水懷古和石蘊輝韻〉〈登雲龍山和殷符九韻〉〈菩薩蠻〉(送路秀寰果老洞修行)等;二是旅遊詩,如〈春日訪渡愚上人〉〈秋日登任城太白樓謁二賢祠〉〈過西泠遊飛來峰〉〈登晴川閣〉〈夏日偕友人飲石湖浣俗泉〉〈傳言玉女〉(重陽旅況)等;三是詠物詩,如〈白雲禪院〉〈初夏靜夜玩月偶成〉〈青玉案〉(春雨)〈菩薩蠻〉(春陰喜月兒)等。而無論是哪一類,幾乎都離不開山水。可以說,山水是張翀詩詞吟詠的對象,也是其靈魂。陸琬〈山水友詩序〉:「天地間之有山水,即天地之性靈,天地之文章也。……蓋先生之詩,借山水而愈奇;山水之奇,借先生而益重。非先生不能友山水,然則惟山水乃可友先生耳。」可謂的論。前文講過,張翀的政治傾向與人生態度是作竹溪隱逸,他以山水為題,正是寫他自己。確實,在他的詩詞中,未有應酬的虛作,或違心的唱優,而春夜、夏月、白雲、流水、雲龍山、晴川閣、石苟湖、飛來峰,無不有他的身姿性情涵蓋其間。

清初詩歌,不少篇章循沿明季流習,宗唐宗宋,往往徒具架構,而空洞無物。張翀是有識之士,有心之人,他的詩屬於抒寫個性一派。「我手寫我口」,是張翀詩文的特

15　〈仲兄竹坡傳〉。
16　〈仲兄竹坡傳〉。

色之一。這一優良的家詩傳統，無疑為張竹坡所繼承。在《十一草》中，不論是春朝元夜的回味，詠菊贈答的思考，還是寓公遊子的撥悶，賞月懷古的遣興，都回蕩著張竹坡奮臂直呼的聲音。

他們父子在詩文中所頑強表現的這種自我，充貫著一種怫鬱不平之氣。從這點上說，父子是前後一脈，卻又有各自的個性。父親是「風景不殊，正自有山河之異」的感慨，這是一種難言之衷，所以表現得委婉迂迴。他的詩從字面上看去，好像只是山川花木，只是春愁秋悶，其沉鬱憤懣之思，卻透過水光山色，巧妙而又自然地流露出來。如〈春日訪渡愚上人〉：「二月春風綠未齊，疏村歷歷小橋西。一灣流水無人渡，十里空山有鳥啼。素性相親依澗壑，塵心銷盡鑒清溪。登臨欲借天龍意，也向林巒結隱棲。」鳥聲啾啾，流水叮叮，綠色初剪，春光明媚，這本應是生機盎然、催人進取的環境，作者卻產生了「塵心銷盡」「林巒結隱」的思想，委實發人深思。又如〈過西泠遊飛來峰〉：「六橋煙柳久相思，此日登臨春較遲。無恙湖光還載酒，多情山色欲催詩。一峰誰識西來意，千古人哀南渡時。徒倚漫疑靈鷲遠，秀巒原是舊分奇。」杭州風景，詩人久已神往，一朝南下，「六橋煙柳」，卻匆匆而過，而佇立飛來峰前，遐思冥想，原來他是哀思民族興亡的往事。張翱在〈山水友約言〉中公開宣稱：「況我同人，咸饒異致，……自宜接七逸之武，盤桓於翠竹之溪。」他在〈惜春草小引〉中也說：「無奈風雨欺人，以致鶯花無主，……爰拈舊體，用訴新愁，或拆字藏頭，或回文會意，……聊展微吟，少舒幽憤。」

張竹坡則是恃才傲物，而久困場屋，弄得貧病交加，寄人籬下，其一腔怨憤，發之為詩文，可以肆無忌憚地呼天嗆地，一泄無餘。如〈撥悶三首〉其三：「我生泗水上，志節愧疏放，天南地北汗漫遊，十載未遇不惆悵。……我來憑弔不勝情，落花啼鳥空滿眼。白雲知我心，清池怡我情，眼前未得志，豈足盡生平。」又如〈治道〉：「嗚呼，古成才也易，今成才也難，良可慨也夫！」與風流蘊藉的張翱詩不同，張竹坡是飽含激情，直抒胸臆。

這樣，父子的詩歌，便呈現出不同的風格。父親是典雅俊逸，兒子是平易流暢；父親是雍容含蓄，兒子是活潑質直。他們各自選取了最適宜表現自己風格的格律形式：父親以七律見長，兒子以古風取勝。父子雖然各領風騷，卻是異曲同工。他們的詩詞有一個共同的特色：清新豪暢，堪稱皆得太白三昧。張翱〈秋日登任城太白樓謁二賢祠〉：「高樓獨峙古城巔，樓下蒼苔不計年。泗水秋風香翰墨，鳧山夜月帶雲煙。非徒彩筆名詩聖，豈為金樽譽酒賢。千載隱懷誰共解，相憐惟有飲中仙。」就以李白知己自期，表達了對「詩聖」「酒賢」的愛慕。閻圻〈漫為放歌一首〉：「竹坡竹坡刻苦求，點墨如金筆如鉤，信得燕公好手腕，一揮萬卷築詩樓」，簡直便就是「斗酒詩百篇」的李白再世。

平心而論，張竹坡的詩雖然也斐然可觀，雖然張竹坡在當時就被譽為「詩名家」[17]，雖然他頗得家學真諦，比起父親的詩來，卻不免差肩一籌。陸琬〈山水友詩序〉：「余居彭城久，每過從先生館舍，受詩稿卒業，如行山陰道上，千岩萬壑，目不給賞，水光山色，冉冉飛動楮面。」趙之鎮〈惜春草序〉：「余至彭城，受知於季翁先生，因得快讀其所著，才奇八斗，……使高岑王孟奔走毫端。是以盈囊充篋，無一擲地不作金石聲。」實非過譽之詞。張翱的詩歌，格調高雅，意境幽爽，出句平易，煉字貼當，音韻鏗鏘，朗朗上口，即列之清初大家之林，實當之無愧。

四

張翱對兒子的影響是多方面的。

張翱解律工畫，博學多才，讀書不倦，吟詠不絕。在父親的感染下，竹坡「甫能言笑，即解調聲。六歲輒賦小詩」[18]。張翱性喜交遊，座客常滿，友朋又皆當代名流，席間自然氣宇軒昂、談吐不凡。竹坡自幼侍奉父側，耳濡目染，其志向自不同凡響。「一日丱角侍父側。座客命對曰：河上觀音柳；兄應聲曰：園外大夫松。舉座奇之。」兒子的氣質稟賦、才智器識極像父親，「父由是愈鍾愛兄」[19]。

父親視竹坡為其家千里駒，命攜其弟道淵「同就外傅」。並「恐童子試羈縻時日」，很早就為兒子捐監，欲其「早就科第」[20]。父親盡其所能，為兒子鋪設了一條平坦的人生大道。

竹坡十五歲那年，南下赴應天鄉試。極有可能，就是父親送他應舉的。當然父子們是滿懷信心前去的。不料卻「點額而回」[21]。這自然出乎張翱的意料之外。兒子初試不利的事實，對張翱是一個致命的打擊。他那「一生善病」[22]的身體一下子垮了下來，二、三個月以後，張翱便長辭了人間。

張翱滿懷幽憤，死不瞑目；竹坡也是「旋丁父憂，哀毀致病」[23]。父親的去世，給了竹坡強烈的刺激。從此，他失去了慈祥的父親，失去了優裕的生活，失去了父親的社

17　《曙三張公志》。
18　〈仲兄竹坡傳〉。
19　〈仲兄竹坡傳〉。
20　〈仲兄竹坡傳〉。
21　〈仲兄竹坡傳〉。
22　《張氏族譜·傳述》引胡銓〈司城張公傳〉。
23　〈仲兄竹坡傳〉。

交圈，帶著心靈的創傷，肩負起自立的重任，而「如出林松杉，孤立於人世矣」[24]。

張翽既不能盡忠於國，便全心盡孝於母，「親幃獨奉，色笑承歡」，在他的言傳身教下，他們全家極重孝道。康熙二十七年春，張竹坡因為迎接嫂氏前往宿遷，這時他已是二困棘圍，想到自己辜負了父親的期望，寫下一篇感情充沛的抒情散文〈烏思記〉，自我責備，痛不欲生。內中說：「彼曹娥者，一女子也，乃能逝長波，逐巨浪，貞魂不沒，終抱父屍以出。矧予以鬚眉男子，當失怙之後，乃不能一奮鵬飛，奉揚先烈，槁顏色，困行役，尚何面目舒兩臂繫五色續命絲哉！」

父親對兒子的影響，不但在其生前，而且在其身後，與日俱增。父親去世以後的十四年裏，金陵鄉試，竹坡是場場必到。他好像欠下一筆債務需要償還，想拚命博得一第，步入宦途。他所以如此，與其說為了政治理想，不如說為著「奉揚先烈」。困於場屋之後，他一方面仍然決心「致身百戰」，一方面另覓進取的途徑。〈仲兄竹坡傳〉：「（兄）遇友於永定河工次。友薦兄河干效力，兄曰：吾聊試為之。於是晝則督理插畚，夜仍秉燭讀書達旦。」張竹坡為了報答父親的教養，竭盡了心力。但他命運不濟，功虧一簣。永定河工竣，張竹坡卻突然病卒。〈仲兄竹坡傳〉：「兄即歿，檢點行櫥，惟有四子書一部、文稿一束、古硯一枚而已。」歷史沒有給張竹坡入仕的機會，沒有再給他應試的機會，張竹坡一定是帶著比他父親更大的遺憾和憤慨離開人世的。

張竹坡既然不能仕進，他的才智便會尋求其他領域發洩出來。當時京師有個長安詩社，「每聚會不下數十百輩」，極一時之盛。康熙三十二年冬，竹坡剛從南京第四次落榜回到徐州，聞知此事，隨即「束裝就道」，「兄訪至，登上座，競病分拈，長章短句，賦成百有餘首，眾皆壓倒。一時都下稱為竹坡才子」[25]。南京落第，而北京奪魁，前後不過數月時間，真是對封建科舉的絕妙的諷刺。張竹坡當然以此自慰，但他絕未就此滿足。一年之後，他開始了他一生中最偉大的事業——評點《金瓶梅》。張翽「多蓄異書古器」，張竹坡憑藉父親的藏書，培養了對稗詞小說的濃烈的興趣和卓異的鑒賞能力。僅僅「旬有餘日」[26]，他寫下了十幾萬字的評語，對《金瓶梅》作了擘肌分理、鞭辟入裏的分析，為中國古代小說理論，留下了一份光彩奪目的遺產。

那個社會的榮譽觀，使張竹坡不會想到，他正是靠奇情異趣、怪才逸志，為他自己，為他父親，贏得了永垂不朽的聲譽。現在，張竹坡在中國文學批評史上的重要地位，已

---

24 〈烏思記〉。

25 〈仲兄竹坡傳〉。

26 〈仲兄竹坡傳〉。

經基本得到公認。將他教育成人的張翀及其「名滿京雒」[27]的詩文，亦應引起人們的重視。

27　陸琬〈山水友詩序〉。

張道淵與兩篇〈仲兄竹坡傳〉

張竹坡在他評點《金瓶梅》的當時，即隨著《第一奇書》的「遠近購求」而「才名益振」。二十年後，劉廷璣又第一次以文字稱讚他「可以繼武聖歎」。但真正高度而又公正地評價張竹坡的《金瓶梅》評點，翔實而又準確地披露張竹坡評點《金瓶梅》過程的，是張竹坡的胞弟張道淵。張道淵寫於康熙六十年的〈仲兄竹坡傳〉，真情實意，婉切動人，表露了他們之間兄弟加知己的不同尋常的關係。

一

張道淵，字明洲，號蘧庵，鄉諡孝靖。生於康熙十一年九月二十日，卒於乾隆七年二月初七日，享年七十一歲。

父親張翖「際伯仲緯武經文之盛，獨抗懷高尚，不樂仕進」[1]，而縱情山水，嘯傲林泉。道淵一生詩酒自適，不欲宦達，有乃父之風。「客有勸先生謁選為升斗計者，先生輒笑而頷之。……會功令文武互用，遂需次京邸。而太夫人適邁重疾，先生聞信促裝，……而後先生亦絕意仕進矣。」道淵最後的官職是候選守御所，並無實任。實則他醇謹練達，博學多識，具有入仕的極好素質；又是生當「一門群從，勢位傾閭里」之時；而且伯兄道弘宦程半途而廢，仲兄竹坡早逝，四弟道引年幼，施展胸綸，光宗耀祖，對他說來，本應是責無旁貸，義不容辭。但他沒有這樣做。

道淵雅人深致，採取的是淡泊處世的態度。「先生泊如也。蕭然環堵，門無雜賓。一時諸名流題贈滿四壁。架列藏書凡若干卷。案頭筆床茗碗外，古器數事、近作稿一冊。」「先生曠達不問生產，以故家益中落。朝餐未潔，便典春衫；夜飲偏豪，常尋武負。」

樂遊好客，是彭城張氏的家風。張翖父子於此尤甚。道淵也無例外。為他作傳的錢塘人周鉽「三十年來，主賓投契，所目見耳聞」，最有感觸：「歲己亥，余浪跡彭城，介吳子開雯得見於先生。……譬塵囂煩溽中一服清涼散沁入心脾，不自覺予情之傾倒也，

1　乾隆四十二年譜（以下未注者均為此譜）《張氏族譜・傳述》引周鉽〈孝靖先生傳〉，以下未注出處者同。

遂訂交。……每良辰美景，先生偕伯兄秋山、季弟汲庵，開閣延賓，酒兵詩債，鏖戰者往往徹宵旦。而余亦時時雜坐其間，跌宕笑傲，爽然得人世友朋之樂，蓋不知何處是他鄉矣。」「先生故好遊，遊屐幾遍天下」。僅據記載，道淵到過的地方就有北京、蘇州、南京、杭州、福建。「申酉間，余授徒里閈，而先生探奇閩嶠，往返皆獲過從。余乃比歲得與先生棕鞋藤帽散步兩峰三竺間。而先生亟賞尤在孤山片石。嘗暮山日落，暝色煙凝，先生方兀坐凝神，若將屬句者。令嗣采若屢促登舟，弗應也。」

張翙病逝之時，道淵才十三歲，「少孤，不逮色養」。老母在堂，伯兄道弘「托畫以終隱」[2]，道淵生性孝友，「惟謹侍母太夫人朝夕，每以不得捧檄娛親為歉。……卒以居喪盡禮稱族黨間」。

「士君子讀書明理，義裕經濟，得志則功在民物，不得志則敬宗收族，述祖德詒孫謀。聖人曰：是亦為政。先生有焉。」道淵為家族做了兩件大事：修族譜，建宗祠。彭城張氏第一次修譜是在順康間，未成。道淵「自十數齡時，捧觀舊譜，見其條目空存，早已立心纂述，以竟先人未竟之事」[3]。後來康熙五十七年至六十年間，經張道源提議，道淵「遍歷通族，詳分支派，……匯選恩綸、傳、志、藏稿、贈言、壽挽諸章，裒集成帙。正在發刊，忽以他務糾纏，……只得暫為輟工，……度之高閣，以待來茲」[4]。十二年後，道淵復受合族之請，建祠修譜，終於完成了這兩件重任。周鉞說：「余讀其條教，瞻其廟堂，竊歎先生生平懿行，觀縷不盡，而此尤先生十餘年來殫精竭力而成者。」

道淵能詩，「酒兵詩債」，可見酒宴間的即席詩、唱和詩很多。「所歷名山大川之勝，薈萃鬱勃，而發之詩文。讀先生秦征載路，如曹集諸刻者。見其嶔崎澎湃，咸謂得山水之助焉。」他亦善解詩，從侄彥聖、彥珍，侄女彥瑗一有新作，必出示請正，叔侄們每以詩會心。他又願存詩，竹坡、彥聖、彥珍、彥瑗的詩，沒有他的留存、搜求，是很難傳世的。遺憾的是，他自己的詩，因為身後遺稿散失，卻沒有留傳下來。

二

道淵與竹坡兄弟兩人的性情志趣是有很大不同的。舉如，竹坡穎慧，道淵質樸。「余質鈍，盡日呫嗶，不能成誦。兄終朝嬉戲，及塾師考課，始為開卷。一寓目，即朗朗背出，如熟讀者然。」再如，竹坡疏狂，道淵醇謹。竹坡的一生，從他出生時的神話，到

2 　《張氏族譜·贈言》引葛繼孔〈張秋山畫記〉。
3 　《張氏族譜》禮冊錄道淵雍正十一年後序。
4 　《張氏族譜》禮冊錄道淵雍正十一年後序。

丱角之年異乎常兒的作詩應對，到啟蒙時代使「同社盡為傾倒」的驚人的記憶力，到十五歲即捐監應舉，到初試不利「點額而回」，到北上京師魁奪長安詩社，到轉評《金瓶梅》、「旬有餘日而批成」，以及他「能數十晝夜目不交睫，不以為疲」的精力，和河干效力、另圖進取、永定河工竣卻突然病亡的命運等，充滿著傳奇色彩。道淵除了第二次續修家譜，「起於癸丑四月之朔，成於九月之望」，被認為「譜約千頁，亦云繁矣。夫以盈尺之書，成於數月之內，何其速也」[5]之外，一生「泊如」，遇事「輒笑而頷之」，不像乃兄那樣鋒芒畢露。又如，竹坡執意進取，五困場屋，志氣不衰，而急欲入仕，渴望做一個「達則兼濟天下」的帝師國相；道淵卻「絕意仕進」，「銳意以修家乘、建宗祠為己任」，只想做一名「窮則獨善其身」的鄉賢隱士。

他們兄弟自然也有很多相似之處。他們共同受到父親的深遠影響，共同感覺到他們父子兄弟與家庭其他支派的不同，同樣不願虛度人生，同樣決心改變本支在整個家族中的地位，都想挑起光耀祖宗、振興家門的重擔，都想在文字筆墨方面繼續保持父親當年在家族中具有的優勢。他如孝悌、好客、樂遊、能詩、善文等，兄弟兩人也相仿佛。儘管竹坡與道淵采選的人生旅程不同，儘管他們之間在生性習尚方面有一些差異，他們在人生觀念與文藝思想上的一致，使兄弟之間的感情緊緊相連、親密相通。在張竹坡一生中，如果說家族內給他直接影響的人是二伯父張鐸和父親張翧的話，則家族中始終理解他、支持他的人便是他的三弟道淵。

兄弟兩人之所以能夠如此，是因為他們之間的交往自兒時起就與其他兄弟叔侄不同。「兄長余二歲，幼時同就外傅。」他們的整個童年、少年時期都始終生活在共同的環境之中。由於他們的智力的差異，「余每遭夏楚，兄更得美譽」。然而，兄不倨傲，弟不妒嫉，這種達觀與服膺的統一，奠定了兄弟之間一生無間的關係。

更主要的，是他們鑒賞眼力與文學見解的一致。張竹坡評點《金瓶梅》之前，「曾向余曰：《金瓶》針線縝密，聖歎既歿，世鮮知者，吾將拈而出之。」竹坡顯然得到了道淵的贊同，他這才「遂鍵戶旬有餘日而批成」，「遂付剞劂」。在竹坡因為評點、刊刻與發行《金瓶梅》，受到社會的排斥、家族的冷落，並且這種遭遇在竹坡身後有增無已的情況下，家族中唯有張道淵站出來說：「然著書立說，已留身後之名，千百世後，憑弔之者，咸知有竹坡其人。是兄雖死，而有不死者在也。」道淵認為竹坡的《金瓶梅》評點是可以流傳後世的「著書立說」，這在稗詞小說不為士林所重，《金瓶梅》尤被視為「淫詞小說」的時代，實為難能可貴。可以說，張道淵是張竹坡和張竹坡的小說理論的第一個全面而充分的肯定者。

5　《張氏族譜》禮冊錄道淵雍正十一年後序。

　　張竹坡在批評《幽夢影》時曾說：「求知己於兄弟尤難。」這當不是無端的感慨。張道淵沒有辜負仲兄的期願，他在竹坡去世以後，為乃兄編輯詩集《十一草》，搜集散文〈治道〉〈烏思記〉，以及友朋贈答之言，並把這些都編進《張氏族譜》。張竹坡的生平著述，這才因此傳留下來。

三

　　道淵的著作，傳世者只有一部《張氏族譜》。在族譜中，有他親自撰寫的五篇家傳，即：〈奉政公家傳〉〈仲兄竹坡傳〉〈聖侄家傳〉〈珍侄家傳〉〈侄女彥瑗小傳〉。這五篇傳記可說是字字珠璣，無一不是上乘之作。

　　道淵的傳記文學的一個很大特點，是極其善於篩選最能表現傳主性情人品的生活細節，並用真切厚質的語言，生動形象地描述出來。〈奉政公家傳〉：「歲時伏臘，鄉里宴會。座中有豪放輩聞公至，莫不攢眉吐舌，輒自引去。曰：此吾平日畏敬而不敢仰視者也。……晚歲……更好飲酒，醉後不責人以非理。子侄輩之狡者，嘗將平日不敢面陳之事，乘醉質之公前。公大笑頷之而已。」這就把張鐸持正莊敬、涵養有素的形象，表現得活靈活現。〈珍侄家傳〉：「侄喜賦詩，氣格深穩。每有作，輒以示余，時露警句。余嘗欲其裒輯成編，侄笑曰：王筠七葉之中，人人有集，吾諸伯叔足以當之。容侄揣摩數年，如或有得，再當遠步後塵也。」就這樣一個細節，被道淵攝入傳中，就把平日「素訥於言，獨對諸公，霏霏暢論，娓娓不休」和「屬纊之際，尚能處事井井，一絲不亂」這前後事例連貫統一，從而將張彥珍神凝氣逸、沉靜恬淡的品行淋漓盡致地描寫出來。

　　和竹坡一樣，彥聖、彥瑗二人也是聰敏通悟而「其年不永」，道淵為他們寫的傳記，哀婉淒絕，實不亞於號稱「千古絕調」的韓愈〈祭十二郎文〉。〈聖侄家傳〉：「病陡作，遂不起。嗚呼，彼蒼何心，使其露英爽於三年，喪軀骸於一日。或鋒穎犀利太甚，為造物所忌耶？或焰膏將盡之餘，特灼其光耶？」〈侄女彥瑗小傳〉：「十餘齡後，詩已漸成。……獨恨賦質屢弱，抱染羸屙，咬咀無靈，竟致不起。易簀時，人人留以溫語。對其兄瑠曰：今吾永辭人世矣！獨有所遺詩詞數卷，一生心血，未免情牽。兄其為我刊而傳之，我方瞑目。嗚呼，死別何時，而猶念念於詩詞。無乃瀛島詩姝偶落人世，今倦遊而返歟！」

　　最能反映道淵文才史識的，還是〈仲兄竹坡傳〉。全傳可分五段：開首到「同社盡為傾倒」為第一段。這一段寫竹坡由出生至就讀，著重渲染了他神話般的出生過程、幼年的聰穎早熟和在私塾中與道淵兄弟之間的嬉戲。接下去至「一時都下稱為竹坡才子云」為第二段。這一段用對比的手法寫竹坡南京應舉落選，而北京賽詩奪魁。再下去至「僅

足以供揮霍」為第三段，集中寫竹坡評刊《金瓶梅》的目的與情形。再下去至「即以為殉可也」是第四段，寫竹坡另覓進取之途，卻不幸病故。餘下的是第五段，為作者的評贊。全篇九百九十七字，按時間順序，跌宕起伏，一氣呵成。先極寫竹坡的才力；不料如此才傾八斗之人，卻在鄉試中名落孫山；不料久困場屋之人，卻又才傾京師；科舉蹭蹬的刺激與都門揚名的鼓舞，終於使竹坡才子摘下了古代小說評點的桂冠；在中國文學批評史上作出如此重大貢獻之人，竟不幸「齎志以歿」；如何評價這樣一個人物呢；作者自有公論，文章也是水到渠成，於是便給竹坡一個應有的歷史的評價。這樣一篇短文，波瀾起伏，層次分明，首尾呼應，渾然一體，沒有班馬之筆，不善韓蘇之文，是寫不出來的。

四

張竹坡評點《金瓶梅》，雖然也得到了像張道淵、劉廷璣、張潮這些有識之士的讚賞，在社會上卻遭到了強烈的非議。他的家族便指責他「直犯家諱，則德有未足稱者，抑失裕後之道矣」[6]。張竹坡因此在生命的最後幾年不得不背鄉離井，浪跡江湖。

〈仲兄竹坡傳〉也遭到族人的批評指責。道光五年張協鼎第五次修訂家譜之時，對該傳作了嚴重的篡改。道光二十九年張省齋重編家乘，竟乾脆不收此傳。

道光五年譜對該傳的篡改，除了個別文字的更換（有的僅是刊誤）之外，主要有以下兩處：一處是將原傳第三段起始至「日訪兄以數十計」這一百五十字盡數刪除。前文說過，這一段披露竹坡評點《金瓶梅》的宗旨、經過，是該傳的精髓。道光五年譜如此處理，其用意與傾向是至為明顯的。所以原傳下面有一句「大丈夫寧事此以羈吾身耶！遂將所刊梨棗，棄置於逆旅主人，馨身北上」便被竄改為「大丈夫寧惟是嘯傲風塵以畢吾生耶！遂挺身北上」。另一處是將原傳第五段評贊竹坡「著書立說」的二十六個字全句刊落，而改易為：「然英年交遊中，當其生，則慕崎嶔之才；及其歿，則恨轗軻之遇。相與憑弔而歔欷者不少，莫不知有竹坡其人。」經此分析可知，道光五年譜是務求將該傳中有關《金瓶梅》的文字刪削淨盡的。如果我們今天發見的，僅是道光五年譜所收的一篇〈仲兄竹坡傳〉，而非乾隆四十二年譜所收的原傳，便無法全面開展對張竹坡的研究。

張道淵也因為該傳遭到家族後人的冷淡。他所纂修的家譜的體例、文字，道光五年譜作有根本性的改變。更甚者，周鉄的那篇〈孝靖先生傳〉，道光五年譜也予剔除。《金

6　道光二十九年本《清毅先生譜稿》。

瓶梅》將竹坡、道淵兄弟聯結在一起，不論是肯定，還是否定，竟是如此的密切！

　　〈孝靖先生傳〉：「雖然雲龍不谷，石狗不陵，如先生者，自可傳耳。」張道淵及其〈仲兄竹坡傳〉，也像張竹坡及其《金瓶梅》評點一樣，可以萬世留傳。

附：張道淵〈仲兄竹坡傳〉（一）

　　兄名道深，字自得，號曰竹坡。余兄弟九人，而殤者五，兄雖居仲，而實行四。歲庚戌，母一夕夢繡虎躍於寢室，掀髯起立，化為偉丈夫，遂生兄。甫能言笑，即解調聲。六歲，輒賦小詩。一日卯角侍父側。座客命對曰：「河上觀音柳」；兄應聲曰：「園外大夫松」。舉座奇之。父由是愈鍾愛兄。兄長余二歲，幼時同就外傅。余質鈍，盡日咿唔，不能成誦。兄終朝嬉戲，及塾師考課，始為開卷。一寓目，即朗朗背出，如熟讀者然。余每遭夏楚，兄更得美譽焉。一日，師他出。余揀時藝一紙、玩物一枚，與兄約曰：「讀一過，而能背誦不忘者，即以為壽。設有遺錯，當以他物相償。」兄笑諾。乃一手執玩具，一手持文讀之。余從旁催促，且故作他狀以亂之。讀竟複誦，隻字不訛。同社盡為傾倒。父欲兄早就科第，恐童子試羈縻時日，遂入成均。十五赴棘圍，點額而回。旋丁父艱，哀毀致病。兄體臞弱，青氣恒形於面，病後愈甚。伯父奉政公嘗面諭曰：「侄氣色非正，恐不永年，當善自調攝」。嗚呼，早先見及之矣。兄素善飲，且狂於酒，自是戒之，終身涓滴不入於口。兄性不羈，一日家居，與客夜坐。客有話及都門詩社之盛者。兄喜曰：「吾即一往觀之，客能從否？」客方以兄言為戲，未即應。次晨，客曉夢未醒，而兄已束裝就道矣。長安詩社每聚會不下數十百輩。兄訪至，登上座，競病分拈，長章短句，賦成百有餘首。眾皆壓倒。一時都下稱為竹坡才子云。兄讀書一目能十數行下，偶見其翻閱稗史，如《水滸》《金瓶》等傳，快若敗葉翻風，晷影方移，而覽輒無遺矣。曾向余曰：「《金瓶》針線縝密，聖歎既歿，世鮮知者，吾將拈而出之」。遂鍵戶旬有餘日而批成。或曰：「此稿貨之坊間，可獲重價」。兄曰：「吾豈謀利而為之耶？吾將梓以問世，使天下人共賞文字之美，不亦可乎」？遂付欹厥。載之金陵。於是遠近購求，才名益振。四方名士之來白下者，日訪兄以數十計。兄性好交遊，雖居邸舍，而座上常滿。日之所入，僅足以供揮霍。一朝大呼曰：「大丈夫寧事此以羈吾身耶！」遂將所刊梨棗，棄置於逆旅主人，罄身北上。遇故友於永定河工次。友薦兄河干效力。兄曰：「吾聊試為之。」於是晝則督理插畚，夜仍秉燭讀書達旦。兄雖立有羸形，而精神獨異乎眾，能數十晝夜目不交睫，不以為疲。然而銷爍元氣，致命之由，實基於此矣。工竣，詣巨鹿，會計帑金。寓客舍，一夕突病，嘔血數升。同事者驚相視，急呼醫來，

已不出一語。藥鐺未沸，而兄奄然氣絕矣。時年二十有九。與李唐王子安歲數適符。吁，千古才人如出一轍，余大不解彼蒼蒼者果何意也！兄既歿，檢點行櫥，惟有四子書一部、文稿一束、古硯一枚而已。嗟乎，之數物者，即以為殉可也。兄一生負才拓落，五困棘圍，而不能博一第。齎志以歿，何其阨哉！然著書立說，已留身後之名，千百世後，憑弔之者，咸知有竹坡其人。是兄雖死，而有不死者在也。兄自六齡能詩，以至於歿，其間二十餘年，詩、古文、詞，無日無之。然皆隨手散亡，不復存稿。搜求敗紙囊中，僅得如干首。一斑片羽，徒令人增忉怛耳！嗚呼，惜哉！子二：彥寶、彥瑜。

（錄自乾隆四十二年刊本《張氏族譜·傳述》）

張道淵〈仲兄竹坡傳〉（二）

兄名道深，字自得，號曰竹坡。余兄弟九人，而殤者五，兄雖居仲，而實行四。歲庚戌，母一夕夢繡虎躍於寢室，掀髯起立，化為偉大夫，遂生兄。甫能言笑，即解調聲。六歲，輒賦小詩。一日，總角侍父側。座客命對曰：河上觀音柳；兄應聲曰：國外丈夫松。舉座奇之。父由是愈鍾愛兄。兄長余二歲，幼時同就外傅。余質鈍，盡日咿唔，不能成誦。兄終朝嬉戲，乃塾師考課，始為開卷。一寓目，即朗朗背出，如熟讀者然。余每遭夏楚，兄更得美譽焉。一日，師他出。余揀時藝一紙、玩物一枚，與兄約曰：讀一過，而能背誦不忘者，即以相授。設有疑錯，當以他物相償。兄笑諾。乃一手執玩具，一手持文讀之。余從旁催促，且故作他狀以亂之。讀竟複誦，隻字不訛。同社盡為傾倒。父欲兄早就科第，恐童子試羈縻時日，遂入成均。十五赴棘闈，點額而回。旋丁父艱，哀毀致病。兄體臒弱，青氣恒形於面，病後愈甚。伯父中憲公嘗面諭曰：侄氣色非正，恐不永年，當善自調攝。嗚呼，早先見及之矣。兄素善飲，且狂於酒，自是戒之，終身涓滴不入於口。兄性不羈，一日家居，與客夜坐。客有話及都門詩社之盛者。兄喜曰：吾即一往觀之，客能從否？客方以兄言為戲，未即應。次晨，客曉夢未醒，而兄已束裝就道矣。長安詩社每聚會不下數十百輩，兄訪至，登上座，競病分拈，長章短句，賦成百有餘首。眾皆壓倒。一時都下稱為竹坡才子云。兄性好交遊，雖居邸舍，而座上常滿。日之所入，僅足以供揮霍。一朝大呼曰：大丈夫寧惟是嘯傲風塵以畢吾生耶！遂挺身北上，遇故友於永定河工次。友薦兄河干效力。兄曰：吾聊試為之。於是晝則督理插圖，夜仍秉燭讀書達旦。兄雖立有羸形，而精神獨異乎眾，能數十晝夜目不交睫，不以為疲。然而消爍元氣，致命之由，實基於此矣。工竣，詣巨鹿，會計帑金。寓客舍，一夕突病，嘔血數升。同事者驚相視，急呼醫來，已不出一語。藥鐺未沸，而兄奄然逝矣。時年二十有九。與李唐王子安歲數適符。吁，千古才人如出一轍，余大不解彼蒼蒼者果何意也！

兄既歿，檢點行櫥，惟有文稿一束、古硯一枚而已。嗟乎，之數物者，即以為殉可也。兄一生負才拓落，五困棘闈，而不能博一第。齎志以歿，何其阨哉！然英年交遊中，當其生，則慕崎嶔之才；及其歿，則恨轗軻之遇。相與憑弔而歔欷者不少，莫不知有竹坡其人。是兄雖死，而有不死者在也。兄自六齡能詩，以至於歿，其間二十餘年，詩古文詞，無日無之。然皆隨手散亡，不復存稿。搜求敗紙囊中，僅得若干首。一斑片羽，徒令人增忉怛耳！嗚呼，惜哉！子二：彥寶、彥瑜。

（錄自道光五年刊本《彭城張氏族譜·家傳》）

中編：《金瓶梅》研究史

明清《金瓶梅》研究概論

自有《金瓶梅》小說，便有《金瓶梅》研究。明清兩代的筆記叢談，便已帶有研究《金瓶梅》的意味。崇禎本上的評點，尤其是《第一奇書》張竹坡的評點，還有文龍的評點，已經是名副其實的《金瓶梅》研究。雖然真正的或曰現代意義上的《金瓶梅》研究，是進入 20 世紀以後的事，但明清時期的《金瓶梅》研究，具有發凡起例、啟導引進之功。

一、抄本的點評

明萬曆二十四年（1596 年），文學家袁宏道給書畫家董其昌寫了一封信，信中說：「《金瓶梅》從何得來？伏枕略觀，雲霞滿紙，勝於枚生〈七發〉多矣！後段在何處，抄竟當於何處倒換？幸一的示。」[1]這是迄今所知《金瓶梅》以抄本形式在明代社會上傳播的最早的記錄，是研究《金瓶梅》至關重要的一段歷史文獻。

明萬曆三十四年（1606 年），袁宏道〈與謝在杭〉：「《金瓶梅》料已成頌，何久不見還也？」[2]一部小說，畫壇領袖收藏，文壇領袖閱讀，社會活動家「成頌」，僅「伏枕略觀」，便評價如此之高「雲霞滿紙，勝於枚生〈七發〉多矣」，且借來抄存，還急著「倒換」「後段」，忙著催人「見還」。《金瓶梅》一出現，便引起名家要員如此急切的重視，它究竟是一部什麼樣的小說呢？

「公安三袁」老二袁宏道在《觴政》中稱《六經》等為酒經，諸《酒譜》為內典，「李杜」等為外典，《水滸傳》《金瓶梅》等為逸典（萬曆三十四年前），並嘲笑說「不熟此

1　《袁宏道集箋校》，卷六《錦帆集》之四〈尺牘〉，上海：上海古籍出版社，1981 年。

2　《袁宏道集箋校》，卷五十五《未編稿》之三〈詩、尺牘〉。

典者，保面甕腸，非飲徒也」[3]。「公安三袁」老三袁中道在《遊居柿錄》中說：「往晤董太史思白，共說諸小說之佳者，思白曰：『近有一小說，名《金瓶梅》，極佳。』予私識之。後從中郎真州，見此書之半，大約描寫兒女情態具備，乃從《水滸傳》潘金蓮演出一支。所云『金』者，即金蓮也；『瓶』者，李瓶兒也；『梅』者，春梅婢也。……追憶思白言及此書曰：『決當焚之。』以今思之，不必焚，不必崇，聽之而已。焚之亦自有存之者，非人之力所能消除。但《水滸》崇之則誨盜，此書誨淫，有名教之思者，何必務為新奇？」（萬曆四十二年八月）

一部小說，哥哥奉為經典，弟弟卻稱為淫書，兄弟二人同以「性靈」為宗旨，卻對《金瓶梅》的評價別有霄壤；同樣一個董思白，對「極佳」之書卻要「焚之」，原因究竟何在呢？

眾所周知，《金瓶梅》描寫了西門慶一家暴發與衰落的過程。這是當時社會（《金瓶梅》以宋喻明）的一個典型家庭。小說創造了西門慶這個商人、惡霸、官僚三位一體的典型。這是中國小說人物畫廊中一個空前的嶄新的形象。中國封建社會的長河浩浩蕩蕩，流過了將近二千個春秋，到了明代中後期，一方面，已是千孔百瘡，積重難行；另一方面，新的經濟因素（有人稱為資本主義萌芽）不斷滋生，新的社會階層開始出現。把這樣一個社會、這樣一種狀態形象地描繪出來，是文學藝術作品的歷史責任。《金瓶梅》是第一個實踐這一歷史使命的長篇小說。《金瓶梅》通過西門大院的興衰變化，暴露出當年「天下失政，奸臣當道，讒佞盈朝，……賣官鬻爵，賄賂公行，……以致風俗頹敗，贓官汙吏，遍滿天下」[4]的政治制度的腐朽，和妻妾相妒、主僕相爭的家庭婚姻制度、奴婢制度的罪惡，同時也不經意間客觀地描寫了新的政治經濟成分，廣闊地展示了那個特定時代的社會風貌，可以說是一部明代中後期暨中國封建社會晚期的百科全書。

《金瓶梅》與此前《三國演義》《水滸傳》《西遊記》等小說單線發展、板塊接承的結構方式不同，是一種以西門慶為貫照，以潘金蓮、李瓶兒、龐春梅為對應；以西門大院為樞紐，以清河他家、清河以外多家為統系，貫通關聯，穿插曲折的網絡結構。這是後來的《紅樓夢》和近現代小說的精典結構方式。《金瓶梅》是第一部使用這種結構方式並獲得相當成功的中國長篇小說。《金瓶梅》寫了幾百個人物，其有始有終的少說也有幾十人，豈不是頭緒紛繁，讀來模糊嗎？張竹坡〈金瓶梅讀法〉：「劈空撰出金、瓶、梅三個人來，……看其前半部只做金、瓶，後半部只做春梅，前半人家的金、瓶，被他千方百計弄來，後半自己的梅花，卻輕輕的被人奪去」，小說提綱挈領，綱舉目張，非

---

[3] 《袁宏道集箋校》，卷四十八《觴政·十之掌故》。
[4] 第三十回「蔡太師覃恩錫爵，西門慶生子加官」。

常巧妙地解決了這個問題。從這種開合收放的角度看,其第一回是全書的總綱,第七十九回是後半部的關鍵,佈局較為均衡。

以上兩點,應當就是哥哥袁宏道極力稱許《金瓶梅》的主要原因。

《金瓶梅》以社會基層結構為單元,描寫的是西門慶扭曲變態的家庭生活,其重點人物潘金蓮又是一個淫婦、妒婦、悍婦三位一體的典型,加上當時朝野猥褻,以風流為談資,《金瓶梅》難免有一些自然主義的性描寫文字。白璧微瑕,今天已經得到人們的理解和寬容。但在其流傳的三、五百年過程中,不少衛道者急欲焚之而後快,其也被歷朝歷代列為禁毀書目。

這大概就是弟弟袁中道視其為「淫書」的道理。

在《金瓶梅》抄本流傳過程中,對《金瓶梅》的評價不過如此。毀之者如:李日華《味水軒日記》:「五日(萬曆四十三年十一月五日),伯遠攜其伯景倩所藏《金瓶梅》小說來,大抵市諢之極穢者,而鋒焰遠遜《水滸傳》。袁中郎極口贊之,亦好奇之過。」[5] 沈德符《萬曆野獲編》卷25:「袁中郎《觴政》以《金瓶梅》配《水滸傳》為外典,予恨未得見。丙午,遇中郎京師,問曾有全帙否?曰:『第睹數卷,甚奇快。』今惟麻城劉涎白承禧家有全本,蓋從其妻家徐文貞錄得者。又三年,小修上公車,已攜有其書,因與借抄挈歸。吳友馮夢龍見之驚喜,慫恿書坊以重價購刻。馬仲良時権吳關,亦勸余應梓人之求,可以療饑。予曰:『此等書必遂有人板行,但一刻則家傳戶到,壞人心術,他日閻羅究詰始禍,何辭置對。吾豈以刀錐博泥犁哉?仲良大以為然,遂固篋之。』」

譽之者如:屠本畯《山林經濟籍》[6]:「不審古今名飲者曾見石公所謂『逸典』否?按《金瓶梅》流傳海內甚少,書帙與《水滸傳》相埒。……王大司寇鳳洲先生家藏全書,今已失散。往年予過金壇,王太史宇泰出此,云以重貲購抄本二帙。予讀之,語句宛似羅貫中筆。復從王徵君百穀家又見抄本二帙,恨不得睹其全。如石公而存是書,不為托之空言也。否則,石公未免保面甕腸。」

抄本上的序跋,可能只有謝肇淛的〈金瓶梅跋〉一文。此跋見於謝肇淛《小草齋文集》卷二十四,可謂一篇《金瓶梅》簡介。此文涉及《金瓶梅》的卷帙,「書凡數百萬言,為卷二十」;版本,「此書向無鏤版,鈔寫流傳」;作者,「不著作者名代,相傳永陵中有金吾戚里……而其門客病之,採摭日逐行事,匯以成編,而托之西門慶也」;流傳,「唯弇州家藏者最為完好,余於袁中郎得其十三,於丘諸城得其十五,稍為釐正」;續書,「仿此者有《玉嬌麗》,然而乖彝敗度」;思想藝術,「其中朝野之政務,官私

5　劉氏嘉業堂刊本卷七。
6　阿英《小說閒談》引明末刻本《山林經濟籍》。

之晉接，閨閫之蝶語，市里之猥談，與夫勢交利合之態，心輸背笑之局，桑中濮上之期，尊罍枕席之語，驅儈之機械意智，粉黛之自媚爭妍，狎客之從諛逢迎，奴怡之稽唇淬語，窮極境象，駴意快心。譬之範公摶泥，妍媸老少，人鬼萬殊，不徒肖其貌，且並其神傳之。信稗官之上乘，爐錘之妙手也。」

如果以今時史學的眼光，以上所錄明代關於《金瓶梅》抄本的載錄，雖然大多只是隻言片語的傳聞、實錄或點評，但也已經涉及到《金瓶梅》研究課題的思想、藝術、成書、版本、作者、傳播等諸多方向，並頗有真知灼見。

二、詞話本的序跋

傳世萬曆丁巳版《金瓶梅詞話》有三篇序跋，即：欣欣子〈金瓶梅詞話序〉、廿公〈金瓶梅跋〉、東吳弄珠客〈金瓶梅序〉。這三篇序跋的作者署名均為筆名，究為何人，參見後文。這三篇序跋對《金瓶梅》的定性並不相同，東吳弄珠客認為是「穢書」，而廿公、欣欣子則認為不是「淫書」。

其實這三篇序跋對《金瓶梅》均有正面的評議，甚至高度的推許。首先，均認為《金瓶梅》是有為之作，欣欣子說：「寄意於時俗，蓋有謂也」；廿公說：「蓋有所刺也」；東吳弄珠客說：「然作者亦自有意，蓋為世戒，非為世勸也」；肯定了作者的創作宗旨。其「有謂」「有所」「有意」的具體內容，欣欣子說：「無非明人倫，戒淫奔，分淑慝，化善惡，知盛衰消長之機，取報應輪回之事，如在目前，……使觀者庶幾可以一哂而忘憂也。……其他關係世道風化，懲戒善惡，滌慮洗心，無不小補」；廿公說：「中間處處埋伏因果，作者也大慈悲矣」；東吳弄珠客說：「勿為西門慶之後車可也」。

這三篇序跋均著力推介作者的創作能力與小說的寫作技巧，欣欣子說：「其中語句新奇，膾炙人口，……始終如脈絡貫通，如萬繫迎風而不亂也，……雖市井之常談，閨房之碎語，使三尺童子聞之，如飫天漿而拔鯨牙，洞洞然易曉，雖不比古之集理趣，文墨綽然可觀」；廿公說：「曲盡人間醜態」；東吳弄珠客說：「借西門慶以描畫世之大淨，應伯爵以描畫世之小丑，諸淫婦以描畫世之丑婆淨婆，令人讀之汗下」。

關於《金瓶梅》的作者，抄本似無署名，時人雖有猜測透露，欣欣子〈金瓶梅詞話序〉方第一次坐實為「蘭陵笑笑生」，而且用行文指示「蘭陵」是郡望，「笑笑生」是作者，雖然僅僅是筆名。廿公則明確為「世廟時一巨公」。其他如欣欣子序「書於明賢裏」，東吳弄珠客序「書於金閶道中」，所有這些，均給《金瓶梅》作者考證提供了線索。

　　關於《金瓶梅》的書名，作者所擬大約是《金瓶梅傳》[7]，這應該就是抄本的書名。在其流傳的過程中，被簡稱或通稱為《金瓶梅》（謝肇淛〈金瓶梅跋〉、東吳弄珠客〈金瓶梅序〉）。萬曆丁巳雕版刊行時額其名曰《金瓶梅詞話》，而說散本刊行名《金瓶梅》，後來張竹坡評點則簡稱《金瓶》。

三、繡像本的評點

　　晚明以迄民國，總共有六人次對《金瓶梅》作有評點：其一是竄入《金瓶梅詞話》正文中的批語[8]，其二是繡像本《金瓶梅》上的評點，其三是張竹坡的評點，其四是文龍的評點，其五是北京大學圖書館藏《新刻繡像批評金瓶梅》（以下簡稱繡乙本）的墨批，其六是徐州市圖書館藏《第一奇書》康熙乙亥本的墨批。在張竹坡評點《金瓶梅》之前，僅有竄入《金瓶梅詞話》正文中的批語和繡像本《金瓶梅》上的評點，而前者極為稀少簡疏，可忽略不計。

　　其繡像本《金瓶梅》上的評點，僅眉批、夾批兩種形式，據劉輝、吳敢輯校本《會評會校金瓶梅》[9]統計，計有眉批 1442 條、夾批 1195 條，總 2637 條，約二萬字。

　　這次評點很像是一個閱讀記錄，時讀時批，即興而為，隨意點撥，沒有統一的籌畫，以致各回評點條數眾寡懸殊：第七十五回最多，有眉批 44 條、夾批 36 條，總 80 條；第四十四回最少，僅有夾批 2 條。

　　然這次評點雖為讀書筆記，其能夠起到導讀作用，亦不容置疑。譬如小說立意的提醒，如全書起首說到「酒色財氣」：「假如一個人到了那窮苦的田地，……就是那粥飯尚且艱難，那討餘錢沽酒？（繡乙本夾批：酒因財缺）更有一種可恨處，親朋白眼，面目寒酸，便是凌雲志氣，分外消磨，怎能夠與人爭氣？（繡乙本夾批：氣以財弱）……到得那有錢時節，揮金買笑，一擲巨萬，思飲酒，（繡乙本夾批：酒需財美）真個瓊漿玉液，不數那琥珀盃流；要鬥氣，（繡乙本夾批：氣用財伸）錢可通神，果然是頤指氣使。」可謂一路導引，循序漸進。又如藝術手法的點撥，其「伏脈」二字夾批，自在前述「酒色財氣」議論隨後點出之後，全書隨處可見。如第一回引出主人公西門慶起始，即在其十兄弟之一卜志道死後，以「伏脈」二字點明此乃昭示西門慶死後之筆，緊接著又在以花子虛填補

7　欣欣子〈金瓶梅詞話序〉、廿公〈金瓶梅跋〉。

8　劉輝〈文龍及其批評《金瓶梅》〉，《金瓶梅成書與版本研究》，瀋陽：遼寧人民出版社，1986年。

9　香港：天地圖書公司，1994年。

十兄弟空缺處一次、兄弟主僕提到李瓶兒時二次、描寫玉皇廟掛像時一次、敘述潘金蓮出身時一次，繡乙本一連六處夾批「伏脈」，真是生怕讀者看書不細，辜負了作者苦心。

關於評點者為何方人士，學術界眾說紛紜，姑且存疑。其評點中的不少觀點，均足資存鑒。首先，評點對《金瓶梅》主旨的把握比較準確。其第一段評點，即為放在全書起首的眉批，在繡像本所有版本（以下僅稱繡像本）中均為：「一部炎涼景況，盡在此數語中。」這裏所說的「此數語」是一首詩，曰：「豪華去後行人絕，簫箏不響歌喉咽。雄劍舞威光彩沉，寶琴零落金星滅。」絕、咽、沉、滅，豪華不再，簫箏不響，雄劍無威，寶琴零落，一副破敗景況，而且是絕的是華，咽的是樂，沉的是劍，滅的是寶，兩相對照，炎涼立現。

此詩後面，緊接著便是關於酒色財氣的議論，內中有如此一段言論：「若有那看得破的，便見得堆金積玉，是棺材內帶不去的瓦礫泥沙；貫朽粟紅，是皮囊內裝不盡的臭淤糞土；高堂廣廈，玉宇瓊樓，是墳山上起不得的享堂；錦衣繡襖，狐服貂裘，是骷髏上裹不了的敗絮。即如那妖姬豔女，獻媚工妍，看得破的，卻如交鋒陣上將軍叱吒獻威風；朱唇皓齒，掩袖回眸，懂得來時，便是閻羅殿前鬼判夜叉增惡態。羅襪一彎，金蓮三寸，是砌墳時破土的鍬鋤；枕上綢繆，被中恩愛，是五殿下油鍋中生活。」在這段言論上面，繡像本有眉批曰：「說得世情冰冷，須從蒲團面壁十年才辨。」

「世情」作為中國古代小說美學的基本理論範疇，在中國古代小說評點中，這是第一次提及。後來魯迅《中國小說史略》以《金瓶梅》為例，對「世情書」界出定義，引發出迄今風起雲湧、數以千計的「世（人）情小說」研究成果。繡像本評點者並不是偶然使用「世情」概念，而是隨著評點的逐回進行，反覆多次出現。如第二十回「傻幫閒趨奉鬧華筵，癡子弟爭鋒毀花院」寫李桂姐被西門慶包養後又偷去接客，於是西門慶帶領奴僕打鬧麗春院，繡像本於此眉批曰：「此書妙在處處破敗，寫出世情之假。」

這一類議論，在繡像本評點中，俯拾皆是。這說明評點者獨具慧眼，一語破的，充分肯定了《金瓶梅》描寫現實、暴露黑暗、揭示人生、警戒世情的意義。

繡像本評點中更多的是關於人物形象與寫作手法的議論。譬如潘金蓮，第一回介紹其出身寫至「做張做致，喬模喬樣」時，繡乙本夾批曰「一生伎倆」。綜觀《金瓶梅》裏的潘金蓮，與《水滸傳》裏的潘金蓮，其最大不同之處，即行為模式的變化。如前文所述，《水滸傳》裏的潘金蓮是在尋求般配的情侶（只不過後來為人算計誤入歧途方才性質改變而已），而《金瓶梅》裏的潘金蓮是在爭寵求歡（至少是被娶入西門大院以後是如此，而《金瓶梅》方由此才書歸正傳，此前的潘金蓮還帶有《水滸傳》的濃重痕跡）。具備資質的潘金蓮，因為身分低下，尋求情侶仍然要積極主動，所以《水滸傳》主要描寫其投懷送抱。而做了五娘、變成主子、有了身分的潘金蓮，尋歡作樂成為其生活主體。只是西門大院群芳爭

豔,尤其是李瓶兒加入西門慶妻妾行列以後,這個各方面都不弱於她而財力、性情超過她的六娘,更成為她的天敵。要享受西門慶的寵愛,要保持尊寵第一的位置,不使用手段,不嘩眾取寵,甚至不心狠手辣,便有可能前功盡棄。而潘金蓮固寵的基礎就是「做張做致,喬模喬樣」,並且非常及時得體。

第二十七回「李瓶兒私語翡翠軒,潘金蓮醉鬧葡萄架」回首寫潘金蓮摘與不摘、戴與不戴、送與不送瑞香花,這樣一件細小之事,潘金蓮與西門慶幾番口舌,來回折騰,打情罵俏,可謂極盡「做張做致,喬模喬樣」之能事,此處繡像本有眉批曰:「金蓮之麗情嬌致,愈出愈奇,真可謂一種風流千種態,使人玩之不能釋手,掩卷不能去心!」潘金蓮正是靠這類伎倆,用漂亮女人的百種模樣、風流女子的千般媚態、穎慧妻妾的萬類矯情,讓西門慶愛不釋手。因此,潘金蓮知道西門慶支使她離開以便與李瓶兒幽會,便「把花兒遞與春梅送去,回來悄悄躡足,走到翡翠軒槅子外潛聽」。她聽到西門慶說愛李瓶兒的屁股白,已是妒火中燒,當得知李瓶兒懷孕,更是預感到危機。所以等孟玉樓來到,西門慶要用肥皂洗臉時,她有了發洩的機會:「我不好說的,巴巴尋那肥皂洗臉,怪不的你的臉洗的比人家屁股還白!」繡乙本於此處夾批道:「尖甚」。潘金蓮猶不盡意,當西門慶、孟玉樓、潘金蓮、李瓶兒四人在翡翠軒吃酒作樂,孟玉樓問她為何只坐涼墩兒時,她說:「不妨事,我老人家不怕冰了胎!」小說接著繼續寫道:「潘金蓮不住在席上之呷冰水,或吃生果子。玉樓道:『五姐,你今日怎的只吃生冷?』金蓮笑道:『我老人家肚裏沒閒事,怕甚麼冷糕麼?』羞的李瓶兒在旁,臉上紅一塊白一塊。」此處繡像本有眉批曰:「字字道破,不管瓶兒羞死,俏心毒口,可愛,可畏!」「毒口」用「俏心」說出,「可畏」與「可愛」相伴,表面是美女,內心是毒蛇,這就是潘金蓮,這就是「做張做致,喬模喬樣」,繡像本評點者可謂深得《金瓶梅》之三昧!

小說在寫潘金蓮的同時,自然牽連出眾多人物,像潘金蓮一樣,這些形象,也均被小說描繪得栩栩如生。同回之中,吳月娘召集孟玉樓、潘金蓮、李瓶兒信佛、宣卷、聽曲,潘金蓮不耐其煩,孟玉樓不動聲色,李瓶兒左右為難,吳月娘老大自居,一席人等,一齣戲曲,一幅畫圖。繡像本於此處眉批曰:「金蓮之動,玉樓之靜,月娘之憎,瓶兒之隨,人各一心,心各一口,各說各是,都為寫出。」

關於《金瓶梅》的寫作技巧,繡像本評點者非常欣賞其藝術,為之總結歸納出一系列手法,如「閑處入情」法[10]、「躲閃法」[11]、「文章捷收法」[12]、「綿裏裏針」法[13]等。

---

10 第二回。
11 第二十一回。
12 第五十七回。

評點者特別賞識小說的「針線」，如第一回在作者詳細介紹西門慶身世處，繡像本有眉批曰：「好針線！」為什麼是「好針線」？讀者讀完全書自會明白，原來洋洋灑灑一部書，均圍繞西門慶而作編排——縱便西門慶死後的二三十回，其人物、情節亦基本在西門慶生前鋪墊完備——而西門慶在全書中展示出來的所有能耐、行徑，均在開篇第一回伏設齊整。此亦即前文提到的「伏脈」。

對《金瓶梅》的語言風格特點，評點者也有準確的把握。如第二十八回寫潘金蓮要西門慶辨認宋蕙蓮的鞋，西門慶佯裝不知，潘金蓮道：「你看他還打張雞兒哩！瞞著我，黃貓黑尾，你幹的好繭兒！來旺兒媳婦子的一隻臭蹄子，寶上珠也一般，收藏在藏春塢雪洞兒裏拜帖匣子內，攪著些字紙和香兒一處放著。甚麼稀罕物件，也不當家化化的！怪不的那賊淫婦死了，墮阿鼻地獄！」繡像本於此眉批曰：「只是家常口頭語，說來偏妙。」又如第五十一回寫來寶要改去東京公幹，到韓道國家相約揚州見面之處，韓道國的妻子王六兒置辦酒菜與來寶餞行，因向其丈夫說道：「你好老實！桌兒不穩，你也撒撒兒，讓保叔坐。只像沒事的人兒一般。」此處繡像本有眉批曰：「此家常閒話，似無深意，然非老婆作主人家，決無此語。」《金瓶梅》以明代口語為主要語彙寫成，是中國第一部當代口語白話長篇小說，繡像本評點者感同身受，將這一語言特點隨處評議。

儘管這次評點有如上述不少可足稱道之處，但本次評點只是一個簡明的讀書筆記，審美觀照不足，條分縷析欠缺，諸多理論範疇尚未涉及，披沙揀金尤感粗糙，還算不上真正的文學批評。綜觀中國古代小說的評點歷程，固然宋元間劉辰翁評點《世說新語》早已開其先河，但直至晚明，方才隨著白話小說經典的風起雲湧與文學評點的廣泛應用而形成氣候。萬曆三十八年（1610）容與堂刊一百回本《李卓吾先生批評忠義水滸傳》與萬曆三十九年（1611）前後袁無涯刊一百二十回本《出像評點忠義水滸全傳》，不論其評點人是李贄還是葉畫或是其他人，其使用回末總評的形式，已是黃紙黑字，不容置疑。而繡像本評點僅為眉批、夾批而未使用回評，似可說明其評點時間在此之前，至少也要在金聖歎評點《水滸傳》與毛倫、毛宗崗父子評點《三國演義》之前（金批《水滸》與毛批《三國》均以回評為主體）。如此則詞話本《金瓶梅》與繡像本《金瓶梅》成書與刊刻孰早孰晚，都有了可資參考的新的佐證。

應當承認，作為最早一次《金瓶梅》評點，繡像本的評點為其後張竹坡的評點，不僅開啟了端緒，而且規整了方向。像《金瓶梅》的出現預示著中國古代長篇世情小說黃金時代即將到來一樣，繡像本的評點也預告了《金瓶梅》的經典評點不久就要橫空出世！

13　第十回。

四、張竹坡的評點

康熙三十四年（1695）正月，張竹坡 26 歲，在徐州戶部山戲馬台前彭城張氏家中，「旬有餘日」[14]，完成了對《金瓶梅》的評點。張竹坡上承金聖歎，下啟脂硯齋，通過對《金瓶梅》思想與藝術的評點，在很多方面把中國小說理論向前推進了一大步。

張竹坡評點《金瓶梅》的文字，總計約十幾萬字。其形式大致為書首專論，回首總評，和文間夾批、眉批、圈點等三大類。屬於專論的，就有〈竹坡閒話〉〈金瓶梅寓意說〉〈苦孝說〉〈第一奇書非淫書論〉〈冷熱金針〉〈批評第一奇書金瓶梅讀法〉〈雜錄小引〉等十幾篇之多。明清小說評點中使用專論的形式，始於張竹坡。中國小說理論自此健全了自己的組織結構體系。從文學欣賞方面說，張竹坡的各篇專論以及一百零八條〈讀法〉，是《金瓶梅》全書的閱讀指導大綱；而回評與句批則是該回與該段的賞析示範。

張竹坡的《金瓶梅》評點，或概括論述，或具體分析，或擘肌分理，或畫龍點睛，對這部小說作了全面、系統、細微、深刻的評介，涉及題材、情節、結構、語言、思想內容、人物形象、藝術特點、創作方法等各個方面，其最有價值者為：

第一，系統提出「第一奇書非淫書論」，給《金瓶梅》以合法的社會地位，使其得以廣泛流傳。張竹坡認為《金瓶梅》亦如「詩三百，一言以蔽之曰：思無邪」[15]。他說：「今夫《金瓶》一書，作者亦是將〈褰裳〉〈風雨〉〈蘀兮〉〈子衿〉諸詩細為摹仿耳。夫微言之而文人知儆，顯言之而流俗皆知。不意世之看者，不以為懲勸之韋弦，反以為行樂之符節，所以目為淫書。不知淫者自見其為淫耳」[16]。他在〈讀法·五十三〉中也說：「凡人謂《金瓶》是淫書者，想必伊止看其淫處也。若我看此書，純是一部史公文字。」所以他要「急欲批之請教」，以「憫作者之苦心，新同志之耳目」[17]。《金瓶梅》中當然有一些淫穢的文字，張竹坡強調要從整體上把握其主導傾向，不要輕易被「淫書」二字瞞過。〈讀法·三十八〉：「一百回是一回，必須放開眼作一回讀，乃知其起盡處。」經過他鞭辟入裏的分析，雖然不能從官方的禁令中，但是從人們的觀念上，將《金瓶梅》解放了出來。《金瓶梅》的刻板發行，在張竹坡評點之前，只有萬曆丁巳本與所謂崇禎本，印數也很少；在張竹坡評點之後，卻出現了十幾種刊本。帶有張竹坡評語的《第一

14　乾隆四十二年刊本《張氏族譜·仲兄竹坡傳》。以下未注版本者皆為此本。
15　〈第一奇書非淫書論〉。
16　〈第一奇書非淫書論〉。
17　〈第一奇書非淫書論〉。

奇書》，成為流傳最廣、影響最大的《金瓶梅》，這不能不說是張竹坡評點《金瓶梅》
的功績。

第二，指出《金瓶梅》「獨罪財色」，是洩憤之作，具體肯定了這部小說的思想性、
傾向性。眾所周知，《金瓶梅》描寫了西門慶一家暴發與衰落的過程。張竹坡分析了該
書「因一人寫及全縣」，由「一家」而及「天下國家」的寫作方法，認為通過對西門慶
的揭露，暴露了整個社會的問題。張竹坡實際已感覺到創作中的「典型」問題，所以他
說：「《金瓶梅》因西門慶一分人家，寫好幾分人家，如武大一家，花子虛一家，喬大
戶一家，陳洪一家，吳大舅一家，張大戶一家，王招宣一家，應伯爵一家，周守備一家，
何千戶一家，夏提刑一家。他如翟雲峰在東京不算，夥計家以及女眷不往來者不算，凡
這幾家，大約清河縣官員大戶屈指已遍，而因一人寫及一縣」[18]。《金瓶梅》中寫了很
多地方貪官，市井惡霸，張竹坡認為「無非襯西門慶也」[19]，然社會上「何止百千西門，
而一西門之惡已如此，其一太師之惡為何如也」[20]。這就是魯迅說的「著此一家，即罵
盡諸色」[21]。張竹坡實際也感覺到藝術真實與生活真實的關係問題，第三十四回「獻芳
樽內室乞恩，受私賄後庭說事」寫西門慶賄賂蔡京當了山東提刑官之後，即貪贓枉法，
竹坡在回評中批道：「提刑所，朝廷設此以平天下之不平，所以重民命也。看他朝廷以
之為人事送太師，太師又以之為人事送百千奔走之市井小人，而百千市井小人之中，有
一市井小人之西門慶，是太師特以一提刑送之者也。今看到任以來，未行一事，先以伯
爵一幫閒之情，道國一夥計之分，將直作曲，妄入人罪，後即於我所欲入之人，又因以
龍陽之情，混入內室之面，隨出人罪，是西門慶又以提刑之刑為幫閒、淫婦、書童之人
事，天下事至此尚忍言哉？」所以他說：「讀《金瓶》必須列寶劍於右，或可劃空洩憤」
[22]。不僅如此，張竹坡進一步將小說中的人和事放到冷、熱、真、假的關係中考察，他
在〈竹坡閒話〉中說：「將富貴而假者可真，貧賤而真者亦假。富貴，熱也，熱則無不
真。貧賤，冷也，冷則無不假。不謂冷熱二字，顛倒真假，一至於此。……因彼之假者，
欲肆其趨承，使我之真者，皆遭其荼毒。」說明他認識到，《金瓶梅》並及揭露到人心
世情、社會風尚、道德觀念等社會意識形態。〈讀法・八十三〉：「《金瓶》是兩半截
書，上半截熱，下半截冷；上半熱中有冷，下半冷中有熱。」張竹坡把第一回文字就歸
結為「熱結」「冷遇」，並說：「《金瓶》以冷熱二字開講，抑孰不知此二字，為一部

18　〈讀法・八十四〉。
19　第四十七回回評。
20　第四十八回回評。
21　《中國小說史略》。
22　〈讀法・九十五〉。

之金鎞乎？」[23]他的冷熱說就是：「其起頭熱得可笑，後文一冷便冷到徹底，再不能熱也」[24]。張竹坡從創作意圖到寫作效果，將《金瓶梅》提到與《史記》《詩經》等同的地位，高度評價了小說的寫實成就。

第三，緊緊把握住《金瓶梅》的美學風貌，以「市井文字」概括其藝術特色，從小說史的角度，充分肯定了這部小說在中國文學史中的地位。「審醜」是反面的審美。「審醜」的作品的文學風貌與正面審美的作品的文學風貌自然大相徑庭。《金瓶梅》是「審醜」的作品，它的文學風貌應該怎樣概括，在張竹坡之前，尚無人一語破的。

在張竹坡的《金瓶梅》藝術評點中，最具學術價值的，則是「市井文字」說。〈讀法·八十〉：「《金瓶梅》倘他當日發心，不做此一篇市井的文字，他必能另出韻筆，作花嬌月媚，如《西廂》等文字也。」《金瓶梅》以前的中國長篇小說，如《水滸傳》《三國演義》《西遊記》等，寫的是歷史、英雄、神魔，著墨最多的是正面人物的刻畫與傳奇經歷的描述。《金瓶梅》則不然，他的主要人物都是反面角色，他的情節多係家庭日常瑣事。不同的社會生活面，不同的人物形象群，必然會產生不同的文學風貌。張竹坡看到了這種不同，並且超越前人，從理論上準確地給予了總結。「西門是混帳惡人，吳月娘是奸險好人，玉樓是乖人，金蓮不是人，瓶兒是癡人，春梅是狂人，敬濟是浮浪小人，嬌兒是死人，雪娥是蠢人，宋蕙蓮是不識高低的人，如意兒是頂缺之人。若王六兒與林太太等，直與李桂姐輩一流，總是不得叫做人。而伯爵、希大輩皆是沒良心的人，兼之蔡太師、蔡狀元、宋御史皆是枉為人也」[25]。《金瓶梅》寫的就是這些反面角色，這些反面角色又多是市井中人，而市井中人不論怎樣發跡變泰，穿戴打扮，到底都有市井氣。第七回「薛媒婆說娶孟三兒　楊姑娘氣罵張四舅」有一段：「這西門慶頭戴纏綜大帽，一撒鈎絛粉底皂靴」，張竹坡批道：「富貴氣卻是市井氣」[26]。寫這些人物的文字，「直是一派地獄文字」[27]。小說寫的不是才子佳人、英雄俠女，所以不能用「韻筆」寫成「花嬌月媚」文字；小說寫的是姦夫淫婦、土豪惡僕、幫閒娼妓這些市井小人，所以只能用俗筆寫成「市井的文字」。

中國古代小說批評，到明末清初形成氣候，金聖歎，毛綸、毛宗崗父子，張竹坡等都出現在這一時期，如此集中，如此輝煌，空前絕後。毛綸、毛宗崗父子的《三國演義》評點側重於思想內容分析，表現了封建正統觀念與儒家民本思想，間或論及小說藝術，

23　〈冷熱金針〉。

24　〈讀法·八十七〉。

25　〈讀法·三十二〉。

26　本回夾批。

27　第五回回評。

所概括的名目，多玄虛莫定，無所適從。金聖歎的《水滸傳》評點，雖也沿用文選的一些術語，不少地方牽強附會，但藝術評論分量顯著增多，其「靈心妙舌，開後人無限眼界，無限文心」[28]。

張竹坡的《金瓶梅》評點，方式方法雖多淵源於毛氏父子、金聖歎，其藝術評點，至少有三點是他首創：其一，書首專論，中國小說理論自此健全了自己的組織結構體系。其二，新立了不少名目，總結了因《金瓶梅》出現所豐富了的小說藝術。其三，緊緊把握《金瓶梅》的美學風貌，以「市井文字」總括其成，在中國小說批評史上因此高枝獨占。特別是第三點，前張竹坡的中國小說理論家均未如此入眼落筆。

《金瓶梅》的產生，使中國小說取材、構思、開路、謀篇擴及社會整個領域，寫生活，寫現實，寫家庭，寫社會眾生相，成為小說家的基本思路，開創了中國古代小說創作的黃金時代。張竹坡「市井文字」說的提出，使中國小說理論擺脫了雕章琢句、隨文立論的八股模式，全書立論，總體涵蓋，顯示了大家氣度，奠定了中國古代小說美學的基本支柱。

第四，全面細微地點撥《金瓶梅》的章法技法，形成系統的《金瓶梅》藝術論。 張竹坡的《金瓶梅》藝術論，總結出三、四十種名目，歸納起來，約可區分為以下三類：

一是大處著眼，總體立論。「《水滸傳》聖歎批處，大抵皆腹中小批居多。予書刊數十回後，或以此為言。予笑曰：《水滸》是現成大段畢具的文字，如一百八人各有一傳，雖有穿插，實次第分明，故聖歎止批其字句也。若《金瓶》，乃隱大段精采於瑣碎之中，止分別字句，細心者皆可為，而反失其大段精采也」[29]。張竹坡不囿前法，別具隻眼，提綱挈領，總攬全書，落筆不俗。

二是把握人物，尋繹規律。張竹坡的《金瓶梅》評點，用筆最多的是人物塑造。《金瓶梅》注重人物性格刻畫，張竹坡很好地總結了小說這一方面的創作經驗，特別抓住人物個性的展現，對《金瓶梅》的創作方法作了一些規律性的概括，如他的「犯筆」說，其〈讀法·四十五〉：「《金瓶梅》妙在於善用犯筆而不犯也。如寫一伯爵，更寫一希大，然畢竟伯爵是伯爵，希大是希大，各人的身分，各人的談吐，一絲不紊；寫一金蓮，更寫一瓶兒，可謂犯矣，然又始終聚散，其言語舉動又各各不紊一絲；寫一王六兒，偏又寫一賁四嫂；寫一李桂姐，偏又寫一吳銀姐、鄭月兒；寫一王婆，偏又寫一薛媒婆、一馮媽媽、一文嫂兒、一陶媒婆；寫一薛姑子，偏又寫一王姑子、劉姑子；諸如此類，皆妙在特特犯手，卻又各各一款，絕不相同也」。小說是怎樣做到「用犯筆而不犯」的

28　馮鎮巒《讀聊齋雜說》。
29　〈第一奇書凡例〉。

呢？張竹坡說：「《金瓶梅》於西門慶不作一文筆，於月娘不作一顯筆，於玉樓則純用俏筆，於金蓮不作一鈍筆，於瓶兒不作一深筆，於春梅純用傲筆，於敬濟不作一韻筆，於大姐不作一秀筆，於伯爵不作一呆筆，於玳安不作一蠢筆，此所以各各皆到也」[30]。

三是隨文點撥，因故立目。張竹坡為《金瓶梅》的寫作手法所立的名目，還有如「兩對法」「節節露破綻處」「草蛇灰線法」「對鎖法」「開缺候官法」「十成補足法」「烘雲托月法」「反射法」「趁窩和泥處」「襯疊法」「旁敲側擊法」「長蛇陣法」「十二分滿足法」「連環鈕扣法」等，雖然沒有跳出明清評點派的窠臼，不免瑣屑龐雜，其具體闡述，自有真知灼見。如第十三回回評：「寫瓶兒春意，一用迎春眼中，再用金蓮口中，再用手卷一影，金蓮看手卷效尤一影，總是不用正筆，純用烘雲托月之法。」此類點撥，隨文皆是，用張竹坡的話說是「《金瓶梅》一書，於作文之法，無所不備」[31]。

橫空出世的明代長篇白話小說《金瓶梅》，破天荒第一次打破帝王將相、英雄豪傑、妖魔神怪為主體的敘事內容，以家庭為社會單元，以百姓為描摹對象，極盡渲染之能事，從平常中見真奇，被譽為明代社會的眾生相、世情圖與百科全書。得益於此，《金瓶梅》的評點評議也水漲船高，為有識者所重視。而張竹坡的評點，在《金瓶梅》古代所有的評點評議中最為出色。隨著新學科、新課題的層出不窮，《金瓶梅》研究被尊為「金學」，中國小說理論史、中國評點文學史被視為熱點，張竹坡研究不但成為金學，而且成為中國小說理論史、中國評點文學史、中國文學批評史的重要分支。

五、文龍的評點

在後張竹坡的《金瓶梅》評點中，繡乙本墨批計有眉批 3 條、夾批 14 條總 17 條，未知何人所評，亦未知評於何時，觀其文意，與繡像本評點無異，如第八十三回「秋菊含恨洩幽情，春梅寄柬諧佳會」寫潘金蓮怒打秋菊，繡乙本墨批於此有眉批曰：「金蓮此時不宜如此狠打，倘肯施小慧，小人之心反為我用矣，適有後日之敗。」一副憐香惜玉口吻，欣賞多於批判。

關於徐州市圖書館藏《第一奇書》康熙乙亥本上的墨批，據其封面墨署「壬子暮春彭門鈍叟訂補」，墨批人即此彭門鈍叟。而其所謂「壬子」，乃乾隆五十七年（1792）、道光二年（1852）、民國元年（1912）三者之一，後二個年份的可能性要大一點。封面墨署後鈐一陽文印「皇漢遺民」，顯係彭門鈍叟之另一號稱，劉輝以為此乃張竹坡後人，

係猜測之語，並無確證。這一墨批計有眉批 13 條、夾批 48 條總 61 條，觀其文意，與張竹坡評點相仿佛，而尤偏祖潘金蓮。如第四回「赴巫山潘氏幽歡，鬧茶坊鄆哥義憤」在描寫潘金蓮的一首【沉醉東風】後墨批曰：「一路寫來，寫出婦人美媚嬌容，足以動人魂魄，真是個天生尤物。」又如第七十五回「因抱恙玉姐含酸，為護短金蓮潑醋」在吳月娘與潘金蓮嘔氣而西門慶為安慰吳月娘百般辱罵潘金蓮一段，墨批曰：「西門之對金蓮，只是愛色，何嘗有情之一字哉。金蓮知之，必芳心碎矣。」再如第七十九回「西門慶貪欲喪命，吳月娘喪偶生兒」在潘金蓮騎在西門慶病體上淫欲處，墨批曰：「婦人美哉，西門休矣。此全怪月娘，西門已得病而猶聽在潘金蓮房內，可謂月娘該死。不然，恐猶有救也。」

　　其尤當評議者，乃文龍對《金瓶梅》的評點。自光緒五年（1879）五月十日至光緒八年（1882）立冬前兩日，文龍於光緒五年、六年、八年前後三次評點《金瓶梅》，用的底本都是在茲堂本《第一奇書》。文龍的評點有回評（缺第十五、十六、二十二、三十八、八十一、八十二回計六回）、眉批（2 條）、夾批（46 條）三種形式，約五六萬言。

　　文龍評點的是《金瓶梅》小說，並非完全針對張竹坡的評點，但張評近在手頭，觀點相左之時，當然要彈出不同的音符。在其評點中，文龍 24 次點到「批書者」「批者」「閱者」，均指張竹坡。對於吳月娘、孟玉樓、龐春梅三人的評價，是他們之間的根本分歧。對於張竹坡貶吳揚孟安龐的觀點，文龍大不以為然，其 24 處批評有 21 處為此。如第九十一回回評曰：「獨是西門慶群妾中，李瓶兒先死無論矣，李嬌兒歸娼而嫁張二官，潘金蓮偷人而守陳經濟，孫雪娥盜財而隨來旺兒，龐春梅勾姦而嫁周守備；此一回孟玉樓又大大方方、從從容容而嫁李衙內矣。固無一人心中、目中、口中有一西門慶，亦如批書者處處只貶吳月娘，而竟忘此書原為西門慶報應而作也，亦可謂不求之本矣。」

　　文龍對張竹坡《金瓶梅》評點的批評，屬於文學批評方法論範疇。文龍認為文學批評應「就時論事，就事論人，不存喜怒於其心，自有情理定其案」[32]。所謂情理，文龍說：「理之當然，勢之必然，事之常然，情之宜然」[33]，要「凝神靜坐，仔細尋思，靜氣平心，準情度理，不可少有偏向，故示翻新」[34]，「夫批書當置身事外而設想局中，又當心入書中而神遊象外」[35]，須「書自為我運化，我不為書捆縛」[36]，而不能「有成

32　第三十二回回評。
33　第八十五回回評。
34　第八十九回回評。
35　第十八回回評。
36　第一百回回評。

見而無定見，存愛惡而不酌情理」[37]。文龍批評張竹坡沒有做到這一點，而是「愛其人其人無一非，惡其人其人無一是」[38]。

應當承認，文龍對張竹坡的批評並非全無道理，有的還相當準確和深刻。不過，文龍畢竟只是閑中消遣，只是對作品的賞析，而沒有像張竹坡那樣有意識地全方位進行文學評論，因而沒能站在小說理論發展的高度去認識張竹坡，便不能不失之狹隘。

但文龍所作的也是較為系統的獨立的《金瓶梅》評點，有必要對其作出全面的評介。首先，推進了《金瓶梅》非淫書這一重要命題。其第十三回回評曰：「皆謂此書為淫書，誠然，而又不然也。但觀其事，只男女苟合四字而已。此等事處處有之，時時有之，彼花街柳巷中，個個皆潘金蓮也，人人皆西門慶也。不為說破，各人心裏明白。一經指出，閱歷深者曰：果有此事；見識淺者曰：竟有此事。是書蓋充量而言之耳，謂之非淫不可也。若能高一層著眼，深一層存心，遠一層設想，世果有西門慶其人乎？方且痛恨之不暇，深惡之不暇，陽世之官府，將以斬立決待其人；陰間之閻羅，將以十八層置其人。世並無西門慶其人乎？舉凡富貴有類乎西門，清閑有類乎西門，遭逢有類乎西門，皆當恐懼之不暇，防閑之不暇，一失足則殺其身，一縱意則絕其後。……生性淫，不觀此書亦淫；性不淫，觀此書可以止淫。然則書不淫，人自淫也；人不淫，書又何嘗淫乎？」

其次，確定《金瓶梅》的立意在「警世」[39]，故所寫皆「性賭命換」[40]之徒，「書中無一中上人物」[41]，而是「一個喪心病狂、任情縱欲匹夫，遇見一群寡廉鮮恥、賣俏迎姦婦女，又有邪財以濟其惡，宵小以成其惡，於是無所不為，膽愈放而愈大，心益迷而益昏，勢愈盛而愈張，罪益積而益重。聞之者切齒，見之者怒發。……人不得而誅之，雷將從而劈之矣；法不得而加之，鬼將從而啖之矣。」[42]

復次，認為《金瓶梅》對典型人物形象的塑造極為成功。如其第七十九回回評曰：「《水滸傳》出，西門慶始在人口中；《金瓶梅》作，西門慶乃在人心中。《金瓶梅》盛行時，遂無人不有一西門慶在目中、意中焉。其為人不足道也，其事蹟不足傳也，而其名遂與日月同不朽，是何故乎？作《金瓶梅》者，人或不知其為誰，而但知為西門慶作也。批《金瓶梅》者，人或不知其為誰，而但知為西門慶批也。西門慶何幸，而得作者之形容，而得批者之唾罵。世界上恒河沙數之人，皆不知其為誰，反不如西門慶之在人

37 第三十二回回評。
38 第三十二回回評。
39 第十七回回評。
40 第二十九回回評。
41 第三十一回回評。
42 第十八回回評。

口中、目中、心意中，是西門慶未死之時便該死，既死之後轉不死，西門慶亦幸矣哉！」

文龍評點《金瓶梅》的突出特點，就是格外留意人物形象，並且往往以對比手法分類描述。如其第二十三回回評云：「讀《水滸傳》者皆欲作宋江，讀《紅樓夢》者皆欲作寶玉，讀《金瓶梅》者亦願作西門慶乎？曰：願而不敢也。敢問其不敢何也？曰：恐武大郎案犯也，恐花子虛鬼來也。既不敢又何以願之乎？曰：若潘金蓮之風流，李瓶兒之柔媚，與龐春梅之俏麗，得此三人，與共朝夕，豈非人生一快事乎？然則不敢非不敢也，但願樂其樂而不願受其禍耳。」又如第二十九回回評云：「金蓮之妒，明而淺；玉樓之妒，隱而深。金蓮之妒為固寵，玉樓之妒在摘嫡。……玉樓之妒月娘，有心而未成事，不似金蓮之妒瓶兒，必死之而後已。」又如其第九十七回回評云：「故金之淫以蕩，瓶之淫以柔，梅之淫以縱，嬌兒不能入其黨，玉樓亦不可入其黨，雪娥不配入其黨，此三人故淫婦中之翹楚者也，李瓶兒死於色昏，潘金蓮死於色殺，龐春梅死於色脫。好色者其鑒諸！貪淫者其鑒諸！」

另外，文龍評點《金瓶梅》時，不時結合時政，也是有為而作。如其第二十三回回評云：「夫蕙蓮亦何足怪哉！吾甚怪夫今之所謂士大夫者，或十年窗下，或數載勞中，或報效情殷，捐輸踴躍，一旦冷鐧在手，上憲垂青，立刻氣象全非，精神頓長，揚威躍武，眇視同僚，吹毛求疵，指駁前任，幾若十手十目不足畏，三千大千不能容，當興之利不知興，應去之弊不能去，……此皆蕙蓮之流也。」又如其第四十九回回評云：「請巡撫，遇胡僧，皆西門慶平生極得意之事。雖告之曰請須破財，遇則喪命，不顧也。亦匪獨西門慶為然，遍天下皆是也。官場之中，得大憲多與一言，多看一眼，便欣欣然有喜色，向人樂道之；而況入其門，登其堂，分庭抗禮，共席同杯，其榮幸何如？千金又何足惜哉！流俗之輩，買春藥以媚內，服補藥而宿娼，正自有人，姑且勿論。即現在鴉片煙一物，食之者多，大半皆以其壯陽助氣，可以久戰而食之。於是花街柳巷，無一不預備此物，而況一釐可御十女，一粒可盡五更，有不以為異寶奇珍者哉！」

六、其他引錄

明清兩代語及《金瓶梅》的筆記雜言尚有一些，明代計有：袁宏道《袁宏道集箋校》（卷六、卷四十八、卷五十五）、袁中道《遊居柿錄》（卷九·萬曆四十二年八月）、李日華《味水軒日記》（卷七）、沈德符《萬曆野獲編》（卷二十五、補遺卷二）、徐樹丕《識小錄》（卷二）、屠本畯《山林經濟籍》、張岱《陶庵夢憶》（卷四）、尺蠖齋〈東西兩晉演義序〉、張無咎〈批評北宋三遂平妖傳敘〉、笑花主人〈今古奇觀序〉、崢霄主人〈魏忠賢小說斥奸書凡例〉、薛岡《天爵堂筆餘》（卷二）、聽石居士〈幽怪詩譚小引〉、夏履先〈禪

真逸史凡例〉、煙霞外史〈韓湘子十二渡韓昌黎全傳敘〉、李漁〈三國志演義序〉等；
清代計有：宋起鳳《稗說》（卷三）、紫陽道人《續金瓶梅》（凡例，第一、二、二十三、三
十一、三十三、三十四、四十三、四十五、六十四回）、申涵光《荊園小語》、蒲松齡《聊齋
志異·夏雪》、張潮《幽夢影》《尺牘偶存·答家渭濱》、佚名〈滿文本金瓶梅序〉、
劉廷璣《在園雜誌》（卷二、三）、顧公燮《銷夏閑記》（卷上）、李綠園〈歧路燈自序〉、
脂硯齋《重評石頭記》（庚辰本第十三、六十六回，甲戌本第二十八回）、閑齋老人〈儒林外
史序〉、陶家鶴〈綠野仙蹤序〉、宮偉鏐《續庭聞州世說》（《春雨草堂別集》卷七）、昭
槤《嘯亭續錄》（卷一、二）、佚名《批本隨園詩話批語》、紫髯狂客《豆棚閑話總評》
（第十二則）、畫舫中人《奇酸記傳奇·楔子、凡例、緣起》、周春《閱紅樓夢隨筆》、
小和山樵〈紅樓復夢凡例〉、蘭皋居士〈綺樓重夢楔子〉、袁照《袁石公遺事錄》、戲
筆主人〈繡像忠烈傳序〉、夔夔子〈林蘭香序〉、佚名〈跋金瓶梅後〉（《韻鶴軒雜考》
卷下）、諸聯《紅樓夢評》、王希廉《紅樓夢總評》、張新之《紅樓夢讀法》、哈斯寶
《新譯紅樓夢》（第九回回批）、陳其泰《桐花鳳閣評紅樓夢》（第七、二十一回眉批）、徐
謙《桂官梯》（卷四）、阮葵生《茶餘客話》（第十八）、張地鵬〈瑤華傳序〉、張其信
《紅樓夢偶評》、觀鑒我齋〈兒女英雄傳序〉、餅儈氏《閨豔秦聲評》、閑雲山人〈第一
奇書鍾情傳序〉、郝培元《梅叟閑評》（卷三）、劉玉書《常談》（卷一）等。

這些引錄雖然談不上研究《金瓶梅》，但涉及《金瓶梅》研究的諸多方面，給現代
《金瓶梅》研究提供了史料，也開導著方向。譬如《金瓶梅》作者研究，屠本畯《山林經
濟籍》：「相傳嘉靖時，有人為陸都督炳誣奏，朝廷籍其家。其人沉冤，託之《金瓶梅》。」
（《觴政·十之掌故》）謝肇淛〈金瓶梅跋〉：「不著作者名代，相傳永陵中有金吾戚里……
而其門客病之，採摭日逐行事，匯以成編，而托之西門慶也。」袁中道《遊居柿錄》：
「舊時京師，有一西門千戶，延一紹興老儒於家。老儒無事，逐日記其家淫蕩風月之事，
以門慶影其主人，以餘影其諸姬，瑣碎中有無限煙波，亦非慧人不能。」（萬曆四十二年
八月）沈德符《萬曆野獲編》卷二十五「聞此為嘉靖間大名士手筆，指斥時事，如蔡京
父子則指分宜，林靈素則指陶之文，朱勔則指陸炳，其他各有所屬云。」這四位，「傳」
也罷，「聞」也好，其「一致的意見」，都堅信《金瓶梅》為個人創作。只不過究為何
人，他們不得而知，或者不願說出，因此才有「有人」「金吾戚里門客」「紹興老儒」
「大名士」等不同的傳聞。

在《金瓶梅》作者研究史上，這是一個早期傳聞階段。稍後，傳世刻本《金瓶梅詞
話》的欣欣子序與廿公跋，是《金瓶梅》作者研究史上的第二個階段，即由傳聞到坐實
的階段。廿公〈金瓶梅跋〉所謂作者「為世廟時一巨公」，已非「傳」「聞」，而欣欣
子〈金瓶梅詞話序〉更直接坐實為「蘭陵笑笑生」「笑笑生」。

切不要小看這一次坐實，與「金吾戚里門客」「紹興老儒」「大名士」「巨公」這類泛指不同，「笑笑生」是確指，雖然這只是號，而無姓、名、字。

中國古代小說戲曲作者署名，隱去姓、名、字而僅用號者，舉不勝舉。小說如《濃情快史》題「嘉禾餐花主人」、《醋葫蘆》題「西子湖伏雌教主」、《東漢演義評》題「珊城清遠道人」等。戲曲如《投筆記》題「華山居士」、《還魂記》題「欣欣客」、《花萼樓》題「昭亭有情癡」等。小說戲曲（詩文亦然）這種以號署名的做法，一直延續到近現代，無異於今所謂筆名。

屠本畯《山林經濟籍》中的一段按語與《萬曆野獲編·補遺》「偽畫致禍」條最早含蓄地透露出王世貞作《金瓶梅》的信息。宋起風撰於康熙十二年的《稗說》（「世知《四部稿》為弇州先生著作，而不知《金瓶梅》一書亦先生中年筆也。」）與清初的〈《玉嬌梨》緣起〉均指實為王世貞。其後《第一奇書·謝頤序》以及清人的眾多筆記（佚名〈跋金瓶梅後〉、畫舫中人《奇酸記傳奇·緣起》、顧公燮《銷夏閑記·作《金瓶梅》緣起》、畫舫中人《奇酸記傳奇·楔子》、蘭皋居士《綺樓重夢·楔子》、張地鵬〈瑤華傳序〉、李慈銘《越縵堂讀書記》、平步青《霞外捃屑》卷七、觀鑒我齋〈兒女英雄傳序〉）即陳陳相因，推波助瀾，一時形成作者非王世貞莫屬的輿論，竟至演化出「苦孝說」的一段公案[43]。

當然亦有懷疑者，如楊椿〈重與吳子瑞書〉[44]。亦有另作他說者，如謝頤〈批評第一奇書金瓶梅序〉：「《金瓶》一書，傳為鳳洲門人之作也。」畫舫中人〈奇酸記傳奇緣起〉亦曰：「《金瓶梅》一書，或曰鳳洲門人作。」而佚名〈滿文本金瓶梅序〉：「或曰是書乃明時逸儒盧楠所作，以譏刺嚴嵩、嚴世蕃父子者。」宮偉鏐《春雨草堂別集》卷七《續庭聞州世說》則曰：「《金瓶梅》相傳為薛方山先生筆，蓋為楚學政時以此維風俗，正人心。又云：趙儕鶴公所為。」薛方山即薛應旂，趙儕鶴即趙南星。徐謙《桂宮梯》則曰：「孝廉某，嫉嚴世蕃之淫放，著《金瓶梅》一書。」[45]

又如對《金瓶梅》的毀譽，譽之者如：尺蠖齋〈東西兩晉演義序〉[46]：「《金瓶梅》之借事含諷」。楚黃張無咎〈批評北宋三遂平妖傳敘〉[47]：「小說家以真為正，以幻為奇。……他如《玉嬌梨》《金瓶梅》，另闢幽蹊，曲中奏雅，然一方之言，一家之政，可謂奇書，無當巨覽，其《水滸》之亞乎！」聽石居士〈幽怪詩譚小引〉[48]：「不觀李

43　《寒花盦隨筆》。

44　《孟鄰堂文鈔》卷二。

45　卷四引《勸戒類鈔》。

46　乾隆間周氏文光堂刊《東西兩晉演義》卷首。

47　明末四卷本《批評北宋三遂平妖傳》卷首。

48　明崇禎己巳刻本《幽怪詩譚》卷首。

溫陵賞《水滸》《西遊》，湯臨川賞《金瓶梅詞話》乎？《水滸傳》，一部《陰符》也；《西遊記》，一部《黃庭》也；《金瓶梅》，一部《世說》也。」李漁〈三國志演義序〉[49]：「嘗聞吳郡馮子猶賞稱宇內四大奇書，曰《三國》《水滸》《西遊》及《金瓶梅》四種，余亦喜其賞稱為近是。」漲潮《幽夢影》、劉廷璣《在園雜誌》、庚辰本《脂硯齋重評石頭記》第十三回評語、陶家鶴〈綠野仙蹤序〉、紫髯狂客《豆棚閒話總評》卷末、王希廉《紅樓夢總評》、周永保〈瑤華傳跋〉、吳道新《文論》[50]、餅儓氏《閨豔秦聲評》、閑雲山人〈第一奇書鍾情傳序〉等亦頗為稱頌。

　　毀之者如：隴西張譽無咎〈天許齋批點北宋三遂平妖傳敘〉[51]：「他如《玉嬌麗》《金瓶梅》，如慧婢作夫人，只會記日用賬簿，全不曾學得處分家政，效《水滸》而窮者也」。笑花主人〈今古奇觀序〉[52]：「然《金瓶》書麗，貽譏於誨淫，……無關風化，奚取連篇。」薛岡《天爵堂筆餘》[53]：「往在都門，友人關西文吉士以抄本不全《金瓶梅》見示，余略覽數回，謂吉士曰：『此雖有為之作，天地間豈容有此一種穢書，當急投秦火！』」煙霞外史〈韓湘子十二渡韓昌黎全傳敘〉[54]：「無《西遊記》之譎虐，《金瓶梅》之褻淫。」四橋居士〈隔簾花影序〉：「但觀西門平生所為，淫蕩無節，蠻橫已極，宜乎及身即受慘變，乃享厚福以終？至其報復，亦不過妻散財亡，家門零落而止，似乎天道悠遠，所報不足以蔽其辜」。他如申涵光《荊園小語》、蒲松齡《聊齋志異·夏雪》、李綠園〈歧路燈自序〉、閑齋老人〈儒林外史序〉、昭槤《嘯亭續錄》卷二、周春《紅樓夢約評》[55]、戲筆主人〈繡像忠烈傳序〉、諸聯《紅樓夢評》、徐謙《桂宮梯》卷四引《最樂編》、余治《得一錄》卷五、梁恭辰《勸戒錄四編》、夢癡學人《夢癡說夢》、方浚《蕉軒隨錄》卷二、鄒弢《三借廬筆談》、林昌彝《硯耕緒錄》卷十二、笠舫《文昌帝君諭禁淫書天律證注》、邱煒蔞《五百洞天揮麈》（光緒二十五年）等不一而足。

　　自馮夢龍首倡「四大奇書」而李漁附議之後[56]，清人回應者眾，如佚名〈滿文本金瓶梅序〉、劉廷璣《在園雜誌》、李綠園〈歧路燈自序〉、閑齋老人〈儒林外史序〉、

49　兩衡堂刻本《三國志演義》卷首。
50　《龍眠古文》附卷。
51　孫楷第《日本東京所見小說書目》引日本內閣文庫藏明泰昌元年刻本。
52　明刻本卷首。
53　明崇禎刻本卷二。
54　明天啟癸亥武林刻《新鐫批評出相韓湘子》卷首。
55　《紅樓夢隨筆》。
56　李漁〈三國志序〉。

爨爨子〈林蘭香序〉、王希廉《紅樓夢總評》、張地鵬〈瑤華傳序〉、周永保〈瑤華傳跋〉、佚名〈續兒女英雄傳序〉等。亦有抽掉《三國演義》稱為「三大奇書」者，如西湖釣叟〈續金瓶梅集序〉、紫陽道人〈續金瓶梅凡例〉。

有對《金瓶梅》的具體評議，涉及其思想、藝術諸多方面。如佚名〈滿文本金瓶梅序〉：「凡百回中以為百戒，每回無過結交朋黨、鑽營勾串、流連會飲、淫黷通姦、貪婪索取、強橫欺凌、巧計誆騙、忿怒行兇、作樂無休、訛賴誣害、挑唆離間而已。……至西門慶以計力藥殺武大，猶為武大之妻潘金蓮服以春藥而死，潘金蓮以藥毒二夫，又被武松白刃碎屍；如西門慶通姦於各人之妻，其婦婢於伊在時即被其婿與家童玷污。……至蔡京之徒，有負郡王信任，圖行自私，二十年間，身讁子誅，朋黨皆罹於罪。西門慶慮遂謀中，逞一時之巧，其勢及至省垣，而死後屍未及寒，竊者竊，離者離，亡者亡，詐者詐，出者出，無不如燈銷火滅之燼也。其附炎趨勢之徒，亦皆陸續無不如花殘木落之敗也。其報應輕重之稱，猶戥秤毫無高低之差池焉。……將陋習編為萬世之戒，自常人之夫婦，以及僧道尼番、醫巫星相、卜術樂人、歌妓雜耍之徒，自買賣以及水陸諸物，自服用器皿以及謔浪笑談，於癖隅瑣屑毫無遺漏，其周詳備全，如親身眼前熟視歷經之彰也。誠可謂是書於四奇書之尤奇者矣。」對《金瓶梅》的寓意主旨，詮釋甚為得體。如宋起鳳《稗說》卷三：「其聲容舉止，飲食服用，以至雜俳戲媒之細，無一非京師人語。書雖極意通俗，而其才開合排蕩，變化神奇，於平常日用，機巧百出，晚代第一種文字也。……若夫《金瓶梅》全出一手，始終無懈氣浪筆與牽強補湊之跡，行所當行，止所當止，奇巧幻變，孅妍、善惡、邪正、炎涼情態，至矣，盡矣。殆《四部稿》中最化最神文字，前乎此與後乎此誰耶？謂之一代才子，洵然！」將《金瓶梅》的藝術特長，注解頗覺給力。劉廷璣《在園雜誌》：「若深切人情世務，無如《金瓶梅》，真稱奇書，欲要止淫，以淫說法；欲要破迷，引迷入悟。其中家常日用，應酬世務，奸詐貪狡，諸惡皆作，果報昭然。而文心細如牛毛繭絲，凡寫一人，始終口吻酷肖到底，掩卷讀之，但道數語，便能默會為何人。結構鋪張，針線縝密，一字不漏，又豈尋常筆墨可到者。」於題旨手法，亦可謂入木三分。紫陽道人《續金瓶梅》：「單表這《金瓶梅》一部小說，原是替世人說法，畫出那貪色圖財、縱欲喪身、宣淫現報的一幅行樂圖。……依言生於此門，死於此戶，無一個好漢跳得出閻羅至網，倒把這西門慶像拜成師父一般。看到翡翠軒、葡萄架一折，就要動火，看到加官生子、煙火樓台、花攢錦簇、歌舞淫奢，也就不顧那瘠骼賢烈、油盡燈枯之病，反說是及時行樂。把那寡婦哭新墳、春梅遊故館一段冷落炎涼光景，看作平常，救不回那貪淫的色膽、縱欲的狂心。眼見得這部書反做了導欲宣淫話本，……把這做書的一片苦心，變成拔舌地獄，真是一番罪案。」從傳播的角度，竟是一篇導讀提綱。

《金瓶梅》在清代的傳播，一是出版，據黃人《小說小話》，李漁芥子園曾刊印《四大奇書》，據孫楷第《中國通俗小說書目》，此叢書日本天文元年（翦伯贊主編《中外歷史年表》為文元元年，乃清乾隆元年）《舶載書目》亦有著錄，而日本松澤老泉編《匯刻書目外集》[57]著錄有乾隆四十六年新鐫本，今均佚，其《金瓶梅》未知究為何本（僅存《匯刻書目外集》云《金瓶梅》百回二十四卷）。

據胡文彬《金瓶梅書錄》，有傅惜華原藏《繡像八才子詞話》殘本，現藏中國藝術研究院圖書館，乃順治間刊本。另據韓南〈《金瓶梅》版本考〉，有傅惜華原藏陳思相〈金瓶梅後跋〉，惜語焉不詳，未知此跋是否附刊於《繡像八才子詞話》？

清代刊行的《金瓶梅》多為張竹坡評本《第一奇書》。另外還有《新刻金瓶梅奇書》，劉復、李家瑞《宋元以來俗字譜》著錄，係嘉慶二十一年（1816）濟水太素軒刊本，據胡文彬《金瓶梅書錄》，該本似藏天津市人民圖書館。此本徐州朱玉玲女士亦收藏一部[58]。〔日〕鳥居久晴〈《金瓶梅》版本考·異本〉[59]亦著錄一天理大學藏本，與此開本不同，似為此本復刻本。另有六堂藏版本[60]。鳥居久晴〈《金瓶梅》版本考訂補·異本〉另著錄有東京大學東洋文化研究所藏大堂本，與六堂本開本不同，未知孰先孰誤？該書正文係據《第一奇書》暨繡像本系統改寫，韻語盡刪，文字簡略，分量大減（如第八十回，原作 4855 字，此本改寫後僅存 807 字），但穢語未刪。《新刻金瓶梅奇書》是《金瓶梅》改寫本中刊刻最早的一個本子，啟引著民初《真本金瓶梅》《古本金瓶梅》的出現。

《續金瓶梅》《隔簾花影》亦有多種版本印製。

二是翻譯，有《滿文本金瓶梅》，存康熙四十七年（1708）刻本等多種，係據《第一奇書》本譯出，傳言為戶曹郎中和素所譯[61]，或曰翻譯人是徐蝶園[62]。又曰翻譯人是康熙的兄弟[63]。

又有日文翻譯改作本，馬琴（1767-1848）《新編金瓶梅》，似為日本最早的《金瓶梅》改編本。另據〔日〕澤田瑞穗《增修《金瓶梅》研究資料要覽》，尚有岡南閑喬譯《金瓶梅譯文》[64]、《金瓶梅五集筱默桂三評》[65]、柳水亭種清著《金瓶梅曾我賜定》[66]、松

57　日本文政三年即 1820 年慶元堂刻本。

58　吳敢〈《金瓶梅奇書》版本考評〉，《明清小說研究》，2011 年第 2 期。

59　黃霖、王國安編譯《日本研究《金瓶梅》論文集》，濟南：齊魯書社，1989 年。

60　胡文彬《金瓶梅書錄》。

61　昭槤《嘯亭續錄》卷一。

62　佚名《批本隨園詩話批語》。

63　Berthold Laufer 編《滿洲文學概論》1908 年卷 IX。

64　寫本。

65　寫本。

村操譯《原本譯解金瓶梅》[67]四種。

另有西文譯本兩種：法譯文〈武松與金蓮的故事〉（Histoire de Wou-Sonq et de kin-lien），〔法〕巴贊（A. P. L. Bazin）譯，載《現代中國》（*Chine moderne*）1853 年第二版，僅《金瓶梅》第一回；德譯文《金瓶梅》片段，〔德〕格奧爾格·加布倫茨（Georg Gabelentz）譯，載《東方和美洲雜誌》（*Rerue Orientale et Americai_ne*）1879 年 10-12 月號，係據《滿文本金瓶梅》譯出。

三是續書，《金瓶梅》的續書，明代有《玉嬌麗》[68]，已佚。清代有《續金瓶梅》，十二卷六十四回，順治原刊本，署名紫陽道人，乃丁耀亢所作。其凡例開篇即曰「茲刻以因果為正論，借《金瓶梅》為戲談」，正如西湖釣叟〈續金瓶梅集序〉所言：「遵今上聖明頒行《太上感應篇》，以《金瓶梅》為之注腳，本陰陽鬼神以為經，取生色貨利以為緯，大而君臣家國，細而閨壼婢僕，兵火之離合，桑海之變遷，生死起滅，幻入風雲，果因禪宗，語言褒昵，於是乎蔓理言而非腐，而其旨一歸之勸世。此夫為隱言、顯言、放言、正言，而以誇、以刺，無不備焉者也。以之翼聖也可，以之贊經也可。」《續金瓶梅》因時忌和誨淫遭禁毀後，有人[69]刪改易名為《隔簾花影》[70]，四十八回，湖南刊大字本，約刊行於康熙年間。該書對原書人物及情節，尤其是大量有關時政的敘述作了改動，而仍以因果輪回寫世事之滄桑。四橋居士〈隔簾花影序〉譽之曰：「揆之福善禍淫之理，彰明較著，則是書也，不獨深合於六經之旨，且有益於世道人心不小。」

四是戲曲，有鄭小白《金瓶梅》傳奇[71]、畫舫中人（李斗）《奇酸記》傳奇、桂岩嘯客（邊汝元）《傲妻兒》雜劇。苧樵山長〈奇酸記傳奇跋〉：「是書也，采張竹坡之批評，補王鳳洲之野史。孝為陰德，恒伏於無字句之中；酸視春時，盡發於有色之地。高僧古佛，皆知味之人；狗黨狐朋，盡乞憐之輩。世上誰非酸甕，人中悉是醃雞。」據此可知傳奇旨趣。而一如其所附防風館客齣評所言：「《奇酸記》便將原書扯拉之人，盡行演出」[72]，「作者一肚悲涼慷慨，發直聲音，無一不令讀者酸入爪哇」[73]，「是書全用譏諷，而一人一事一景一物，如乳赴水，如石引針」[74]，而「凌空結想，將金瓶二事，運

---

66 1860 年刊本。

67 1882-1884 年東京鬼屋誠刊本，譯出 9 回。

68 謝肇淛〈金瓶梅跋〉。

69 孫楷第《中國通俗小說書目》認為即序者四橋居士。

70 全稱《新鐫古本批評三世報隔簾花影》。

71 《古本戲曲叢刊》三集。

72 第二折第一齣齣評。

73 第四折第三齣齣評。

74 第一折第五齣齣評。

實於虛，直在原書背後寫影，為金瓶合傳注腳」[75]。防風館客對《奇酸記》的編劇技法，亦多有讚賞：「原書畫水，畫瀾，畫火，畫焰，《奇酸》直於瀾上畫酪，焰上畫煤」[76]，「故不但南曲能比美元人，至於北曲套數，直造元人堂奧」[77]。桂岩嘯客〈傲妻兒敘〉：「觀者其以余為揣摩世情也可，其以余為現身說法也可，其以余為茶前酒後藉以消遣睡魔，姑妄言之而妄聽之也亦可。」由此可知作者創作意向。

另外尚有清唱北調《金瓶梅》[78]；彈詞《富貴圖》[79]；彈詞《雅調秘本南詞繡像金瓶梅傳》，道光壬午（1822）漱芳軒刊本，十五卷十六冊一百回[80]。俗曲（子弟書、新下河調、牌子曲、月調）《得鈔傲妻》《哭官哥》《不垂別淚》《春梅舊家池館》《永福寺》《挑簾定計》《葡萄架》《升官圖》《借銀續鈔》《王婆說計》《潘金蓮曬衣》《開吊殺嫂》《潘氏挑簾》[81]等，不一而足。

五是對《紅樓夢》的影響，脂硯齋說：「深得《金瓶》壼奧」[82]；蘭皋居士《綺樓重夢·楔子》：「《紅樓夢》一書……大略規仿……《金瓶梅》」；諸聯《紅樓夢評》：「書本脫胎於《金瓶梅》」；張新之《紅樓夢讀法》：「《紅樓夢》……借徑在《金瓶梅》，……是暗《金瓶梅》」；楊懋建《夢華瑣簿》：「《金瓶梅》極力摹繪市井小人，《紅樓夢》反其意而師之，極力摹繪閥閱大家，如積薪然，後來居上矣」；張其信《紅樓夢偶評》：「此書從《金瓶梅》脫胎，妙在割頭換像而出之，彼以話淫，此以意淫也」；天目山樵《儒林外史評》：「《紅樓夢》實出《金瓶梅》」等。

《金瓶梅》被清政府明令列為禁書，影響了該書的傳播。出版商也有應變之術，有以《西門傳》為《金瓶梅》書名者，見紫髯狂客《豆棚閒話總評》卷末。亦有以《鍾情傳》為《金瓶梅》書名者，有光緒二十五年香港石印本。另有以《多妻鑒》為《金瓶梅》書名者，有蘇州刻本、四川刻本、香港舊小說社石印本等。《鍾情傳》《多妻鑒》均有刪節。

75　第一折第三齣齣評。

76　第二折第六齣齣評。

77　第二折第五齣齣評。

78　張岱《陶庵夢憶·卷四·不繫園》。

79　阿英《小說三談》談到乾隆巾箱殘本，題《東調古本金瓶梅》。

80　〔日〕澤田瑞穗《增修《金瓶梅》研究資料要覽》。

81　〔日〕澤田瑞穗《增修《金瓶梅》研究資料要覽》。

82　庚辰本第十三回眉批。

20 世紀《金瓶梅》研究的回顧與思考

　　《金瓶梅》研究史，或者說「金學」史，已經引起不少《金瓶梅》研究者的關注[1]。但對 20 世紀《金瓶梅》研究百年的回顧與思考，似還沒有完整詳實的記述。

　　筆者認為，20 世紀的《金瓶梅》研究史，約可區分為 1901-1923 年，1924-1949 年，1950-1963 年，1964-1978 年，1979-2000 年等 5 個階段。

一、1901-1923 年

　　1901-1923 年是《金瓶梅》古典研究階段即明清評點序跋瑣談階段的終結，新的研究方式尚在探索，新的研究成果寥若晨星。其可指稱者：

1　關於《金瓶梅》研究史，僅 20 世紀就有：小野忍〈《金瓶梅》解說〉（《金瓶梅》上卷，東京平凡社 1960 年）；飯田吉郎〈《金瓶梅》研究小史〉（《大安》1963 年 5 月第 4 卷第 5 號）；澤田瑞穗〈《金瓶梅》的研究與資料〉（《中國八大小說》，東京平凡社 1965 年）；孫遜〈《金瓶梅》研究的歷史和現狀〉（《紅樓夢與金瓶梅》，寧夏人民出版社 1982 年）；章舟〈《金瓶梅》研究綜述〉（《金瓶梅研究》，復旦大學出版社 1984 年）；石昌渝、尹恭弘〈六十年《金瓶梅》研究〉（《臺港《金瓶梅》研究論文選》，江蘇古籍出版社 1986 年）；張慶善〈近年來《金瓶梅》研究綜述〉（《思想戰線》1985 年第 5 期）；金水〈《金瓶梅》研究近況〉（《理論交流》1986 年第 2 期）；金屏〈1986 年《金瓶梅》研究綜述〉（《江漢論壇》1987 年第 9 期）；周鈞韜〈現代對《金瓶梅》及其污穢描寫成因的研究〉（《金瓶梅新探》，百花文藝出版社 1987 年）；陳昌恆〈《金瓶梅》研究之歷史回顧〉（《文學研究參考》1988 年第 2 期）；甯宗一〈「金學」建構〉（《說不盡的金瓶梅》，天津社會科學院出版社 1990 年）；周鈞韜〈《金瓶梅》研究：1985〉〈《金瓶梅》研究：1986〉（《金瓶梅探謎與藝術賞析》，吉林文史出版社 1990 年）；劉輝〈回顧與瞻望——《金瓶梅》研究十年〉（《金瓶梅研究》第一輯，江蘇古籍出版社 1990 年）；楊愛群〈《金瓶梅》研究八年述評〉（傅憎享、楊愛群《金瓶梅書話》，遼寧人民出版社 1993 年）；許建平〈新時期《金瓶梅》研究述評〉（《河北師院學報》1996 年第 2、3 期）；胡從經《中國小說史學史長編》（上海文藝出版社 1998 年）；甯宗一〈回歸文本：21 世紀《金瓶梅》研究走勢臆測〉（《金瓶梅研究》第 6 輯，知識出版社 1999 年）；閻增山、楊春忠〈《金瓶梅》研究的發展與趨向〉（《金瓶梅女性文化導論》，中國文聯出版社 1999 年）；梅新林、葛永海〈《金瓶梅》文獻學百年巡視〉（《文獻》1999 年第 4 期）；吳敢〈新時期《金瓶梅》研究概述〉（《文教資料》2000 年第 5 期）等（為數不少的《金瓶梅》各個研究方向與課題的研究綜述與個人的《金瓶梅》研究歷程等尚未計入）。

(一)《金瓶梅》評議。報刊專欄說話與單篇論文語及《金瓶梅》者甚多，如靜庵《金屋夢識語》：「《西遊》《金瓶》《水滸》，皆千載一遇之大文章也。……寫盡世態炎涼，可作一般利慾薰心者當頭棒喝，其功不在佛經下也。……其描摹人物，莫不鬚眉畢現，間發議論，又別出蹊徑，獨抒胸臆，暢所欲言，大有曼倩笑傲，東坡怒罵之概。點燃世態人情，悲歡離合，寫來件件逼真，而不落尋常小說家窠臼。」又如平子〈小說叢話〉[2]：「《金瓶梅》一書，作者抱無窮冤抑，而又處黑暗之時代，無可與言，無從發洩，不得已藉小說以鳴之。其描寫當時之社會情狀，略見一斑。然與《水滸傳》不同，《水滸》多正筆，《金瓶》多側筆；《水滸》多明寫，《金瓶》多暗刺；《水滸》多快語，《金瓶》多痛語；《水滸》明白暢快，《金瓶》隱抑淒惻；《水滸》抱奇憤，《金瓶》抱奇冤。……其中短簡小曲，往往雋韻絕倫，有非宋詞、元曲所能及者，又可以徵當時小人女子之情狀，人心思想之程度，真正一社會小說。」平子〈小說新語〉[3]另曰：「吾國舊時小說，如《水滸》，如《西廂》，如《紅樓》，如《金瓶》，皆極著名之作。……《金瓶》一書，不妙在用意，而妙在語句。吾謂《西廂》者，乃文字小說；《水滸》《紅樓》，乃文字兼語言之小說；至《金瓶》，則純乎語言之小說，文字積習，蕩除淨盡，讀其文者，如見其人，如聆其語，不知此時為看小說，幾疑身入其中矣。」又如夢生〈小說叢話〉[4]：「中國小說最佳者，曰《金瓶梅》，曰《水滸傳》，曰《紅樓夢》，……《金瓶梅》是異樣妙文，《水滸》《紅樓》亦是異樣妙文，……能讀此三書而能大徹大悟者，便是真能讀小說書人，便是怎能讀一切書人。」另外如鈍宧〈滿文金瓶梅〉[5]、錢靜方〈金瓶梅演義考〉[6]等，均有可觀之詞。

20 世紀開初 20 年，滿清覆滅，民國新起，西學東漸，新潮方興，解除封建枷鎖，宣導自由民主，小若《金瓶梅》，響者頗眾。如曼殊〈小說叢話〉[7]、吳趼人〈雜說〉[8]、黃人〈中國文學史〉[9]、天僇生〈中國三大家小說論贊〉[10]、世（黃世仲）〈小說風尚之進步以翻譯說部為風氣之先〉[11]、箸夫〈論開智普及之法首以改良戲本為先〉[12]、廢物（王

2　《新小說》，1904 年第 8 號。
3　《小說時報》，1911 年第 9 號。
4　《雅言》，1914 年第 1 卷第 7 期。
5　《國粹學報》，75 號（1911 年 1 月）。
6　《小說叢考》，上海商務印書館，1916 年。
7　《新小說》，1904 年第 8 號。
8　《月月小說》，1906 年第 1 卷。
9　《東吳學報》，1907 年第 11 期；《學桴》，1908 年第 1 期。
10　《月月小說》，1908 年第 2 卷第 2 期。
11　《中外小說林》，第 4 期（1908 年 3 月 12 日）。

文濡)〈小說談〉[13]、鄧狂言《紅樓夢釋真》[14]、解弢《小說話》[15]等。自然貶之者亦夥，如葉小鳳（楚傖）《小說雜論》[16]、冥飛（張燾）《古今小說評林》[17]、箸超（蔣子勝）《古今小說評林》[18]等。蓋民國亦以《金瓶梅》為禁書也[19]。

譽貶雙方可以陳獨秀與胡適、錢玄同為代表，1917-1918 年間，《新青年》發表有他們的通信[20]，陳獨秀致胡適信說：「足下及玄同盛稱《水滸》《紅樓》等古今說部第一，而均不及《金瓶梅》，何邪？此書描寫惡社會，真如禹鼎鑄奸，無微不至，《紅樓夢》全脫胎於《金瓶梅》，而文章清鍵自然，遠不及也。」胡適致錢玄同信說：「先生與陳獨秀所論《金瓶梅》諸語者，我殊不敢贊同。……今日一面正宜力排《金瓶梅》一類之書，一面積極譯著高尚的言情之作，……此種書即以文學的眼光觀之，亦殊無價值，何則？文學之一要素在於美感，請問先生讀《金瓶梅》，作何美感？」兩者針鋒相對。錢玄同致胡適信說：「《金瓶梅》一書斷不可與一切專談淫猥之書同日而語，此書為一種驕奢淫逸不知禮義廉恥之腐敗寫照。……語其作意，實與《紅樓夢》相同。」又說：「至於前書論《金瓶梅》諸語，我亦自知大有流弊」。觀點依偎於兩者之間。

在此時期內，《紅樓夢》脫胎《金瓶梅》論、《金瓶梅》作者王世貞說，可謂眾口一聲。如別士（夏曾佑）《小說原理》[21]、包柚斧〈答友索說部書〉[22]、鵷雛（姚錫鈞）〈稗乘譚雋〉[23]、蔡元培《石頭記索隱》[24]、陳獨秀〈答胡適〉[25]、錢玄同〈寄胡適之〉[26]、解弢《小說話》等，均持《紅樓夢》脫胎《金瓶梅》論。而黃人〈小說小話〉[27]、天僇

12　《芝罘報》，1915 年第 7 期。
13　《香豔雜誌》，1915 年第 9 期。
14　上海：民權出版部，1919 年。
15　上海：中華書局，1919 年。
16　《小說雜考》，新民國書館 1919 年。
17　上海：民權出版部 1919 年。
18　上海：民權出版部 1919 年。
19　解弢《小說話》。
20　如陳獨秀〈答胡適〉，《新青年》第 3 卷第 4 號（1917 年 6 月 1 日）；錢玄同〈寄胡適之〉，《新青年》第 3 卷第 6 號（1917 年 8 月 1 日）；胡適〈答錢玄同〉，《新青年》第 4 卷第 1 號（1918 年 1 月 15 日）等。
21　《繡像小說》，1903 年第 3 期。
22　《遊戲雜誌》，1914 年第 5 期。
23　《春聲》，1916 年第 1 期。
24　《小說月報》，1916 年第 1 號。
25　《新青年》，第 3 卷第 4 號（1917 年 6 月 1 日）。
26　《新青年》，第 3 卷第 6 號（1917 年 8 月 1 日）。
27　《小說林》，1907-1908 年第 1-9 卷。

生〈中國三大家小說論贊〉、披髮生（羅普）〈紅淚影序〉[28]、佚名〈筆記〉[29]、廢物（王文濡）〈小說談〉、鵷雛〈稗乘譚雋〉、錢靜方〈《金瓶梅》演義考〉、佚名〈寒花盦隨筆〉、蔣瑞藻〈金瓶梅考證〉[30]等，均主《金瓶梅》作者王世貞說。然亦有他說，如鵷雛〈稗乘譚雋〉「是書實出明兵部主事吳人某之子」，王曇《金瓶梅考證》：「或云李卓吾所作，卓吾即無行，何至留此穢言？大約明季浮浪文人之作偽。」

　　王曇《金瓶梅考證》還提到金聖歎評點《金瓶梅》：「今本每回後有聖歎長批，大半俗不可耐，或亦是後人偽託。」《香豔雜誌》載弇山樵子〈紅樓夢發微緒言〉：「然清初有聖歎金氏者，以善評小說著聞，《三國》也，《水滸》也，《西廂》也，《金瓶梅》也，目之為才子，尊之為奇書。」

　　（二）本書的刪改出版。有《真本金瓶梅》，存寶齋 1916 年 5 月排印本，精裝二冊，上冊附繪圖真本金瓶梅提要、蔣敦艮同治三年序、王曇乾隆五十九年撰《金瓶梅考證》，乃無稽之談，實為《第一奇書》刪改本，即刪改掉全部淫詞，改寫了部分文字。上海卿雲圖書公司 1926 年 6 月翻印，更名為《古本金瓶梅》。該本暢銷一時，翻印眾多，有將序改成嘉靖三十七年觀海道人，另增乾隆四十六年袁枚跋者，顯係偽託。

　　（三）續書的刪改出版。有靜庵《金屋夢》，60 回，係據《續金瓶梅》並參照《隔簾花影》刪改而成，1915 年 2 月起連載於孫靜庵、胡無悶編輯之《鶯花雜誌》。該書後即由鶯花雜誌社 1915-1916 年抽印出版單行。另有翻新（擬舊）小說《新金瓶梅》，一為慧珠女士作，天繡樓侍史編輯，16 回，上海新新小說社 1910 年版；一為隱逸生著，振聲譯書社 1913 年版。

　　（四）少許文學史章節。如〔日〕鹽谷溫《金瓶梅》[31]等。

　　（五）個別辭典條目。如〔日〕久保天隨《明代小說》[32]、〔日〕宮琦《金瓶梅》[33]等。

　　（六）《金瓶梅》的外文翻譯。繼 18-19 世紀之後，仍處於片段譯文、節譯和改寫狀態，如法文節譯本《金蓮》（*Lotus d, ór, Roman adapte du chinois*），喬治·蘇利埃·德·莫朗（George Soulie de Morane）譯，法國巴黎夏龐蒂埃與法斯凱爾出版社（Paris, char pentier et

---

28　1908 年《紅淚影》排印本卷首。

29　《小說月報》，1910 年第 1 期。

30　以上兩款均見蔣瑞藻《小說考證》，上海：商務印書館，1916 年。

31　《中國文學概論講話》，東京大日本雄辯會刊，1919 年。

32　《文藝百科全書》，東京隆文館，1909 年。

33　《日本百科大辭典》，東京三省堂書店，1910 年。

Fasguelle）1912、日文譯本《金瓶梅》[34]等。

此外不復可見。本階段的《金瓶梅》研究像幾點火花，在中國、日本和法國閃了幾閃。

二、1924-1949 年

1924 年 6 月，魯迅《中國小說史略》由北新書局印出全書。其第十九篇《明之人情小說》（上），便是《金瓶梅》專章[35]，曰：「諸世情書中，《金瓶梅》最有名。……作者之於世情，蓋誠極洞達，凡所形容，或條暢，或曲折，或刻露而盡相，或幽伏而含譏，或一時並寫兩面，使之相形，變幻之情，隨在顯見，同時說部，無以上之。故世以為非王世貞不能作。至謂此書之作，專以寫市井間淫夫蕩婦，則與本文殊不符，緣西門慶故稱世家，為搢紳，不惟交通權貴，即士類亦與周旋，著此一家，即罵盡諸色，蓋非獨描摹下流言行，加以筆伐而已。……故就文辭與意象以觀《金瓶梅》，則不外描寫世情，盡其情偽，又緣衰世，萬事不綱，爰發苦言，每極峻急，然亦時涉隱曲，猥黷者多。後或略其他文，專注此點，因予惡謚，謂之淫書；而在當時，實亦時尚。」。

20 世紀初葉，中國古代各體文學史競相比效，著書立說。辛亥革命次年，王國維《宋元戲曲考》成篇。又十年，魯迅《中國小說史略》脫稿。復十年，始有《中國詩史》《中國散文史》問世。魯迅的小說史直至今日，仍可謂高標獨幟，究其原因，發前人所未發也。即如《金瓶梅》，魯迅不僅以文學家而且以思想家的眼力，不僅以舊文學而且以新小說的觀點，於思想、藝術兩端，語出空前，博大深湛，鮮活允當，小說文本研究，無過於此矣。1922-1935 年間，魯迅在〈反對「含淚」的批評家〉《中國小說史略》〈中國小說的歷史的變遷〉〈《中國小說史略》日譯本序〉〈論諷刺〉等論著中均談到過《金瓶梅》，雖因未曾見到《金瓶梅詞話》偶有差誤，但瑕不掩瑜，而尤以《中國小說史略》為標誌，開創了《金瓶梅》的現代研究階段。

這一時期，累計出版編著 1 種、原著 6 種，發表論文五六十篇，終使《金瓶梅》走出圖書館，走進學者書齋。

（一）出版了一部專門研究《金瓶梅》的著作，雖然只是編著，或者說是彙編，但是畢竟填補了一項空白，是一個突破。以專著研究中國古代小說，以《紅樓夢》為最早最

34　井上紅梅譯，上海日本堂書店 1923 年，譯出 79 回，全三冊，第一冊前附有〈金瓶梅與中國的社會狀態〉一文。

35　並此論及《玉嬌麗》《續金瓶梅》《隔簾花影》。

夥，咸同間紅學已蔚然而成大觀。而《金瓶梅》研究，本世紀此階段以前，一直是零打碎敲，不成氣候。這本編著就是姚靈犀的《瓶外卮言》，天津書局 1940 年 8 月一版，平裝，一冊，260 頁。1967 年香港重印，改名《金瓶梅研究論集》。該書除序文題詞外，收有 9 篇作品，其中姚氏本人 5 篇，吳晗、鄭振鐸、癡雲、闞鐸各 1 篇。這 9 篇作品中，有 5 篇論文、1 篇隨感、1 篇詞語匯釋、2 篇資料彙編。該書所收論文，吳、鄭二公以外，多係索隱蹈襲；而姚氏所作，以《金瓶小劄》最具文獻價值。《金瓶小劄》約 1870 條，涉及名物、行止、習尚，鉤稽稗語，評檢史乘，不失為一部有參考價值的工具書。

（二）發現了《金瓶梅》的較早刻本《金瓶梅詞話》，並且出版了 6 種原著。

1931 年冬，北平琉璃廠文有堂太原分號河北深縣書商張修德在山西介休發現一部明萬曆丁巳刻本《新刻金瓶梅詞話》，後於北京琉璃廠文有堂（一說索古堂）求售，經胡適、徐森玉、趙萬里、孫楷第中介，以 950 銀元為北平圖書館收購。1933 年 3 月，北京孔德學校圖書館馬廉（隅卿）偕魯迅、胡適、徐森玉、趙萬里、鄭振鐸、孫楷第、長澤規矩也等 20 人集資，以古佚小說刊行會名義縮為小本影印 104 部，補圖 1 冊 200 幅，係通州王孝慈據《新刻繡像批評金瓶梅》提供；後以影印本在日本再次影印，原書第五十二回所缺第 7、8 兩葉，亦以繡像本抄補。1947 年原書與北平圖書館珍本書部其他珍本書一起被寄存於美國國會圖書館，1975 年歸還臺灣，現藏臺北故宮博物院。這一發現和出版，在當時引起轟動，並迅速引起人們的興趣。

1941 年，經豐田穰《某山法庫觀書錄》披露，日本日光山輪王寺慈眼堂所藏明萬曆丁巳刻本《金瓶梅詞話》得到確認。連同 1962 年由上村幸次發現的日本德山毛利家棲息堂藏明萬曆丁巳刻本《金瓶梅詞話》，是迄今為止存世的《金瓶梅》版本中詞話系統的所有 3 個完整傳本。

本階段還陸續出版有 5 種原著：鄭振鐸校注刪節本《金瓶梅詞話》，上海生活書店 1935 年 5 月-1936 年 4 月《世界文庫》第 1-7、9-12 冊，僅 33 回；施蟄存標點刪節本《金瓶梅詞話》，上海雜誌公司 1935 年 10 月《中國文學珍本叢書》第 1 輯第 7 冊，100 回；1935 年排印本《金瓶梅詞話》，100 回；襟霞閣主人刪節重刊本《金瓶梅詞話》，上海中央書店 1936 年 2 月《國學珍本文庫》第 1 集，中央書店另刊有《金瓶梅刪文補遺》1 小冊；新京藝文書房刪節本《金瓶梅詞話》，1942 年 12 月出版，洋裝 20 冊。

這一階段前後，當然都有《金瓶梅》版本的發現與出版，但在金學史上，這一階段的發現與出版最為引人注目，最具有文獻意義和學術價值。

（三）這一階段所發表的關於《金瓶梅》研究的論文，數量雖然不多，品質一般都比較高，內容涉及作者、成書年代、版本、淵源、本事、背景、人物、思想、藝術、語言、資料等方面。這一階段出版的幾乎所有中國文學史、中國小說史都辟有專門章節敘議《金

瓶梅》。可以說，本世紀《金瓶梅》研究的幾乎所有問題，在這一階段都有人留目，並且大多能夠一空依傍，垂示來者。其最著名者為：

1. 闞鐸《紅樓夢抉微》[36]對《紅樓夢》《金瓶梅》兩書敘事之章法、警幻曲二三兩支、可卿壽木與瓶兒壽木、可卿喪事與瓶兒喪事、照風月鑒之與磨鏡、琴棋書畫四丫頭、魘魔法等方面作出多方比照，可說是第一篇《紅樓夢》《金瓶梅》比較研究論文。

2. 1931 年 12 月-1934 年 1 月，吳晗連續發表 3 篇論文，尤其是〈《金瓶梅》的著作時代及其社會背景〉一文[37]，成為本階段的重頭文章。吳晗的主要學術成就是：

(1)關於《金瓶梅》的作者，明清兩代傳統認為王世貞作。吳晗用嚴謹的史學考證方法，否定了《清明上河圖》與王世貞家族的聯繫，認為王世貞著書報仇純屬子虛烏有，從而掃除了牽強附會的「寓意說」「苦孝說」「嘉靖間大名士說」，結論是「《金瓶梅》非王世貞作」。

(2)關於《金瓶梅》的成書年代，吳晗通過對明代一些典章器物的考證，支持鄭振鐸的「萬曆說」，並認為「大約是在萬曆十年到三十年這十年（1582-1602）中。即使退一步說，最早也不能過隆慶二年，最晚也不能後於萬曆三十四年（1568-1606）」。

(3)關於《金瓶梅》的創作方法和產生的社會背景，吳晗指出：「《金瓶梅》是一部現實主義小說，它所寫的是萬曆中期的社會情形……透過西門慶的個人生活，由一個破落戶而土豪、鄉紳而官僚的逐步發展，通過西門慶的社會聯繫，告訴了我們當時封建統治階級的醜惡面貌，和這個階級的必然沒落。」認為「這樣的一個時代，這樣的一個社會，才會產生《金瓶梅》這樣的一個作品。」

3. 1927 年 4 月上海商務印書館出版了鄭振鐸的《文學大綱》，其論及《金瓶梅》說：「此書敘寫家庭瑣事、婦人性格以及人情世態，莫不刻畫至肖。」1932 年 12 月鄭振鐸《插圖本中國文學史》由北平樸社出版，其對《金瓶梅》的論述更進一步：「《金瓶梅》的出現，可謂中國小說發展的極峰。……只有《金瓶梅》卻徹頭徹尾是一部近代期的產品，不論其思想、其事實以及描寫方法，全都是近代的。在始終未盡超脫過古舊的中世傳奇式的許多小說中，《金瓶梅》實是一部可詫異的偉大的寫實小說。她不是一部傳奇，實是一部名不愧實的最合於現代意義的小說。……《金瓶梅》的特長，尤在描寫市井人情及平常人的心理，費語不多，而活潑如見。其行文措語，可謂雄悍橫恣之至。」1933 年 7 月 1 日，鄭振鐸在《文學》第 1 卷第 1 號又發表〈談《金瓶梅詞話》〉一文，13000 餘字，分〈《金瓶梅》所表現的社會〉〈西門慶的一生〉〈《金瓶梅》為什麼成為一部

36 　民國十四年天津大公報館排印本。
37 　《文學季刊》創刊號（1934 年 1 月）。

穢書？〉〈《真本金瓶梅》《金瓶梅詞話》及其他〉〈《金瓶梅詞話》作者及時代的推測〉5 個部分，主要從反映社會現象與人物塑造兩個方面，比較研究《金瓶梅》與《三國演義》《水滸傳》等小說的異同，認為《金瓶梅》「是一部很偉大的寫實小說，赤裸裸的毫無忌憚的表現著中國社會的病態，表現著『世紀末』的最荒唐的一個墮落的社會景象。……西門慶一生發跡的歷程，代表了中國社會——古與今的——裏一般流氓，或土豪階級的發跡的歷程。」並對《金瓶梅》的各種版本的真偽優劣作有檢討，提出「《金瓶梅詞話》才是原本的本來面目」、作者非王世貞說和成書萬曆說。本文與前述吳文堪稱中國早期《金瓶梅》研究的雙璧，至今仍為《金瓶梅》研究者所重視。

4. 1933 年 3 月，孫楷第《中國通俗小說書目》出版，其卷四明清小說部乙開篇就是《金瓶梅》，對詞話本、繡像本、第一奇書本多有著錄，間作考證，實為《金瓶梅》版本研究的先聲。1935 年，孫楷第致胡適信說：「《金瓶梅》的作者，我可以大膽假設是李開先」[38]此論得到胡適的支持，胡適致王重民信說：「《金瓶梅》的作者，似孫子書的猜測最為近理。」[39]

5. 林語堂在〈談勞倫斯〉[40]中說：「我不是要貶抑《金瓶梅》，《金瓶梅》有大膽，有技巧，但與勞倫斯不同——我自然是在講他的《查泰萊夫人的情人》。勞倫斯也有大膽，也有技巧，但是不同的技巧。《金瓶梅》是客觀的寫法，勞倫斯是主觀的寫法。《金瓶梅》以淫為淫，勞倫斯不是以淫為淫。這淫字別有所解，用來總不大合適。……《金瓶梅》描寫性交只當性交，勞倫斯描寫性交卻是另一回事，把人的心靈全解剖了。在於他靈與肉複合為一，勞倫斯可說是一反俗高僧、吃肉和尚吧。因有此不同，故他全書的結構就以這一點意義為主，而性交之描寫遂成為全書藝術之中點，雖然沒有像《金瓶梅》之普遍，只有五六處，但是前後脈絡都貫串包括其中，因此而飽含意義。而且寫來比《金瓶梅》細膩透徹。《金瓶梅》所體會不到的，他都體會到了。在於勞倫斯，性交是含著一種主義的。這是勞倫斯與《金瓶梅》之不同。」1934 年郁達夫在〈讀勞倫斯的小說——《查泰萊夫人的情人》〉一文中也有類似的觀點。

6. 孟超〈金瓶梅人物小論〉，1948 年 9 月 9 日-11 月 7 日在香港《文匯報》連載，論及《金瓶梅》27 位人物，圖文並茂，是當時難得的普及讀物。阿英、周越然、趙景深、馮沅君等也各有《金瓶梅》研究的文章發表，其中，周越然〈《金瓶梅》版本考〉、趙景深〈《金瓶梅詞話》與曲子〉、馮沅君〈《金瓶梅詞話》中的文學史料〉等，均甚可

38　《胡適遺稿及秘藏書信》，合肥：黃山書社，1994 年。
39　《胡適遺稿及秘藏書信》，合肥：黃山書社，1994 年。
40　《人間世》第 19 期（1935 年 1 月 5 日）。

· 144 ·

觀。馬廉搜集《銅山縣誌》等史料，提出張竹坡「生於清康熙初年」，「卒於清康熙三十四年至五十一年之十七年間」[41]。另外，經前一階段啟引，自本階段起，文學類、百科類詞典與文學史、小說史章節，一般均有《金瓶梅》的介紹和評議。

這一階段，日本又陸續推出多種《金瓶梅》譯本。夏金畏、山田秋人合譯之《全譯金瓶梅》，東京光林堂書店、文正書店 1925 年 11 月出版，僅譯出 22 回。泉修一郎譯本《金瓶梅詞話》，東京美珠書店 1948 年 1 月出版，僅 10 回。尾阪德司以第一奇書本為底本的《全譯金瓶梅》在東京東西出版社 1948-1949 年出版。幾乎同時，小野忍與千田九一據《金瓶梅詞話》合譯的《金瓶梅》前 40 回，由東京東方書局 1948-1949 年出版，至 1960 年完成全部翻譯後出版全譯本，很快便取代了尾阪德司的譯本。這個譯本分別納入河出書房的《世界風流文學全集》、平凡社的《中國古典文學全集》、勁草書房的《中國之名著》、平凡社的《中國古典文學大系》、岩波書店的《岩波文庫》，一版再版，至 1973-1974 年已出版六版，成為最受歡迎的日譯本。

另外，三四十年代日本學者批量性湧現出 20 餘篇論文，以及一本類似論文集的《金瓶梅·附錄》，收文 14 篇，由東京東方書局 1948 年 8 月-1949 年 5 月出版。該書共 4 冊，第一冊為：石田千之助〈聞《金瓶梅》新譯本的刊行〉、千田九一〈向密林挑戰的精神〉、荒正人〈色情和文學〉、小野忍〈《查泰萊夫人的情人》與《金瓶梅》〉，第二冊為：仁井田升〈《金瓶梅》和社會的制約〉、佐佐木基一〈徹底性的勝利〉、小野忍〈《金瓶梅》的色情描寫〉、千田九一〈譯語〉，第三冊為：長澤規矩也〈《金瓶梅》的版本〉、飯塚浩二〈《金瓶梅》的一個斷面〉、武田泰淳〈肉體的問題〉，第四冊為：本多秋五〈門外短想〉、福田恒存〈隨筆〉、長澤規矩也〈《金瓶梅》與明末的淫蕩生活〉。其他如井上紅梅〈《金瓶梅》與《紅樓夢》〉[42]、山中鷹夫〈《金瓶梅》的作者〉[43]、武田泰淳〈淫女與豪傑——《金瓶梅》與《水滸傳》〉[44]等均可觀覽。

因此，在中國和日本形成《金瓶梅》研究的東方熱點。

本階段西文譯本漸成規模，多有可觀，有以下三種情況：

（一）片斷譯文，其知名者有：

1.〔德〕馮·埃·察赫（Von E. Zach）翻譯的德文《金瓶梅》幾首詩，載於《德國衛報》（*Deutsche Waccht*）1932-1933 年 3-8 月號合訂本。

41　《馬隅卿小說戲曲論集》，北京：中華書局，2006 年。
42　《中國萬華鏡》，東京改造社 1938 年。
43　《日本》第 6 卷第 5 號（1943 年 5 月）。
44　《象徵》第 2 號（1947 年 5 月）。

2.〔法〕吳益泰（Oultai）翻譯的法文《金瓶梅》片段，載於《中國小說概論》（*Sur le Roman Chinois*），巴黎韋加出版社 1933 年版。

3.〔德〕H・魯德斯貝格（H. Rudelsberger）翻譯的《金瓶梅》第 13 回，題為〈西門之豔遇〉（Die Liebesabenteuer des Hsi-Men），載於德國出版《小說》（*Novellen II*）。

（二）節譯本，其著名者有：

1. 據《第一奇書》的英文節譯本《金瓶梅：西門慶的故事》（*Chin ping Mei, The Adventurous of HsiMen Ching*），由紐約 "The Library of facetious lore" 出版於 1927 年。

2.〔德〕奧托・基巴特（Otto Kibat）、阿圖爾・基巴特（Artur Kibat）據《第一奇書》合譯之德文節譯本《金瓶梅》（*Djin ping meh, unter weitgehender*），恩格爾哈德－賴赫出版社（Gotha, Engelhard Reyher verlag）1928 年第一卷，1932 年第二卷，僅至原書第 23 回。

3.〔德〕弗朗茨・庫恩（Franz Kuhn）據《第一奇書》德文節譯本《金瓶梅：西門與其六妻妾奇情史》（*Kin Ping Meh; oder, Die Abenteuerliche Geschichte von His Men und seinen sechs Frauen*），1930 年萊比錫島社（Leipzig lnsel Verlag）一版，1954、1955、1961、1970 年等相繼再版，1954 年以後的版本由德國威斯巴登島社（Wiesbaden: Insel-Verlag）出版。庫恩也曾翻譯《紅樓夢》《水滸傳》《隔簾花影》等中國名著，很受歐美推崇，《金瓶梅》的英、法、瑞典、芬蘭、匈牙利文節譯本，多半據庫恩德譯本轉譯出版。

4.〔英〕伯納德・米奧爾（Bernard Miall）《金瓶梅：西門與其六妻妾奇情史》（*Chin ping Mei; The adventurous history of His Men and six wives*），據庫恩德文本轉譯成英文，1939 年倫敦約翰・萊恩出版社（John・Lane）與 1940 年紐約 G. P. 普特南父子公司（N. Y., G. P. Putnam's Sons）分別出版，卷首有亞瑟・大衛・韋利的導言。該節譯本還有 1960、1962 年版，均由紐約卡普利科恩圖書公司（Capricorn Books）出版。

5.〔法〕讓・皮埃爾・波雷（Jeah-Pierre Porret）《金瓶梅：西門與其六妻妾奇情史》（Kin ping Mei, ou la fin de la merveilleuse histoire de His Men avec ses six femmes），據庫恩德文本轉譯成法文，巴黎居伊勒・普拉出版社（paris, Guy le prat）1949 出版第一卷（1953 年修訂再版），後因法國官方查禁，直至 1979 年後才出齊後兩卷。

（三）全譯本，僅有〔英〕克萊門特・埃傑頓（Clement Egerton）《金蓮》（*The Goldon Lotus*），英文，據第一奇書本翻譯，譯文由老舍合作，頗覺完美，1939 年倫敦 G.勞特萊基出版社（London, G. Routledge）一版，1954 年紐約格羅夫出版社（N. Y., Grove Press）修訂再版，1972 年紐約 Paragon Book Gallery 三版。

庫恩為其譯本所作跋、韋利所作導言、保羅・拉維涅（Paul Lavigne）為波雷譯本所作導言，以及一些對諸譯本的評介文章，也可看作此一階段德、英、法的《金瓶梅》研究。庫恩跋涉及《金瓶梅》思想、藝術、版本等方面，認為《金瓶梅》「手法是現實主義的，……

是不可多得的明代文獻。談到它的藝術性，那無可爭辯的是屬於最好的作品。」韋利的導言，雖然關於《金瓶梅》的作者、評點者都說了一些猜測而無根據的話，但其牽涉到《金瓶梅》的時代背景、創作情況、文學價值、作者、版本、評點，可說是西方第一篇《金瓶梅》專題論文。

三、1950-1963 年

這是一個熱後冷卻的階段。1924-1949 年的東方《金瓶梅》研究熱，比起雲起波湧的「新紅學」已是大相遜色，更是後勁乏力。1950-1963 十四年間，《金瓶梅》研究總計出版編著 1 部、發表論文 60 餘篇（其中日本學者的論文 40 餘篇）。像前一階段一樣，研究的重鎮仍然是中國大陸和日本。臺港開始有少量文章發表，並且出現《金瓶梅》的影印風尚。其間可足稱道之處：

(一)中國大陸的《金瓶梅》研究

中國大陸的《金瓶梅》研究，在沉寂之中，亦有少許爭辯與闡發，主要是：

1. 解放後，不少學人試圖運用蘇聯文藝理論認識文學現象，引起諸如《金瓶梅》是現實主義還是自然主義的爭論。李長之〈現實主義與中國現實主義的形成〉[45]是本階段重要的論文。李長之給「嚴格的現實主義」下了一個定義，認為《金瓶梅》與非「嚴格的現實主義」的《三國演義》《水滸傳》不同，是「嚴格意義的現實主義的開山祖」。文章說：「在《金瓶梅》裏，……才開始以一個家庭為中心的故事而寫出了一百多回的長篇，才開始觸及了那麼廣闊的社會面，才開始以一個人的創造經營而不是憑藉民間傳統的積累而寫出了一部統一風格的巨著，才開始有了鮮明的不同於浪漫主義作風的踏踏實實的力透紙背的現實主義作品。在這部長篇巨著中對現實不存在任何幻想，不加任何粉飾，而是忠實大膽地在揭露現實。」又說：「《金瓶梅》是現實主義在中國質變的標誌，……廣泛的現實主義開始於《詩經》，嚴格的現實主義始於《金瓶梅》，而嚴格的現實主義的準備階段始於中唐。」李長之對《金瓶梅》的社會意義的引發，至今仍有參考作用。

2. 更能引人深思的是李希凡〈《水滸》和《金瓶梅》在我國現實主義文學發展中的地位〉[46]對李長之的批評。批評認為李長之的文章歸納起來是兩個問題：現實主義人物

45　《文藝報》，第 3 期（1957 年 3 月）。
46　《文藝報》，第 38 期（1957 年 3 月）。

創造問題、反映時代的範圍問題，指出「《水滸》裏的突出而鮮明的典型性格，無論就質和量上來看，都是《金瓶梅》所不及的」，「《水滸》雖然沒有完全反映出像《金瓶梅》那樣的特定的社會生活面，但是，《水滸》的現實主義的藝術描寫和人物創造，不僅廣泛地概括了歷代農民起義的特徵，同時也分明具有宋徽宗時代的具體的歷史特點」，批評李長之「這種機械地給現實主義下定義的結果，是只能造成社會概念和文學創作方法概念的極端混亂，模糊了人們對於現實主義的理解」。李希凡認為「與其說從《金》開始是嚴格現實主義的標誌，不如說，中國古典小說發展到《金瓶梅》時代，正在經歷著深刻的分化過程」，《金瓶梅》「一方面是使現實主義向前發展了……為現實主義文學出現像《紅樓夢》那樣的偉大傑作作了準備」；一方面「卻在文學的基本傾向上，離開了現實主義，走向了客觀主義」。李希凡更推崇《水滸傳》，說「《金瓶梅》雖然在藝術描寫上自有其不可抹殺的成就，卻在文學的基本傾向上，離開了現實主義，走向了客觀主義，以致使它無法搶奪《水滸》這個光輝牢固的開拓者的地位」。這個爭論對於如何理解現實主義和如何評價《金瓶梅》具有積極意義，遺憾的是這一爭辯沒能持續下去。

3. 本階段還有一場爭辯同樣引人注目。關於《金瓶梅》的成書方式，一為個人創作說，一為世代累積說。自從《金瓶梅》問世，便一直是個人創作一說，只不過作者為誰，雖然王世貞呼聲為最高，卻也是眾說紛紜而已。特別是一些文學史、小說史，由魯迅引領，基本都認為是第一部文人創作的中國長篇小說，吳晗、鄭振鐸又共同否認王世貞作之後，個人創作說幾成蓋棺定論。不料潘開沛〈《金瓶梅》的產生和作者〉[47]提出集體創作說：「它不是哪一個『大名士』、大文學家獨自在書齋裏創作出來的，而是在同一時間或不同時間裏的許多藝人集體創造出來的，是一部集體的創作，只不過最後經過了文人的潤色和加工而已。」並列出五點理由：平話體裁，戲曲曲藝的大量引錄，行文的重複矛盾，一邊講一邊編的結構，淫詞穢語的說書習慣。徐夢湘〈關於《金瓶梅》的作者——潘開沛《金瓶梅的產生和作者》讀後感〉[48]則提出異議，認為不論平話體裁還是戲曲曲藝的引錄，都是文人的擬作，並且舉出四條理由證明《金瓶梅》是「有計劃的個人創作」。這場爭辯潛留下後來關於《金瓶梅》成書過程、作者、寫定者的波及海內外的大論爭的基因。

4. 另外，李西成〈《金瓶梅》的社會意義及其藝術成就〉[49]、張鴻勳〈談談《金瓶

---

[47] 1954 年 8 月 29 日《光明日報·文學遺產》。

[48] 1955 年 4 月 17 日《光明日報·文學遺產》。

[49] 《山西師院學報》，1957 年第 1 期。

梅》的作者、時代、取材〉[50]、任訪秋〈論《金瓶梅》中的人物形象及其藝術成就〉[51]、龍傳仕〈《金瓶梅》創作時代考索──兼與吳晗同志商榷《金瓶梅》著作時代問題〉[52]、趙景深〈談《金瓶梅詞話》〉[53]等論文亦頗見膽識與功力。如李西成說:「《金瓶梅》是我國古典文學中一部現實主義的藝術巨制,它以生動細膩的白描手法,塑造了明代市井社會各色各樣的人物典型,通過他們的活動,揭露了封建統治階級荒淫無恥的罪惡生活以及豪門權貴為非作惡的事實,從而反映了整個封建社會制度的腐朽本質和它必然崩潰的前景。」「《金瓶梅》的人物多至百人以上,……作者主要刻畫的是市井社會的一些人物,而這人物又根據其各人的社會基礎,展現了他們各自的特點和共同的特點,因此能夠繪聲繪色,使人如見其人,如聞其聲。」「各色各樣的人,出現在各色各樣的事件中,而事件又互相交織著,影響著,事件扣緊人物而發展,人物又隨著事件而變化,脈絡清晰,形象突出,從一人引出一事,從一事引出另外的人,整個作品結構是那麼嚴密,情節演進又是那麼自然」,「《金瓶梅》是一部有著豐富社會內容、鮮明的反封建傾向和藝術成就極高的作品。」

　　5. 相對於民間的冷寂,毛澤東高瞻遠矚,既通過談話給《金瓶梅》以深刻、高度的評價,又促使了《金瓶梅詞話》的影印出版。毛澤東一生五評《金瓶梅》,均出現在這一時期:第一次是 1956 年 2 月 20 日,毛在會議上聽取國家建築工業委員會和建築工業部彙報時,一上來,就問當時參加彙報會的萬里是什麼地方人,萬里回答說:是山東人。毛接著又問:「你看過《水滸》和《金瓶梅》沒有?」萬里答:「沒有看過。」毛說:「《水滸》是反映當時政治情況,《金瓶梅》是反映當時經濟情況的,是《紅樓夢》的老祖宗,不可不看。」

　　第二次是在 1957 年,毛說:「《金瓶梅》可供參考,就是書中污辱婦女的情節不好。各省省委書記可以看看。」於是,以「文學古籍刊行社」的名義,按 1933 年 10 月「北京古佚小說刊行會」影印的《新刻金瓶梅詞話》,放大如原書重新影印了 2000 部。其發行對象是:各省省委書記、副書記以及同一級別的各部正副部長,還有少量高校和科研單位知名正教授。所有的購書者均登記在冊,並且編了號碼。

　　第三次是 1959 年 12 月至 1960 年 2 月,毛在讀蘇聯《政治經濟學教科書》的一次談話中,將《金瓶梅》與《東周列國志》加以對比。他說後者只「寫了當時上層建築方面

50　《蘭州大學社會科學論文集》,1957 年 1 月。
51　《開封師院學報》,1962 年第 2 期。
52　《湖南師院學報》,1962 年第 4 期。
53　1957 年作,收入《中國小說叢考》,濟南:齊魯書社,1980 年。

的複雜尖銳的鬥爭，缺點是沒有寫當時的經濟基礎」，而《金瓶梅》卻更深刻，「在揭露封建社會經濟生活的矛盾，揭露統治者與被壓迫者的矛盾方面，《金瓶梅》是寫得很細緻的」。

第四次是 1961 年 12 月 20 日，毛在中共中央政治局常委和中央局第一書記會議上說：「中國小說寫社會歷史的只有三部：《紅樓夢》《聊齋志異》《金瓶梅》。你們看過《金瓶梅》沒有？我推薦你們看一看，這部書寫了明朝的真正歷史，暴露了封建統治，揭露統治和被壓迫的矛盾，也有一部分寫得很細緻。《金瓶梅》是《紅樓夢》的祖宗，沒有《金瓶梅》就寫不出《紅樓夢》。《紅樓夢》寫的是很仔細很精細的歷史。但是《金瓶梅》的作者不尊重女性，《紅樓夢》《聊齋志異》是尊重的。」

第五次是 1962 年 8 月 11 日，毛在中央工作會議核心小組會上說：「有些小說如《官場現形記》等，是光寫黑暗的，魯迅稱之為譴責小說。只揭露黑暗，人們不喜歡看，不如《紅樓夢》《西遊記》使人愛看。《金瓶梅》沒有傳開，不只是因為它淫穢，主要是它只暴露、只寫黑暗，雖然寫得不錯，但人們不愛看。《紅樓夢》就不同，寫得有點希望嘛。」

遺憾的是，因為種種原因，毛澤東的熱情，並沒有喚起國人的勇氣。

(二)日本的《金瓶梅》研究

日本的《金瓶梅》研究，如果說在前一階段與中國的《金瓶梅》研究是前呼後繼，而理論闡述相對不足的話，那麼本階段至少已是齊頭並進，並且開始不但在論文數量而且部分研究課題上領先。舉如：

1. 《金瓶梅》版本研究，本階段經過一批日本學人的努力[54]，取得全方位進展和成績。《金瓶梅》的版本，約有抄本、詞話本、繡像本、第一奇書本、改寫本五類。關於

---

[54] 如長澤規矩也〈《金瓶梅》的版本〉，1949 年東京東方書局版《金瓶梅·附錄》；小野忍〈關於《金瓶梅》的版本〉，1950 年 12 月《東京支那學會報》第 7 號；鳥居久晴〈關於京都大學藏《金瓶梅詞話》殘本〉，1955 年 4 月《中國語學》第 37 號；鳥居久晴〈《金瓶梅》版本考〉，1955 年 10 月《天理大學學報》；鳥居久晴〈《金瓶梅》版本考訂補〉，1956 年 8 月《天理大學學報》；鳥居久晴〈關於《繡像金瓶梅》〉，1956 年 8 月《天理大學學報》；鳥居久晴〈《金瓶梅》版本考再補〉，1961 年 2-3 月東京《大安》第 7 卷第 2-3 號（總第 64-65 號）；長澤規矩也〈《金瓶梅詞話》影印經過〉，1963 年 5 月《大安》第 9 卷第 5 號；上村幸次〈關於毛利本《金瓶梅詞話》〉，1963 年 5 月《大安》第 9 卷第 5 號；飯田吉郎〈關於大安本《金瓶梅詞話》的價值〉，1963 年 5 月《大安》第 9 卷第 5 號；太田辰夫〈關於《金瓶梅詞話》北京影印本的注記〉，1963 年 5 月《大安》第 9 卷第 5 號；鳥居久晴〈《金瓶梅詞話》版本考補說〉，1963 年 7 月《大安》第 9 卷第 7 號等。

繡像本（日本習稱小說本）、第一奇書本、改寫本（日本又稱異本、縮約本），可以說鳥居久晴一人幾畢其功。關於詞話本，長澤規矩也、小野忍導夫前路，鳥居久晴、上村幸次、飯田吉郎、太田辰夫等多面探引，以大安株式會社 1963 年 4-8 月以慈眼堂本、棲息堂本「兩部補配完整」影印出版《新刻金瓶梅詞話》為終結，也可說是眉目清晰。關於抄本，亦多有涉及。

2. 《金瓶梅》文獻研究，日本在本階段同樣成績斐然。澤田瑞穗一馬當先，著有〈關於《金瓶梅詞話》所引的寶卷〉[55]、〈《金瓶梅》書目稿〉[56]、〈金瓶梅研究資料要覽〉[57]等，特別是後者，經過增修，於 1981 年早稻田大學中國文學會出版，成為金學不可或缺的資料。1963 年 5 月《大安》第 9 卷第 5 號是《金瓶梅特集》專號，收有 9 篇論文：長澤規矩也〈《金瓶梅詞話》影印的經過〉、上村幸次〈論毛利本《金瓶梅詞話》〉、飯田吉郎〈論大安本《金瓶梅詞話》的價值〉、太田辰夫〈《金瓶梅詞話》北京影印本評注〉、鳥居久晴〈《金瓶梅詞話》年代記〉、飯田吉郎〈《金瓶梅》研究小史〉、瓢仙外史〈《金瓶梅》概要〉、小野忍〈《金瓶梅詞話》譯本後記〉、奧野幸太郎〈《金瓶梅》備忘錄〉，成為繼《瓶外卮言》《金瓶梅·附錄》之後又一部論文選集。其中，飯田吉郎〈《金瓶梅》研究小史〉一文，雖然比較粗疏，卻是金學史的鼻祖。

3. 附刊在小野忍與千田九一合譯本《金瓶梅》書後之小野忍〈《金瓶梅》解說〉，該文分《金瓶梅》的初版、《金瓶梅》的版本、《金瓶梅》的特質、《金瓶梅》的素材、詞話本與新刻本的差別、《金瓶梅》的歐譯六部分，頗多創見。如認為《金瓶梅詞話》為《金瓶梅》的初版，問世在萬曆四十五年以後；還說「作者有意識地排除了傳奇的因素而徹底寫實……在寫出西門家興亡史的同時，更廣泛地顯示了清河縣乃至中國的縮影。……從這方面上說，這部作品在中國文學史上具有劃時代的意義。」

(三)歐美的《金瓶梅》研究

作家作品研究一般總是從文獻研究入手的。中國的《金瓶梅》研究是如此，三十年代初北圖本《金瓶梅詞話》的發現與出版，導引出一個階段可資存鑒的研究成果。日本的《金瓶梅》研究是如此，如果沒有本世紀上半葉《金瓶梅》的搜求確認、翻譯出版，便沒有 1950-1963 年《金瓶梅》研究的火爆。自本階段起，臺港也開始飛動《金瓶梅》

---

[55] 1956 年 10 月京都大學《中國文學報》第 5 冊。

[56] 1959 年 5 月油印本。

[57] 1961 年 6 月名古屋采華書林刊《天山系列叢書》第 1 卷。

旋風，並且這一風頭也是《金瓶梅》的出版[58]。1962 年香港大源書局出版了一本南宮生著《金瓶梅簡說》，算是臺港《金瓶梅》研究的先聲。歐美的《金瓶梅》研究也是如此，西文《金瓶梅》的翻譯出版，早在 19 世紀就已出現，一直延續到本階段及其以後。本階段計有：

1. 〔德〕馬里奧‧舒伯特（Mario Schubert）據《第一奇書》的德文節譯本《西門與其六妻妾奇情史》（*Episoden aus dem Leben His Mens und seiner sechs Frauen*），蘇黎世 W‧克拉森出版社（Zürich, W. Ciassen）1950 年出版。

2. 美國 Chai Chu 與 Winbery Chai 翻譯的《金瓶梅》第 1 回，英文，載 1956 年美國阿爾普頓－世紀出版社《中國文學寶庫》一書。

3. 〔法〕約瑟夫－馬丹鮑爾（Joseph-Martin Bauer）與赫爾曼‧海斯（Hermann Hesse）等《金瓶梅》（*Chin ping Mei, Femmes derriere un voile*），據庫恩德文本轉譯成法文，巴黎卡爾曼－萊維（Calmann-Lévy）出版社 1962 年出版。

本階段歐美的《金瓶梅》研究也已啟動。最有成績的是美國的韓南（Patric Hanan），1960 年以《金瓶梅成書及其來源的研究》為博士論文，獲得英國倫敦大學中國古代文學博士學位。僅 1961-1964 年，便連續發表 4 篇重要文章[59]，其中〈《金瓶梅》版本考〉（The Text of the Chin Ping Mei）與〈《金瓶梅》探源〉（Sources of the Chin Ping Mei）尤具學術價值。〈《金瓶梅》版本考〉分《金瓶梅》之主要版本及其相互間的關係、萬曆本與崇禎本（詞話本與明代小說本）之比較、「補以入刻」的第五十三至五十七回、改頭換面——第 1 回、散失諸回的內容、手抄本、《金瓶梅》一書失傳的幾個版本等七個部分，正如該文所說「本文主要探討兩個問題：第一是《金瓶梅》的贋偽問題，究竟今世所見《金瓶梅》有多少是原作品；第二是《金瓶梅》一書的版本演化的過程，就《金瓶梅》之成書及早期各不同之手抄本與出處提出新的見解。」儘管如棲息堂本《金瓶梅詞話》在韓南發表該文那年方被確認所以該文不可能論及，但該文於抄本、詞話本、繡像本仍作有詳盡的考察。海外研究《金瓶梅》版本者眾，但迄今無過日本鳥居久晴與美國韓南者。〈《金瓶梅》

---

58 如臺北四維書局 1955 年 5 月《金瓶梅詞話》，100 回，刪節本；臺灣文友書店 1956 年 5 月《金瓶梅詞話》，刪節本；臺北啟明書店 1960 年 6 月《繪圖古本金瓶梅詞話》，100 回，為世界文學大系之一；香港文海出版社 1963 年 1 月《足本金瓶梅詞話》，虞山沈亞公校訂；香港上海雜誌公司與光華書局分別影影印棲息堂本《金瓶梅詞話》等。

59 〈中國小說的里程碑〉，收入道格拉斯‧格蘭特與麥克盧爾‧米勒合編《遠東：中國與日本》，多倫多大學出版社 1961 年；〈《金瓶梅》版本考〉，載 1962 年《大亞細亞》新 9 卷第 1 輯；〈《金瓶梅》探源〉，載 1963 年《大亞細亞》新 10 卷第 1 輯；〈小說與戲曲的發展〉，收入雷蒙德‧道森編輯的《中國遺產》，牛津大學出版社 1964 年。

探源〉分長篇小說《水滸傳》、白話短篇小說、文言色情短篇小說《如意君傳》、宋史、戲曲、清曲、說唱文學等七個部分，對《金瓶梅》所引用的小說、話本、清曲、戲曲、史書和說唱文學，取得集其大成的成果。文章說：「本文所討論的《金瓶梅》來源，指的是大量地寫進小說之中足供查證的那些作品。……本文的首要目的就是把它們查出來，……本文的第二個目的是分析小說作者怎樣應用這些引文。……重要的不是引用本身，而是它的性質和目的。……只有當探究它們怎樣和為什麼怎樣被運用時，它們才會有助於對《金瓶梅》成書的理解。」這兩篇文章廣徵博求，精審明辯，直至今日，仍是數以千計的《金瓶梅》論文中的上乘之作。另〔美〕海托華（James R. Hightower）《中國文學在世界文學中的地位》（*Chinese Literature in the context of world Literature*）[60]認為「中國的《金瓶梅》與《紅樓夢》二書，描寫範圍之廣，情節之複雜，人物刻畫之細緻入微，均可與西方最偉大的小說相比美。……中國小說在質的方面，憑著上述兩部名著，足可以同歐洲小說並駕齊驅，爭一日之長短。」誠可謂極具眼力。

四、1964-1978 年

本階段中國大陸的《金瓶梅》研究一片空白，而臺港、歐美和日本則形成三個《金瓶梅》研究中心。

(一)臺港的《金瓶梅》研究

本階段臺港約出版 5 部專著，發表論文 30 餘篇。其知名者為：

1. 東郭先生（劉師古）《閑語金瓶梅》，1977 年 1 月臺北石室出版公司出版，對《金瓶梅》的思想內容、文學體裁、藝術特點、人物形象、文化色彩、方言語彙等作有廣泛論述，文筆生動活潑，是臺灣第一部《金瓶梅》研究專著。臺灣河洛圖書出版社 1970 年 2 月出版《金瓶梅》時附錄有一篇王孝廉的〈金瓶梅研究〉，對《金瓶梅》的作者、寫作年代、評價、寫作思想、版本、時代背景等作有介紹，是一篇較早的綜述性導讀文章。

2. 孫述宇《金瓶梅的藝術》，1978 年 2 月臺北時報文化出版公司出版，從小說主題到人物塑造，從創作手法到結構佈局，以形象體系探索作品思想內涵，是《金瓶梅》藝術論的開山之作。孫述宇認為「《金瓶梅》是一本質和量都驚人的巨構，……《金瓶梅》的成就，是寫實藝術的成就。……作者想要用小說藝術來闡明人生的真理。……把『人

60　*ComparativeLiterature*, V, 1953.

應當怎樣生活』當作一個中心課題,這種態度,在中國文學裏是很須要樹立起來。」全書收文 15 篇,均曾在《中國時報》發表。作者分析人物時有新得,唯以人性作立論之本,頗覺偏狹。孫述宇係香港中文大學教授,本文亦可認為香港《金瓶梅》研究的重頭之作。此前 1967 年香港華夏出版社有一冊《金瓶梅研究論集》,實為姚靈犀《瓶外卮言》的翻版。該書改頭換面後亦為香港南天事業公司與臺北河洛圖書出版社出版發行。

3. 最著名的莫過於魏子雲。魏子雲自 1972 年開始發表《金瓶梅》研究論文,至 2005 年謝世,在金學園地辛勤耕耘 30 多年,出版專著 16 部,累計百萬餘言,在全球首屈一指。其主要研究內容與學術觀點是:

(1)認為《金瓶梅》是一部影射明朝萬曆時事的政治諷諭小說。在《金瓶梅編年說》中指出,小說第七十至七十一回的記年就是隱指萬曆四十八年或泰昌、天啟元年。這一舊紅學慣用的索隱方法,遭到鄭培凱的批評。《金瓶梅》以宋喻明是學術界公認的結論,因此大陸學人的商榷意見,持論比較公允。

(2)挖掘、整理、注釋《金瓶梅》史料。他在《明代金瓶梅史料注釋·緒說》中說:「我這二十年來的《金瓶梅》研究,諸多探索所得,無非為研究《金瓶梅》的同道友朋,提供了一件件史料,作為參考而已。」他申發義理說,認為「集字成辭,集辭成語,集語成句,集句成段,集段成章……無不由義理成之」。

(3)關於《金瓶梅》的成書和版本,主張小說分作抄本與刻本兩個時期,而每個時期又可分作前期、後期兩段,認為現存《金瓶梅詞話》即《金瓶梅》的最早刻本,係天啟初年改寫、天啟年間刻成。考定馬仲良權吳關的時間在萬曆四十一年,而李日華於萬曆四十三年在沈德符處看到的《金瓶梅》尚是抄本,說明至少在萬曆四十三年前無有刻本,從而徹底否認了長期以來誤認為《金瓶梅》刊於萬曆三十八年的說法。

(4)注重《金瓶梅》人物形象分析,曾計畫寫作《金瓶梅人物論》《金瓶梅藝術論》,並依據原著線索,以現代小說手法再創作出《潘金蓮》《吳月娘》兩部新小說。

(5)為《金瓶梅詞話》注釋凡 40 餘萬言,所注雖不無可商榷之處,卻是眾多的《金瓶梅》語言研究專著中較早的也較有影響的一部。

(6)關於《金瓶梅》的作者,說抄本《金瓶梅》、刻本《金瓶梅詞話》、繡像本《金瓶梅》的作者不一定相同,「認為這部書的作者,不一定是山東人,……可能是一位籍隸江南吳越某地而長於北地的宦家之子」[61]。所以他一人就提出沈德符、馮夢龍、屠隆等若干侯選人。

魏子雲對自己的《金瓶梅》研究歷程與成績有著清醒的認識,1984 年 1 月 10 日他

61　〈《金瓶梅詞話》的作者〉。

寫給趙轀慧的信說：「《金瓶梅探原》是我《金瓶梅》研究的萌芽，《金瓶梅的問世與演變》是我此一研究的盤根錯節，《金瓶梅劄記》則是此一研究的枝葉叢生與花朵。那麼，我正在寫作中的《金瓶梅原貌探索》，則是此一研究的果實。這部書完成，我所推演的《金瓶梅詞話》乃天啟年或萬曆年的改寫本，便大功告成，誰也休想推翻。再進一步，就要從事作者究竟是誰的研究。」[62]

(二)歐美的《金瓶梅》研究

本階段歐美約發表論文 20 多篇，研究者主要是美國、蘇聯、法國的學者。其著名者有：

1. 不少歐美學人選《金瓶梅》研究為博士論文，如詹姆斯·沃恩的《金瓶梅的版本與校勘》，1964 年發表於紐黑文耶魯大學；弗勞克·法斯滕瑙的《金瓶梅的人物形象與玉環記：中國小說理論試析》，1971 年發表於慕尼克路德維格－馬克西迷連大學；保羅·馬丁森的《報應和贖罪：從金瓶梅觀察中國宗教和社會》，1973 年發表於芝加哥大學等。

2. 《金瓶梅》評點家張竹坡研究引起美國學人的興趣。大衛·特·羅依（芮效衛）〈張竹坡對《金瓶梅》的評論〉[63]，認為張竹坡對《金瓶梅》的評論是中國古代小說傳統評點中最重要的作品之一，在中國文學批評史上應該給張竹坡一個重要地位；指出「張竹坡的《金瓶梅》評點強調藝術結構的整體評論，而不是微言大義的闡發」，因而「是很光輝的文學批評」。該文發表時，張竹坡家世生平尚未揭曉，所以作者錯認為張竹坡是張潮的侄子，張竹坡評點《金瓶梅》的時間也給提前了十年。芮效衛〈張竹坡對《金瓶梅》的評論〉以及亞瑟·大衛·韋利的〈《金瓶梅》引言〉同為張竹坡研究的早期重要論文。另外，臺灣潘壽康〈張竹坡評《金瓶梅》〉[64]也留意到此一選題。

3. 1968 年由美國哥倫比亞大學出版社出版的夏志清《中國古典小說導論》，其第五章專題研究《金瓶梅》。但夏志清對《金瓶梅》的評價並不高，他說：「就題材而言，《金瓶梅》無疑是中國小說發展史上的一個里程碑，它開始擺脫歷史和傳奇的影響，去獨立處理一個屬於自己的創造世界，裏面的人物均是世俗男女，生活在一個真正的毫無英雄主義和崇高氣息的中產階級的環境裏。雖然色情小說早已有人寫過，但它那種耐心地

---

[62] 黃霖〈金學史上的一座里程碑——追念魏子雲先生〉，《國文天地》第 330 期（2012 年 11 月）。

[63] 浦安迪主編之《中國的敘事文學》，乃 1974 年普林斯頓大學中國古典文學討論會論文彙編，普林斯頓大學出版社，1978 年。

[64] 1973 年 12 月臺北《黎明文叢》18《話本與小說》。

描寫一個中國家庭卑俗而骯髒的日常瑣事，實在是一種革命性的改進，而在以後中國小說的發展中也後無來者。不過，它雖給小說開闢了一個新的領域，其表現方法卻又是另一碼事。比之《水滸》，《金瓶梅》這部作品是遠為有意識地為迎合習慣於各種口頭娛樂的聽眾而設計的。它包括許許多多的詞曲和笑話、世俗故事、佛教故事，它們經常損害了作品的自然主義敘述的結構組織。因此從文體和結構的角度來看，它當被看作是至今為止我們所討論的小說中最令人失望的一部。……在所有共同導致這部小說寫實不徹底、道德意義含糊的各種因素得到承認以後，我們如能集中在只涉及到主要人物——特別是西門慶、金蓮、瓶兒、月娘——的各種主要情節上，不為其所有穿插的諷刺滑稽文字、輕浮的喜劇和一本正經的說教所擾，則《金瓶梅》可以被看成一部可怕的道德現實主義作品。」

4.蘇聯的《金瓶梅》研究同樣引人矚目。用力最勤的是馬努辛。他在〈關於長篇小說《金瓶梅》的作者〉一文中推測「蘭陵」二字應是「酒徒」的意思，因為蘭陵這個地名使人很容易想起李白的詩句「蘭陵美酒鬱金香」。因此，「應當將蘭陵笑笑生看成一位嘻嘻哈哈的喝醉了酒的人，一位經常喝得醉熏熏的傢伙」，而這位「蘭陵醉漢便是一位敢於去揭露社會潰瘍的人物。」作為假設，他推測可能是李贄、徐渭、袁宏道、馮夢龍等人。更見理論功力的是他的《金瓶梅》人物論。他在〈長篇小說《金瓶梅》中的人物描寫手法〉中說：「《金瓶梅》是中國文學中第一部取材於作者當代社會生活的小說。作者在當時社會經濟和政治生活的背景之上描寫暴發戶西門慶，把他看作典型環境下活動的時代主人公的典型社會形象。這在中國文學史上是一個創造。」「把平凡的現實生活作為藝術創作的對象，這一創造要求作者有新的表現手法」。他認為「小說中的形象，按表現的原則可分為兩類：一類是用傳統的方法表現的，另一類結合了傳統的和新創的方法。第一類形象是人數眾多的媒婆，招搖撞騙的庸醫，不學無術的冬烘，測字算命的先生，以及和尚、尼姑等。……《金瓶梅》中描寫人物的傳統手法……一般用於塑造次要的或者插曲式的人物形象。……但一當書中出現西門慶、李瓶兒、吳月娘時」，「故事的敘述者竭力退居一邊，讓人物自己去進行活動，通過他自己的言詞和行動來表現他自己。……在《金瓶梅》裏，通過語言來表現性格成了典型化的一個主要手段」。他說《金瓶梅》「標誌著現實主義的發展，即從細節的真實過渡到形象的典型化和情節的典型化」。馬努辛對金學的最大貢獻是用畢生精力和心血譯成俄文版《金瓶梅》。該書印製考究，裝幀精美，由莫斯科國家文學出版社1977年一版，印行50000套；1986年二版，又印行75000套。該書據《金瓶梅詞話》節譯，雖然篇幅只有原作的五分之二強，但刪選比較得當。該書由馬努辛主譯，舍契夫、雅羅斯拉夫、李福清等潤色幫助，所以譯本品質較高，是《金瓶梅》西文譯本最好的幾種之一。馬努辛的俄文譯本《金瓶梅》未及

最後譯完出版，便英年早逝；譯本的序言〈蘭陵笑笑生及其小說《金瓶梅》〉和注釋由李福清撰寫，李福清在序言中著重闡明了各類象徵和隱喻的含義，簡明分析了西門慶、潘金蓮、李瓶兒、春梅等人物形象，指出了說唱文學以及儒家、佛教、道教對小說的影響，認為「把主要的筆墨集中用於描寫主人公的私生活」和「花了很大篇幅去描寫中國婦女的生活」是作者的兩個創舉，說「這部長篇小說宛如中國整個封建社會危機四伏時期的一面鏡子」。娥爾嘉·費舒曼〈論《金瓶梅》〉[65]說：「從表面看，這是一個家庭的興衰史。實際上展現在讀者面前的卻是整個中國社會的腐敗圖景——社會生活的腐敗和私人生活的糜爛。」因此，她不同意有人對《金瓶梅》客觀主義、自然主義、沒有正面人物、沒有光明前景、沒有作者理想的指責。她還認為《金瓶梅》從寫作技巧、結構方式、諷刺藝術等方面對《紅樓夢》《儒林外史》等產生了深遠影響。該文立論平穩而要言不煩，不失為一篇簡潔明當的紹介文字。

(三)日本的《金瓶梅》研究

　　日本學人對《金瓶梅》的研究熱情經久不衰，本階段又出版有 2 部編著（一為《金瓶梅》，日本東京平凡社 1965 年，收有論文 5 篇；二為大阪市立大學中國文學研究室編《中國八大小說》，日本東京平凡社 1965 年，收錄《金瓶梅》研究論文多篇），發表論文 30 餘篇。其可資存鑒者有：

　　1. 探討《金瓶梅》與《水滸傳》的關係，引起日本漢學界的興趣。小野忍〈《金瓶梅》的文學〉[66]認為「從現成的作品中構思或者取材，是明代以及明代以前的長篇小說中司空見慣的事情」，因為《水滸傳》中西門慶、潘金蓮故事情節有趣，《金瓶梅》便按照慣例借用了《水滸傳》。大內田三郎〈《水滸傳》與《金瓶梅》〉[67]則通過大安影印本《金瓶梅詞話》、百回本《水滸傳》、百二十回本《水滸傳》的比勘，認為《金瓶梅》借用《水滸傳》使用的是百回本系統的版本；又通過大安影印本《金瓶梅詞話》、天都外臣本《水滸傳》、容與堂本《水滸傳》的比勘，認為《金瓶梅》抄寫的是天都外臣本。當然，作者認為因為《金瓶梅》只是化用《水滸傳》而另自結構成書，所以抄用天都外臣本時作了一定的情節的改寫與字句的增刪。上野惠司〈從《水滸傳》到《金瓶梅》〉[68]則具體考察了《金瓶梅》借用《水滸傳》的文字差異，認為不管是發音相同或相近的改寫，語素排列順序的顛倒，還是音節變化的化用，都說明《金瓶梅》的文字「經

65　娥爾嘉·費舒曼著《中國諷刺小說》，莫斯科科學出版社，1966 年。

66　《中國的八大小說》，日本東京平凡社，1965 年。

67　《天理大學學報》，第 85 輯（1973 年 3 月）。

68　《關西大學中國文學會紀要》，1970 年第 3 號（1970 年 3 月）。

過了很好的整理」，可以作為《金瓶梅》個人創作說的支持。該文還通過若干語言的考察，認為《金瓶梅》的語彙並不屬於山東方言系統。

2. 老一輩《金瓶梅》研究者老當益壯，不減當年。如鳥居久晴，其〈《金瓶梅》作者試探〉列舉小說七個方面的差錯矛盾，說「難以認為這篇作品是某個個人根據創作意識有計劃地執筆的」，而支持潘開沛集體成書說；其〈《金瓶梅》的語言〉認為將近一千條諺語、歇後語的運用，構成了作品的庶民性，形成小說的語言風格，「可以說這部作品展示了明代市民語言記錄的頂點」。澤田瑞穗也不甘落後，其〈《金瓶梅》的研究與資料〉[69]認為金學肇始於 1931 年《金瓶梅詞話》的發現，或者「更嚴密一點說，是此書由北平古佚小說刊行會主持影印一百部的民國 22 年 3 月開始的」。該文與飯田吉郎的〈《金瓶梅》研究小史〉並為金學史的開山之作。其〈隨筆《金瓶梅》〉[70]，對西門家的傳說、木偶戲《金瓶梅》、張竹坡的「讀法」、滿文《金瓶梅》、金瓶梅傳奇、俗曲的潘金蓮、明治譯本《金瓶梅》、尾崎紅葉的《三人妻》（其主人公余五郎即日本的西門慶）等介紹甚詳，走的仍是「述而不作」的路子。

3. 本階段日本出現了一些新的《金瓶梅》研究者，如清水茂、後藤基巳、寺村政男、中野美代子、池本義男等。如寺村政男〈《金瓶梅》從詞話本到改訂本的轉變〉[71]，從回目、冒頭詩、正文細部等三個方面，探討了改訂者與作者「意識上的區別，或者從詞話到小說的過渡過程和讀者要求的相互關係等問題」，結論是「改訂本不僅只是改正詞話本的錯誤而進行的單純性的工作，而且還試圖從《水滸傳》中超脫出來，進一步儘量除去說唱故事的因素，使之更加獨立化。因此，我敢於說它是進行了向近代小說推進一步的工作，理所當然地起了過渡到清代小說的橋樑作用吧！」寺村政男在〈《金瓶梅詞話》中的作者介入文——「看官聽說」考〉[72]中說：「《金瓶梅詞話》由小野忍、千田九一氏共同譯成。有了這一良好的基礎，可以說不能不進入細部研究的時期了」。「看官聽說」考就是他說的細部研究之一，他通過對《金瓶梅詞話》全書 45 處「看官聽說」的分佈、形式和內容的分析，認為：「一般能分成二個部分，那就是一部分是『說明文字』，另一部分為『批判文字』……它的所謂批判性是缺乏的，但這絲毫也沒有降低這部小說的評價。《金瓶梅》的作者雖然大致是使用了所謂懲惡的中國小說的常套來結尾的，但這部小說描寫得最生動的地方是那些作為善人畏懼的惡的部分。」又如後藤基巳

69　《中國的八大小說》，日本東京平凡社，1965 年。
70　《中文研究》，第 10 號（1969 年 12 月）。
71　1978 年 6 月早稻田大學中國古典研究會編《中國古典研究》第 23 號。
72　《中國文學研究》，第 2 期（1976 年 12 月）。

〈《金瓶梅》的時代背景〉[73]認為「《金瓶梅》裏所寫的年代和寫作《金瓶梅》的年代是非常接近的，……《金瓶梅》的作者借用了西門慶這個人物成功而又出色地浮雕了明末新興商人階級富有特徵的生活狀態」，文章說：「讓我們把這部小說作為坦率地、細緻地謳歌了 16 世紀的中國全社會向著新的風氣、新的方向開始轉化運動的時代精神，以及在這個經濟倫理觀、道德倫理觀的基礎之上，人們的非常開闊而旺盛的思想和行動的市民文學的傑作來品讀一下吧。」

20 世紀的《金瓶梅》研究，自 1901 年至 1978 年，以 1924 年魯迅《中國小說史略》出版，標誌著古典階段的結束和現代階段的開始；以 1933 年北京古佚小說刊行會影印發行《金瓶梅詞話》，標誌著現代階段的正式啟動；以中國大陸、日本、臺港、歐美（美、蘇、法、英）四大研究圈的形成，標誌著現代階段的全面推進；以版本、寫作年代、成書過程、作者、思想內容、藝術特色、語言風格、文學地位、理論批評、資料彙編、翻譯出版等課題的形成與展開，標誌著現代階段的研究水準。至此應當說，《金瓶梅》研究具有十分厚實的根基和無比開闊的前景。中國大陸的研究一度消歇之後，其巨大的潛力即將奔突洋溢。可以想見，一個《金瓶梅》研究的火紅黃金時代就要到來，一門新的「顯學」正在催生。

五、1979-2000 年

20 世紀是人類歷史上可足稱道的一個百年。對中國人來說，在這一個百年中，產生了驚天動地的四件大事：1911 年封建王朝的終結，1919 年五四新文化運動的興起，1949 年新中國的誕生，1978 年新時期的開始。如果說辛亥革命是封建制度的終結，五四運動便是封建文化的檢討；如果說開國大典是制度的開創，改革開放才帶來了文化的新生。中國人心裏存有豐富的傳統，中國人背上也背著厚重的負擔。變革傳統文化，呼喚當代文明，這一除舊佈新的文化使命，在中國用了六十年的時間。思想文化的進程與歷史的自然時序往往並不同步，觀念意識的更新、研究方法的轉變、思維方式的超越、科學格局的營設一旦萌發變成，便產生著廣泛的影響，具有劃時代的意義。《金瓶梅》研究就是其中一例。僅據中國大陸研究成果粗略統計，這一階段出版專著 200 餘部，發表論文 2000 多篇。1901-1978 年全世界出版專著不到 10 部，發表論文不足 300 篇。本世紀後 20 年是前 80 年的二十倍。

73　《中國的八大小說》，日本東京平凡社，1965 年。

(一)研究概況

1.中國的《金瓶梅》研究

(1)1979-1984 年的《金瓶梅》研究

1979-1984 年，是中國大陸新時期《金瓶梅》研究前行者重新點燃星火並且辛勤耕耘的幾年，也是中國港臺《金瓶梅》研究宿將不懈努力並且繼續開拓的幾年。朱星是中國大陸新時期名符其實的一顆啟明星，他在 1979-1980 年連續發表有 7 篇論文，並於 1980 年 10 月由百花文藝出版社結集出版了中國大陸《金瓶梅》研究的第一部專著《金瓶梅考證》。朱星的研究結論不一定都能經得住學術的檢驗，朱星繼魯迅、吳晗、鄭振鐸、李長之等人之後，重新點燃並高舉起這一支學術火炬，結束了沉寂 15 年之久的局面，這一歷史功績，卻已經並將繼續經得起時間的檢驗。在 1979 年發表有《金瓶梅》研究論文的，還有黃霖、鄭逸梅、張友鸞等人，尤以與朱星商榷的黃霖〈《金瓶梅》原本無穢語說質疑〉[74]一文最有影響。1980 年便隨後湧現出一批《金瓶梅》研究者，如徐朔方、劉子驤、戴不凡、王麗娜、孫遜、陳詔、冀振武、趙景深、劉世南、張遠芬等。1981 年新有蔡國梁、支沖、王汝梅、張俊、杜維沫、劉輝、顧國瑞、王強、白維國、夏閎等加入，1982 年又有朱捷、陳昌恆、戴鴻森、李錦山、曦鐘、邑人等加入，1983 年另有曉京、林家治、李時人、李開、徐建華、章培恒、王永生、劉紹智、徐銘延、傅憎享等加入，1984 年復有李新祥、曾遠聞、聶紺弩、甯宗一、吳敢、郭豫適、盧興基、張玄平、王良惠、朱眉叔、胡文彬、趙富平、王煦、李思敬、何根生、章舟、王達津、于盛庭等加入。這個四、五十人的陣容，如果連同治文學史、文學批評史、小說史、小說批評史、文獻學等涉及《金瓶梅》的其他學科領域的學人，已經是一支不容忽視的集團軍。一些地方而且出現《金瓶梅》的研究群體，如徐州、聊城等。其間臺灣的魏子雲、高陽、劉心皇等十幾位研究者也發表有 30 多篇論文，對《金瓶梅》的作者、成書過程、著作年代、版本、人物、史料等，均時有創見。尤其是魏子雲，老當益壯，既是一位殷殷學人，又是一位謙謙君子，誠可謂道德文章。

(2)1985-1994 年的《金瓶梅》研究

1985-1994 年，是中國（大陸與港臺一體）《金瓶梅》研究如火如荼的十年，是繼「紅學」之後又一門顯學——「金學」形成的十年，是中國《金瓶梅》學會創建的十年，是幾乎一年一會金學同人聚首面商、團結合作的十年。1985 年 6 月，首屆全國《金瓶梅》學術討論會在江蘇徐州召開，由此拉開中國《金瓶梅》研究高溫熱潮的帷幕。1989 年 6

---

74 《復旦學報》，1979 年第 5 期。

月，首屆國際《金瓶梅》學術討論會在江蘇徐州召開，中國《金瓶梅》學會同時成立，從此形成大陸與港臺一體的金學同盟，從此形成國際金學同人階段性晤談交流的局面。中國《金瓶梅》學會雖然遲至 1989 年方始成立，但學會的主要工作人員如第一屆學會（1989-1993）的劉輝、吳敢、黃霖、王汝梅、周鈞韜、張遠芬、卜鍵、及巨濤等，第二屆學會（1993-2003）的劉輝、吳敢、黃霖、卜鍵、及巨濤等，自 1985 年發起組織全國首屆《金瓶梅》學術討論會時便已出現。所以，中國《金瓶梅》學會是中國金學十年高潮的「弄潮兒」。用定期召開會議的方式，對金學進行階段性總結和啟導，是一種行之有效地推進學術的方式。中國《金瓶梅》學會責無旁貸地擔起了這一歷史的重任。這一階段幾乎每年都出版有 10 部以上的金學專著，1990-1992 年每年出版的金學專著竟有 20 部之多。這一階段幾乎每年發表的論文也都在 100 篇左右。此間累計出版金學專著約為 120 部，發表金學論文 1000 餘篇。中國《金瓶梅》學會的會員已有二三百人之多，全國發表有《金瓶梅》研究成果的研究者約為 500 人之眾。

其間《金瓶梅》原著的出版也已蔚為大觀，僅中國大陸就多達 12 種：如《金瓶梅詞話》（刪節排印本），戴鴻森校點，人民文學出版社 1985 年 5 月一版；《張竹批評第一奇書金瓶梅》（刪節排印本），王汝梅、李昭恂、于鳳樹校點，齊魯書社 1987 年 1 月一版，1988 年 3 月修訂重印，1991 年 10 月收入該社《明代四大奇書》；《金瓶梅詞話》（影印本），文學古籍刊行社 1988 年 4 月據 1957 影印本重印，內部發行；《新刻繡像批評金瓶梅》（影印本），北京大學出版社，1988 年 12 月內部發行；《新刻繡像批評金瓶梅》（排印本），齊煙、汝梅校點，齊魯書社 1989 年 6 月一版，1990 年 11 月與香港三聯書店合出海外版；《新刻繡像批評金瓶梅》（刪節排印本），收錄於《李漁全集》，張兵、顧越點校，黃霖審定，浙江古籍出版社 1992 年 10 月一版；《皋鶴堂批評第一奇書金瓶梅》（刪節排印本），王汝梅校注，吉林大學出版社 1994 年 10 月一版；《金瓶梅詞話校注》（刪節排印本），白維國、卜鍵校注，馮其庸顧問，岳麓書社 1995 年 8 月一版；《新刻繡像批評金瓶梅》（刪節排印本），收錄於《笠翁文集》，溫京華、田軍點校，光明日報出版社 1997 年 10 月一版；《金瓶梅會評會校本》（刪節排印本），秦修容整理，中華書局 1998 年 3 月一版；《金瓶梅詞話》（刪節排印本），陶慕寧校注，甯宗一審定，人民文學出版社 2000 年 10 月一版，2008 年 8 月一刷〔其後又有《雙舸榭重校評批金瓶梅》（刪節排印本），卜鍵點評，作家出版社 2010 年 1 月；《新刻繡像批評金瓶梅》（影印本），線裝書局 2012 年 5 月；劉心武評點《金瓶梅》（刪節排印本），灘江出版社 2012 年 11 月等三種〕。香港的出版更如風助火勢，太平書局一馬當先，文海出版社、光華書局、星海文化出版有限公司、天地圖書有限公司等爭先恐後，成為書肆一道風景線。如由劉輝、吳敢輯校的《會評會校金瓶梅》，天地圖書有限公司 1994 年一版，1998 年二版，2010 年三版。而香港夢梅館主梅節可謂

《金瓶梅》校注出版的大家，1988 年由香港星海文化出版有限公司出版《全校本金瓶梅詞話》；1993 年由梅節校訂，陳詔、黃霖注釋，香港夢梅館出版《重校本金瓶梅詞話》；1999 年梅節再為校訂，陳少卿抄寫，香港夢梅館出版《夢梅館校定本金瓶梅詞話》。前後三次合共校正詞話原本訛錯衍奪七千多處，成為可讀性較好的一個本子。梅節由校書而為研究，關於《金瓶梅》作者、流傳、成書、故事發生地點等問題的認識，亦頗覺實在。臺灣天一出版社繼 1975 年 7 月影印《金瓶梅詞話》後，1985 年 7 月作為國立政治大學古典小說研究中心主編之「明清善本小說叢刊初編·第十輯煙粉小說·人情類」之二，又影印出版了《新刻繡像批評原本金瓶梅》。1980 年 12 月，臺灣增你智文化事業有限公司出版了刪節排印本《金瓶梅詞話》，100 回，3 冊。第 1 冊附有侯健〈金瓶梅論〉、毛子水〈金瓶梅詞話序〉、魏子雲〈論金瓶梅這部書——導讀〉；第 3 冊附有魏子雲〈金瓶梅編年紀事〉與〈古（俗）今字對照表〉。（其後又有陳詔、黃霖注釋《夢梅館校本金瓶梅詞話》，里仁書局 2007 年 11 月初版，2009 年 2 月修訂一版，2013 年 2 月修訂一版八刷；《新刻繡像批評金瓶梅》，學生書局 2011 年 7 月初版等）。中國大陸初始發行猶多顧慮，影印原本者限量內部發行，公開發行的則為刪節排印本。後來竟至無店不備，且無刪節，又多品種，成為通俗讀物，使《金瓶梅》擁有著數以萬計的愛好者。

自 1933 年至此 60 年，一本書的出版，物換星移，柳暗花明，居然如此繁複，世事艱辛，於此可見一斑。中國《金瓶梅》學會 1989 年 6 月編印 1 本《金瓶梅學刊》（創刊號），後改名《金瓶梅研究》，1990 年 9 月正式出版，至今已出刊 10 輯，成為全球唯一的專題金學園地。

轟轟烈烈的金學使《金瓶梅》成為文化品牌，其文化傳播已經引起媒體的關注。如 1984 年，吉林省京劇院上演了由編劇齊鐵雄創作的京劇《金瓶梅》。1985 年，由魏明倫編劇的荒誕川劇《潘金蓮》上演，並陸續在全國公演。1985 年，李翰祥編導的《金瓶梅三部曲》由香港奔馬出版社出版，該書收入《金瓶雙豔》《武松》《惠蓮》三個電影文學劇本。1986 年，「中國古典名著《金瓶梅》40 集電視文學劇本創作座談會」在長春召開，朱一玄、王汝梅、李少白等與會。1989 年，學術電視片《金瓶梅：天下第一奇書》攝製完成，由吉林省教育音像出版社發行。1989-1991 年，江蘇省梆子劇團上演了周長鐘編劇的徐州梆子戲《李瓶兒》。1992 年 6 月 15 日，江蘇省梆子劇團為首屆國際《金瓶梅》學術討論會專場演出移植荒誕川劇《潘金蓮》。1992 年 6 月 16 日，徐州市京劇團為首屆國際《金瓶梅》學術討論會專場演出新編京劇《金瓶二蓮》。1992 年，吉林省文化廳上報廣電部，申請電視連續劇《金瓶梅》的拍攝獲准，成立《金瓶梅》攝製組，陳家林執導。1993 年，文化部簽發(1993)1112 號檔，叫停電視連續劇《金瓶梅》。1993 年，豫劇《金瓶梅》（演出時改名為《西門風月》）由河南省豫劇院三團上演。1994 年，香

港 TVB 電視台完成 20 集電視連續劇《恨鎖金瓶》等。

(3)1995-2000 年的《金瓶梅》研究

如果說 20 世紀最後 20 年的《金瓶梅》研究，1979-1984 年是鳳頭，1985-1994 年是虎背熊腰，那麼 1995-2000 年便是豹尾。徐朔方說：「研究工作最需要的是冷靜的探索」，「太冷，只有很少幾個人能把研究工作堅持下去；太熱，則會招引很多指指點點看熱鬧的人……太熱了，書可能會出得濫，文章可能多產，而品質難說」[75]。這一階段就稱得上是金學「冷靜的探索」的時期。本階段保持著每年出版金學專著 10 部左右的勢頭，每年發表論文五、六十篇的規模。這看似一種餘緒，其實是一種積蓄。1979-1985 年間的金學專著，基本都是資料彙編、論文選集、作者考證，為其後十幾年金學的興旺繁榮鋪墊下厚實的基礎；1986-1994 年間的金學專著，除繼續進行資料彙編、作者考證以外，考證的範圍擴大到幾乎所有的領域，評析思想內容、藝術特色、文化影響的作品漸趨多數，其中尤以人物與語言研究出現批量性成果；1995-2000 年間的金學專著，彙編、考證已不多見，思想與藝術研究也已轉平，語言雖然仍有不少研究者留目，「金瓶文化」與金學傳播形成新的熱點，社會風俗、時代精神、文化層面、士子心態等越來越進入金學同人視野，而世紀之交令人產生難解的歷史情結，一些研究者試圖從不同角度對金學進行闡釋和總結，回顧、思考、展望成為當時思維定式。一批金學新人湧現。臺灣的陳益源是其中佼佼者，在中國古代小說研究方面，十年之間連續出版有《剪燈新話與傳奇漫錄之比較研究》[76]、《從嬌紅記到紅樓夢》[77]、《元明中篇傳奇小說研究》[78]、《古代小說述論》[79]、《小說與豔情》[80]等論著，並參與「域外漢文小說」諸項研究計畫，以紮實的態度和創新的風格，博得海峽兩岸學人一致好評。其關於《懷春雅集》提供《金瓶梅》寫作素材、《金瓶梅》的民間傳說及其意義、《金瓶梅》研究在越南、《水滸傳》與《金瓶梅》之間的源流、《金瓶梅》與豔情小說的關係等論述，頗見功力與思路。

中國的卜鍵、陳益源、李時人、陳東有、許建平、王平、孟昭連、何香久、潘承玉、霍現俊、張進德、石鐘揚等均堪稱別具隻眼的青年金學家，他們的考證、評析、考論、新解、新證、索引、發微、新論，使得金學園林更加花團錦簇，成為中國金學寶塔十分

---

75 張夢華〈春日訪徐朔方談《金瓶梅》研究〉，《國際金瓶梅研究集刊》第 1 集，成都出版社，1991年。

76 臺北：臺灣學生書局，1990 年。

77 瀋陽：遼寧古籍出版社，1996 年。

78 香港：學峰文化事業公司，1997 年。

79 北京：線裝書局，1999 年。

80 上海：學林出版社，2000 年。

耀眼的塔尖。劉輝、黃霖、王汝梅、張遠芬、周鈞韜、周中明、王啟忠、孔繁華、鮑延毅、馮子禮、田秉鍔、陳昌恆、孫遜、石昌渝、白維國、李申、羅德榮、魯歌、馬征、張鴻魁、鄭慶山、葉桂桐、趙興勤等可以說是本階段著述豐厚的中年金學家，他們是這座寶塔的塔身。中國金學寶塔的塔基塔座則由老一輩金學家魏子雲、朱星、徐朔方、梅節、孫述宇、甯宗一、蔡國梁、陳詔、盧興基、傅憎享、杜維沫等營建，可謂源淵流長。中國的《金瓶梅》研究，經過 80 年漫長的歷程，終於在本世紀的最後 20 年登堂入室，當仁不讓也當之無愧地走在了國際金學的前列。

2.國外的《金瓶梅》研究

(1)日韓的《金瓶梅》研究

這一時期，日本《金瓶梅》研究的熱情相對減弱，但仍有不少漢學家接流步武，如荒木猛、日下翠、大塚秀高、阿部泰記、鈴木陽一等。其中阿部泰記關於《金瓶梅詞話》敘述混亂原因的分析，以及由此得出的「萬曆本《金瓶梅詞話》是某一特定的作者在構思還沒有完全統一的階段的作品化了的讀物」的結論[81]；日下翠關於吳晗《金瓶梅》成書萬曆說的批判，以及對《金瓶梅》成書嘉靖說的支持[82]，關於《金瓶梅》是李開先個人創作而非整理的考證[83]；大塚秀高關於《金瓶梅》構思既受《水滸傳》影響，又受《封神演義》《三國演義》影響的推斷[84]，關於《金瓶梅》的構造從玉皇廟到永福寺的分析[85]，已經引起國際金學界的注意。荒木猛最為活躍，發表有〈關於內閣文庫本《新刻繡像批評金瓶梅》的出版書肆〉[86]、〈論金瓶梅展現的明代用語〉[87]、〈金瓶梅描繪的官吏世界及其時代〉[88]、〈談崇禎本《金瓶梅》各回引首詩詞〉[89]、〈金瓶梅寫作時代的推定〉[90]、〈金瓶梅的思維方式〉[91]等論文，他雖然還不像大塚秀高那樣成為中國古代小說研究的多面手，但其關於崇禎本出版的書坊為杭州魯重民、刊行年代在崇禎十三年之後不

81　〈論《金瓶梅詞話》敘述之混亂〉，日本《人文研究》第 58 輯（1979 年 7 月）。

82　〈金瓶梅成書年代考〉，日本 1984 年 1 月《東方》。

83　《金瓶梅作者考證》，明清小說論叢，春風文藝出版社，1985 年。

84　〈金瓶梅的構思〉，《明清小說研究》，1996 年第 4 期。

85　〈續金瓶梅的構造〉，1999 年 3 月《東洋文化研究所紀要》第 137 冊等。

86　1983 年 6 月《東方》。

87　《長崎大學教養部紀要》32-1，1991 年。

88　《活水日文》22，1991 年。

89　1989 年 6 月首屆國際《金瓶梅》學術討論會交流論文，發表於《長崎大學教養部紀要》33-1，1992 年。

90　《長崎大學教養部紀要》35-1，1994 年。

91　《長崎大學教養部創立 30 周年紀念論文集》，1995 年。

久；關於詞話本與崇禎本的不同，特別是篇頭詩詞的不同，以及崇禎本篇頭詩詞出自《草堂詩餘》；關於從小說中的干支記日推算《金瓶梅》成書於嘉靖四十年到隆慶六年之間的觀點，都說明他是當今日本《金瓶梅》研究者中的後起之秀。

《金瓶梅》大約剛一出現便被介紹到韓國，其後不斷有人提及，自本世紀五十年代起多種譯本相繼出版，如金龍濟據第一奇書本的譯本《金瓶梅》，1956 年南朝鮮正音出版社出版。本階段 1990 年內外出版社出版了改編本《小說金瓶梅》，朴秀鎮的《完譯金瓶梅》也於 1991-1993 年由漢城青年社出版。近 20 年來，陸續有李相翊、安重源、康泰權、金兌坤、崔溶澈、金宰民、趙美媛、李無盡等人，或發表論文，或作為碩士、博士論文，對《金瓶梅》作有全面的但尚是大輪廓的研究。其中康泰權、金兌坤均有多篇論文發表，而崔溶澈最為熱情，幾乎參加了此間在中國大陸召開的所有《金瓶梅》研討會議，並都有具備相當水準的學術成果交流。

(2)歐美的《金瓶梅》研究

近 20 年歐美《金瓶梅》研究人員主要集中在美國和法國，尤以美國最富光彩。美國有一支豪華的《金瓶梅》研究陣容，如夏志清、韓南、芮效衛、柯麗德、浦安迪、馬幼垣、馬泰來、鄭培凱、楊沂、陸大偉等，足令國際金學界欽羨。這支隊伍雖然在人數上無法與中國相比，但在影響上卻可以與中國相伯仲。芮效衛〈湯顯祖創作金瓶梅考〉[92]以小說內容與版本為內證，以湯顯祖生平著述為外證，兩相對照，首創《金瓶梅》作者湯顯祖說。他的《金瓶梅》英文全譯本，1993 年出版第一卷以後，也受到西方讀者的歡迎。柯麗德〈金瓶梅中的雙關語和隱語〉從儒家傳統出發，以張竹坡「冷熱」論為據，重點剖析了小說第二十七回，認為書中到處可見的文字遊戲表明作者高度自覺地提出了醫治社會弊病的傳統療法，但強調這一回正是打開全書題旨鑰匙的觀點，似覺偏執；其《金瓶梅的修辭》[93]亦是一部力作，如關於《金瓶梅》以家喻國隱射的解讀，認為「西門慶是明王朝的一個縮影」；關於《金瓶梅》性與自我意識的剖析，認為「性行為的描寫便於深化小說中家國並置式的社會內在批判」等，均頗覺警策。浦安迪〈瑕中之瑜〉即小見大，由近及遠，重在探索崇禎本的評注，認為它反映了「李贄名下評注本所共有的論點」，甚至遠溯到《金瓶梅》成書之時，抑或有李贄評點的可能；另外在本文中，他據謝肇淛《小草齋文集·金瓶梅跋》，認為 20 卷本早於 10 卷本；其〈金瓶梅非「集體創作」〉[94]針對徐朔方、劉輝《金瓶梅》成書「集體累積說」，從小說的整體結構、行文

---

[92]　本小節以下未注出處者均見徐朔方編《金瓶梅西方論文集》。

[93]　印第安那大學出版社 1986 年。

[94]　《金瓶梅研究》，1991 年第 2 輯。

中的冗贅重複、全書內容不外講一「亂」（亂心、亂意、亂身、亂家、亂國、亂天下）字等幾方面分析，得出「呈現了一種成熟的小說文體形式及明末文人成就」的不同結論。馬幼垣、馬泰來兄弟在《金瓶梅》研究界均頗有影響，馬幼垣〈研究金瓶梅的一條新資料〉[95]、〈論《金瓶梅》謝跋書〉[96]等，馬泰來〈論謝肇淛的〈金瓶梅跋〉〉[97]、〈麻城劉家和《金瓶梅》〉[98]、〈諸城丘家與《金瓶梅》〉[99]等，是研究《金瓶梅》作者與成書過程的早期重要論文。鄭培凱〈《金瓶梅詞話》與明人飲酒風尚〉通過排比分析，把酒的描寫與人物塑造聯繫起來，並根據嘉靖間崇尚金華酒、萬曆間風行三白酒這種當時飲酒風尚，對《金瓶梅》的成書年代和地域提供了旁證；其姊妹篇〈酒色財氣與《金瓶梅詞話》的開頭〉[100]針對魏子雲〈四貪詞〉諷刺萬曆朝政、開場詞與解說影射萬曆寵愛鄭妃而打算廢嫡立庶的觀點，廣徵博引，像前文一樣，著重從中國文化的背景來考察小說的思想內容，正如論文副標題所寫，是「兼評《金瓶梅》研究『索引派』」的。陸大偉發表了一批《金瓶梅》研究論文[101]，與楊沂、史梅蕊等是美國金學的希望。

　　法國的《金瓶梅》研究者遠沒有美國為多，不過雷威安、艾金布勒、李治華、陳慶浩等人，屈指可數；但雷威安卻是海外最好的金學家之一。雷威安 1979 年發表的〈《金瓶梅》初刻本年代商榷〉〈最近論《金瓶梅》的中文著述——評介《金瓶梅探源》〉[102]與發表在 1984 年第 10 期《文學研究動態》上的〈評《金瓶梅的藝術》〉就已經使人刮目相看，1989 年他提供給首屆國際金瓶梅學術討論會的論文〈《金瓶梅詞話》第 53、54 回的秘密〉[103]，1992 年他提供給第二屆國際《金瓶梅》學術討論會的論文〈《金瓶梅》和《聊齋誌異》〉，更使金學同人感知到他讀書的精細與見解的獨到；最能使雷威安在《金瓶梅》研究界享有盛譽的，是他於 1985 年 4 月作為「七葉叢書」之一據詞話本翻譯

95　《中國古典小說研究專集》1，臺北聯經出版事業公司，1979 年。

96　《中國古典小說研究專集》2，臺北聯經出版事業公司，1980 年。

97　《中華文史論叢》，1980 年第 4 輯。

98　《中華文史論叢》，1982 年第 1 輯。

99　《中華文史論叢》，1984 年第 3 輯。

100　臺灣 1984 年 5 月《中州文學》。

101　如〈張竹坡大罵吳月娘來龍去脈初探〉（1986 年中國第二屆《金瓶梅》學術討論會交流論文）、〈金瓶梅評點及小說理論論文目錄〉（同上）、〈《金瓶梅》與《林蘭香》〉（《明清小說論叢》第 5 輯，春風文藝出版社 1987 年 9 月）、〈金瓶梅與公案文學〉（1992 年 6 月《金瓶梅研究》第 3 輯）、〈中國傳統小說中說唱文學的非寫實性引用——《金瓶梅詞話》的模型及其影響〉（1993 年 7 月《金瓶梅研究》第 4 輯）等。

102　臺北市時報文化出版事業公司 1981 年 8 月魏子雲《金瓶梅的問世與演變》。

103　《國際金瓶梅研究集刊》第 1 集，成都出版社，1991 年。

出版的法譯本《金瓶梅》。雷威安翻譯時把小說分成 10 部分，每部分擬出 1 個標題，每個標題概括原書 10 個回目，依次為金蓮、瓶兒、惠蓮、王六兒、瀆職、少爺之死、枕邊的幻想、西門慶暴死、善有善報惡有惡報、土崩瓦解，他並為全書寫有導言[104]，著重論述了《金瓶梅》在中國文學史上的地位，並對《金瓶梅》在歐洲翻譯出版和各方評論的情況，作了概要的介紹。正文每回附有繡像本插圖 2 幅總 200 幅，卷末附有注釋。

其間在中國大陸召開了 6 次全國會議與 4 次國際會議，即：1985 年 6 月在徐州召開的第一屆全國《金瓶梅》學術討論會、1986 年 10 月在徐州召開的第二屆全國《金瓶梅》學術討論會、1987 年 11 月在揚州召開的第三屆全國《金瓶梅》學術討論會、1989 年 6 月在徐州召開的第一屆國際《金瓶梅》學術討論會、1990 年 10 月在臨清召開的第四屆全國《金瓶梅》學術討論會、1991 年 8 月在長春召開的第五屆全國《金瓶梅》學術討論會、1992 年 6 月在棗莊召開的第二屆國際《金瓶梅》學術討論會、1993 年在鄞縣召開的第六屆全國《金瓶梅》學術討論會、1997 年 7 月在大同召開的第三屆國際《金瓶梅》學術討論會、2000 年 10 月在五蓮召開的第四屆國際《金瓶梅》學術討論會，極大地推動了《金瓶梅》的研究。

其間累計出版《金瓶梅學刊》1 期、《金瓶梅研究》6 期、《國際金瓶梅研究集刊》1 期、《金瓶梅文化研究》3 期，《金瓶梅研究》成為《金瓶梅》研究成果的集中發表園地。

(二)學術成果

1.成書年代

《金瓶梅》研究有一些迄無結論、懸而難決的焦點問題，成書年代即為其中之一。主要有「嘉靖說」「萬曆說」兩種意見。

明人首倡「嘉靖說」。屠本畯《山林經濟籍》傳言於前，沈德符《萬曆野獲編》、謝肇淛《小草齋文集》、廿公〈金瓶梅跋〉等呼應於後，終明一代，無有二議。清人多從「嘉靖說」，據吳晗統計，竟有「二說十二類」之多。直到近人蔣瑞藻《小說考證》還認定不疑。1947 年馮沅君〈《金瓶梅詞話》中的文學史料〉通過對小說中清唱的清理，推論「《金瓶梅詞話》跋稱此書是『世廟時一巨公寓言』，此說大約是可信的」。1962 年龍傳仕《金瓶梅創作時代考索》更明確地對「萬曆說」提出挑戰，1979 年朱星重申「嘉靖說」，周鈞韜、日下翠、劉輝、卜鍵、陳詔、鄭培凱、李忠明、王堯、盛鴻郎、楊國玉等附議。「嘉靖說」的主要論據，一是明人筆記的明確記載，認為除非另有明確記載

---

[104] 其導言與艾金布勒的前言均載《金瓶梅西方論文集》。

為非嘉靖朝成書，而不能輕易推翻；二是小說中的一系列內證，如《如意君傳》的刊刻年代，佛教的興衰，道教的活動，海鹽腔、弦索調與山坡羊、鎖南枝等小令的流行，以及太僕寺馬價銀、太監、皇莊、皇木、女番子、金華酒、書帕等，均是嘉靖朝的象徵。卜鍵《金瓶梅作者李開先考》根據小說寫的都是嘉靖時事，小說中的戲曲演出無萬曆劇目、聲腔無崑曲判斷「《金瓶梅詞話》的寫作在嘉靖末年並基本完成於這一時期」。楊國玉〈金瓶梅敘事時序中「舛誤」干支揭秘〉則具體認為「第1-30回寫於嘉靖二十三至二十七年」，「第52-80回應寫於嘉靖四十年至隆慶六年」，「全書的最後完成時間總要晚一些，最早也在萬曆初年」。其《金瓶梅人物命詞索隱》更認為「嘉靖二十三年應大致可確定為《金瓶梅》的始作之年。」

　　清人始有「萬曆說」。宮偉鏐《春雨草堂別集》卷七〈續廷聞州世說〉主《金瓶梅》作者趙南星說，趙南星是萬曆朝人物，自然《金瓶梅》成書於萬曆時期。此說在當時「嘉靖說」的強大輿論壓力下影響甚微。本世紀30年代，鄭振鐸、吳晗先後呼應，力主「萬曆說」，遂後來居上，取「嘉靖說」而代之，一時成為不可移易之論。1957年趙景深延續此說[105]。本階段黃霖最早重申「萬曆說」，其《金瓶梅成書三考》提出五條證據：一、小說第三十五回所引李日華「殘紅水上飄」等曲流行於萬曆年間；二、屠隆〈別頭巾文〉載於萬曆年間的《開卷一笑》；三、萬曆十七年雒于仁上「四箴」書勸皇帝戒除酒色財氣與書中出現「陳四箴」的關係；四、小說第六十五回出現的凌雲翼死於萬曆十五年以後，只有在其身後才有可能為小說所引；五、「海鹽子弟」演戲乃萬曆習俗。並有一段著名的論斷：「只要《金瓶梅詞話》中存在著萬曆時期的痕跡，就可以斷定它不是嘉靖年間的作品。」黃霖並且推斷《金瓶梅》成書確切時間「當在萬曆十七年至二十四年間」。而梅節〈金瓶梅成書的上限〉推定在萬曆五至十年。馬泰來〈麻城劉家和《金瓶梅》〉認為成書於萬曆十一年之前。魯歌、馬征〈金瓶梅作者王穉登考〉認為在萬曆十九至二十五年間。李洪政〈金瓶梅書中有作者署名〉則判斷在萬曆二十一至三十二年間，其「寫作地點就在徐州」。許建平《「金學」考論》集其大成，從凌雲翼總督河漕的時間，何太監的衣冠服飾的朝代，巡按與來住官吏、地方官吏間宴請的鋪張，申二姐所唱小調〔掛真兒〕等的興起時間，「書童」「小唱」風行的時間，海鹽腔的時尚時間，佛教的興衰時間等七個方面，論證《金瓶梅》成書在萬曆六年至萬曆十一年之間。徐朔方〈金瓶梅成書新探〉等則對「萬曆說」提出全面的商榷和訂正。

　　魏子雲亦是非「嘉靖說」的主力陣容成員。不過他採取的是索引的方法，認為西門慶影射萬曆皇帝，小說第一回廢嫡立庶事影射萬曆帝寵愛鄭貴妃與其子福王常洵；魏子

105　〈談《金瓶梅詞話》〉。

雲更主張「《金瓶梅》編年說」，從所謂萬曆三大案一系列事件的考索中，得出「其成書年代，最早絕不會越於天啟元年」的結論。對這種類似「舊紅學」的「影射說」「編年說」，徐朔方、鄭培凱、陳詔、劉輝等均提出過批評。

調和「嘉靖說」與「萬曆說」的觀點也幾乎可以鼎足而立。張鴻勳〈試談金瓶梅的作者、時代、題材〉[106]「認為這兩個說法沒有多大的出入，既然確切的年代無法知道，那麼它大約的年代就在 16 世紀上葉，再具體地說，是在嘉靖與萬曆之間」。杜維沫〈談談《金瓶梅詞話》的成書及其他〉、徐扶明〈金瓶梅寫作時代初探〉等後來又從不同角度闡揚這個觀點。潘承玉《金瓶梅新證》通過區別分析小說創作的客體與主體，在其〈佛、道教的描寫：有關金瓶梅成書時代的新啟示〉一節中，認為「《金瓶梅》一書所寫的時代，是佛教由長期失勢轉而得勢，道教由長期得勢轉失勢的時代。……換句話說，《金瓶梅》反映的不僅是嘉靖朝的歷史或萬曆朝的歷史，而是從嘉靖中期至萬曆前期這一時間跨度大得多的歷史，……《金瓶梅》從開頭至西門慶死前後的情節，創作於崇道抑佛的嘉靖朝；西門慶死後的情節，創作於崇佛抑道的萬曆朝。……小說最後定稿於萬曆十七年以後」。

另外，周鈞韜的「隆慶說」[107]，趙興勤的「隆慶至萬曆初年說」[108]等，附此備考。

2.成書方式

這也是一個《金瓶梅》研究中的焦點問題，主要有兩說：

一是「個人創作說」。明清兩代均主此說。本世紀更一度成為定論，魯迅以後的眾多文學史、小說史因此稱《金瓶梅》為我國第一部由文人獨立創作一次完成的長篇白話小說。本階段亦得到朱星、杜維沫、黃霖、周鈞韜、李時人、魯歌、浦安迪、日下翠以及所有提出某作者說的論者的支持，仍是壓倒的優勢。此說的主要根據有三：一、如果《金瓶梅詞話》是「話本」，為什麼至今未見類似作品流傳？二、明代一些著名文人對《金瓶梅》的反應均是剛剛出現而非世代累積。三、《金瓶梅》具有完整的藝術結構、一以貫之的思想、統一的文學風貌。

二是「集體累積說」。劉輝《金瓶梅論集》認為此說在丁耀亢《續金瓶梅·凡例》中初露端倪。四十年代趙景深〈《金瓶梅詞話》與曲子〉[109]、馮沅君〈《金瓶梅詞話》中的文學史料〉[110]等都曾透露出《金瓶梅》非一人之力所為的想法。五十年代又出現潘

---

106 《文學遺產增刊》，1958 年第 6 輯。

107 《金瓶梅新探》，天津：百花文藝出版社，1987 年。

108 〈也談《金瓶梅》的作者及其成書時間〉，《金瓶梅研究集》，濟南：齊魯書社，1988 年。

109 《銀字集》，上海：永祥印書館，1946 年。

110 《古劇說彙》，上海：商務印書館，1947 年。

開沛與徐夢湘的一次爭辯。八十年代初，徐朔方對此說集中展開論述，提出十條例證：
每回前均有韻文唱詞，大部分回目以韻語作結束，正文若干處保留有說唱者的語氣，吳
月娘、孟玉樓、春梅、玉簪兒祭奠訴苦唱《山坡羊》，幾乎沒有一回不插入詩、詞、散
曲，不少地方與宋元小說戲曲雷同，全書對勾欄用語、民間諺語的熟練運用，行文的粗
疏重複，《金瓶梅》與《水滸傳》的關係，《金瓶梅》與《志誠張主管》的關係等，並
概括為：「世代累積型集體創作」[111]。孫遜、陳詔〈金瓶梅作者非「大名士」說〉，鄧
瑞瓊、吳敢〈從「來保押送生辰擔」看《金瓶梅詞話》的成書〉，陳遼〈金瓶梅原是評
話說〉，傅憎享〈金瓶梅用字流俗是俚人耳錄而非文人創作〉等復為此說提供了若干重
要「內證」。魏子雲、王利器、支沖、蔡國梁、吳小如、蔡敦勇、周中明、吳紅、胡邦
煒、尾上兼英等亦附和此說。劉輝《金瓶梅論集》更從《金瓶梅詞話》保留的可唱韻文
之多，採錄、抄襲他人作品之多，訛誤、錯亂、重複處之多等方面，繼徐朔方之後，再
次為此說集其大成。陳詔〈《金瓶梅詞話》是一種揚州評話〉更具體指出評話的品種。
黃霖〈金瓶梅成書三考〉、浦安迪〈瑕中之瑜〉、李時人〈關於金瓶梅的創作成書問題〉、
劉孔伏等〈《金瓶梅》是累積型作品說駁論〉、劉振農〈金瓶梅「累積型集體創作說」
質疑〉等則對「集體累積說」提出商榷。

　　周鈞韜〈《金瓶梅》：我國第一部擬話本長篇小說〉認為，《金瓶梅》既是一部劃
時代的文人開山之作，又不是一部完全獨立的無所依傍的文人創作，而是一部從藝人集
體創作向完全獨立的文人創作發展的過渡型作品，標誌著整理加工式的創作的終結和文
人直面社會創作的開始，對兩說來了個折中。霍現俊《金瓶梅新解》支持此說。

　　主張「集體累積說」者，同時認為有一位加工寫定者的存在。徐朔方認為李開先或
他的崇信者是這一寫定者。早在 1964 年，徐朔方就撰文〈金瓶梅的寫定者是李開先〉提
出這一觀點。此文 20 年後才在《杭州大學學報》1980 年第 1 期發出。該文從四個方面
（李開先符合「嘉靖間大名士」的傳統說法、李開先符合作為小說作者的基本條件、小說大量直接引用
李開先《寶劍記》和其他作品、小說與《寶劍記》有不少相同之處）證明李開先是《金瓶梅》的
寫定者。徐朔方後來在〈金瓶梅成書新探〉一文中將這一觀點修改為「《金瓶梅》的寫
定者或寫定者之一是李開先或他的崇信者」，而「寫定者的籍貫則在今山東省中西部及
江蘇北部，即黃河以南、淮河以北一帶」，其寫定時間則「當在嘉靖二十六年之後，萬
曆元年之前」，並認為「一、如果改定者是李開先的崇信者，他的文化修養不會太高，
根本不是『大名士』；二、如果是李開先本人，那他只是出主意或主持印製而已，並未
自始至終進行認真的修訂」。劉輝認為李漁是崇禎本的作評者、寫定者。其證據有五：

111　《論湯顯祖及其他》《論金瓶梅的成書及其他》。

一、首都圖書館藏本卷首有一葉回道人的題記，而回道人即李漁；二、第一奇書的康熙乙亥本、在茲堂本署名為「李笠翁先生著」；三、小說所用方言有眉評所不解處與評語所用方言有李漁所熟知者；四、李漁在眉評中徑稱《金瓶梅》為「予書」；五、李漁〈三國志演義序〉對《金瓶梅》的評價與評語觀點完全吻合。吳敢〈張竹坡評本《金瓶梅》瑣考〉[112]根據李漁與彭城張氏的交往，亦推測「或者張評本的祖本即崇禎刊本《新刻繡像批評金瓶梅》，係李笠翁由說唱本改定為說散本的吧？」此說濫觴於鄭振鐸，他在〈談金瓶梅詞話〉中曾說：「我們可以斷定的是，崇禎本確是經過一位不知名的杭州（？）文人的大筆削過的。」戴不凡亦認為其寫定者為浙江蘭溪一帶人。沈新林〈李漁評點《新刻繡像批評金瓶梅》考〉支持此說，並多有補益。黃霖〈關於《金瓶梅》崇禎本的若干問題〉對「李漁說」提出質疑，認為首圖本係翻刻本，回道人的題詞有可能是書賈的後補；繡像本刻於崇禎間無疑，而李漁不可能在此間作評；李漁把《金瓶梅》列為奇書第四種而非「第一奇書」，且「第一奇書」與李漁稱《三國》為「第一才子書」相左；張竹坡評語對崇禎本評語多有大不敬之處，不符合對其父執的態度等，「總之，說李漁是崇禎本初刻的改定作評者，是難以成立的。」魯歌、馬征〈《金瓶梅》及其作者探秘〉亦否認李漁是崇禎本的評者和改寫者。其實黃霖早在〈《新刻繡像批評金瓶梅》評點初探〉一文中即推測評改者為馮夢龍。其後魏子雲、陳毓羆、陳昌恆等也對馮夢龍與《金瓶梅詞話》的關係作有探討。吳紅、胡邦煒《金瓶梅的思想和藝術》坐實為馮夢龍。該書認為要解開《金瓶梅》作者之謎，必須從「嘉靖間」「山東人」「大名士」這三個框子中跳出來，而建立在「集體積累型」、萬曆丁巳本係初刻本這兩個前提下；然後從外證、內證兩個方面展開分析，結論是「『東吳弄珠客』即是馮夢龍」、「《金瓶梅》的整理寫定者是馮夢龍」。

3.作者

　　這是《金瓶梅》研究中的第一焦點問題，有人稱為金學中的「哥德巴赫猜想」，向為海內外研究者所關注，吸引了眾多的學人，發表了幾百篇論文，提出了眾多的人選，其廣有影響者為：

　　(1)王世貞說。屠本畯《山林經濟籍》中的一段按語與《萬曆野獲編・補遺》「偽畫致禍」條最早含蓄地透露出王世貞作《金瓶梅》的信息。宋起風撰於康熙十二年的《稗說》與清初的〈《玉嬌梨》緣起〉均指實為王世貞。其後〈第一奇書謝頤序〉以及清人的眾多筆記即陳陳相因，推波助瀾，一時形成作者非王世貞莫屬的興論，竟至演化出如《寒花盦隨筆》所敘「苦孝說」的一段公案。此說三十年代遭到魯迅、吳晗、鄭振鐸、王

---

112 《徐州師專學報》，1987 年第 1 期。

採石、姚靈犀、趙景深等人的嚴重打擊。1979 年朱星列舉十條理由重倡此說：一、王世貞是「嘉靖間大名士」；二、他不但是大名士，還能寫小說，其《弇州山人四部稿》就有一部是說部；三、他著述等身，有這樣的大魄力能夠一個人寫下來為個人創作之首的大創作；四、他有完成這部大創作的足夠的時間；五、他不但是大名士，還是大官僚，所以能寫出許多官場大場面；六、他因多次升調，到過不少地方，《金瓶梅》中的地名與王世貞經歷相合；七、他崇信佛道，而《金瓶梅》中所記佛、道二教的活動，摘錄出來可成一本《明末佛道二教史》；八、他是大官僚子弟，自己也是大官僚，生活浪漫，好色醉酒，具有寫作《金瓶梅》的情懷；九、他是蘇州太倉人，但祖籍山東琅琊，又做過山東青州兵備副使三年，不僅具有運用山東語言的客觀條件，也有懷念山東鄉土的主觀感情；十、他知識面廣，能夠寫出包含萬象的這部一百回的長篇小說。周鈞韜等支持此說。黃霖、徐朔方、趙景深、張遠芬、吳紅、胡邦煒等則很快撰文與之商榷，「王世貞說」重又混入諸說林立的迷茫之中。許建平《「金學」考論》繼朱星、周鈞韜之後再次舉起「王世貞說」的大旗，從外證、內證兩方面，重新全面予以論證。如其內證有三：一、寫入小說的明代官吏如狄斯彬、韓邦奇、凌雲翼、王燁、曹禾等都是王世貞的同鄉同年或熟知的朋友；二、小說指斥的對象正是嚴嵩父子、陸炳、陶仲文一類嘉靖後期的權奸，與沈德符、屠本畯、廿公諸人所言「寄意於時俗」「蓋有所刺」甚為吻合；三、王世貞好吃「鞋杯酒」，小說中西門慶亦吃「鞋杯酒」。許建平甚至認為「新時期的人選，無一能取代王世貞的地位」「21 世紀《金瓶梅》研究應從王世貞研究作為新的突破口和起點」。

又有王世貞門人說，見〈《玉嬌梨》緣起〉〈第一奇書謝頤序〉。又有王世貞、王世懋兄弟合寫說，見朱星《金瓶梅考證》。周鈞韜《金瓶梅新探》更演變為王世貞及其門人聯合創作說。因為盧楠、屠隆等都是王世貞的門人，故此說事實上已融幾說於一爐。

(2)賈三近說。這是本階段《金瓶梅》作者新人第一說。倡論者為張遠芬，其《金瓶梅新證》從以下十個方面進行論證：一、「蘭陵」即山東嶧縣，「明賢里」也指嶧縣，「金華酒」即蘭陵酒，而賈三近是嶧縣人；二、他有資格被稱為「嘉靖間大名士」；三、小說的成書年代與賈三近的生活時代正相契合；四、他是諫官，以「指斥時事」為業，且官至正三品，其閱歷足可創作小說；五、小說中有大量嶧縣、北京、華北方言，賈三近分別在這些地區長期居住過；六、小說中有幾篇文字水準極高的奏章，賈三近正精於此道；七、小說中有些人物事件類似賈三近；八、小說多有戲曲描寫，賈三近有這方面的生活積累；九、他先後三次共十年在家中閒居，有創作小說的充分保證；十、他寫過小說。鄭慶山《金瓶梅論稿》對此說有所補發。馮傳海〈金瓶梅作者賈三近〉，高念卿〈賈三近是金瓶梅的作者〉〈賈三近說新證〉，王冠才〈賈三近與金瓶梅〉，馬森〈金瓶

梅的作者呼之欲出〉等表示支持。王冠才而且認為此說「目前最稱完備」，馬森則認為「蘭陵的賈三近實在是最接近蘭陵笑笑生的一個人物」。李錦山〈對「金瓶梅作者即賈三近」的異議〉，李時人〈金瓶梅中的「金華酒」非「蘭陵酒」考辨〉〈賈三近作金瓶梅說不能成立〉，李錦山、齊沛〈賈三近不是金瓶梅作者〉，甯源偉〈金瓶梅作者賈三近質疑〉等則提出異議，尤其李時人的後一篇文章全面否定了張遠芬的論據，並對其考證方法提出批評。劉輝〈金瓶梅研究十年〉、許建平〈新時期《金瓶梅》研究述評〉亦持不同意見，認為「蘭陵」有二，一為山東嶧縣，一為江蘇武進，以地理與方言定人，其科學性值得懷疑。

(3)屠隆說。黃霖首倡。黃霖是中國《金瓶梅》學會的主要工作人員之一，是名符其實的金學全能。他出版有 2 本專著、3 本編者，審定注釋了 2 種原著，發表論文二三十篇。關於屠隆說，他發表了一組 8 篇文章，提出七點理由：一、小說第五十六回的〈哀頭巾詩〉〈祭頭巾文〉，出自笑話集《開卷一笑》，其題署「笑笑先生」「哈哈道士」等都是屠隆；二、小說流露出不少浙江方言，與屠隆籍貫相合；三、屠隆祖籍武進，古名「蘭陵」；四、萬曆二十年前後，屠隆罷官潦倒，潛心佛道，其思想與小說創作宗旨一致；五、屠隆以「淫縱」罷官，並認為文學作品可以「善惡並存，淫雅雜陳」，此情欲觀正是小說一個特殊的思想基礎；六、屠隆具備創作《金瓶梅》的多種生活基礎和文學素養；七、屠隆與劉承禧、王世貞關係密切，而此兩人均持有全部《金瓶梅》稿本，當為屠隆所贈。魏子雲〈屠隆是金瓶梅作者〉〈金瓶梅作者屠隆考補證〉首先響應，又著文〈論屠隆罷官及其雕蟲罪尤〉討論「屠隆可能寫作《金瓶梅》的動機」，進一步考證後，再發表一文〈為金瓶梅作者畫句點〉。劉孔伏、潘良熾〈從《金瓶梅》抄本之流傳情況談作者問題〉、李燃青〈金瓶梅作者屠隆說考釋〉、呂珏〈屠隆與屠本畯：笑笑生與欣欣子〉、李燃青等〈屠隆與文學解放思潮〉繼而支持。鄭閏則出版《金瓶梅和屠隆》一書，進一步從屠隆曾任清河縣令、寫過小說如《征播奏捷傳》等出發，坐實蘭陵笑笑生即屠隆，並認為屠隆草成《金瓶梅》全書的時間是萬曆十七年夏。所不同的是他認為「哈哈道士」是屠本畯，其所著《笑詞》即《開卷一笑》，而自署「欣子」的屠本畯即為《金瓶梅》作序的「欣欣子」。鄭閏是黃霖倡立屠隆說後，用全力鼓吹此說的第一人。徐朔方〈〈金瓶作者屠隆考〉質疑〉〈〈金瓶梅作者屠隆考〉質疑之二〉〈〈別頭巾文〉不能證明《金瓶梅》作者是屠隆〉等文，認為《開卷一笑》即《山中一夕話》是清初的作品，其作者是徐述夔，這類笑話東拼西湊，不能當作可信的史料。這對於屠隆說無異於釜底抽薪，當然引起與黃霖的一場討論。徐朔方還認為「笑笑先生」不等於「笑笑生」，「參閱者」不等於編者，更不是作者。張遠芬〈也談金瓶梅中的一詩一文〉指出小說第五十六回在「陋儒補以入刻」的五十三至五十七回之中，屠隆充其量是這五

回的作者，而不是全書的作者。顧國瑞〈屠本畯和《金瓶梅》〉亦認為「作者屠隆說，同樣也難以成立」。劉輝〈金瓶梅研究十年〉認為屠本畯與屠隆同里同宗，關係親密，屠隆如作《金瓶梅》，屠本畯不會不知道，他不必跑到金壇王宇泰那裏看抄本，更不會在《山林經濟籍》中說出「相傳為嘉靖時有人……托之《金瓶梅》」這樣的話來。鄭慶山《金瓶梅新考》認為小說中所引所謂屠隆作品是補作詞話本五十三至五十七回的人抄進去的。張慶善〈「蘭陵笑笑生」與「笑笑先生」——〈金瓶梅作者屠隆考〉質疑〉等亦提出討論。圍繞此說的爭議雖然比較熱鬧，但此說仍是該時期論據較為有力、推斷較合情理、影響較大的一種。又有屠大年說，見鄭閏〈欣欣子屠本畯考釋〉。魯歌〈欣欣子不是屠本峻，笑笑生不是屠隆、屠大年〉則對此表示懷疑。

(4)李開先說。此說始於孫楷第，見《胡適遺稿及秘藏書信》所載孫楷第致胡適信。中國社會科學院文學研究所《中國文學史》1962 年一版的一條註腳，是存疑的語氣，1979年重印時便把「李開先的可能性較大」一句刪除。這一條註腳係吳曉鈴所加。吳曉鈴 1982年 6 月在美國發表〈金瓶梅作者新考〉講演時重申此說，他在日本、印度、加拿大、遼寧大學、中國文化書院講演時又多次說過同樣的話，其論文〈新刻《金瓶梅詞話》和李開先《寶劍記》研究〉，1989 年 7 月發表於香港出版的《明報月刊》。

徐朔方則主張李開先是《金瓶梅》的寫定者。趙景深〈《金瓶梅考證與研究》序〉支持徐說。杜維沫〈談談《金瓶梅詞話》成書及其他〉則支持吳說。日下翠〈金瓶梅作者考證〉對李開先說提出二點新見（對李開先與《金瓶梅》關係的「三點補充」，西門慶身上有李開先的「自我投影」）。朱星、鄭慶山、王輝斌等排斥李開先說。李時人等駁議集體累積說。而卜鍵覓蹤章城，訪書南都，發現《李氏族譜》，考察李開先的行實宦蹤，並進而探查《金瓶梅》作者，著成《金瓶梅作者李開先考》一書，從《寶劍記》與《金瓶梅》、李開先與西門慶、清河寓意、蘭陵意旨等諸多小說內證方面，以及個人素質、作文風格、交遊類群等一些作者資質方面，集李開先說為大成。劉輝為該書作序說「這是我近年來讀到的最有說服力的一篇論證《金瓶梅》作者的文章」，但也認為書過細密，難免穿鑿，「清河」就是章丘，即為一例。許建平〈新時期《金瓶梅》研究述評〉對此說表示懷疑：「《金瓶梅》抄引化用的文字作品不單是戲曲，還有大量的話本、詩文，不單是李開先的作品，還有許多他人的作品，若要證明作者是李開先，必須將其他作品的作者也具有創作寫定《金瓶梅》的可能性排除掉」。

(5)徐渭說。最早透露這一消息的當是袁中道《遊居柿錄》。1939 年亞瑟·大衛·韋利在英譯本《金瓶梅·導言》中首倡此說，卻鬧了一個形近而誤、張冠李戴的笑話。不期 60 年後，潘承玉《金瓶梅新證》卻完成了此說剝繭抽絲、瓜熟蒂落般較為全面的學術論證。該書首先通過對小說中佛、道教描寫的分析，把《金瓶梅》的作者定位為「一位

生平跨嘉、隆、萬三朝，而主要活動在嘉靖朝的人物」。接著「指出小說作者同時又是資料豐贍的戲曲學者、技巧純熟的戲曲作家、素養全面的畫家與擅長應用文寫作的幕客」；「作者應該有邊關甚或禦敵的生活閱歷」，「具有較強烈的民族憂患意識和禦敵衛國意識」；「作者有強烈的方言俗語愛好」；「作者必有以上各方言區（按指紹興、山東、北京、蘇州、山西、福建、廣東等）的生活經驗」；「有著書藏名於謎的愛好」。並通過〈《金瓶梅》地理原型考〉〈《金瓶梅》中的紹興酒及其他紹興風物〉〈《金瓶梅》中的紹興民俗〉〈《金瓶梅》中的紹興方言〉等考證，「證明小說作者必為紹興人」。然後逐一論證「徐渭符合《金瓶梅》作者的一切條件」。潘承玉還把小說諸謎如「廿公」「徐姓官員」「清河縣」「蘭陵」「笑笑生」等破解為「浙東紹興府山陰縣徐渭」，歸結到「紹興老儒說」。潘承玉還考索了《金瓶梅》的抄本，認為董其昌是流傳線索中的中心人物，而陶望齡是傳遞抄本的關鍵人物，而「陶望齡手上的《金瓶梅》來自徐渭，而且極可能就是徐渭的原稿」。潘承玉還做有《金瓶梅文本與徐渭文字相關性比較》，「得出一個簡單的結論：徐渭文字是徐渭所寫，《詞話》也是徐渭所寫」。潘承玉進而論證「紹興士人與嚴嵩」「沈練與嚴嵩父子」「徐渭與沈練」，在〈緣何洩憤為誰冤〉一節中，認為「徐渭因感於鄉風並激於沈練的死而寫《金瓶梅》，而他握以行文的這支筆，則同時飽蘸了他一生的全部不幸」。嚴格地說，潘承玉才是徐渭說的創立者。正如嚴雲受〈金瓶梅新證序〉所說，「無論你是否接受作者的論斷，你都不能不被他提出的大量的文本材料和相關資料所吸引，因而覺得頗受啟迪。」《金瓶梅新證》是所有《金瓶梅》作者研究成果中邏輯最為嚴謹、推論最為精微、行文最為典訓、結構最為周到的一種。潘承玉關於徐渭說與黃霖關於屠隆說、卜鍵關於李開先說、許建平關於王世貞說，在 20 世紀《金瓶梅》作者研究成果中，可以並稱為四大說。

　　(6)王穉登說。見魯歌、馬征〈《金瓶梅》及其作者探秘〉。主要證據有十三條：一、王穉登最先有《金瓶梅》抄本，而且是有抄本者之中唯一具有作者資格的人；二、他是古稱「蘭陵」的武進人；三、他對屠隆人品不滿，因選其〈哀頭巾詩〉〈祭頭巾文〉入小說，以示譏諷；四、小說中的詩詞曲與王穉登所輯《吳騷集》語句、意境相同或相似；五、王穉登《全德記》中的某些內容、用語與《金瓶梅》中的寫法相同或相似；六、他的詩文與小說中所寫亦一脈相通；七、小說中有吳語、北京話、山東話、山西話，王穉登的經歷使他熟悉這些方言；八、他與小說均鄙視南方人，具有中原正統觀念；九、他符合「嘉靖間大名士」「世廟時一巨公」；十、他是王世貞門客，故以小說「指斥時事」，為王世貞之父報仇；十一、王招宣一家是王穉登家「族豪」醜類之原型的藝術再現；十二、小說三次引用他感觸甚深的詩句「侯門一入深如海，從此蕭郎是路人」；十三、小說反映出的作者模樣正與他的情況若相符節。孫遜《漫話金瓶梅》認為此說是影響較大

的五大說之一，「其可能性當不在賈三近、屠隆說之下」。此說曾被《報刊文摘》《文教資料》《新聞出版報》等報刊摘要報導。

(7)湯顯祖說。見芮效衛〈湯顯祖創作金瓶梅考〉。芮效衛臚列了 30 條小說原文，論述其與湯顯祖的關係；並就《金瓶梅》早期流傳情況與湯顯祖的生平行誼相考察，得出湯顯祖在遂昌知縣任期內創作了《金瓶梅》的結論。徐朔方〈《湯顯祖創作金瓶梅考》的簡介和質疑〉對芮文 30 條中的 10 餘條提出駁論，認為其「對某些人事的敘述和判斷往往脫離事實，違背原意」。芮效衛〈對批評〈湯顯祖創作金瓶梅〉的答覆〉對此申辯說「他雖然指出我立論中有不妥之處，但我認為我的建築大體仍然屹立無恙」。

(8)馮夢龍說。陳毓羆〈《金瓶梅》抄本的流傳付梓與作者問題新探〉與魏子雲〈馮夢龍與金瓶梅〉不謀而合，算是此說的先聲。在此之前，姚靈犀《瓶外卮言》、小野忍〈《金瓶梅》解說〉等即懷疑為《金瓶梅》作序的「東吳弄珠客」是馮夢龍。其後陳昌恆〈金瓶梅作者馮夢龍考述〉〈金瓶梅作者馮夢龍考補〉《馮夢龍·金瓶梅·張竹坡》進一步肯定「《金瓶梅》的作者應為馮夢龍」。魏子雲認為《開卷一笑》的編者係馮夢龍，他和陳昌恆均認為「東吳弄珠客」「蘭陵笑笑生」「欣欣子」都是馮夢龍的化名，陳昌恆還具體論證了馮夢龍創作《金瓶梅》的生活基礎、思想基礎、文學基礎和三個階段。趙伯英〈馮夢龍是《金瓶梅詞話》的補足者〉則縮小了馮夢龍的作用。王輝斌〈馮夢龍非金瓶梅作者辯說〉，魯歌、馬征〈《金瓶梅》及其作者探秘〉等亦提出商榷。

(9)李先芳說。見聊城《水滸》《金瓶梅》研究會編《金瓶梅作者之謎》《李先芳與金瓶梅》，葉桂桐、閻增三倡論。其證據有六：一、李先芳符合「嘉靖間大名士」；二、李先芳具備創作《金瓶梅》的思想基礎；三、李先芳「家故多資」，頗類西門慶；四、李先芳「廣蓄聲伎」，熟悉藝術；五、李先芳熟悉山東和南方方言；六、小說中人物凌雲翼、曹禾、狄斯彬與李先芳同年，陳文昭與李先芳同鄉。陳詔〈《金瓶梅》趣話·作者是誰又一新說〉曾對此說予以披露。

(10)沈德符說。見魏子雲《金瓶梅的問世與演變》。該書根據《萬曆野獲編》推測：一、《金瓶梅》的前半部稿本，可能是沈德符的父親沈自邠所作；二、對萬曆二十六年後的《金瓶梅》，袁中郎兄弟與沈德符等人有過改寫的構想，後完成於萬曆四十一、二年間；三、「詞話本」乃三次改寫本，天啟初年成書，主要作者是沈德符。魏子雲提出的也是一種「集體創作說」，他在此說中開列的成員名單，前述者外，還有陶望齡、陶奭齡、李贄、丘志充、馮夢龍等。魏子雲後又提出原作者為屠隆，改寫者為馮夢龍。

其略有稽考者為：

(11)李漁說。見康熙乙亥本與在茲堂本《第一奇書》。劉輝、吳敢認為李漁是崇禎本的作評者與寫定者。現在看來，此說應修正為：李漁是崇禎本的作評者與第一奇書本

的寫定者。參見吳敢〈李笠翁與彭城張氏〉[113]與〈張竹坡評本《金瓶梅》瑣考〉[114]。

(12)趙南星說。見清‧宮偉鏐《春雨草堂別集》卷七〈續廷聞州世說〉。王勉〈趙南星與明代俗文學兼論《金瓶梅》作者問題〉提出「《金瓶梅》很可能是趙南星在他一班朋友如吳昌期、徐新周、王義華等人協助下完成」的觀點。

(13)盧楠說。見《金瓶梅》滿文譯本序。王汝梅〈談滿文本金瓶梅〉「考察了盧楠的生平著述，盧楠與王世貞、李開先的關係，認為盧楠堪稱為李開先的崇信者，王世貞家藏完好的本子，可能是盧楠在王世貞支持與參予下，在民間流傳的素材基礎上創作加工而成書」，著力申揚此說。

(14)李贄說。見《繪圖真本金瓶梅》附王曇〈金瓶梅考證〉。魏子雲亦有此看法。

(15)馮惟敏說。見朱星《金瓶梅考證》。據說是孫楷第的說法。趙興勤〈也談金瓶梅的作者及其成書時間〉贊同此說。

(16)謝榛說。見王連洲〈《金瓶梅詞話》作者蘭陵笑笑生即謝榛考辨〉。余力文〈金瓶梅作者補證〉附議。又謝榛、鄭若庸、朱厚熅三人合作說，見王螢、王連洲〈金瓶梅作者之謎〉。

(17)賈夢龍說。見許志強〈金瓶梅作者是賈夢龍〉、李芳元〈揭開金瓶梅作者之謎——金瓶梅作者為賈夢龍〉。魯歌〈金瓶梅作者是賈夢龍嗎？〉既否定賈夢龍，又否定其子賈三近的作者資格。

其指有姓名者有：

(18)薛應旂說，見清‧宮偉鏐《春雨草堂別集》卷七〈續廷聞州世說〉。

(19)劉九說，見戴鴻森〈我心目中《金瓶梅詞話》的作者〉。

(20)臧晉叔說，見張惠英〈《金瓶梅詞話》的語言和作者〉。

(21)丁耀亢、丘志充、丘石常作，見馬泰來〈諸城丘家與《金瓶梅》〉。

(22)金聖歎說，見高明誠〈金瓶梅與金聖歎〉。

(23)田藝蘅作，見周維衍〈關於金瓶梅的幾個問題〉。

(24)王采說，見李洪政〈金瓶梅解隱〉。張文德〈《金瓶梅》作者「王采說」不可信〉提出不同見解。

(25)唐寅說，見朱恒夫〈金瓶梅作者唐寅初考〉。

(26)李攀龍說，見姬乃軍〈關於金瓶梅作者的再思考〉。

(27)蕭鳴鳳說，見盛鴻郎〈試解金瓶梅諸謎〉。

---

113 1984 年 11 月 4 日《徐州日報》。
114 本書相關篇章。

(28)胡忠說,見毛德彪〈金瓶梅作者應是胡忠〉。

(29)丁惟寧說,見張清吉〈金瓶梅作者丁惟甯考〉。

(30)金吾戚里門客說,見謝肇淛《小草齋文集》。馬泰來〈麻城劉家與《金瓶梅》〉認為此「金吾戚里門客」係指「劉承禧父親劉守有的中表和兒女姻梅國楨」。

其籠統稱之者有:

(31)嘉靖間大名士說,見沈德符《萬曆野獲編》。此說影響較大,成為王世貞說、賈三近說、李先芳說、王穉登說的主要根據之一。

(32)蘭陵笑笑生說,見欣欣子〈金瓶梅詞話序〉。對於蘭陵,一種觀點認為是地名,主賈三近說者指為山東嶧縣,主王穉登說者指為江蘇武進,倡丁惟寧說者說是擬化的山名,指諸城九仙山;另一種觀點如馬努辛認為不是地名,乃指「美酒」。對於笑笑生,鄭閏〈金瓶梅和屠隆〉認為《花營錦陣》第 23 圖題詞者「笑笑生」即為《金瓶梅詞話》的作者「蘭陵笑笑生」;馬努辛則認為是一愛酒之人。張慶善、魯歌等懷疑「蘭陵笑笑生」作《金瓶梅》的真實性,洪城等〈金瓶梅的作者不是「蘭陵笑笑生」〉更認為此說係書賈杜撰。

(33)紹興老儒說,見袁中道《遊居柿錄》。

(34)世廟時一巨公說,見廿公〈金瓶梅跋〉。

(35)某孝廉說,見徐謙《桂宮梯》卷四引《勸戒類鈔》。

(36)被陸炳誣害者說,見屠本畯《山林經濟籍》。

(37)被唐荊川害死者之子說,見《缺名筆記》。

(38)才人說,見《繪圖真本金瓶梅》附王曇〈金瓶梅考證〉。

(39)明季浮浪文人說,見《繪圖真本金瓶梅》附王曇〈金瓶梅考證〉。

(40)觀海道人說,見《古本金瓶梅·觀海道人序》。

(41)錢謙益輩說,見廢物(王文濡)《小說談》。

(42)吳儂說,見戴不凡《小說見聞錄》,又說「此書當經一不得志老名士之手」,「或是嘗住於蘇州一帶之蘭溪人亦未可知」。

(43)書會才人一類的中下層知識分子說,見梅節〈全校本《金瓶梅詞話》前言〉。

(44)東魯落落生說,見劉輝〈《金瓶梅》與《玉閨紅》〉。

(45)追隨羅汝芳的文士或熟悉羅汝芳行誼並受其影響的人說,見趙興勤〈考察金瓶梅作者的新途徑——金瓶梅作者與羅汝芳的哲學思想〉。

(46)河北籍人說,見王強〈小議金瓶梅的作者是河北籍人〉。

(47)淮間人或生活於淮間之人作,見靳青萬〈金瓶梅作者新探〉。

(48)劉承禧門客、劉承禧、馮夢龍等人先後完成說,見劉巽達、馮沛齡《金瓶梅外

傳》。

(49)河北某張公子說，見《金瓶梅外傳》。

(50)清河縣某人說，見《金瓶梅外傳》。

(51)謝茂才說，見《金瓶梅外傳》。

(52)清河某孔先生初稿、某落魄書生添枝加葉而成說，見《金瓶梅外傳》。

(53)山東蘭陵蕭笑生說，見《金瓶梅外傳》。

(54)蘭陵才子蕭筱生說，見《金瓶梅外傳》。

(55)萬曆時蘇州某大文人將杜阿福彈唱的《潘金蓮》加工整理而成說，見《金瓶梅外傳》。

針對波瀾壯闊的《金瓶梅》作者研究熱潮，吳小如〈我對《金瓶梅》及其研究的幾點看法〉「主張在一部作品的作者問題無法徹底解決的情況下，我們應當把氣力用在作品的研究分析上，而不宜只在那些一時無法得出結論的牛角尖裏兜圈子」。陳大康〈論《金瓶梅》作者考證熱〉亦呼籲作者考證緩行。潘承玉〈近年《金瓶梅》作者研究新說四種檢討〉更認為「整個 90 年代的《金瓶梅》作者研究，從主張個人獨立創作說這個大的角度去看，較之 80 年代，基本沒有什麼實質性的進展。其中暴露的種種問題，十分值得我們深思。」

4.版本

這又是一個《金瓶梅》研究中的焦點問題。日本的長澤規矩也、小野忍、鳥居久晴，美國的韓南，臺灣的魏子雲，中國大陸的孫楷第、周越然、劉輝、王汝梅、胡文彬、周鈞韜、魯歌、許建平、潘承玉等在這一研究領域用力甚勤，其中劉輝承前啟後，成就最著，可與鳥居久晴、韓南鼎足而立。

《金瓶梅》版本主要有四類：

(1)抄本

今已失傳，但最早透露《金瓶梅》抄本傳世信息的，是袁宏道《錦帆集·致董思白書》。袁宏道的信寫於萬曆二十四年十月（一說萬曆二十三年深秋）。而據考證，萬曆十七年，王肯堂「以重資購抄本二帙」[115]；萬曆二十年（一說在萬曆二十至二十一年間，一說在萬曆二十五年以後），屠本畯在王肯堂家和王穉登家讀到《金瓶梅》各 2 帙[116]；萬曆二十二年秋至二十三年十月（一說萬曆二十四年）董其昌與袁中道談及《金瓶梅》[117]；萬曆二十

---

115 《山林經濟籍》。

116 《山林經濟籍》。

117 《遊居柿錄》。

六至二十七年間袁宏道只「見此書之半」[118]；萬曆三十四年袁宏道對沈德符談到《金瓶梅》的作者，認「為嘉靖間大名士手筆」[119]；同年，袁宏道向謝肇淛索書[120]；萬曆三十五年屠本畯為《金瓶梅》寫跋[121]；萬曆三十七年「小修上公車，已攜有其書」[122]。如果說萬曆四十五年丁巳是《金瓶梅詞話》初版的時間，那麼《金瓶梅》抄本流傳的過程，至少可以說，自萬曆十七年至萬曆四十五年，有 28 年之久。

最初藏有《金瓶梅》抄本的有王世貞[123]、劉承禧[124]、徐階[125]、董其昌[126]、袁宏道[127]、袁中道[128]、沈德符[129]、文在茲[130]、王肯堂[131]、王穉登[132]、丘志充[133]、謝肇淛[134]等 12家。

這 12 家中擁有全本的是王世貞[135]、徐階[136]、劉承禧[137]、袁中道[138]、沈德符[139]；握有部分的是文在茲[140]、屠本畯[141]、謝肇淛[142]、丘志充[143]、王肯堂[144]、董其昌[145]、袁宏

---

118 《遊居柿錄》。
119 《觴政》。
120 〈與謝在杭書〉。
121 《萬曆野獲編》。
122 《萬曆野獲編》。
123 《山林經濟籍》。
124 《萬曆野獲編》。
125 《萬曆野獲編》。
126 《萬曆野獲編》。
127 〈與謝在杭書〉。
128 《萬曆野獲編》。
129 《萬曆野獲編》。
130 《天爵堂筆餘》。
131 《山林經濟籍》。
132 《山林經濟籍》。
133 〈金瓶梅跋〉。
134 〈金瓶梅跋〉。
135 《山林經濟籍》〈金瓶梅跋〉。
136 《萬曆野獲編》。
137 《萬曆野獲編》。
138 《萬曆野獲編》。
139 《萬曆野獲編》。
140 《天爵堂筆餘》。
141 《山林經濟籍》。
142 〈金瓶梅跋〉。
143 〈金瓶梅跋〉。
144 《山林經濟籍》。

道[146]、王穉登[147]，其中王肯堂、王穉登確為 2 帙。

手稿在明季的流傳可以列成一表：[148]這張表中打問號的均係今人的考證猜測，本世紀的研究只能進行到這個程度，至少有 8 個問題值得今後繼續探討：王世貞家的全本來自何處？徐階家的全本來自何處？袁中道的全本來自何處？董其昌的二帙來自何處？王穉登的二帙來自何處？王肯堂的二帙來自何處？丘志充的半部來自何處？文在茲的半部來自何處？

一般說，《金瓶梅》抄本當有一個同一的出處。目前可以考知的，抄本曾先後在北京、江蘇（松江、蘇州、金壇）、湖北（麻城）等地收藏。但這個同一的出處在哪裏，目前不得而知。從這一同一出處傳出後，又分作幾條流傳路線，目前不得而知。抄本在這幾條路線上傳來傳去，面目各自發生了多大的變化，目前不得而知。後來的刻本《金瓶梅詞話》採用的是哪條路線上的抄本，目前不得而知。

小說在抄本階段書名為《金瓶梅》[149]，據薛岡《天爵堂筆餘》，書前有東吳弄珠客序。據沈德符《萬曆野獲編》，「原本實少 53 回至 57 回，遍覓不得」。

《山林經濟籍》：「按《金瓶梅》流傳海內甚少，書帙與《水滸傳》相埒。」在屠本畯寫作《山林經濟籍》的年代，《水滸傳》不論繁本、簡本中的 100 回、102 回、115 回、120 回、124 回，後來的分卷一般在 10-20 卷之間，似以 20 卷本為多。《金瓶梅》

---

145 《錦帆集·致董思白書》。

146 《錦帆集·致董思白書》。

147 《山林經濟籍》。

148

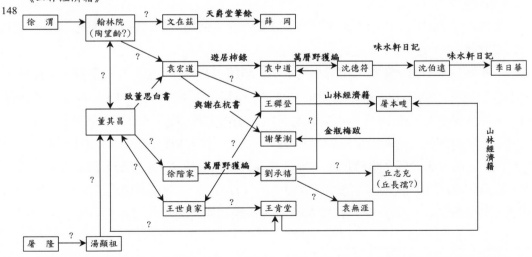

149 《錦帆集·致董思白書》《山林經濟籍》《遊居柿錄》〈金瓶梅跋〉《萬曆野獲編》《天爵堂筆餘》《味水軒日記》。

書帙既與《水滸傳》「相垺」，亦當有 10-20 卷的分量與分法。謝肇淛〈金瓶梅跋〉：「書凡數百萬言，為卷二十」，記載的正是這一事實。《新刻金瓶梅詞話》分為 100 回，而抄本「實少 53 回至 57 回」，當亦是這種分量與分法。因此，其擁有抄本全部者，當有 1-52、58-100 回，實缺第 11 卷 53、54 回、第 12 卷 55-57 回。

據袁宏道〈致董思白書〉，袁宏道只有抄本的前段。這一部分按謝肇淛〈金瓶梅跋〉的說法「得其十三」，則袁宏道手中的應是第 1-6 卷（全書以 20 卷計），如果以《金瓶梅詞話》為據，小說故事剛演到「西門慶生子加官」。所以萬曆三十四年袁宏道尚說「第睹數卷」[150]。至於袁中道從中郎真州「見此書之半」[151]云，只是約略言之而已。

謝肇淛〈金瓶梅跋〉「於丘諸城得其十五」。此「丘諸城」手中的抄本，當在第 7-20 卷之間（自然無第 53-57 回）。而謝肇淛「稍為釐正，而闕所未備」的抄本，則已有十分之八的分量（除去第 53-57 回，當時傳世的抄本，謝氏實已擁有近十分之八點五）。

屠本畯《山林經濟籍》說王肯堂、王穉登各有 2 帙，此一「帙」有幾「卷」，雖然無考，其既非全稿，又非大部分稿，卻可想見，所以屠氏說「恨不得睹其全」。

這裏有一個很重要的線索，也可以作出這樣的推斷：謝肇淛分析他手中的抄本分量用的是十分法，這說明他的抄本（也可說是董其昌、袁宏道、丘諸城的抄本）是 10 卷本而非 20 卷本，就是說不是他一般性描述《金瓶梅》抄本時所說的「為卷二十」的那種本子。如果這種推斷能夠成立，則後來的 10 卷《新刻金瓶梅詞話》，用的是與謝肇淛手中抄本同一個路線上的本子，極有可能就是謝氏藏本，在付梓時他還寫了一篇〈金瓶梅跋〉，不知為何沒有印在書上。

(2)詞話本

又被稱作萬曆本、說唱本、10 卷本等。關於《金瓶梅》刻本研究，有幾個迄今眾說紛紜的問題：

一是初刻本問題。魯迅《中國小說史略》誤讀《萬曆野獲編》有關記錄，提出萬曆三十八年庚戌（1610）說。孫楷第最早覺察其中有誤，但未作辯正。1932 年鄭振鐸《插圖本中國文學史》一改 1927 年《文學大綱》附議庚戌說的觀點，猜測「最早的一本，可能便是北方所刻的《金瓶梅詞話》」，1933 年他在〈談金瓶梅詞話〉中卻又說此詞話本非初刻本。庚戌說影響了半個世紀，1955 年 4 月鳥居久晴〈《金瓶梅》版本考〉亦用此說，直至 1980 年版《中國小說史》仍持此說，1979 年朱星還據此提出「潔本」「穢本」概念，認為庚戌本「本無淫穢語，本非淫書……到吳中再刻本大加偽撰，改名為『詞話』

---

[150] 《萬曆野獲編》。

[151] 《遊居柿錄》。

成為淫書。」韓南〈金瓶梅版本及素材來源研究〉沒有明說庚戌本，但認為初刻本當在萬曆三十八、九年。1934 年吳晗〈金瓶梅的著作時代及其社會背景〉雖然沒有沿用庚戌說，但他說：「萬曆丁巳本並不是《金瓶梅》第一次的刻本，在這刻本以前，已經有過幾個蘇州或杭州的刻本行世」。而吳曉鈴「始終認為現存的《新刻金瓶梅詞話》是這部長篇小說的最早刊本，亦即第一個刊本，在明神宗萬曆四十五年丁巳（1617）『吳中懸之國門』的那個本子」[152]。長澤規矩也〈《金瓶梅》的版本〉、馬泰來〈有關金瓶梅早期傳播的一條資料〉、黃霖《金瓶梅大辭典》等與吳曉鈴所見略同。魏子雲《金瓶梅探原》據《吳縣誌》考定馬仲良主榷吳縣滸墅鈔關時間在萬曆四十一年，具體否定了庚戌本的存在。周鈞韜《關於金瓶梅初刻本的考證》其後另據《滸墅關志》亦得出同樣結論。周鈞韜與李時人〈《談金瓶梅的初刻本》補證〉還具體推斷初刻時間在萬曆四十五年冬至萬曆四十七年之間。小野忍〈《金瓶梅》解說〉「認為《金瓶梅》初版問世在萬曆四十五年以後，或者更大膽一些推測，將《金瓶梅詞話》作為《金瓶梅》的初版也未嘗不可」。劉輝〈金瓶梅版本考〉，認為「沈德符和薛岡……目睹的《金瓶梅》最早刻本，所指皆為（已經失傳的）萬曆四十五年東吳弄珠客序刊本」，即「《金瓶梅》最早刻於萬曆四十五年」。雷威安〈金瓶梅初刻本年代商榷〉亦認為初刻以萬曆四十五年較為可信。劉孔伏、潘良熾〈金瓶梅研究三題〉亦認為「萬曆四十五年刻本即初刻本」。魯歌〈關於金瓶梅的抄本、刻本、作者問題〉據「《萬曆野獲編》全書完成於萬曆四十七年新秋」，判斷「初刻本必發行於萬曆四十七年新秋以前」，「初刻本名為《金瓶梅》，而不是《金瓶梅詞話》」。許建平《金學考論》亦認為「《金瓶梅》可能是原刻的書名」，其初刻時間則「在萬曆四十二至四十三年期間」。另外，關於初刻的時間，張遠芬《金瓶梅新證》主張萬曆四十一年，鄧瑞瓊〈再論《金瓶梅詞話》的成書〉主張萬曆四十二年。關於初刻本的付刻人，張遠芬〈新發現的金瓶梅研究資料初探〉，劉孔伏、潘良熾〈金瓶梅研究三題〉認為是劉承禧；陳毓羆〈金瓶梅抄本的流傳、付刻與作者問題新探〉則認為是馮夢龍。

二是一刻、二刻、三刻問題。吳曉鈴、馬泰來、魏子雲、雷威安等主一刻說，即今存新刻《金瓶梅詞話》就此一版，但對刊刻時間，吳曉鈴、馬泰來、雷威安認為是萬曆四十五年，魏子雲認為在天啟年間。魯迅、沈雁冰、鄭振鐸、韓南、劉輝、周鈞韜、魯歌、鄧瑞瓊、鄭慶山等主二刻說，但說法又有不同。鄭振鐸、周鈞韜認為是有東吳弄珠客序的沈德符所謂「吳中」本與今存《新刻金瓶梅詞話》本二刻；韓南認為是萬曆三十八、九年刻本與今存詞話本二刻，而「現存的最早版本是 1616 年之後的一段時間問世

的」；魯迅、沈雁冰《中國文學內的性欲描寫》認為是庚戌本與丁巳本二刻；劉輝認為「現存《新刻金瓶梅詞話》就是萬曆四十五年原刊本的翻刻本」，「是詞話本的第二個刻本」，「這一刻本大約刊於天啟元年」；魯歌認為是刊於萬曆四十七年以前的《金瓶梅》與今存詞話本二刻，並據小說第 14-61 回的「花子由」到「第 62、63、77、78、80 回中，一連 13 次將這一名字改刻為『花子油』」，判斷「今存《金瓶梅詞話》……全書刻完當在 1621 年，即天啟元年」；鄧瑞瓊認為是萬曆四十二年的初刻本與今存《新刻金瓶梅詞話》二刻。朱星最早提出三刻說，認為庚戌本與丁巳本中間必然還有一次續刻本，正是這次續刻，「貪財圖利的書賈延請文理不通的文人大加偽造，改寫題目，又加了回前的詩曰詞曰，又加了淫穢的大描大繪。」陳昌恆《張竹坡評點金瓶梅輯錄》亦主三刻說。許建平力主三刻說，其《金學考論》單辟一章專論版本，把崇禎本以前的刻本依次稱為甲刻本、乙刻本、丙刻本。所謂甲刻本即初刻本，名為《金瓶梅》；所謂乙刻本「名叫《金瓶梅傳》」，「刊刻的時間為萬曆四十七年前後，薛岡見到的包岩叟寄給他的『刻本全書』就是這個乙刻本」；所謂丙刻本即存世的《新刻金瓶梅詞話》，它「除了名字改換外，其他不過是對《金瓶梅傳》的照印」，「這一刻本翻印的時間必在……萬曆四十八年之後」。

另外，吳晗主多刻說，如前述不贅；魏子雲又有三次成書說，認為抄本《金瓶梅》「是一部有關政治諷喻的小說」，不修改不能出版，沈德符等人於萬曆三十四至四十三年修改成功，《新刻金瓶梅詞話》「是第二次改寫本」，「所謂崇禎本又改自《金瓶梅詞話》」等。

三是序跋問題。今存《新刻金瓶梅詞話》前有三篇序跋：欣欣子序、廿公跋、東吳弄珠客序（慈眼堂本無廿公跋，後來的崇禎本、第一奇書本無欣欣子序）。許建平認為甲刻本《金瓶梅》無任何序跋，乙刻本《金瓶梅傳》始有此三篇序跋。周鈞韜、魯歌認為初刻本有東吳弄珠客序，而無法斷定是否有其他序跋。劉輝則明確認為初刻本有東吳弄珠客序而無其他序跋，「現存《新刻金瓶梅詞話》……翻刻時加上了欣欣子序和廿公跋」。黃霖〈金瓶梅原本無穢語說質疑〉認為三篇序跋均為《金瓶梅詞話》而作。鄧瑞瓊〈再論《金瓶梅詞話》的成書〉卻認為初刻本就有欣欣子序、廿公跋，《新刻金瓶梅詞話》是其翻刻本，翻刻時加上了東吳弄珠客序。王利器〈《金瓶梅詞話》成書新證〉認為是袁無涯初刻的《金瓶梅詞話》，他在初刻時加上欣欣子序、廿公跋，所謂欣欣子、蘭陵笑笑生等，均是袁無涯的化名，而廿公則是僧無念。徐恭時〈白衣秀才在平湖〉則認為東吳弄珠客乃董其昌。而劉孔伏、潘良熾〈金瓶梅研究三題〉認為東吳弄珠客是劉承禧。

四是 53-57 回問題。沈德符《萬曆野獲編》：「然原本實少五十三回至五十七回，遍覓不得，有陋儒補以入刻。無論膚淺鄙俚，時作吳語，即前後血脈，亦絕不貫串，一

見知其贗作矣。」韓南〈金瓶梅版本與素材來源研究〉認為沈氏提出了兩個問題：一「是看敘事之中是否有任何令人矚目的不協調之處」，二是「比較一下一二個常用詞在這些章回中的用法是否與這部小說其餘章回中的用法相吻合」，而這二個問題便是判斷 53-57 回是否如沈氏所說的標準。韓南下了相當大功夫也用了相當大篇幅檢討了這二個問題，結果關於第一個問題「證明第 53-57 回是補寫的」；關於第二個問題，「在 A 版（敢按即詞話本）的第 55-57 回中，或者在 B 版（敢按即崇禎本）的第 53-57 回中，迄今尚未發現任何可以考證的蘇州方言，或者至少沒有任何將使這些章回與作品的其餘部分顯得截然不同的方言」。韓南認為最早的 A 版只重寫了 53、54 回，最早的 B 版全書經刪節、訂正，其第一回經竄改。他因此假設一個 53-57 回係補寫的版本，「這個『假設的版本』似乎有可能就是沈德符所說的那個版本，要不就是從它直接派生而來的版本」。劉輝〈從詞話本到說散本〉「拿這五回與全書相較，或依樣照描，或矛盾抵牾，俯拾皆是」，結論是「確係補以入刻」。王汝梅《金瓶梅探索》卻認為「詞話本 53-54 回與前後文脈絡基本貫通，語言風格也較一致。而崇禎本 53-54 回在語言風格上與前後文不相一致，描寫粗疏……如果沈德符所云『陋儒補以入刻』的話寫在崇禎初年，這補入的文字，可能指 20 卷本之 53-54 回，而不是指 10 卷本《金瓶梅詞話》。」魏子雲〈沈德符論金瓶梅隱喻與暗示探微〉異曲同工，得出與王汝梅同樣的結論。馬征〈金瓶梅中的懸案〉認為「沈德符所見到的初刻本《金瓶梅》今已失傳，其第 53-57 回有可能是『贗作』；沈德符未見到的《新刻金瓶梅詞話》中的這 5 回，不能說是『贗作』」。鄧瑞瓊〈再論《金瓶梅詞話》的成書〉「發現這五回並非一人所為，亦非一時之為」，其「53、54 兩回可以連貫，而與其前後不貫串」「55、56、57 三回各不連貫，且各與書中有關情節有出入」便是證明，她認為「《金瓶梅詞話》是一部抄本彙集本，書的各『部分』間，只有來源之別，而無『贗』正之分」，她否認「原本實少 53 回至 57 回」，也否認有所謂「陋儒」臨時將「贗作」「補以入刻」。許建平《金學考論》第五章為〈第 53-57 回探原〉，他詳盡考察了這五回與原書的差異以及這五回之間的差異，結論是「小說第 53-57 回的確如沈德符所言，是由他人補入的」，但「絕非出自一人之手。大體說來第 54 回『應伯爵郊園會諸友』為一人所寫，第 54 回後半回『任醫官豪家看病症』則為原作者手筆，第 53、第 55、第 56、第 57 共四回為一人所寫」。潘承玉《金瓶梅新證》開首一章就是〈《金瓶梅》53-57 回真偽論〉，其通過全面考察表明「五回脫離了詞話本使用方言詞的慣性系統」，「五回的藝術描寫水準遠遜於詞話本的整體水準」，「五回的情節與生活邏輯和詞話本的情節邏輯相抵觸」，「五回的人物刻畫背離了詞話本的性格邏輯」，結論是「詞話本 53-57 回確為陋儒補作；陋儒有兩個，一個補作了 53、54 回，另一個補作了 55-57 回」，「第二個陋儒為了彌合補作與原作的縫隙，又在 59、60、61 諸回中插入了不少文

字。」鄭慶山《金瓶梅新考》「主要結論是：一、《金瓶梅》第 53-57 回為後人補作，53、54 兩回為一人，55-57 人為另一人；二、南方陋儒據書前原著總目補撰，但與前後各回原著乖違不協，疏漏脫節」。王利器〈《金瓶梅詞話》成書新論〉認為補寫這 5 回的是袁無涯。

　　五是存世《新刻金瓶梅詞話》版本分析問題。詞話本目前計有四個本子傳世：原北平圖書館藏本、日本日光山輪王寺慈眼堂藏本、日本德山毛利氏棲息堂藏本、日本京都大學圖書館藏本。北圖本有墨改痕跡，係保管者或閱讀人隨手的校訂，並缺失第 52 回的第 7、8 兩頁；慈眼堂本除無廿公跋外餘均完整無缺，然文旁圈點與北圖本有異；棲息堂本略有缺葉，其第 5 回末頁異版，有十行文字明顯不同，總少 5 行 97 字，又卷首的廿公跋與「四貪詞」次序顛倒；京大本殘存 23 回。關於京大本，鳥居久晴〈《金瓶梅》版本考〉：「從行格、字樣來看，被推定為北京圖書館藏本的後印本（崇禎間？）」，韓南〈《金瓶梅》版本考〉：「此散落不全之版本，顯係甲版本之一（北圖本）之翻版」，黃霖《金瓶梅漫話》同此。豐田穰《某山法庫觀書錄》則說：「（慈眼堂本）京都市京大支那研究室存有殘本」。一說是北圖本的復刻本，一說是慈眼堂本的同版本，看來說得都不如魏子雲《金瓶梅的傳抄、付梓與流行》準確：「藏於京都大學的殘本，也證明了它是（北圖藏）詞話本的同版」。吳敢〈《金瓶梅》版本拾遺〉以京大本與北圖本相校，贊同魏說。其餘三本雖然行格、字體基本相同，但其版式、內容均有差異，當為不同版本。對這一點，長澤規矩也、韓南、劉輝、黃霖等認識比較一致，但對孰早孰晚，則見仁見智：長澤規矩也〈《金瓶梅詞話》影印的經過〉說：「慈眼堂所藏本大概是稍稍早印的版本吧」；韓南〈金瓶梅的版本及其他〉說：「版本一（北圖本）顯為最早之刻本」；劉輝〈金瓶梅版本考〉說：「棲息堂本的文字更接近《水滸傳》……如果承認《金瓶梅》故事來自《水滸傳》……揆之常理，棲息堂本更接近《金瓶梅詞話》的原貌。」黃霖《金瓶梅漫話》則認為北圖本最早，慈眼堂本雖與北圖本同版而次之，棲息堂本最遲，「詞話本至少印過兩次」。

　　六是古佚小說刊行會影印本的印數與印次問題。北圖本 1931 年在山西介休發現，後為北平圖書館收購，1933 年 3 月古佚小說刊行會據以影印，距今不到 70 年，卻已有不少不太容易說清的事項。鳥居久晴〈《金瓶梅》版本考〉：「北京古佚小說刊行會，是志趣相同的人們的聚結。他們依靠共同出資影印了北京圖書館藏本，分給有志研究者。由於所印部數不超過 100 部（或說 200 部），一般知道的人很少。」長澤規矩也〈《金瓶梅詞話》影印的經過〉：「於是北平的學者們集資自願影印 100 部」。澤田瑞穗《增修《金瓶梅》研究資料要覽》：「1933 年 3 月，據說北京古佚小說刊行會只影印了 100 部」。韓南〈金瓶梅的版本及其他〉：「1933 年且以平版照相翻印 100 本售於坊間」。朱星《金

瓶梅考證》：「用古佚小說刊行會名義把這部書影印 100 部」。譚正璧、譚尋《古本稀見小說匯考》：「1933 年由馬廉集資，以『古佚小說刊行會』名義影印百部出售」。陳昌恆《張竹坡評點金瓶梅輯錄》：「影印本，一百本」。劉輝《金瓶梅成書與版本研究》：「以『古佚小說刊行會』名義，影印了 120 部。」胡文彬《金瓶梅書錄》：「北京古佚小說刊行會 1933 年 3 月影印本，120 部。」黃霖《金瓶梅漫話》：「用『古佚小說刊行會』的名義影印了 120 部」。江蘇省社會科學院明清小說研究中心《中國通俗小說總目提要》：「是書……以『古佚小說刊行會』名義，影印 120 部」。梅節〈全校本《金瓶梅詞話》前言〉：「馬廉以古佚小說刊行會名義，釀資將中土本影印 120 套。」

一說 100 部，一說 120 部，一說 200 部，古佚小說刊行會當年到底影印多少部？參見本書〈《金瓶梅》版本拾遺〉。

(3)繡像本

又被稱作崇禎本、說散本、20 卷本、評改本、明代小說本等。目前存世的約有十幾個本子，各互有異同，均可認為不同的版本。大概通州王孝慈藏本（即古佚小說刊行會影印《金瓶梅詞話》時所選插圖的那個本子，今下落不明）為初刻本，上海圖書館所藏甲本，馬廉舊藏、今北京大學圖書館藏本，鹽谷溫舊藏、今天理大學圖書館藏本，周越然舊藏本，本衙藏板本，吳曉鈴藏抄本等是一個系統上的本子；上海圖書館所藏乙本、天津圖書館藏本另是一個系統上的本子；日本內閣文庫藏本，長澤規矩也舊藏、今東京大學東洋文化研究所藏本，首都圖書館藏本又是一個系統上的本子。這些本子都是王氏藏本的後刻本。另有一種《繡像八才子詞話》[153]，傅惜華原藏，韓南〈金瓶梅的版本及其他〉列入繡像本系統。

對於繡像本的研究，鳥居久晴、韓南、魏子雲、王汝梅、劉輝、黃霖等論述頗多，尤以王汝梅最富成樹。王汝梅是又一位當代金學全能，他「精於版本、目錄、校勘及文獻之學，不競競於名利，而矻矻於事功」[154]，出版有 2 本專著、4 本編著，校點注釋了 3 種原著，編輯攝製了 4 集電視專題片，發表論文二三十篇，在原著校注、資料匯錄、繡像本研究、張竹坡研究、作者研究、源流研究、主題研究、語言研究等幾乎所有金學領域都有探討與成就。

關於繡像本，亦有幾個至今莫衷一是的問題：

一是刊刻年限問題。孫楷第《中國通俗小說書目》稱為「崇禎本」；鄭振鐸〈談《金瓶梅詞話》〉「可見這部《金瓶梅》也當是杭州版，其刊行年代，則當在崇禎間」；鳥

---

[153] 一名《繡刻古本八才子詞話》。
[154] 吳曉鈴〈《金瓶梅探索》序〉。

居久晴〈《金瓶梅》版本考〉、韓南〈金瓶梅的版本及其他〉、王汝梅《金瓶梅探索》、魯歌《簡論金瓶梅的幾種版本》等隨後附議。王汝梅則具體分析王氏藏本、北大本刊刻在崇禎間，而其他翻刻本均刊行在清初。長澤規矩也〈《金瓶梅》的版本〉據其版式斷定為天啟年間所刊。陳昌恆《張竹坡評點金瓶梅輯錄》認定在「天啟元年前後」。劉輝〈金瓶梅版本考〉認為「絕不可能刊刻於崇禎年間，而應當是清初，最早不能超過順治十五年」。黃霖〈《新刻繡像批評金瓶梅》評點初探〉「認為此書刊行本於天崇年間」。

二是作評寫定者問題。劉輝〈金瓶梅版本考〉等認為是李漁，沈新林支持此說。黃霖《金瓶梅考論》等主張為馮夢龍，陳昌恆、吳紅、胡邦煒支持此說。顧國瑞〈屠本畯與《金瓶梅》〉則說「如果承認《金瓶梅》在成書以後仍經過一些人的潤飾、加工，那麼，王肯堂很可能是其中的一個。」

三是繡像本與詞話本的關係問題。鳥居久晴〈《金瓶梅》版本考〉：「（繡像本）是修改詞話本而成，大體上是確實的」。劉輝《從詞話本到說散本》更具體分析了這一成書過程：「（說散本）對詞話本的修訂，大致分為兩個方面：刪削與刊落，修改與增飾……應當說，刪削與刊落大於修改與增飾。」韓南〈金瓶梅的版本及其他〉認為兩者之間無直接關係。魏子雲《金瓶梅的幽隱探照》認為兩者均有傳抄本，是平行關係，而詞話本刊刻在前，「推想 20 卷本在付梓之前，曾參酌 10 卷本的刻本，又加過一番功夫。也許，20 卷本的底本在付刻時，仍有欠缺，不得不以 10 卷本予以抵補」。梅節〈全校本《金瓶梅詞話》前言〉亦認為兩者各自有其傳抄本，但繡像本刊刻在前，「20 卷本面世後風行一時，書林人士見到有利可圖，乃梓行 10 卷本」。浦安迪《明代小說四大奇書》則認為兩者刊本均非原本面貌，還有早於兩種基本版本的文本。王汝梅《金瓶梅探索》對此說得最為透徹：「崇禎本刊印在後，詞話本刊印在前。崇禎本以《新刻金瓶梅詞話》為底本進行改寫評點，它與詞話本之間是母子關係，而不是兄弟姐妹關係……按合理的推測是，設計刊刻 10 卷詞話本與統籌改寫 20 卷本，大約是同步進行的。有可能在刊印詞話本前後，即在進行部分的改寫。在詞話本刊印之後，接著繼續進行改寫與評點，以刊印的詞話本為底本最後完成評改，於崇禎初年刊印《新刻繡像批評金瓶梅》」。

(4)第一奇書本

又稱張評本。小野忍、鳥居久晴、戴不凡、韓南、王汝梅、劉輝、黃霖、吳敢、王輝斌等對此均有研究。普遍認為第一奇書以繡像本為底本，王汝梅《金瓶梅探索》更明確主張「北大藏本這種繡像本才是張評本的底本」，魯歌《簡說金瓶梅的幾種版本》「認為張竹坡唯讀過崇禎本而未見到過詞話本」。第一奇書本目前存世幾十種，其主要版本流傳過程，朱星《金瓶梅考證》分為「有圖無圖二種」，目前則一般將其區分為有回評與無回評兩個系列：無回評者有康熙乙亥本、在茲堂本、皋鶴草堂本、本衙藏板乙本、

六堂本等，有回評者有本衙藏板翻印必究本、本衙藏板甲本、影松軒本、崇經堂本、11行 25 字本、四大奇書第四種本、玩花書屋本、目睹堂本、福建如是山房本、金閶書業堂本等。這兩個系列還有幾個大體共同的現象：有回評者均缺〈凡例〉〈第一奇書非淫書論〉（四大奇書第四種本另缺〈冷熱金針〉），無回評者不缺；有回評者有圖，無回評者無圖；均有也僅有謝頤序（目睹堂本卻僅有東吳弄珠客序）。

關於第一奇書本，也有二個頗有爭議的問題：

一是原刻本問題。孫楷第《中國通俗小說書目》謂「原本未見」。鳥居久晴〈《金瓶梅》版本考〉〈《金瓶梅》版本考再補〉均認為是康熙乙亥年的皋鶴堂刊本，「但它的下落不明」。韓南〈金瓶梅的版本及其他〉據陳思相《金瓶梅後跋》推測原刻本「應在 1684 年康熙二十三年之前不久版行」。戴不凡《小說見聞錄》認為是在茲堂本。劉輝《金瓶梅主要版本所見錄》認為在茲堂本只是「第一奇書之早期刻本」，其「第一奇書之原刻本」應為康熙乙亥本。王汝梅《金瓶梅探索》卻認為「本衙藏版甲、乙兩種為其他各種第一奇書祖本」，又說「本衙藏板乙本……只是在裝訂時未裝入各回的回前評語」，他同樣認為「本衙藏板翻印必究本」所少的〈凡例〉〈第一奇書非淫書論〉亦係漏裝，「如果是有意不裝入此兩篇，則可能有政治上的原因」。其理由是「張評本回前評語與總評各篇、眉批、旁批、夾批是同一時期同一寫作過程中的產品，而不可能分兩階段：先寫總評、眉批、旁批、夾批，刊印為『康熙乙亥年』本（即在茲堂本或無牌記本），過了一個時期，再刊印補寫回評的本衙藏板甲本」，並舉例「說明寫回評在前，寫眉批在後」。劉輝〈金瓶梅版本考〉認為「此說純係誤解。……現在看來，附錄部分，文內夾批、旁批，是張竹坡於康熙乙亥年三月最先完成的，隨後拿去付刻。而所有回評，則係以後所補評，故第一奇書最早刊本，皆無回評。」至於鳥居久晴所說「這些回評成於何人之手不清楚」[155]，王汝梅和劉輝對此觀點卻非常一致，均主張其著作權非張竹坡莫屬。黃霖《金瓶梅考論》與劉輝、王汝梅認識均不一樣，他列舉 9 條理由之後說：「目前一般所見的在茲堂本及無『在茲堂』三字的『康熙乙亥本』並不是張竹坡批評《金瓶梅》的原本。原本未見，很可能是已佚的芥子園所刊的四大奇書第四種本。……目前所見乾隆丁卯本、影松軒本等還是比較接近原本的」，並認為〈凡例〉〈第一奇書非淫書論〉〈冷熱金針〉乃書商所為。吳敢〈張竹坡評本《金瓶梅》瑣考〉則認為「皋鶴堂是張竹坡的堂號……皋鶴草堂本是徐州自刊本……而且是原刊本，……至於皋鶴草堂本封面刻有『姑蘇原板』字樣，當係張竹坡的偽託。」

二是謝頤是誰的問題。亞瑟·大衛·韋利《金瓶梅引言》認為謝頤不是真名，顧希

155　〈金瓶梅版本考〉。

春譯為中文時便乾脆譯成「孝義」。顧國瑞、劉輝〈《尺牘偶存》《友聲》及其中的戲曲史料〉認為是張潮的化名。黃霖《張竹坡及其金瓶梅評本》亦認為謝頤即張潮。吳敢〈張竹坡評本《金瓶梅》瑣考〉對顧、劉二位觀點作有辯證，結論是「《金瓶梅》是張竹坡批評的，皋鶴堂是張竹坡的堂號，則作序於皋鶴堂的這個『謝頤』，當即竹坡本人。《第一奇書·凡例》：『偶為當世同筆墨者閑中解頤』；序中說：『不特作者解頤而謝』。兩相對應，當出一人之手，可為佐證。」王輝斌《張評本金瓶梅成書年代辨說》則認為謝頤與張竹坡非為一人。

版本問題實際是成書過程與傳播過程問題。如劉輝《從詞話本到說散本》分析「詞話本究竟是一部什麼樣的書」，就是從成書與傳播角度立論：「《金瓶梅詞話》未成書以前，已有不同抄本在不同地區流傳，它未經嚴肅認真的加工整理，而是由不同抄本拼湊一起付刻的」。魯歌《關於金瓶梅抄本、刻本、作者問題》有更大膽的推想：「如果說《金瓶梅》有兩個系統的話，那麼我認為第一系統是《金瓶梅》抄本、初刻本、崇禎本、康熙間張竹坡評本；第二系統是《金瓶梅詞話》稿本與刻本」。

5.張竹坡及其《金瓶梅》評點

這是一個《金瓶梅》研究中的熱點問題。圍繞這一專題，金學界出版有 9 部專著，另有近 50 位研究者發表了 100 多篇論文。馬廉、芮效衛、潘壽康、葉朗、劉輝、王汝梅、陳昌恆、吳敢、黃霖、蔡國梁、胡文彬、俞為民、米列娜、王輝斌、陳金泉、蔡一鵬等用力甚勤，而芮效衛、葉朗、劉輝、王汝梅、陳昌恆、吳敢、黃霖等均頗覺建樹。參見本書相關篇章。

關於張竹坡的家世生平，1984 年夏，筆者先後訪得 4 部《張氏族譜》，發表 20 多篇論文，結集成 2 部專著，張竹坡家世生平於是全面揭曉，張竹坡與《金瓶梅》的研究，因而有了一個較大的突破。許建平〈新時期《金瓶梅》研究述評〉：「劉輝在〈《金瓶梅》研究十年〉中對此作了如此評價：『如果說國內學者在《金瓶梅》研究中不少問題正處於探索階段，只是取得了一些進展的話，那麼，在《金瓶梅》重要批評家張竹坡的家世生平研究上，則有了明顯的突破，完全處於領先地位。』這個評價是客觀而恰當的。」

6.源流

「長篇小說的作者，在致力創作的時候，常是有意的或無意的把他們所處的時代和社會的種種動態巧妙而忠實地織在他們的雲錦裏。……《金瓶梅詞話》所供給的文學史料實比其他各書為多」[156]。最先注意到這一點的是三行《金瓶梅》、鄭振鐸〈《金史·后妃傳》與《金主亮荒淫》〉以及吳晗〈金瓶梅的著作時代及其社會背景〉。專文研究此

---

[156] 馮沅君〈《金瓶梅詞話》中的文學史料〉。

題的是澀齋〈《金瓶梅詞話》裏的戲劇史料〉，文分 5 節，分敘院本、散出、堂會、衣箱、十番。專著研究此題的是姚靈犀《瓶外卮言》。傅惜華《明代小說與子弟書》亦有此意。趙景深〈《金瓶梅詞話》與曲子〉則分別指出吳晗與澀齋的失誤或不足，重加釐訂，統計為小曲 27 支、小令 59 支、詞 8 首、聯套 20 套。吳曉鈴在其重刊《古今小說》評論中指出《金瓶梅》抄錄有 3 種白話短篇小說（見下文韓南指出的第三、五、七種）。截止 40 年代最為空前啟後的是馮沅君〈《金瓶梅詞話》中的文學史料〉及其跋語：其中第一節「俗講的推測」指出小說有 4 處是描寫講說佛曲的；第二節「小說蛻變的遺跡」歸納為兩點，「一、書中人每以韻語代替普通語言。二、每回的回目常不整飭」；第四節「笑樂院本的一個實例」指出小說有 4 處提到院本，其中 3 處明言為笑樂院本，並舉《王勃院本》為例；第五節「演劇描寫的啟示」認為小說提到 10 種劇曲，其中 2 種為雜劇（韓湘子度陳半街升仙會雜劇、小天香半夜朝元）、6 種為傳奇（韓湘子升仙記、韋皋玉簫女兩世姻緣玉環記、劉知遠紅袍記、裴晉公還帶記、四節記、雙忠記）、2 種存疑（西廂記、留鞋記）；第六節「清唱的曲辭與唱法」指出小說講到清唱的有百餘處，可考的曲子有 88 條，其中見於《雍熙樂府》者 60 條，見於《詞林摘豔》者 46 條，其中由劇曲（抱妝盒、香囊記、玉環記、西廂記、流紅葉等）摘唱的凡十餘條。50 年代涉及這一領域的有澤田瑞穗〈關於《金瓶梅詞話》所引的寶卷〉、畢曉普〈金瓶梅中的白話短篇小說〉、小野忍《金瓶梅日譯本》、周貽白《中國戲劇史》、葉德均《宋元明講唱文學》，60 年代有韓南〈金瓶梅探源〉。後者分門別類指出小說有關內容的出處，可謂空前絕後的集大成之作。其中第一節「長篇小說《水滸傳》」認為「《金瓶梅》所用的《水滸傳》版本現已失傳，同它最接近的現存版本是……天都外臣序一百回本」；第二節「白話短篇小說」指出有 7 種為話本或擬話本（刎頸鴛鴦會、志誠張主管、戒指兒記、西山一窟鬼、五戒禪師私紅蓮記、楊溫攔路虎傳、新橋市韓五賣春情），有 1 種為《新刊京本通俗演義全像百家公案全傳·港口漁翁》；第三節為「文言色情短篇小說《如意君傳》；第五節「戲曲」指出「小說寫到 14 本戲曲的上演」，認為「有兩本戲曲同小說有著與眾不同的關係，它們是《玉環記》和《寶劍記》」，尤其《寶劍記》「比所有別的戲曲更為重要……《金瓶梅》4 處採用此劇 5 個片斷」；第六節「清曲」指出「不包括只引曲牌名或首句的曲子，全文引錄的曲文多達 20 組套曲、120 支散曲」，套曲中有 14 組分別見於《盛世新聲》《詞林摘豔》《雍熙樂府》《吳歈萃雅》，散曲中有 45 支分別見於《盛世新聲》《詞林摘豔》《雍熙樂府》《新編南九宮譜》《盪氣迴腸曲》；第七節「說唱文學」指出小說引用了三種寶卷（五祖黃梅寶卷、金剛科儀、黃氏女寶卷）。韓南在前文中有一個著名的觀點：「重要的不是引用本身，而是它的性質和目的」，他正是從小說修辭學與創作心理學的角度，為了有助於對《金瓶梅》成書的理解，才下大功夫「探究它們怎樣和為什麼這樣被運用」的。此後魏子雲〈金瓶

梅編年說〉、戴不凡〈明清小說中的戲曲史料〉、吳曉鈴〈《金瓶梅詞話》引用宋元平話的探索〉、王利器〈《金瓶梅詞話》與寶卷〉以及〈《金瓶梅》之藍本為《水滸傳》〉、徐朔方〈金瓶梅成書新探〉、劉輝〈從詞話本到說散本〉、蔡國梁〈金瓶梅抄引他書瑣述〉、徐扶明〈金瓶梅寫作時代初探〉、陳詔〈金瓶梅小考〉等,或對馮沅君文,或對韓南文,因文用例,各取所需,又分別有所申揚。而蔡敦勇《金瓶梅劇曲品探》、周鈞韜《金瓶梅素材來源》可為新時期繼往開來的代表作。前者分為三大部分:一是「《金瓶梅詞話》中戲曲研究」,又分成五部分:一、演唱劇碼本事源流考述,馮沅君所列 10 劇以外,又新輯錄 15 個劇碼(彩樓記、琵琶記、陳琳抱妝盒、度金童玉女、寶劍記、韓文公雪擁藍關、香囊記、子母冤家、倩女離魂、月下老定世間配偶、南西廂、殺狗勸夫、唐伯亨因禍致福、林招得);二、步戲摭談,從古代的踏歌,至宋元的轉踏、踏謠,作了全面的考查;三、西廂記,馮沅君當年以存疑的態度,估計《金瓶梅詞話》中劇曲與清曲《西廂記》是南西廂,本書則考定為北西廂;四、第 65 回「十節目」淺探,除「天王降地水風火」待查外,餘均非戲曲而為「百戲」;五、曲藝資料輯釋,如門詞、平話、道情、貨郎兒等均有所輯錄闡釋。二是「《金瓶梅詞話》中詞曲箋校」,清理出單曲 140 首、套曲 50 套,並對 128 首詞曲作出箋校。三是「《金瓶梅詞話》中部分韻文箋校」,韓南當時列出《金瓶梅詞話》與《水滸傳》相同的詩詞 23 條 22 首,黃霖後來列舉出 54 條,本書則統計出 70 餘首,加上與其他話本小說相同的詩和韻文,約有八九十條,並對其中 83 條作出箋校。正如劉輝為該書作序所說:「考核精細,嚴謹不苟」,「作了一次有意義的集大成工作」。周鈞韜則用 30 萬字,考證了 250 個問題,分為宋明史實、《水滸傳》、話本擬話本、戲劇劇本、民間散曲小調等 5 類,對韓南〈金瓶梅探源〉作了全面的發揮,其考錄全面,論析獨到,與蔡著以及孟昭連《金瓶梅詩詞解析》可同為《金瓶梅》溯源的壓台之作。

　　《金瓶梅》對明末清初人情小說的影響,特別是對《紅樓夢》的影響;《金瓶梅》作為近代小說的先聲,對有清一代古代中國小說創作的影響;《金瓶梅》的續書;《金瓶梅》的翻譯、改編與傳播等問題自然也是源流問題,即如《金瓶梅》與《紅樓夢》的關係,研究成果著名者有闞鐸《紅樓夢抉微》,姚靈犀〈《金》《紅》脞語〉,癡雲〈《金瓶梅》與《水滸傳》《紅樓夢》之衍變〉,孫遜、陳詔《紅樓夢與金瓶梅》,沈天佑《金瓶梅紅樓夢縱橫談》,馮子禮《金瓶梅與紅樓夢人物比較》,張慶善、于景祥《紅樓夢與金瓶梅之關係》,以及蔡國梁、盧興基、祁和暉、王平、梅新林、葛永海等人的《金瓶梅》《紅樓夢》比較論文等,此處從略。

7.其他

　　本文不再展開討論的學術成果,還有如思想主旨問題,本世紀對傳統的說法(寓意說、諷勸說、復仇說、苦孝說等)均有所檢討,並提出一些新見,如世情說(魯迅等),寫實說(鄭

振鐸、李辰冬等），勸善說（馮漢鏞等），宣揚儒教說（阿丁等），封建說（包遵信、宋謀瑒、周中明等），暴露說（阿丁、黃霖等），影射說（魏子雲、黃霖等），性惡說（芮效衛等），貪、嗔、癡說（孔宇述等），變形說（侯健等），新興商人悲劇說（吳晗、盧興基、躍進等），商人社會寫照說（于承武等），人生欲望說（張兵、王啟忠、李永昶、劉連庚等），精神危機說（田秉鍔等），新思想信息與舊意識體系雜陳說（吳紅、胡邦煒等），黑色小說說（甯宗一等），憤世疾俗說（劉輝等），人性復歸說（朱邦國等），人格自由說（池本義男等），性自由悲劇說（王志武等），探討人生說（許建平等），文化悲涼說（王彪等）等，而以張錦池〈論《金瓶梅》的結構方式與思想層面〉為最新代表：「《金瓶梅》寫故事的由來和結局，是以『悌』起、以『孝』結，反映了作者用以『諷世』的主要思想武器是『仁』和『天理』，屬小說的哲理層面；其寫西門氏的興衰過程，是以『金』興、以『瓶』盛、以『梅』衰，從而『著此一家，即罵盡諸色』，屬小說的社會層面；其用以結構情節的主要線索，是以西門氏的盛衰為明線、以權奸們的榮辱為暗線，旨在說明『富貴必因奸巧得，功名全仗鄧通成』的結果，是於國則破，於家則亡，於個人則難以逃脫自我毀滅的命運，屬小說的政治層面。因此，《金瓶梅》是以寫財色交易之罪惡為表、錢權交易之罪惡為裏的社會文學，乃舉世鮮匹的『人間喜劇』」；

性描寫問題，持認同觀點的有池本義男、章培恒、劉輝、黃霖、雷威安、柯麗德、張兵、張國星、及巨濤、盧興基、卜鍵、高越峰、許建平、趙慶元、孟昭連、周琳、霍現俊等，持保留意見的有胡適、陳遼、徐朔方、田秉、徐柏榮、吳小如、傅憎享、馬征、于承武等，認為有其客觀成因但畢竟為玉中之瑕的有魯迅、沈雁冰、鄭振鐸、三行、阿丁、甯宗一、馬美信、李永昶、劉連庚等；

藝術價值問題，持否定意見，「恐怕只能歸入三流」的，有夏志清〈金瓶梅新論〉、包遵信《色情的溫床和愛情的土壤》等。甯宗一、劉輝等眾多研究者則充分肯定其藝術成就，不少學人更以專著對《金瓶梅》的藝術特色展開分析，如孫述宇《金瓶梅的藝術》、周中明《金瓶梅藝術論》、張業敏《金瓶梅的藝術美》等；

人物形象問題，是「金學」同人討論較為充分、著述格外豐富的一個研究方向。如果說「瓶外學」（作者、評者、成書、版本研究等）是百家爭鳴，那麼「瓶內學」（思想、藝術、人物、語言研究等）便是百花齊放。此一領域亦可謂著述如林，僅專著就有孟超《金瓶梅人物論》，石昌渝、尹恭弘《金瓶梅人物譜》，高越峰《金瓶梅人物藝術論》，劉烈《西門慶與潘金蓮——《金瓶梅詞話》主人公及其他》，孔繁華《金瓶梅人物掠影》，魯歌、馬征《金瓶梅人物大全》，孔繁華《金瓶梅的女性世界》，葉桂桐、宋培憲《金瓶梅人物正傳》，羅德榮《金瓶梅三女性透視》，王志武《金瓶梅人物悲劇論》，馮子禮《金瓶梅與紅樓夢人物比較》，王汝梅等《金瓶梅女性世界》，陳桂聲《金瓶梅人物世界

探論》，魏崇新《說不盡的潘金蓮——潘金蓮形象的嬗變》，晨曦、婧妍《金瓶梅中的男人與女人》等15部之多；

語言問題是《金瓶梅》研究中快馬先鞭、異軍突起的一個研究領域。如果說成書年代、成書方式、作者、版本等是金學的焦點，則評點、人物、語言、文化等便是金學的熱點。如果說金學在國外某些時期、某些課題一度領先，則評點研究與語言研究在國內卻具有絕對的優勢。如果說評點研究在中國大陸得天時地利之便，則語言研究在海峽兩岸因地利人和而然。如果說人物研究以飄逸的才情塗繪了五彩繽紛的天空，則語言研究以深厚的功力鋪墊下堅實凝重的大地。不要說風起雲湧般的作者辯論幾乎都涉及到語言問題，不要說單篇發表的語言論文幾近百篇之多，不要說一些專業詞典一般都收有《金瓶梅》語言的例證，即專著便有魏子雲《金瓶梅詞話注釋》，李布青《金瓶梅俚語俗諺》，王利器等《金瓶梅詞典》，毛德彪、朱俊亭《金瓶梅注評》，白維國《金瓶梅詞典》，孟昭連《金瓶梅詩詞解析》，李申《金瓶梅方言俗語匯釋》，舟揮帆《譯注評析金瓶梅詩選》，張惠英《金瓶梅俚俗難詞解》，傅憎享《金瓶梅隱語揭秘》，鮑延毅《金瓶梅語詞溯源》，張鴻魁《金瓶梅語音研究》，潘攀《金瓶梅語言研究》，曹煒《金瓶梅文學語言研究》，章一鳴《金瓶梅詞話和明代口語辭彙語法研究》，張鴻魁《金瓶梅字典》，陳詔《金瓶梅小考》，傅憎享《金瓶梅妙語》等18部；

文化問題是近十年「金學」園林的一道新的景觀，是《金瓶梅》研究傳統方法的突破與擴大。陳東有《金瓶梅——中國文化發展的一個斷面》一馬當先，正如其出版說明所言：「本書是『金學』的新成果。作者力圖跳出傳統的道德評價的樊籬，把《金瓶梅》這部名著放到大文化的背景裏去掂一掂分量，把它放回到文學的園地裏去品評其價值，從歷史、地理、政治、經濟、哲學、宗教、文學、藝術、科技、民俗和性等方面對它進行了交叉式的研究……可說是《金瓶梅》研究中的一部拓荒之作」。如果說「瓶內學」「瓶外學」都是「瓶體學」，那麼「金瓶文化」便是「瓶上學」。瓶體學的研究對象是文本的具象，這是感性的積澱；瓶上學的研究對象是文化的抽象，這是理性的昇華。其後，王啟忠《金瓶梅價值論》，石景琳、徐恂《金瓶梅中的佛蹤道影》，邵萬寬、章國超《金瓶梅飲食大觀》，甯宗一、羅德榮《金瓶梅對小說美學的貢獻》，田秉鍔《金瓶梅與中國文化》，躍進《金瓶梅中商人形象透視》，何香久《金瓶梅與中國文化》，邱紹雄《金瓶梅與經商管理藝術》，胡德榮、張仁慶《金瓶梅飯食譜》，田秉鍔《金瓶梅人性論》，王宜庭《紅顏禍水——水滸傳金瓶梅女性形象的文化思考》，南矩容《金瓶梅與晚明社會經濟》，余岢、解慶蘭《金瓶梅與佛道》，趙建民、李志剛《金瓶梅酒食文化研究》，霍現俊《金瓶梅新解》等僅專著就有15部，可說是構建一座「金學」的「世界奇觀」。這些著述一般都能脫離評點式或印象式或考據式或單一式的傳統，而從宏觀的背景，採

用多側面、全方位的研究視角，造成多角度多學科研究的格局，往往觀點新穎，令人喜
出望外。王啟忠與與霍現俊前後呼應，鍛造扣接成這一條發人深思的金瓶文化的鏈條。
王啟忠認為「《金瓶梅》是一個特殊存在，一種難以比擬的特殊的文學現象，……應是
一部真正的政治小說、經濟小說、文化小說，一部全面描寫人的生命現象的小說，也是
一部蘊含著豐富厚實的變革形態、具有里程碑意義的小說」，所以他從價值的角度入手，
側重分析《金瓶梅》「地位的特殊、存在的特殊、流傳狀況與接受方式的特殊」，以及
由「上述諸種特殊形態綜合之力構成」的「特殊的『金瓶梅現象』」。霍現俊認為「西
門慶是一個整合形象，……是 16 世紀晚明資本主義萌芽時期官僚資本家的典型」，而不
是商人。《金瓶梅新解》勇於探索之處，正如張俊在其序言中所說：「《詞話》是中晚
明資本主義萌芽這一歷史巨變過程發生、發展以至最後滅亡的形象反映。這是《新解》
一書用力最勤之處」。真正吹響「金瓶文化」號角，振臂一呼，應者雲集的是甯宗一，
他在《金瓶梅對小說美學的貢獻·導言》中說：「《金瓶梅》也許是最讓那種善貼標籤
的研究者頭疼的一部小說了」，「要重建閱讀空間，必須打破單向的線性閱讀方式，開
闢多元多層次的思維格局，培育建設性的文化性格」，「把《金瓶梅》研究從狹窄的視
野中解放出來，在不同的層次上對它進行審美的觀照和哲學的領悟」。他與羅德榮主編
的這部書集結了這一研究網路中的 10 員大將（其餘 8 位是卜鍵、劉紹智、田秉鍔、呂紅、李時
人、孟昭連、張國星、羅小東），可謂行當齊全、陣容整齊。

關於《金瓶梅》評價，孫述宇說：「《金瓶梅》是一本質和量都驚人的巨構」，又
說「魯迅說《紅樓夢》一出，中國小說的寫法就變了；這句話拿了來評《金瓶梅》，其
實更合適」（《金瓶梅的藝術》）。《美國大百科全書》說：「《金瓶梅》是中國第一部
偉大的現實主義小說」。哈佛大學教授海陶瑋說：「《金瓶梅》內容的廣闊、情節的複
雜、人物的雕塑，都足以和西方最偉大的小說比肩」。甯宗一的話不自覺間成了總結：
「關於《金瓶梅》……無論是把它放在中國世情小說的縱坐標或世界範圍同類題材小說的
橫坐標中去認識和觀照，它都不失為一部輝煌的傑作」。當然，批評溢美傾向的也有，
如宋謀瑒、周中明等。

關於《金瓶梅》研究，吳曉鈴〈金瓶梅探索序〉說：「氣氛熱烈，研究不斷升溫，
其勢洶湧不可當，在所謂『紅學』之外又出現異幟『金學』，甚至於連許多『紅學』專
家也舍己之田而耘，可謂盛矣！」董慶萱〈金瓶梅審探序〉說：「繼『紅學』之後，『金
學』也逐漸熱鬧起來。魯迅、孫楷第、鄭振鐸、吳晗、姚靈犀以降，目前從事『金學』
研究的：在臺灣，有魏子雲；在香港，有孫述宇；在大陸，有吳曉鈴、朱星；在美國，
有韓南；在法國，有雷威安。幾乎可以召開一次國際『金學』會議了。」當然，主張降
溫冷靜探索的也不少，如徐朔方、吳小如等。

張竹坡研究綜述

　　張竹坡（1670-1698），名道深，字自德，號竹坡，以號行世。

　　張竹坡於康熙三十四年（1695）正月完成對《金瓶梅》的評點。張竹坡上承金聖歎，下啟脂硯齋，通過對《金瓶梅》思想與藝術的評點，在很多方面將中國小說理論推進了一步，從而使自己名垂青史，立言不朽。

　　張竹坡在他評點《金瓶梅》的當時，即隨著《第一奇書》的「遠近購求」而「才名益振」[1]。劉廷璣自序於康熙五十四年（1715）的《在園雜誌》卷二，在談到《金瓶梅》時說：「彭城張竹坡為之先總大綱，次則逐卷逐段分注批點，可以繼武聖歎，是懲是勸，一目了然。惜其年不永，歿後將刊板抵償夙逋於汪蒼孚。蒼孚舉火焚之，故海內傳者甚少」。這一段話寫於康熙壬辰（1712）冬，可為一證。真正高度而又公正地評價張竹坡的《金瓶梅》評點，翔實而又準確地披露張竹坡評點《金瓶梅》過程的，是張竹坡的胞弟張道淵。張道淵主修《張氏族譜》時，寫於康熙六十年的〈仲兄竹坡傳〉，表達了他們之間兄弟加知己的不同尋常的關係。〈仲兄竹坡傳〉：「兄一生負才拓落，五困棘圍，而不能搏一第，齎志以歿，何其阨哉！然著書立說，已留身後之名，千百世後，憑弔之者，咸知竹坡其人。是兄雖死，而有不死者在也」。在張竹坡一生中，如果說家族內給他直接影響的是父親張翀和二伯父張鐸的話，則家族中始終理解他、支持他的人，便是其三弟張道淵。可以說，張道淵是張竹坡和張竹坡《金瓶梅》評點的第一個全面而充分的肯定者。張竹坡在批評《幽夢影》時曾說：「求知己於兄弟尤難」，這當不是無端的感慨。

　　有清一代流傳的《金瓶梅》版本，基本都是「彭城張竹坡批評」的第一奇書本。這似乎足以說明張評本的影響，以及世人對張竹坡與張評本的認同。即在其家鄉彭城，張竹坡便是名聞遐邇。道光二十九年稿本《清毅先生譜稿·贈言》錄閻圻〈前初到徐，有客來云，張竹坡先生將枉顧。聞先生名久矣，尚未投一刺，仍乃先及之。因感其意，得詩四章〉，又〈再辱竹坡先生將贈詩謬許，頗愧不敢當。不謂先生意中，乃亦知此時此地有閻子也。用是狂感，漫為放歌一首〉。閻圻是「明末二遺民」之一閻爾梅之長孫，康熙己丑（1709）科二甲第 41 名進士，官工科掌印給事中。閻詩前題為七律四首，其第

---

[1]　張道淵〈仲兄竹坡傳〉。

三首頸聯為「憑陵六代窮何病，賞鑒千秋刻不妨」，則該詩當作於康熙三十四年張竹坡評點《金瓶梅》之後。閻圻作詩當時雖係布衣，亦有詩名，對竹坡推許如此，可見竹坡的影響。其後只有李海觀籠統地批評張竹坡為「三家村冬烘學究」[2]，算是一個例外。

　　但晚清間彭城張氏後人與文龍打破了這一格局。道光五年張協鼎續修彭城張氏族譜之時，將〈仲兄竹坡傳〉中有關《金瓶梅》的文字刪削淨盡。《清毅先生譜稿》更指責他「直犯家諱，則德有未足稱者，抑失裕後之道矣。」而文龍於光緒五年、六年、八年前後三次評點《金瓶梅》，用的底本都是在茲堂本《第一奇書》。文龍評點的是《金瓶梅》小說，並非完全針對張竹坡的評點，但張評近在手頭，觀點相左之時，當然要彈出不同的音符。在洋洋六萬言的評點中，文龍 24 次點到「批書者」「批者」「閱者」，均指張竹坡。對於吳月娘、孟玉樓、龐春梅三人的評價，是他們之間的根本分歧。對於張竹坡貶吳揚孟安龐的觀點，文龍大不以為然，其 24 處批評有 21 處為此。不僅僅是《金瓶梅》人物論，於《金瓶梅》藝術論亦有不同見解。如第三回「定挨光王婆受賄，設圈套浪子私挑」，張竹坡批道：「妙絕十分光，卻用九個『便休』描寫，而一毫不板，奇絕，妙絕！」而文龍批道：「挨光一回，有誇為絕妙文章者，余不覺啞然失笑。文字忌直，須用曲筆，……挨光一層，早被王婆子全已說破，此一回不過就題敷演。」文龍甚至從根本上否定張竹坡的評點，如第一百回「文禹門又云：作者或有深意，批者並無會心，閱者當自具手眼，……自始自終，全為西門慶而作也，為非西門慶而類乎西門慶者作也。批者亦當時時、處處、事事有一西門慶，方是不離其本旨。奈何只與春梅掇臀、玉樓舐痔而與月娘作對頭，猶訒訒然曰：此作者之深思也，吾得其間矣。嗟乎，妄甚！」應當承認，文龍對張竹坡的批評並非全無道理，有的還相當準確和深刻，但文龍畢竟只是閑中消遣，只是對作品的賞析，而沒有像張竹坡那樣有意識地進行文學評論，因而沒能站在小說理論的高度去認識張竹坡，便不能不失之狹隘。

　　其後半個世紀，未見涉及張竹坡及其評點者。孫楷第《中國通俗小說書目》[3]「明清小說部乙·煙粉第一·一人情」首列《金瓶梅詞話》，第三題即為〈張竹坡評《金瓶梅》〉，其題解說：「竹坡名未詳。劉廷璣《在園雜誌》稱彭城張竹坡，蓋徐州府人。曾見張山來《幽夢影》有張竹坡評，則順康時人也。」「明清小說部乙·煙粉第一·五猥褻」《東遊記》題解：「每章後附『竹坡評』，末附『尾談』一卷，……竹坡不知即張竹坡否？」此可為 20 世紀語及張竹坡與《金瓶梅》的第一例。

　　光緒十七年編刊的《徐州詩徵》銅山卷中，選了張道深詩二首，注云：「道深，字

2　《歧路燈》自序。

3　國立北平圖書館中國大辭典編纂處，1933 年初版。

竹坡，著有《十一草》。」竹坡的這兩首詩亦見載於《晚晴簃詩匯》卷四十。1926 年官修《銅山縣誌》，於其〈藝文考〉中曰：「張道深《十一草》，道深字竹坡。」1935 年張伯英編刊《徐州續詩徵》，徐東橋為繪《張氏詩譜》，於道深名下注云：「翃子。」此乃首次公開歸竹坡於彭城張氏世家。《徐州續詩徵》編刊前後，馬廉收集《銅山縣誌》《第一奇書》《在園雜誌》《友聲後集》關於張竹坡的載錄，判斷竹坡「生於清康熙初年」，「卒於清康熙三十四至五十一年之十七年間」[4]。應該說，張竹坡與《金瓶梅》這一研究方向，在現代，是由孫楷第和馬廉兩位先生首開其端緒的。

日本學人在《金瓶梅》版本研究方面得天獨厚。長澤規矩也〈《金瓶梅》的版本〉[5]、小野忍〈關於《金瓶梅》的版本〉[6]導夫前路，鳥居久晴〈《金瓶梅》版本考〉[7]、〈《金瓶梅》版本考再補（上）（下）〉[8]集其大成，澤田瑞穗的〈金瓶梅研究資料要覽〉[9]後續有為。第一奇書本包含其中，得到一次集中清理。

英國學人亞瑟·大衛·韋利（Arthur David Waley，1889-1966）為 1939-1940 年倫敦約翰 G·P 普特南父子公司出版的《金瓶梅》英文節譯本寫了一篇〈引言〉。在〈引言〉中，韋利雖然認為張竹坡是一位蘇州出版商的假名，但對謝頤為《第一奇書》所寫的序，以及張竹坡的《金瓶梅》評點，認為「提供了一系列精細推敲」。

1956 年 10 月 25 日，《新民晚報》發表一丁〈評《金瓶梅》之張竹坡〉一文，算是 20 世紀第一篇研究張竹坡的專文，儘管因為體例，該文只是一個簡介。

柳存仁《倫敦所見中國小說書目提要》1962 年英文版曾對本衙藏板本《第一奇書》有所敘錄，「關於張竹坡……他當是康熙九年（1670）生人。至於他的營生，……大約也是書賈或替書坊辦理一些文墨的讀書人」。柳氏考定張竹坡的生年，是對張竹坡研究的一個貢獻。惜該書中文版 1982 年 12 月始為發行，其時國內張竹坡研究，已經有了一個較大的發展。

臺灣潘壽康〈張竹坡評《金瓶梅》〉[10]則是臺灣學者關於張竹坡研究的最早一篇文章。

4　北京大學圖書館藏稿本《隅卿雜抄》。
5　1949 年 1 月東京·東方書局刊《金瓶梅》附錄。
6　1950 年 12 月《東京支那學會報》第 7 號。
7　1955 年 10 月《天理大學學報》第 21 輯。
8　1961 年 2-3 月東京·大安刊《大安》第 7 卷第 2、3 號。
9　1961 年 6 月名古屋·采華書林刊《天山系列叢書》第 1 卷，該書後經寺村政男、崛誠兩人修補為《增修《金瓶梅》研究資料要覽》，1981 年 8 月出版。
10　1973 年 12 月臺北《黎明文叢》18。

稱得上第一篇研究張竹坡現代學術論文的,是美國著名金學家大衛·特·羅依(Davin Tod Roy,中文名字芮效衛)的〈張竹坡對《金瓶梅》的評論〉〉。該文見浦安迪主編的《中國的敘事文學》,美國普林斯頓大學 1974 年出版。關於張竹坡的家世生平,以及其評點《金瓶梅》的時間,該文說了不少錯話;但關於張竹坡的《金瓶梅》評點,該文從文學批評史和小說理論的高度,給予了最內行的肯定和較有力度的闡釋。文章說:「這些被忽視的傳統評點中最重要的作品之一就是張竹坡對《金瓶梅》的評論。……竹坡評點的主旨是要說明《金瓶梅》整部作品是一個有機的整體,是精心結構而成的。每一個細節,雖然本身微不足道,卻都是不可缺少的。……這足以說明竹坡評論的性質和重要性。……他對《金瓶梅》的評論總的說來,是很光輝的文學批評,他的分析是有相當深度的。……竹坡的評點就不僅僅是對《金瓶梅》最好的評論研究和中國小說理論的寶藏,而且對堪稱中國傳統敘事文學頂峰的《紅樓夢》的創作做出了重要貢獻。我希望當這部被忽視的評點作品得到公正的評價時,張竹坡也將在中國文學批評史上贏得一個重要的位置。」

芮效衛的預言,很快便得到了證實。20 世紀 80 年代初,王汝梅、劉輝、陳昌恆、葉朗、蔡國梁、黃霖等蜂擁而起,幾乎同時而又相對獨立地傾注於此一專題。他們先後發表了近二十篇論文,事實上形成集體集中攻堅的局面,破天荒第一次出現系列性成果,極大地推動和推進了張竹坡與《金瓶梅》的研究。

從公開發表的時間上看,王汝梅〈評張竹坡的《金瓶梅》評點〉[11]可為我國大陸第一篇張竹坡研究專題學術論文。該文及其後作者展開闡釋的〈張竹坡與《金瓶梅》評點考論〉[12]〈張竹坡在小說理論上的貢獻〉[13]等可為一組。在這組論文中,關於張竹坡,根據張竹坡評本《金瓶梅》《在園雜誌》《幽夢影》《中國通俗小說書目》,「我們知道,張竹坡,徐州府人,是康熙初年一位重視通俗小說,熱心評刻《金瓶梅》,『其年不永』的文學評論家」。關於張竹坡的《金瓶梅》評點,「(一)繼承和運用發憤而作,不憤不作的進步文學思想來評價《金瓶梅》,認為它是一部洩憤的世情書,是一部史公文字,而不是淫書」;「(二)從對文學作品與歷史的區別中,提出文學真實性觀點,加深了對文學本質的認識」;「(三)總結《金瓶梅》刻畫人物性格的藝術特點,提出在『抗衡』與『危機相依』中塑造人物形象的方法」;「(四)總結《金瓶梅》『千百人總合一傳』的結構特點,給《紅樓夢》網狀結構的創新開闢了道路」。「除了以上四點以外,竹坡從藝術形象實際出發,對作品進行細緻的藝術分析的方法,也值得肯定。」同時指

11　《文藝理論研究》,1981 年第 2 期。

12　《吉林大學學報》,1985 年第 1 期。

13　《明清小說論叢》,第 3 輯,春風文藝出版社,1985 年。

出「僅就他的《金瓶梅》評論看，談藝時，他是一個很有見地的文學批評家，提出了現實主義文學真實觀，是進步的；離開文學形象，從封建倫理觀念出發，抽象地說孝道論寓意時，是迂腐的，保守的。張竹坡其人就是這樣一個政治上保守藝術上進步的有矛盾的人物。他給我們留下的這宗古典小說評論遺產是精華和糟粕雜揉」[14]。

幾乎同時，劉輝寫於 1981 年 5 月 1 日的〈張竹坡及其《金瓶梅》評本〉[15]，及其稍後撰寫的〈《尺牘偶存》《友聲》及其中的戲曲史料〉[16]、〈《金瓶梅》張竹坡評本「謝頤序」的作者及其影響〉[17]、〈再談張竹坡的家世、生平及其評《金瓶梅》的年代〉[18]，可為一組。這組論文對張竹坡的家世生平，有進一步的追蹤發掘；對張竹坡的《金瓶梅》評點，也有概要的評議。關於張竹坡，另根據《友聲》《銅山縣誌》《徐州詩徵》《徐州續詩徵》等，將張竹坡歸入彭城張氏世家，並繪製了一張簡明的張氏宗譜，認為「張竹坡生於康熙九年（1670），卒於康熙四十七年（1708）」，「張竹坡評《金瓶梅》⋯⋯時間在康熙三十四年乙亥（1695），地點揚州」，「肯定謝頤序的作者是張潮」；關於張竹坡的《金瓶梅》評點，「張竹坡評本對《金瓶梅》的藝術成就有不少細緻的、中肯的分析，並且對藝術創作的若干理論問題有所探討，提出了有價值的見解；對作品思想內容的看法雖存謬誤，但也頗有可取之處」。

陳昌恆 1979-1982 年在華中師範大學攻讀文學碩士學位，其碩士論文〈論張竹坡關於文學典型的摹神說〉[19]，與其〈「西門典型尚在」——張竹坡的文學典型理論概述兼與朱星先生商榷〉[20]、〈張竹坡評《金瓶梅》理論拾慧〉[21]、〈概述張竹坡的文學典型論〉[22]亦為一組。以張竹坡的小說理論作為碩士論文，陳昌恆當為世界第一人。陳昌恆的研究重點是文藝理論，所以他對張竹坡的《金瓶梅》評點，有更為深刻的論述。陳昌恆認為「張竹坡在他的評語中破天荒地提出了典型這個概念，並且準確無誤地直接用在對《金瓶梅》中的主要人物西門慶、陳經濟身上，⋯⋯在我國古代文論中，在小說理論的發展史上，無疑都具有獨創的意義」，「對於典型概念的內涵，⋯⋯首先，張竹坡看到了典型形象應該具有一定的代表性，應能反映出社會生活中某些人的某些共同性來。

14　以上引文俱見〈評張竹坡的《金瓶梅》評點〉。

15　《中國古典小說戲曲論集》，上海：上海古籍出版社，1985 年。

16　《文史》第 15 期，北京：中華書局，1982 年。

17　寫於 1983 年 9 月，載《藝譚》，1985 年第 2 期。

18　《文學遺產增刊》第 17 輯，北京：中華書局，1991 年。

19　該文的提要載《華中師範學院報》，1983 年第 1 期。

20　《華中師範學院研究生學報》，1982 年第 3-4 期。

21　《中南民族學院學報》，1986 年第 2 期。

22　《張竹坡評點金瓶梅輯錄》，武漢：華中師範大學出版社，1986 年。

其次，……並沒有僅僅留在人物的普遍性、共同性、一般性上面，而且還看到了典型人物的個別性、特殊性、差異性」。陳昌恆還認為「張竹坡在他對《金瓶梅》的全部批評中，充分注意到了典型性格的塑造，並且就典型性格的個性化，提出了很好的理論見解」。接著他具體分析了「因人用筆說」「抗衡說」「犯筆而不犯說」三種典型個性化的手法，「張竹坡自己用了一句極為精當的話，總結為『為眾腳色摹神』」。陳昌恆更認為「張竹坡的『並惡及出身之處』的見解，指的是典型人物所生活、行動的社會環境，……而這種社會環境與人物性格是一致的，是同時並存的，是再現典型人物性格所不可缺少的客觀依據，這就涉及到了典型性格與典型環境這一典型理論的重要命題。」陳昌恆進一步認為張竹坡的「足完鞋子神理」，是「看到細節描寫的真實性、典型性，指出細節的描寫要圍繞典型環境中的典型性格來進行」；認為張竹坡的「入世最深，方能為眾腳色摹神」，是「看到了作家熟悉生活的重要性，而且對世情小說的作者深入生活、瞭解社會、觀察人生提出了更高更具體的要求」；認為「張竹坡所提出的『假捏一人』『幻造一事』，正是指的在為典型人物摹神中的人物性格與故事情節的藝術虛構」，指出「張竹坡關於典型情節的藝術虛構的三點要求：一、典型情節的藝術虛構與典型性的藝術虛構的統一。……二、每一個典型情節的藝術虛構，都應該……全面地、有機地、清晰地展示出典型環境中典型性格發展的邏輯。……三、還要求情節的虛構應有誘惑性，能引人入勝」；認為「張竹坡的『因一人寫及一縣』的小說理論，指的是由中心典型人物的性格刻劃，與典型家庭的日常瑣事的描寫來實現的」；認為張竹坡的「千百人總合一傳」，是對「《金瓶梅》網狀結構理論的最好發揮」。陳昌恆總結說：「張竹坡是第一部長篇世情小說的批評家，他根據《金瓶梅》的創作實踐所提出的『而因一人寫及一縣』的世情小說理論，在古代小說理論發展史上無疑是開創性的」[23]。

黃霖的〈張竹坡及其《金瓶梅》評本〉發表雖然稍晚[24]，但觀其文意，寫作當不晚於 1983 年。關於張竹坡，黃霖在《晚晴簃詩匯》卷四十中發現一則張竹坡的簡介及其詩二首，進而追蹤《徐州詩徵》《徐州續詩徵》《銅山縣誌》《尺牘友聲集》等，認為這個張竹坡正是評點《金瓶梅》的張竹坡，「他評點《金瓶梅》曾得到了張潮的啟發、支持和讚揚」，「世態炎涼，人情冷暖，其時他肯定受到了一些刺激，這也就是他批評《金瓶梅》的一個重要的思想基礎」，認為「張氏家藏的詩稿和家譜到 1933 年時尚屬完好，……估計今天還存於世，……敬請海內外有心和有力於此事者進一步探索。」該文在孫楷第、柳存仁、戴不凡、朱星、王汝梅等人研究的基礎之上，針對張評《金瓶梅》

23　以上引文俱見〈概述張竹坡的文學典型論〉。
24　《中國古典文學叢考》第一輯，上海：復旦大學出版社，1985 年。

的原本，可說是《金瓶梅》張評本版本研究的中國第一篇專題論文，認為「張評本《金瓶梅》有兩種系統：一種是多〈凡例〉〈冷熱金針〉〈第一奇書非淫書論〉三篇附論而無回評，另一種是有回評而少三篇附論」，而「有回評系統的本子（目前所見乾隆丁卯本、影松軒本等）還是比較接近原本的」。

蔡國梁與前面四位不同，他的張竹坡與《金瓶梅》研究，著眼點在中國小說批評史。他寫於 1982 年 12 月的〈明人清人今人評《金瓶梅》〉[25]，連同其後的〈張竹坡評點《金瓶梅》輯評〉[26]、〈清評點派論人物描寫〉[27]亦為一組。蔡國梁認為張竹坡的「評點雖然瑕瑜互見，然其抉微搜隱，自成系統，有利於後人掌握全書的主旨、構思、運筆與脈絡」，「張竹坡的『以空結此財色二字』和『苦孝說』，給後來評論《紅樓夢》的各家以直接的影響」。

孫遜的〈我國古典小說評點派的傳統美學觀〉[28]，則是以美學的角度來審視中國古代小說的評點。其實，以上幾位在研究張竹坡時，都有詳略不等的美學審視，有意無意間，一門新的學科已經粗具藍圖。而全力建設這門小說美學學科的，要數葉朗寫於 1981 年的《中國小說美學》[29]。該書第五章為「張竹坡的小說美學」專章。此前有李贄、葉晝、馮夢龍（第二章）、金聖歎（第三章）、毛宗崗（第四章），其後有脂硯齋（第六章）、梁啟超（第七章）。該章以十節篇幅展開討論張竹坡的《金瓶梅》評點，指出張竹坡的「獨罪財色」，表現在「張竹坡所說的『洩憤』，包含了三層意思：對於現實生活黑暗面的批判，對於社會道德風尚的批判，與作者本人的遭遇有關」，「張竹坡對於小說藝術批判性的看法，比金聖歎又有所發展」；張竹坡的「因一人而寫及全縣」，被魯迅說成「著此一家，即罵盡諸色」[30]，張竹坡指出的《金瓶梅》的這個敘事方法的特點，就是「由『一家』而及『天下國家』」；張竹坡的「市井文字」，是「對於《金瓶梅》這種美學風貌的概括和肯定」，「顯示出我國古典小說向近代小說轉變的趨向，也顯示出我國古典美學向近代美學轉變的趨向」；張竹坡的「從一個人心中討出一個人的情理」，概括了「《金瓶梅》塑造人物的特點和成就，強調人物描寫的個性化就是要寫出每個人的『心事』，而討出每個人『心中的情理』，要『曲盡人情』，這對於塑造人物的理論是一個很大的發展」；張竹坡「讓丑角作『點晴之筆』，乃小說中化隱為顯的一種手法」；張竹坡的

---

25 《社會科學戰線》，1983 年第 4 期。

26 《金瓶梅考證與研究》，西安：陝西人民出版社，1984 年。

27 《明清小說探幽》，杭州：浙江文藝出版社，1985 年。

28 《文學遺產》，1981 年第 4 期。

29 北京：北京大學出版社，1985 年。

30 魯迅《中國小說史略》。

「小小博浪鼓」和「小小金扇」，是看到了「小道具在小說中的作用」；張竹坡的「純是白描追魂攝影之筆」，「擴大和豐富了『白描』這個概念的內涵，從而使它成為中國小說美學的一個重要範疇」；張竹坡的「百忙中故作消閒之筆」，「富貴氣卻是市井氣」，「實際上是對審美描寫和非審美描寫作了區分」；張竹坡的「特特錯亂其年譜」，「認為這是作者的神妙之筆」。葉朗總結說：「張竹坡的評點中有不少陳腐的說教和煩瑣的文字遊戲，但是透過這些陳腐的、煩瑣的議論，它卻給當時的讀者吹來了一股新鮮的氣息。就像《金瓶梅》這部小說要比《三國演義》《水滸傳》等小說要接近於近代小說的概念一樣，張竹坡的小說美學也要比金聖歎、毛宗崗等人的小說美學更接近於近代美學的概念」，「張竹坡對於小說美學確有真知灼見，在理論上作出了新的貢獻」。

這是一個張竹坡研究的突飛猛進階段。這是一場雖係個人選題，累積下來卻形似集體攻堅的科研。這是一例隨著思想解放而開闢新的學術領域的典型。經過以上幾位師友的努力，張竹坡研究，已經不是朱星那樣簡單武斷的否定[31]，也不是戴不凡那樣著錄式的肯定[32]，而是形成一定陣容，打開一個局面，出現一批成果，作出引人深入的考證，發表了令人信服的宏論。尤其是張竹坡與《金瓶梅》研究，已經粗具規模，接近結題。八十年代初期研究張竹坡的這幾位師友，不久都成為在國內外廣有影響的著名金學家。

不過，張竹坡研究還有空白。張竹坡家世生平的短缺，嚴重影響著中國小說美學與《金瓶梅》研究這兩門學科的建設。

1984 年 3 月，筆者出席武漢中國古典小說理論討論會，觸及張竹坡與《金瓶梅》研究方向。返徐以後，得到業師鄭雲波先生的鼓勵和吉林大學王汝梅先生的督促，遂全力投入彭城張氏家譜和家藏故集的訪求。

彭城張氏是徐州望族，其後裔遍佈市區與銅山、蕭縣等地，十二世張伯英更是近現代地方名人。伯英先生的金石考古很有功力。他的書法，更將漢隸、魏碑融進楷書，端莊潤勁，自成格勢，獨步一時。筆者調查彭城張氏的家乘遺集，即從張伯英一支後人入手。五月中下旬，在很多師友的惠助下，輾轉尋訪到張伯英的從弟張尚志。尚志先生年近古稀，精神矍鑠，確切告知銅山縣羅崗村尚有一部族譜存世，並具函紹介於其姪、族譜保存者張伯吹。

五月二十九日晨，筆者遂騎自行車前去羅崗。原來張竹坡的從兄張道瑞，六傳一支兄弟兩人，長曰介，次曰達，達即張伯英的祖父，羅崗所居乃介之後人。羅崗在徐州市南三十里，屬今漢王鎮管轄。時值雙夏，伯吹正在麥地點種玉米。接談之後，即於地頭

31　《金瓶梅考證》，天津：百花文藝出版社，1980 年。
32　〈金瓶梅零劄六題〉，載《小說見聞錄》，杭州：浙江人民出版社，1980 年。

攤解筆者據調查結果並地方誌乘所編制之《彭城張氏世系表》。伯吹以手指表，侃侃而談，某人熟知，某人聞名，某人某某事，某人某某村云。忽戛然停語，執手而起，曰：客至不恭，歉歉，請屈尊舍下一觀。筆者一向認為風塵中通脫達觀者所在定多，而伯吹慷慨有識，早已心許。伯吹自房內梁上取下包袱一只，撣去灰塵，悉令觀覽。一面自謙道：我識字無多，不知價值，請自取用。筆者早已解袱取書，蹲地開閱。譜名《張氏族譜》，一函，函封係借用，其籤條書題《有正味齋全集》，乃張道淵纂修，張璐增訂，乾隆四十二年刊本。伯吹自一旁曰：先君愛讀書，重文物，動亂之年，「四舊」人俱焚之，獨秘藏梁端，易簀之時，尚叮囑再三。伯吹摩挲族譜，悵然往憶。筆者亦陷入沉思：竹坡家世生平湮沒三百餘年，人莫能詳知，而今即將見世，當是含笑欣慰於九泉的吧？

後來，七八月間，在銅山縣第二人民醫院院長張信和等人的協助下，筆者又訪見康熙六十年刊殘本《張氏族譜》與道光五年張協鼎重修刊本《彭城張氏族譜》各一部，以及其他一些抄本張氏先人詩文集。九月中旬，徐州師範學院（今江蘇師範大學）圖書館時有恆先生捐獻書目編制告竣，也發現有一部康熙六十年刊殘本《張氏族譜》與一部晚清抄本《清毅先生譜稿》。

在這些新發現的張氏家譜中，以乾隆四十二年刊本《張氏族譜》最具文獻價值。該譜輯錄有關張竹坡的資料最多、最全，計：〈族名錄〉中一篇一百七十五字的竹坡小傳，〈傳述〉中張道淵撰寫的一篇九百九十七字的〈仲兄竹坡傳〉，〈藏稿〉中張竹坡的詩集《十一草》，〈雜著藏稿〉中張竹坡的一篇七百七十字的政論散文〈治道〉、一篇三百六十八字的抒情散文〈烏思記〉，以及其他一些與竹坡生平行誼有關的文字。

《張氏族譜》發現以後，張竹坡家世生平全面揭曉，張竹坡與《金瓶梅》研究，因而有了一個較大的突破。

譬如，《張氏族譜》中的張竹坡是否即評點《金瓶梅》的張竹坡，如前文所述，至今仍有人懷疑或誤植。現在《張氏族譜·傳述》錄張道淵〈仲兄竹坡傳〉：「（兄）曾向余曰：《金瓶》針線縝密，……吾將拈而出之。遂鍵戶旬有餘日而批成。」鐵證如山，懷疑論從此可以打消。

再如，張竹坡的家世，地方誌乘、郡邑詩徵裏涉及的彭城張氏族人有限，記載也很簡疏，又有不少謬誤，並且世系不明，無法統系。如上所述，前人只能知其大略。但在《張氏族譜》中，族人俱有小傳，重要人物還有家傳、志銘、行述、藏稿等。這就可以全面、系統、詳盡地瞭解竹坡的家世。如竹坡的祖父張垣，是明末抗清殉難的民族英雄，清人纂修的方志，自然只能含糊帶過，族譜等文獻則詳細記載了張垣壯烈犧牲的時間、地點、原因、經過，於是便可理解為什麼竹坡的大伯父張膽以副將兩推大鎮而未獲批准，竹坡的父親張翀一生留連山水，嘯傲林泉，等等。

又如張竹坡的生平，今天不僅可以進一步確切知道他評點《金瓶梅》《幽夢影》的時間，到揚州和在揚州給張潮寫信的時間，到蘇州的時間和在蘇州寫的其他詩篇，而且還知道他出生時的神話般的傳說，童年時期的穎慧，家庭經濟、身體素質和志趣愛好，北上京都奪魁長安詩社的壯舉，五困棘圍未搏一第的命運，效力河干、圖謀進取、不幸疾卒的結局，以及他為什麼能夠在《金瓶梅》評點中提出「苦孝說」等論點。這就能不是泛泛地議論，簡略地介紹，而是周密地考察張竹坡的生平身世，勾勒他的行動線索，梳理他的著述行誼，探討他的思想脈絡，理解他的小說美學的源流、精髓和價值。

又如張竹坡的詩集《十一草》，現已得其全集，從而可知《徐州詩徵》所選，只是《十一草·客虎阜遣興》組詩六首的一部分；還可以判斷《十一草》的收集人、編定人和詩集名稱的命名人；甚至可以推考張竹坡詩作的總數及其流傳與存佚。

圍繞張竹坡與《金瓶梅》研究，筆者先後發表〈張竹坡生平述略〉[33]；〈張竹坡年譜簡編〉[34]；〈張竹坡揚州行誼小考〉[35]；〈張竹坡家世概述〉〈張竹坡《十一草》考評〉[36]；〈乾隆四十二年刊本《張氏族譜》述考〉[37]等 20 多篇論文，結集成《金瓶梅評點家張竹坡年譜》[38]與《張竹坡與金瓶梅》[39]二部專著。

這一組文章的發表和二部專著的出版，正如許建平〈新時期《金瓶梅》研究述評〉所說：「劉輝在〈《金瓶梅》研究十年〉中對此作了如此評價：『如果說國內學者在《金瓶梅》研究中不少問題正處於探索階段，只是取得了一些進展的話，那麼，在《金瓶梅》重要批評家張竹坡的家世生平研究上，則有了明顯的突破，完全處於領先地位。』這個評價是客觀而恰當的」。

隨著 1985 年 6 月首屆全國《金瓶梅》學術討論會、1986 年 10 月第二屆全國《金瓶梅》學術討論、1989 年 6 月首屆國際《金瓶梅》學術討論會的展開，隨著 1989 年 6 月 14 日中國《金瓶梅》學會的成立，《金瓶梅》研究，包括張竹坡研究，有了一個長足的發展。

迄今為止，張竹坡研究已有 10 部以上專著出版，另在其他 30 多部金學專著中，亦有關於張竹坡研究的部分內容。而張竹坡研究的專題論文已有百篇之多，幾乎年年均有

33　《徐州師範學院學報》，1984 年第 3 期。

34　《徐州師範學院學報》，1985 年第 1 期。

35　《揚州師範學院學報》，1985 年第 2 期。

36　以上《明清小說研究》第 2 輯，北京：中國文聯出版公司，1985 年。

37　《文獻》，1985 年第 3 期。

38　瀋陽：遼寧人民出版社，1987 年。

39　天津：百花文藝出版社，1987 年。

張竹坡研究的新成果問世，以 20 世紀為例，1950-1978 年 1 篇，1979-1984 年 9 篇（其中 1984 年 3 篇），1985 年 13 篇，1986 年 2 篇，1987 年 8 篇，1988 年 5 篇，1989 年 2 篇，1990 年 2 篇，1991 年 3 篇，1993 年 1 篇，1994 年 6 篇，1995 年 5 篇，1996 年 4 篇，1997 年 2 篇，1998 年 1 篇，1999 年 1 篇，2000 年 1 篇，累計 68 篇。第一奇書的整理出版亦頗見成效，如《張竹坡批評第一奇書金瓶梅》（刪節本），王汝梅、李昭恂、於鳳樹校點，齊魯書社 1987 年 1 月第一版，1988 年 3 月修訂重印，1991 年 10 月收入該社《明代四大奇書》；《會評會校金瓶梅》，劉輝、吳敢輯校，香港天地圖書有限公司 1994 年第一版、1998 年第二版、2010 年第三版；《皋鶴堂批評第一奇書金瓶梅》（刪節本），王汝梅校注，吉林大學出版社 1994 年 10 月第一版；《金瓶梅會評會校本》（刪節本），秦修容整理，中華書局 1998 年 3 月第一版等。

張竹坡家世生平的全面知解，極大地推動著張竹坡《金瓶梅》評點的研究。王汝梅〈論張竹坡批評《金瓶梅》康熙本〉[40]、吳敢〈張評本《金瓶梅》瑣考〉[41]、王輝斌〈張評本《金瓶梅》成書年代辨說〉[42]、王汝梅〈關於《金瓶梅》張評本的新發現〉[43]等將第一奇書版本研究引向深入。

張竹坡《金瓶梅》評點整體研究亦有新篇，吳敢〈張竹坡《金瓶梅》評點概論〉[44]、徐朔方〈論張竹坡《金瓶梅》批評〉[45]、加拿大漢學家米列娜〈張竹坡的文學批評理論體系〉[46]等均有系統客觀的論述。徐朔方肯定「在《金瓶梅》，則是張竹坡作了開創性的探索」的同時，也指出張竹坡的〈寓意說〉〈苦孝說〉「沒有任何書內或書外的事實作為依據，卻把外來的封建倫常觀念強加在作品身上」。徐朔方強調「研究工作最需要的是冷靜的探索」[47]，此即為一例。米列娜則通過「張竹坡論作者的創作與讀者的接受」「張竹坡論《金瓶梅》的有機統一性」「張竹坡論《金瓶梅》的淺層意義到象徵意義的轉化」的論述，「證實張竹坡的評點是一個完整的理論體系，……是中國十七世紀新的學術思想、新的潮流的體現」。

---

[40] 《吉林大學學報》，1987 年第 1 期。

[41] 《徐州師範專科學校學報》，1987 年第 1 期。

[42] 《徐州師範學院學報》，1995 年第 2 期。

[43] 《吉林大學學報》，1997 年第 3 期。

[44] 《徐州師範學院學報》，1987 年第 3 期。

[45] 《文藝理論研究》，1987 年第 6 期。

[46] 首屆國際金瓶梅學術討論會交流論文，提要載《國際金瓶梅研究集刊》第 1 集，成都出版社，1991 年。

[47] 張夢華〈春日訪徐朔方談金瓶梅研究〉，《國際金瓶梅研究集刊》第 1 集。

　　張竹坡《金瓶梅》評點專題研究更為多見。俞為民〈張竹坡的《金瓶梅》人物論〉[48]、周書文〈張竹坡論《金瓶梅》的人物系統刻畫〉[49]等為張竹坡《金瓶梅》人物研究一組；俞為民〈張竹坡的《金瓶梅》結構論〉[50]、周書文〈張竹坡論《金瓶梅》的藝術結構特色〉[51]、王平〈評張竹坡的敘事理論〉[52]等為張竹坡《金瓶梅》結構研究一組；另外，吳敢〈《金瓶梅》的文學風貌與張竹坡的「市井文字」說〉[53]研究的是張竹坡的小說美學風貌，蔡一鵬〈論張竹坡評點《金瓶梅》的道德理性思維方式〉[54]研究的是張竹坡的小說批評思維方式，崔曉西〈張竹坡在《金瓶梅》評點中的「清理」範疇及其在小說批評史上的地位〉[55]研究的是張竹坡的情理說等。侯忠義、王汝梅編《金瓶梅資料彙編》[56]更可謂張竹坡資料專集，所有這些均標誌著張竹坡研究的全面展開。

　　張竹坡研究的成果影響到中國文學批評史、中國小說理論史、中國評點文學史、中國文學研究史、中國文學通論、中國小說學等多門學科的建設。如中國文學批評史，20世紀80年代以前，郭紹虞、朱東潤等人的經典通史，均未涉及張竹坡；而王運熙、顧易生主編之七卷本《中國文學批評通史》[57]之《清代文學批評史》即專列一節「張道深評《金瓶梅》」。新興學科如中國小說理論史，無一例外均有張竹坡專章，見陳謙豫《中國小說理論批評史》[58]，方正耀《中國小說批評史略》[59]，王汝梅、張羽《中國小說理論史》[60]等；又如中國評點文學史，亦給張竹坡以相當的篇幅，見孫琴安《中國評點文學史》[61]、譚帆《中國小說評點研究》[62]等；又如中國文學研究史，不止在一章一處講到張竹坡，見黃霖《中國小說研究史》[63]、黃霖主編之七卷本《20世紀中國古代文學研究

48　《金瓶梅學刊》創刊號，1989年6月。

49　《固原師專學報》，1994年第3期。

50　《金瓶梅研究》第2輯，南京：江蘇古籍出版社，1991年。

51　《洛陽師專學報》，1994年第1期。

52　《金瓶梅文化研究》第3輯，北京：華藝出版社，2000年。

53　《金瓶梅研究》第1輯，南京：江蘇古籍出版社，1990年。

54　《文學遺產》，1994年第5期。

55　《浙江師大學報》，1996年第3期。

56　北京：北京大學出版社，1985年。

57　上海：上海古籍出版社，1996年。

58　武漢：華中師範大學出版社，1989年。

59　北京：中國社會科學出版社，1990年。

60　杭州：浙江古籍出版社，2001年。

61　上海：上海社會科學院出版社1999年。

62　上海：華東師範大學出版社，2001年。

63　杭州：浙江古籍出版社，2002年。

史》[64]等；又如甯宗一主編《中國小說學通論》[65]，傅璇琮、蔣寅總主編之七卷本《中國古代文學通論》[66]等均有對張竹坡的專門評論。

　　張竹坡研究是《金瓶梅》研究熱點之一，論者見仁見智自然在所難免。近年其爭議之處，已經不是張竹坡的生平行誼，甚至不是對張竹坡《金瓶梅》評點的理論分析，而是張評本《金瓶梅》的評價與版本問題。

　　關於張竹坡評點《金瓶梅》的評價，20 世紀 80 年代以來，幾乎眾口一聲，給予了充分的肯定，而且越到後來，評價越高，這才有前文徐朔方先生的持平之論。橫空出世的《金瓶梅》，破天荒第一次打破帝王將相、英雄豪傑、妖魔神怪為主體的敘事內容，以家庭為社會單元，採取網狀樹形結構方式，極盡描摹之能事，從平常中見真奇，被譽為明代社會的眾生相、世情圖與百科全書。得益於此，《金瓶梅》的評點評議也水漲船高，為有識者所重視。而張竹坡的評點在《金瓶梅》所有的評點評議中最為出色。隨著新學科、新課題的叢出不窮，《金瓶梅》研究被尊為「金學」，中國小說理論史、中國評點文學史被視為熱點，張竹坡研究不但成為金學，而且成為中國小說理論史、中國評點文學史、中國文學批評史的重要分支。張竹坡之受到重視，張竹坡的《金瓶梅》評點之得到讚譽，大勢所趨。確實，張竹坡的《金瓶梅》評點，採取書首專論，回首與回中總評，和文間夾批、旁批、圈點三種形式，或概括論述，或具體分析，或擘肌分理，或畫龍點睛，對小說作了全面、系統、細微、深刻的評介，涉及題材、情節、結構、語言、思想內容、人物形象、藝術特色、創作方法等各個方面，成為《金瓶梅》的閱讀指導大綱與賞析示範，使中國小說理論與中國文學評點健全了自己的組織結構體系。給張竹坡的《金瓶梅》評點以公正相當的評價，給張竹坡在中國文學批評史、中國文學評點史，尤其是中國小說理論史中以恰當應有的地位，是社會發展的必然，是學術進步的必然。可以說，張竹坡沒有辜負《金瓶梅》，學術界也沒有辜負張竹坡。同時，也不必掩蓋，張竹坡的小說評點，也著實說了不少迂腐的話，寫下一些牽強附會的文字。另外，他從金聖歎、李漁那裏得到不少啟發，他的評點中留存著眾多的金、李的痕跡。幸運的是，張竹坡之後的中國小說評點家，相形見絀，這才使張竹坡脫穎而出，高標獨幟。張竹坡畢竟只是 17 世紀的一位青年才俊，不必抑低，也不要拔高。

　　綜上所述，張竹坡研究史可分為古代與現代兩個時期。古代時期主要是劉廷璣、張道淵、文龍的簡明評議。現代時期又可分作六個階段：20 世紀 30 年代孫楷第、馬廉、

64　上海：東方出版中心，2006 年。

65　合肥：安徽教育出版社，1995 年。

66　瀋陽：遼寧人民出版社，2005 年。

韋利的資料收集與簡單考證；20 世紀 50 年代長澤規矩也、小野忍、鳥居久晴、澤田瑞穗的《金瓶梅》版本考證；20 世紀六、七十年代柳存仁、芮效衛關於張竹坡生年的準確推斷與關於張竹坡《金瓶梅》評點的高度評價；20 世紀 80 年代初王汝梅、劉輝、葉朗、陳昌恆、蔡國梁、黃霖等對張竹坡身世的進一步追蹤與對張竹坡《金瓶梅》評點的詳細評論；緊隨其後吳敢訪得《張氏族譜》，張竹坡家世生平全面揭曉；其後 20 年張竹坡《金瓶梅》評點研究的全面展開。

《金瓶梅》版本拾遺

一、關於京都大學圖書館藏本《金瓶梅詞話》

孫楷第《中國通俗小說書目》卷四《金瓶梅詞話》條下注藏書處為：北京圖書館、日本京都帝大、日本日光晃山慈眼堂。第一次提到京都大學藏有一部《金瓶梅詞話》。

鳥居久晴〈《金瓶梅》版本考〉：「《金瓶梅詞話》（殘本），京都大學附屬圖書館藏本。此本原在藏經書院寄贈給京都大學的《普陀洛山志》的紙褙上，為某氏發現。後來逐回再編訂為三冊。它在北京圖書館藏本發現之前，被稱為海內孤本。共計殘存二十一回，全部完整的不超過七回。」對京都大學藏本作了一個粗線條的傳錄。

胡文彬《金瓶梅書錄》：「《金瓶梅詞話》，殘本，存 23 回，共 3 冊。日本京都大學附屬圖書館藏。」資料轉錄自澤田瑞穗《增修《金瓶梅》研究資料要覽》，對京都大學藏本作了一點更正。

梅節〈《金瓶梅詞話》重校本出版說明〉：「《金瓶梅詞話》……另京都大學有殘本二十三回，完整者七回」，對京都大學藏本作了一點補記。

白維國、卜鍵《金瓶梅詞話校注·校注說明》：「《金瓶梅詞話》……今存三部完整刻本及一部二十三回殘本」。此 23 回殘本云，當指京大藏本。

韓南〈《金瓶梅》版本考〉：「甲版本之二（京大本）……僅存 23 回，第 11、12、43、45、85、91 及 92 等 7 回完全無缺。第 44、46、84、86、87、88、89、93、94 等 10 回也幾近完整，頂多缺 2 葉。第 42、90 則缺一半。第 13、15、40、41 缺葉最多，各回僅各存一兩葉。」鳥居久晴〈談京都大學藏金瓶梅詞話殘本〉亦有詳細敘述。

筆者 1999 年 2-3 月，受教育部派遣，作為高級訪問學者，到日本京都大學，進行《中國古代戲曲選本》合作研究，亦有幸在京大圖書館看到這部刻殘本《金瓶梅詞話》。

該書分裝成上中下三冊。上冊殘存 11、12 回（間有墨筆抄補），13 回首葉，15 回第九葉，40 回首葉，41 回末葉，42 回第四至末葉，43 回，44 回第一至八葉；中冊殘存 45 回，46 回第一至十七葉，47 回第一至十葉，84 回第一至九葉，85 回（末葉有墨筆衍抄），86 回第一至十四葉，87 回第一至十葉；下冊殘存 88 回第一至十一葉，89 回第一至十一

葉，90 回第四至十二葉（末葉亦有墨筆衍抄），91 回（末葉亦有墨筆衍抄），92 回，93 回第一至十三葉，94 回第一至十一葉。計得 11、12、43、45、85、91、92 七個整回，和 13、15、40、41、42、44、46、47、84、86、87、88、89、90、93、94 十六個殘回。

該書十卷（現存第十一回首行書題：新刻金瓶梅詞話卷之二，第九十一回首行書題：新刻金瓶梅詞話卷之十，可證），每卷 10 回，總 100 回。書鼻書題：金瓶梅詞話。烏絲欄，白口，上單魚尾。每半葉 11 行，行 24 字。

該書有京都帝國大學圖書印，入藏時間為大正六年三月三十日（1918 年 3 月 30 日），有方框注明為「妻木直良寄贈本」，前四字手寫，後三字刻印。下冊末葉有墨筆題跋云：本館所藏普陀洛山志係藏經書院舊物，每張褙一紙，檢之，則明刻金瓶梅，蓋距書成之時不遠，其文字亦頗有異同，足資考鏡，別釘為三卷，以存原本之面目焉。大正六年春二月。

鳥居久晴〈《金瓶梅》版本考〉：「京都大學附屬圖書館藏本……從行格、字樣來看，被推定為北京圖書館藏本的後印本（崇禎間？）。」魏子雲〈《金瓶梅》的傳抄、付梓與流行〉：「藏於京都大學的殘本，也證明了它是（北圖藏）詞話本的同版。」韓南〈《金瓶梅》版本考〉：「此散落不全之版本，顯係甲版本之一（北圖本）之翻版。」而豐田穰《某山法庫觀書錄》則說：「（慈眼堂本）《金瓶梅詞話》……京都市京大支那研究室存有殘本。」

一說是北圖本的復刻本，一說是慈眼堂本的同版本，孰是孰非呢？

敢按以京大殘本與原北京圖書館藏本比較，第九十一回首葉回首詩，北圖本第二聯首句「秋凝白露蛩蟲泣」於「露」「蛩」之間墨筆旁添一「寒」字，而京大殘本無；另京大藏本有墨筆抄補或衍抄如前述，而北圖本無，差別僅為收藏者的版後改動，而據其版式，可知兩者係同版。然京大殘本無第五回、第五十二回，因終不知其究為北圖本、慈眼堂本，抑或棲息堂本。

小野忍〈《金瓶梅》解說〉：「另外京都大學和其他大學藏有殘葉，據說實際上京大所藏的殘葉是發現完整版本的線索」。姑且拭目以待。

胡頌平《胡適之先生晚年談話錄》記載有 1961 年 6 月 12 日的一次談話：「日本圖書館在重裱中國古書時，發現古書內的襯紙有《金瓶梅》的書頁，共有 8 頁。日本人不知這 8 頁是什麼本子的《金瓶梅》，於是照大小照相下來寄到中國來，問問徐鴻寶（森玉）、馬廉（隅卿，中國小說專家）和我幾個人。我們幾個人都不知道是個什麼版本，都不曾看過。恰巧在這個時代，北京書商向山西收購的大批小說運到北平，其中有一部大字本的《金瓶梅詞話》，全部 20 冊，就是日本發現作襯紙用的《金瓶梅》。」說得再清楚不過，8 頁云云，顯指京大藏本無疑。

二、關於古佚小說刊行會影印本《金瓶梅詞話》

1931 年冬文有堂太原分號河北深縣書商張修德在山西介休發現一部明萬曆丁巳刻本《新刻金瓶梅詞話》，後於北京琉璃廠文有堂求售，經胡適、徐森玉、趙萬里、孫楷第中介，為北平圖書館以 950 銀元收購，原書第五十二回缺七、八兩葉。1933 年 3 月，北大教授、孔德學校圖書館主任馬廉（隅卿）與胡適等 20 人集資，以古佚小說刊行會名義影印，補圖一冊二百幅，係通州王孝慈據《新刻繡像批評金瓶梅》提供，第五十二回所缺兩葉，後亦以繡像本抄補。1947 年，原書與北平圖書館珍本書部其他珍本書一起，被寄存於美國國會圖書館，1975 年歸還臺灣，現藏臺北故宮博物院。

關於古佚小說刊行會影印本，著錄多有不同。鳥居久晴〈《金瓶梅》版本考〉：「北京古佚小說刊行會，是志趣相同的人們的聚結。他們依靠共同出資影印了北京圖書館藏本，分給有志研究者。由於所印部數不超過一百部（或說二百部），一般知道的人很少。」長澤規矩也〈《金瓶梅詞話》影印的經過〉：「於是北平的學者們集資自願影印一百部」。澤田瑞穗〈增修《金瓶梅》研究資料要覽〉：「1933 年 3 月，據說北京古佚小說刊行會只影印了 100 部」。朱星《金瓶梅考證》：「用古佚小說刊行會名義把這部書影印一百部」。譚正璧、譚尋《古本稀見小說匯考》：「1993 年由馬廉集資，以古佚小說刊行會名義影印百部出售」。陳昌恆《張竹坡評點金瓶梅輯錄》：「影印本，100 部」。劉輝《金瓶梅成書與版本研究》：「以『古佚小說刊行會』名義，影印了一百二十部。」胡文彬《金瓶梅書錄》：「北京古佚小說刊行會 1933 年 3 月影印本，120 部。」江蘇省社會科學院明清小說研究中心《中國通俗小說總目提要》：「是書……以『古佚小說刊行會』名義，影印一百二十部」。梅節〈全校本《金瓶梅詞話》前言〉：「馬廉以古佚小說刊行會名義，釀資將中土本影印一百二十套。」

一說 100 部，一說 120 部，一說 200 部，古佚小說刊行會當年到底影印多少部？1995 年 11-12 月，筆者應法國國立東方語言學院邀請，去巴黎講學，於法蘭西學院漢學研究所圖書館，得見此本。封面書題《新刻金瓶梅詞話百回坿繪圖》。小本，蓋影印時縮小也。書末鈐印古佚小說刊行會會章，又朱色鉛印一行：本書限印一百零四部之第　部，空格處楷書墨填：拾伍。其第一冊圖第一頁第一圖鈐印兩枚，一陰文一陽文，陰文為：人生到此，陽文為：雙蓮花庵，當為書主所為。據此，則古佚小說刊行會當年影印部數為 104 部。

無獨有偶。筆者 1999 年 2-3 月，亦於日本京都大學人文科學研究所圖書館，得見此本又一部。此部原為東方文化學院京都研究所藏書，末冊末葉亦有朱色鉛印一行：本書限印一百零四部之第　部，空格處楷書墨填：陸拾陸。如此看來，古佚小說刊行會當年

影印 104 部已可證實。

更有說服力的是，胡頌平《胡適之先生晚年談話錄》記載有胡適 1961 年 6 月 12 日的一次談話：「這部《金瓶梅詞話》當初只賣五、六塊銀元，一轉手就賣三百塊，再轉手到琉璃廠索古堂書店，就要一千元了。當時徐森玉一班人怕這書會被日本人買去，決定要北平圖書館收買下來。大概是在『九一八』之後抗戰之前的幾年內。那一天夜裏，已經九點了，他們要我同到索古堂去買。索古堂老闆看見我去了，削價五十元，就以九百五十元買來了。那時北平圖書館用九百五十元收買一部大淫書是無法報銷的。於是我們——好像是二十個人——出資預約，影印一百零四部，照編號分給預約的人。我記不起預約五部或十部，只記得陶孟和向我要，我送他一部。也就在這時候，這書被人盜印，流行出去了。」胡適是當事人，他的記憶當沒有錯誤。

小野忍〈《金瓶梅》解說〉：「（古佚小說刊行會影印本）接著又有影印本的影印本。」鳥居久晴〈《金瓶梅》版本考〉：「北京古佚小說刊行會刊本……後來更有影印本的複影本問世。」長澤規矩也〈《金瓶梅詞話》影印的經過〉：「因為這個影印本（古佚小說刊行會影印本）的傳本不多，所以之後據此又出版了影印本，但字面粗劣。另外，翻印本也出現了，但未能傳留原貌。」韓南〈《金瓶梅》版本考〉：「1933 年且以平版照相翻印一百本售於坊間。其後又續有翻版。」原來還有影影印本與翻印本的存在。

影影印本又印出多少部呢？飯田吉郎〈關於大安本《金瓶梅詞話》的價值〉：「影影印本在日本出版，關於發行部數，據說影印本 100 部，影影印本 300 部。」據此，則當年古佚小說刊行會影印本當為 104 部，其後的影影印本約為 300 部。

長澤規矩也〈《金瓶梅詞話》影印的經過〉：「用馬廉（隅卿）教授為中心的古佚小說刊行會的名義進行預約，預約價為 36 元。因為據說是同好者，所以到海外的我這裏來勸說。而我答應了，到手的時間是昭和 8 年 5 月 14 日，是從北京的來薰閣書坊送來的。」澤田瑞穗《增修《金瓶梅》研究資料要覽》：「據《魯迅日記》，預約價為 30 元。」據 1933 年 5 月 31 日《魯迅日記》每部「預約價 30 元，去年付訖」。看來當年定價內外有別，可能是考慮到運費的原因吧。

孫楷第《重訂通俗小說書目序》：「明萬曆本《金瓶梅詞話》（1933、34 年間）徐森玉先生、趙萬里先生和我在琉璃廠文友堂發現，替北平圖書館買的。」朱星《金瓶梅考證》：「今傳世最早的一部萬曆丁巳本《金瓶梅詞話》，我曾請問吳曉鈴同志是怎樣發現的，他告訴我此事可問舊琉璃廠古書鋪文友堂的孔里千同志。他現在是今琉璃廠古書裝訂部的老工人，快 60 歲了。他記憶很好，告訴我說：文友堂在山西太原有分號，收購山西各縣所藏舊書。在民國 20 年（1931）左右，在介休縣收購到這部木刻大本的《金瓶梅詞話》，無圖。當時出價很低，但到了北京，就定價 800 元。鄭振鐸、趙萬里、孫楷

第等先生都來看過。最後給北平圖書館買去了。」據此，連同前文可知，這個古佚小說刊行會，應是由馬隅卿、魯迅、胡適、徐森玉、趙萬里、鄭振鐸、孫楷第、長澤規矩也等20人組成。至少，這也是預約集資的名單。

還有一個問題。韓南〈金瓶梅的版本及其他〉：「1933年之平版照相及續出之翻版，均採用王孝慈所藏殘本之插圖，……第52回之七八兩頁，則用北大圖書館藏崇禎本抄配。」朱星《金瓶梅考證》：「52回缺2葉，就用崇禎本補上，但不太銜接。」劉輝《金瓶梅成書與版本研究》：「圖為後補，係通州王氏據《新刻繡像批評金瓶梅》本提供……第52回所缺兩頁，亦以《新刻繡像批評金瓶梅》抄補。」黃霖《金瓶梅漫話》：「古佚小說刊行會影印時，配以通州王氏收藏的『崇禎本』所附插圖100葉200幅……第52回缺頁用『崇禎本』抄配。」事實並非完全如此。澤田瑞穗《增修《金瓶梅》研究資料要覽》：「因為影印的是北京圖書館本，所以缺第52回的第7、8葉，……其後於第二次影印之際，用崇禎本來補充了缺頁部分。」飯田吉郎〈關於大安本《金瓶梅詞話》的價值〉：「北京圖書館本並不是完全本，似乎第52回第7、8葉是缺頁（共計缺4面），隨之影印的本子在這裏只有有行格的白紙而缺正文，影影印本在這裏據他本抄補。」原來影印本與影影印本不一樣。影印本未補第52回的缺頁，影影印本始補所缺，看來韓南、朱星、劉輝、黃霖的描述均有誤置。由此似可得出如下結論：如果有編號的104部為影印本，則當缺第52回之第7、8兩葉；如果無編號的為影影印本，則當不缺第52回之第7、8兩葉。法蘭西學院漢學研究所圖書館所藏影印本（即104部之第15部）與京都大學人文科學研究所圖書館所藏影印本（即104部之第66部）確無第52回之第7、8兩葉，京都大學文學部圖書館所藏影影印本，末葉鈐有古佚小說刊行會會章，無編號，有據崇禎本抄補的第52回之第7、8兩葉，款式誠如澤田瑞穗氏與飯田吉郎氏所言，可為證明。魯歌《簡說金瓶梅的幾種版本》對這兩種本子亦有較為詳細的敘錄：「1933年北平『古佚小說刊行會』影印本在第1回題目和首行正文下端，印有一豎式長方形紅色的篆體『古佚小說刊行會章』。第100回末尾下方也印有同樣的紅色印章。末頁印有一豎式長方形『本書限印一百零四部』等等字樣的紅色印章。第52回補入了原書所缺的七、八兩頁，但只有格子和中縫處的『金瓶梅詞話』字樣，而未抄補小說文字。這一本子現已很少，西北大學圖書館藏有完整的一部，陝西省圖書館藏有殘本。大約1934年或稍後有一種翻印本，去掉了第1回處的紅色印章，僅在第100回末尾保留了所印的『古佚小說刊行會章』，然翻印為黑色。去掉了末頁的『本書限印一百零四部……』字樣的圖章。第52回七、八兩頁中縫處下端分別添加了『第五十二回　七』、『第五十二回　八』，旁邊均注明『本葉據明刊本金瓶梅鈔補』，兩頁據崇禎本抄補了小說文字。此種翻印本較為多見，陝西師範大學圖書館、四川師範大學圖書館均有藏。」

但事情沒有這麼簡單。北京大學圖書館所藏一部，無編號，無古佚小說刊行會會章，即應為影影印本，但亦無第 52 回之第 7、8 兩葉。鳥居久晴〈《金瓶梅》版本考〉：「這個影印本的第 52 回的第 7、8 葉有行格而缺正文……複影印本的這二葉，補有書寫體的文字，……是根據崇禎本等增補的。……複影印本中有一本模刻了附圖的第一、三、五回的 3 葉 6 面，它為什麼僅插入這稚拙的 3 葉，就難以推測了。」譚正璧、譚尋《古本稀見小說匯考》：「抗日戰爭期間，襟亞閣主人在上海又以『古佚小說刊行會』影印本為底本，重印若干部，流傳較廣。」看來品種不少。這就是說，古佚小說刊行會本《新刻金瓶梅詞話》至少影印了兩次，而且可能是在日本影印或翻印了至少兩次，在中國也影印了至少兩次。前文所謂影影印本 300 部之數，只是日本第一次影印的數量；如果加上日本翻印的與中國第二次影印的數字，總數應當還要大出許多。

據筆者所知，古佚小說刊行會本《新刻金瓶梅詞話》至少有下列四種版式：一是鈐有朱色古佚小說刊行會會章（卷首、卷尾各一枚）與朱色「本書限印 104 部之第　部」字樣（卷尾），小本，有插圖，但無第 52 回第 7、8 兩葉正文；二是僅鈐有墨色古佚小說刊行會會章（卷尾），小本，有插圖，沒有限印字樣，亦無編號，第 52 回第 7、8 兩葉據繡像本抄補；三是無古佚小說刊行會會章，小本，有插圖，無編號，亦無第 52 回第 7、8 兩葉；四是插圖只有一、三、五回六幅者。

事情應該是這樣的：1933 年 3 月古佚小說刊行會在北京影印 104 部，小本，有插圖 200 幅，卷首、卷尾均有朱色會章，末葉另有朱色「本書限印 104 部之第　部」字樣，第 52 回第 7、8 兩葉無正文；隨後在日本影影印 300 部，小本，有插圖 200 幅，卷尾鈐有墨色會章，無編號，第 52 回第 7、8 兩葉正文據繡像本（天理本）抄補；在日本影影印前後，在中國上海也影影印了若干部，小本，有插圖 200 幅，無會章，無編號，無第 52 回第 7、8 兩葉正文；再其後不知在何處（可能是日本）影影印或翻印出一種插圖僅 6 幅的本子等。

三、關於其他版本

(一)第一奇書

巴黎國家圖書館藏書。木刻，線裝，4 函，27 冊。白口。每半頁 10 行，行 22 字。封面書題：第一奇書，右一欄上題：彭城張竹坡批評金瓶梅，左一欄下署：本衙藏板翻刻必究；正文書鼻書題：第一奇書；插圖書鼻書題：金瓶梅。首謝頤序，次雜錄，次讀法，次正文。

敢按圖每回二幅，隨訂回前，然第八回、七十五回、九十七回、九十八回、九十九回等僅一幅，圖即繡像本圖也。

(二)第一奇書

法蘭西學院漢學研究所圖書館藏書。木刻，線裝，4 函，32 冊。白口。每半頁 10 行，行 22 字。封面書題：第一奇書，右上題：彭城張竹坡批評金瓶梅，左下署：影松軒藏板；書鼻、目錄書題：第一奇書；大略書題：皋鶴堂批評第一奇書金瓶梅；讀法書題：批評第一奇書金瓶梅。首謝頤序，次大略，次讀法，次目錄，次正文，無圖。

敢按此部曾經重新裝裱。

(三)醒世奇書正續合編

法蘭西學院漢學研究所圖書館藏書。木刻，線裝，小本，元亨利貞 4 函，23 卷 24 冊（首冊未編卷），100 回。白口。每半頁 11 行，行 25 字。封面書題：廣升堂第一奇書；扉頁書題：醒世奇書正續合編，雙行，右 5 左 3，右一欄上題：彭城張竹坡批評，左下雙行署：本衙藏板；書鼻、目錄書題：第一奇書；大略書題：皋鶴堂批評第一奇書金瓶梅；讀法書題：批評第一奇書金瓶梅。首謝頤序，非手寫體；次大略；次讀法；次目錄；次圖像；次正文。

敢按此一版本國內無藏，係金瓶梅版本中張評本的一個新版本。其「讀法」雖錯裝，然完整無缺。其圖像凡 20 幅，為西門慶、吳月娘、應伯爵、花子虛、潘金蓮、李瓶兒、春梅、武大郎、王婆、武松、鄆哥、孟玉樓、李嬌兒、孫雪娥、愛月兒、陳敬濟、吳神仙、奶子如意兒、書童、普淨禪師之像判，每人 1 頁，前半頁像，後半頁判，判詞或詩或聯或句，字體或隸或行或草。其書題雖云「醒世奇書正續合編」，此本卻僅有正編而無續編。

(四)金瓶梅奇書

徐州朱玉玲女士藏。濟水太素軒刊本，線裝，八卷，前後二部，每部一冊總二冊，一函。縱 18 釐米，橫 11.5 釐米。首內封；次謝頤序，非手寫體，半葉 6 行，行 15 字，署「嘉慶歲次丙子清明上浣秦中覺天者謝頤題於皋鶴書舍」，則其為嘉慶二十一年（1816）刊本；次目錄，回目四言；次正文。內封分三欄，中間書題《金瓶梅》，右一行上刻：第一奇書，左一行下刻：濟水太素軒梓；目錄書題《金瓶梅奇書》；書鼻書題《金瓶梅》；正文首頁首行書題《新刻金瓶梅奇書》。白口，上魚尾，版心刻卷次、葉次，每卷葉次自為起訖，半葉 15 行，行 32 字，無圖，無評點。

敢按該書正文係據《第一奇書》暨繡像本系統改寫，韻語盡刪，文字簡略，分量大減，但穢語未刪。

(五)續金瓶梅

法蘭西學院漢學研究所圖書館藏書。抄本，線裝，12 卷，64 回，分為元亨利貞 4 部，每部 4 卷 16 回，裝訂為 7 冊，內襯「江寧府志」「皇明大政記」等書。正文每半頁 9 行，行 20 字，似據順治原刊抄者。題：紫陽道人編，湖上釣叟評。正文書題：續金瓶梅後集，凡例書題同，茣隱道人序稱：續金瓶梅，西湖釣叟序稱：續金瓶梅集，目錄書題：新編續金瓶梅後集。首茣隱道人序，次南海愛日老人敘，次西湖釣叟序，次目錄，次凡例，次太上感應篇陰陽無字解、署：魯諸邑丁耀亢參解，次正文。

敢按孫楷第《中國通俗小說書目》本條云：北京圖書館有舊抄本。此亦舊抄本，而抄寫工極。其第 7 冊末頁末署：東海道人覽過真空一部。看字跡，此東海道人即為抄者。

(六)續金瓶梅

巴黎國家圖書館藏書。木刻，線裝 12 卷，64 回，小本，2 冊。白口，單魚尾。每半頁 10 行，行 24 字。題：紫陽道人編。正文、書鼻、凡例書題均為：續金瓶梅，目錄書題：新編續金瓶梅。首煙露洞茣隱題於定香橋之「續金瓶梅集序」，次南海愛日老人「續金瓶梅序」，次西湖釣叟書於東山雲居之「敘」，次凡例，次太上感應篇陰陽無字解、署：魯諸邑丁耀亢參解，次圖 24 幅、前圖後贊，次引用書目，次目錄，次正文。

敢按此即孫楷第《中國通俗小說書目》本條所謂「坊刊十行，行二十四字本，劣」者。此書該館藏有 2 部，另一部無封面，訂為 1 冊。

話說潘金蓮

——《話說四個潘金蓮》之一：
《水滸傳》裏的潘金蓮

　　潘金蓮是中國知名度最高的典型形象之一，可以說家喻戶曉。但真要解讀她，卻發現《水滸傳》裏的潘金蓮，《金瓶梅》裏的潘金蓮，民俗裏的潘金蓮，與戲曲裏的潘金蓮，並不是一個潘金蓮。究竟是一個潘金蓮，還是四個潘金蓮，且容慢慢道來。

　　《水滸傳》是元末明初與《三國演義》同時出現的一部長篇白話小說，寫梁山好漢聚義、招安、征戰、敗亡的過程，乃英雄傳奇小說的代表作。這部小說在流傳的過程中，遺留下眾多的版本，大體可分為文繁事簡的繁本，與文簡事繁的簡本兩個系統。繁本系統主要有一百回本、一百二十回本、七十回本三種本子；簡本系統主要有一百十回、一百十五回、一百二十四回本三種本子。目前社會上流通的，基本是繁本系統的幾種本子。

　　在《水滸傳》繁本系統七十回本的第二十三至二十六回（一百回本與一百二十回本為第二十四至二十七回），寫的是武松、武大郎、潘金蓮、西門慶一段故事。說清河縣人武松在陽穀縣景陽崗打虎成名，被陽穀縣知縣參做步兵都頭，巧遇在此挑賣炊餅的胞兄武大郎。不久，武松奉命去東京公幹。武大郎的妻子潘金蓮，經茶坊王婆撮合，與破落戶財主西門慶勾搭成姦。小販鄆哥發現姦情，告知武大。武大捉姦，卻被西門慶打傷。王婆、西門慶、潘金蓮索性合夥鴆殺武大。武松出差回來，從團頭何九叔等處探明真相，乃殺嫂祭兄；又在獅子橋下酒樓殺死西門慶，遂去縣衙自首。知縣與東平府尹哀憐武松是一個仗義的好漢，僅將其刺配二千里外，而將王婆判了剮刑。

　　在中國文學作品中出現潘金蓮這個人物，《水滸傳》是第一例。就是說，潘金蓮作為文學形象，其首創權歸《水滸傳》。

　　現在來具體分析《水滸傳》是如何塑造潘金蓮這一文學形象的。

　　《水滸傳》介紹潘金蓮出場，是這樣一段文字：「那清河縣裏有一個大戶人家，有個使女，娘家姓潘，小名喚作金蓮；年方二十餘歲，頗有些顏色。因為那個大戶要纏她，這女使只是去告主人婆，意下不肯依從。那個大戶以此記恨於心，卻倒賠些房奩，不要

武大一文錢，白白地嫁與他。」

「頗有些顏色」，長得漂亮，大戶動了邪念。但她「不肯依從」，為什麼呢？大概是嫌大戶年老，但書中沒說。在那個時代，主人收用使女而為通房丫鬟，是社會慣例。《金瓶梅》中的龐春梅，就被西門慶收用。此時的潘金蓮，可能憑藉幾分姿色，有一個嫁人成家過正常日子的理想，所以她不願屈就大戶。在那個社會，出身低賤的她，哪裏會有實現理想的幸運！結果是被大戶報復，嫁給了「身材短矮，人物猥獕，不會風流」的「三寸丁谷樹皮」武大郎。

潘金蓮的理想泡沫瞬間破滅。已為人婦的她，不可能再去恢復理想。很快，她經不住清河縣浮浪子弟的引誘，「為頭的愛偷漢子」。《水滸傳》這幾回前後，寫的都是武松，潘金蓮只是個插曲，不可能展開寫她，何況《水滸傳》人物類型化、臉譜化的傾向還很鮮明呢。

就這樣，《水滸傳》幾乎開門見山地把潘金蓮釘上了「愛偷漢子」的「淫婦」恥辱柱。

「好一塊羊肉，倒落在狗口裏！」清河縣浮浪子弟的叫聲，也反映了《水滸傳》作者對潘金蓮不幸遭遇的一絲惋惜。

就在潘金蓮失去希望和信心的當口，武松來到了她的面前。小說寫道：「（她）看了武松這表人物，自心裏尋思道：『……我嫁得這等一個，也不枉了為人一世！……不想這段姻緣，卻在這裏！』」

「也不枉了為人一世」，說明潘金蓮有一個人生價值的衡量，知道自己嬌好，嚮往夫妻般配。

但「卻在這裏」的「這段姻緣」，卻不是夫妻，而是情人。自從他們叔嫂見面，武松是一口一個「嫂嫂」，潘金蓮是一口一聲「叔叔」。潘金蓮再是「欲心似火」，也深知她們之間的名分。不能做夫妻，也要做情人，是潘金蓮當時的必然選擇。沒有般配的夫妻，也要有可意的情人，是潘金蓮當時的所有追求。正是這一選擇和追求，動員了潘金蓮極大的熱情，「燒洗麵湯，舀漱口水，……洗手剔甲，……頓羹頓飯，歡天喜地伏侍武松」。

「愛偷漢子」，偷的是誰？不知道；偷了沒有，也沒明言。看後來潘金蓮對武松的態度，「愛偷漢子」恐怕只是一句籠統的心理描寫，潘金蓮在武松之前，並未去偷過漢子。這一次不同了，潘金蓮要偷武松，她「卻比半夜裏拾金寶的一般」，不但「常把些言語來撩撥他」，而且關門上拴，「去武松肩胛上只一捏」，說：「你若有心，吃我這半盞兒酒！」結果當然是自找沒趣，被武松罵道：「休要恁地不識羞恥！」

如果武松接招，《水滸傳》就要重寫，潘金蓮也就算不得淫婦了。因為潘金蓮偷武

松，既有愛（「若得叔叔這般雄壯」），又有情（「不信他不動情」），也有性（「哄動春心，那裏按納得住」），還有意（「莫不這廝思量我了，卻又回來？」）。

這一次偷情失敗，是潘金蓮真正成為淫婦的開始。她倒打一耙，反說武松調戲她，「自粧許多奸偽張致」，以至在武松東京公幹辭兄戒嫂時，她老羞成怒，噴出一段驚人的聲口：「我是一個不戴頭巾男子漢，叮叮噹噹的婆娘，拳頭上立得人，肐膊上走得馬，人面上行得人，不是那等搠不出的鱉老婆！」

潘金蓮這些話當然不是「心口相應」，她雖然「平生快性」，說得出這些響噹噹的語言，但她畢竟心虛理虧，只能說是虛張聲勢。

所嫁非人，所偷非情，潘金蓮走進人生的死胡同，已經沒有迴旋的餘地。因此，當機會再次面臨她時，她決定鋌而走險。對潘金蓮挑簾失手，又竿滑倒，打在西門慶頭巾之上一段描寫，晚明書商余象斗評說：「非失手，乃……有意如此。」明末文學評論家金聖歎也批道：「此一滑，我極疑之。」於是潘金蓮、西門慶二人，「一個如迎，一個似送，一個輕憐，一個痛惜，一個低頭，一個萬福」[1]，不是「沒巧不成話」，而是有巧不放過。這才有茶坊王婆的「五件事」「十面光」，接下來依計行事，西門慶、潘金蓮「兩個言來語去，都有意了」。潘金蓮一路三十八笑，西門慶剛借拾箸之機，「去那婦人（潘金蓮）繡花鞋兒上捏一把」，她便說道：「你真個要勾搭我？」西門慶這才一跪，「那婦人便把西門慶摟將過來」，「寬衣解帶，無所不至」。

事情如果僅僅至此，對潘金蓮也還無可厚非。請看小說所寫：「那婦人自當日為始，每日蹅過王婆家來，和西門慶做一處，恩情似漆，心意如膠」。潘金蓮終於有了一個感情歸宿，她只有一個情人，「一心只想著西門慶」，投入了所有的熱情，也鼓舞起十足的勇氣。武大郎捉姦，「西門慶便鑽入床底下躲去」，而潘金蓮「先奔來頂住了門」，對西門慶說道：「閑常時，只如鳥嘴賣弄好拳棒，急上場時，便沒些用，見個紙老虎，也嚇一交！」

武大被西門慶「踢中心窩」，「口裏吐血」之後，事情性質發生了根本的變化。「武大一病五日，不能夠起，更兼要湯不見，要水不見，每日叫那婦人不應」，「求生不生，求死不死」，而潘金蓮依舊「濃妝豔抹了出去」，「只指望武大自死」。

不要說武大郎畢竟是潘金蓮的丈夫，就是遠親近鄰，對一個積弱待亡之人，也應有惻隱之心。這時的潘金蓮，「卻自去快活」，已經從道義上失去了做人的資格。

更有甚者，潘金蓮、西門慶為了「長做夫妻」，竟然依照王婆之計，「藥鴆武大郎」。潘金蓮色膽包天，走上了一條不歸之路。她已經從一個道德的敗類，變為殺人的兇手。

1　《水滸傳》金聖歎批語。

對「王婆計啜西門慶，淫婦藥鴆武大郎」一回的描寫，金聖歎批道：「西門慶如何入姦，王婆如何主謀，潘氏如何下毒，其曲折情事，羅列前幅，燦如星斗」。這是文學的評論。如果是法律的宣判，殺人償命，等待潘金蓮的，只能是斷頭台。

「法網恢恢，疏而不漏」，武松殺嫂祭兄，潘金蓮固是罪有應得。但《水滸傳》敘寫潘金蓮，只在戲叔一節，她是主動人物；其餘的，特別是和西門慶「入馬通姦」，她都是被動人物。小說寫到最後，因為情節的需要，潘金蓮已經是呼之即來，揮之即去。西門慶沒有妻子，潘金蓮知之在先，她與西門慶接情成姦，按照她的人生軌跡，應該向西門慶正式提出結婚的要求。但小說沒再展開來寫。武大死後，「這婆娘過來和西門慶說道：『我的武大已死，我只靠你做主！』」除了這一句話還依稀可見潘金蓮的性情心思，其餘的，她成了一個符號。

這個符號便是「淫婦」！《水滸傳》裏的淫婦，前有閻婆惜，後有潘巧雲，但潘金蓮最出名。勾姦夫害本夫，是因姦殺人的一大類型，是法律歸類、民俗驚心的一個模式。潘金蓮的出名，沾了這個光（這段故事附和在武松傳中，也成就了潘金蓮）。

《水滸傳》的作者便是按照這一理念塑造潘金蓮的。明萬曆末容與堂刊百回本《李卓吾先生批評忠義水滸傳》第二十四回開篇一律，詩曰：「酒色端能誤國邦，由來美色陷忠良。紂因妲己宗祧失，吳為西施社稷亡。自愛青春行處樂，豈知紅粉笑中槍。武松已殺貪淫婦，莫向東風怨彼蒼。」武松所殺淫婦，即潘金蓮。《水滸傳》起首便給潘金蓮定性為「淫婦」，所以寫到最後，乾脆直呼其為淫婦，如同後來但稱潘巧雲為淫婦一樣。

《水滸傳》的評者也是按照這一理解評判潘金蓮的。明清間芥子園刊百回本《忠義水滸傳》第二十四回於潘金蓮戲叔處評說：「寫得極騷極肉麻，是個賤人要漢子的本事。」明崇禎間貫華堂《第五才子書施耐庵水滸傳》第二十四回潘傳初始，在「有個使女」後，金聖歎批道：「可見來歷不正」。使女出身，有何不正？《西廂記》的紅娘，《牡丹亭》的春香，不都是享譽婦孺的丫鬟？前文講過，潘金蓮使小戲叔，是對婚姻不滿的一種抗爭，是對命運不甘的一種追求。她沒有高深的文化修養，她不可能靠矜持和韻致打動武松，他只會用熱情與主動傳情。稱這時的潘金蓮為「賤人」，只能是戴著「淫婦」的有色眼鏡讀書看人。

這便是《水滸傳》中的潘金蓮，一個出身低微，頗具姿色，也有理想，不甘低賤，但不能自主，被嫁非人，心存不滿，鍾情武松，戲叔遭斥，轉意西門，被西門算計，入王婆圈套，鴆殺武大，孤注一擲，獲得短暫的感情與生理的滿足，落個身首異處和遺臭萬年的淫婦；一個為自己活著，被他人利用，嫁人與偷情為其生命全部的悲慘女人；一個附襯武松主傳，沒被充分展開，留下若干思考，尚可二度創造的文學形象。《水滸傳》的潘金蓮，尚只是勾姦夫害本夫一類醜惡社會現象的代表，還算不上不朽的藝術典型。

　　民俗裏的潘金蓮，與戲曲裏的潘金蓮，都是帶有一定色彩的潘金蓮，姑且不論。完成潘金蓮典型形象塑造的，是《金瓶梅》。《金瓶梅》裏的潘金蓮，是做了五娘、變成主子、有了身分的潘金蓮，與尋求般配情侶的《水滸傳》中的潘金蓮不同，爭寵求歡成為其生活主體，是一個「做張做致，喬模喬樣」[2]的潘金蓮。參見本書〈明清《金瓶梅》研究概論〉。

2　繡像本《金瓶梅》第一回。

下編：金學視野

中國《金瓶梅》學會工作報告
——在第一屆理事會第四次會議上

在改革開放的時代精神鼓舞下，自 20 世紀 80 年代初，我國學術界對明代長篇白話小說《金瓶梅》的研究，走過了一條打破禁區、多方展開、深入發展的道路；海外漢學界亦造成了全球性的研討熱點。中國《金瓶梅》學會作為全國性的專題學術團體，得到海內外金學研究者的關心、支援，得到國家有關部門和相關的地方政府、企事業單位的督導扶持，學會理事會認真履行職責，積極投入工作，為推動《金瓶梅》研究與相關學術交流活動的有效展開和健康發展做出了貢獻。現將學會第一屆理事會四年來的工作報告如下，請各位理事審議。

一、學會的成立和國家民政部的正式核准登記

受海內外《金瓶梅》研究者的委託，徐州市文化局、江蘇省社科院文學所等單位，在成功地組織舉辦了第一（1985 年）、二（1986 年）、三（1988 年）屆全國《金瓶梅》學術討論會後，開始籌辦首屆國際《金瓶梅》學術討論會。在籌辦過程中，國家有關部門要求會議應以學術團體名義舉辦；當時《金瓶梅》研究的進一步深化，也孕育著一個全國性的專題學術團體。因此，中國《金瓶梅》學會借首屆國際《金瓶梅》學術討論會在江蘇徐州召開之機，於 1989 年 6 月 14 日正式成立。

在學會成立大會上，經來自全國各地的代表討論與協商，通過了學會章程，推選出具有學術及地區代表性的專家學者 25 人組成的學會第一屆理事會；又由理事會推舉出會長一人、副會長五人、秘書長（兼）一人、副秘書長二人，形成了學會執行領導機構。

學會成立不久，恰逢全國社會團體重新登記。學會在積極開展正常的學術研究與交流活動的同時，向國家有關部門提出了准予重新登記的申請，並按申請程式逐項落實，逐級呈報。1992 年 2 月，中國社會科學院呈文國家民政部，認定中國《金瓶梅》學會符合國家《社會團體登記管理條例》之規定，請予批准登記。國家民政部經審核，認為本學會具備全國性學術團體的標準與條件，隨即向學會發放了有關登記文表。

1992 年 9 月 8 日，國家民政部部長崔乃夫正式簽發了准予中國《金瓶梅》學會註冊登記的全國性學術團體登記證。12 月 10 日，民政部社團登記公告（第七號）在《人民日報》發佈，中國《金瓶梅》學會登記證號為 1167，至此，中國《金瓶梅》學會作為全國性學術團體，具備了完全的法律地位。

二、學術研究與學術交流活動

1.舉辦首屆國際《金瓶梅》學術研討會

學會成立後，隨即於 1989 年 6 月 15 日至 20 日在徐州主辦了首屆國際《金瓶梅》學術討論會。出席會議的海內外研究者百餘人，提交論文 70 餘篇；研究論題涉及到金學的各個領域並取得新的突破與進展，成為金學界前所未有的大盛會。

會議期間，學會還組織了「金瓶梅題材戲曲展演」「泥人張《金瓶梅》大型彩塑展」等文化交流活動，拓寬了專業研究者的視野，使金學具有了社會文化學的意義。

2.積極參與海峽兩岸明清小說金陵研討會

1990 年 2 月，在由江蘇省社科院文學所、江蘇省明清小說研究中心、徐州市文化局等單位舉辦的南京「海峽兩岸明清小說金陵研討會」上，由於學會負責人的積極組織和部分會員的認真參與，使得金學首次成為海峽兩岸學者間的正式會議交流論題，並引起與會者的濃厚興趣，擴大了金學的影響。

會議期間，學會還組織了兩岸金學家的歡聚與專題交流等活動，聯絡感情，商定交流項目及具體計畫，取得了良好效果。

3.舉辦第四屆全國《金瓶梅》學術討論會

首屆國際會上，學會為籌辦第四屆全國會議進行了廣泛聯絡與具體商討。鑒於山東聊城、臨清的有關領導和專家在「《金瓶梅》與運河文化」「《金瓶梅》產生的歷史地理問題」等研究論題上所做出的努力，以及為會議的召開所創造的良好條件，第四屆全國《金瓶梅》學術討論會於 1990 年 10 月在山東省臨清市召開。

大會共收到學術論文 60 多篇，全國百餘名專家匯聚一堂，共同就《金瓶梅》的歷史地理背景、《金瓶梅》與運河文化等論題進行深入細緻地研討，並對書中涉及的若干地理問題進行了實地考察，取得可貴的成果。

臨清會議為金學界首次具有專題色彩的學術會議，標誌著金學研究向科學化、專業化發展的進程。

4.參與籌辦第五屆全國《金瓶梅》學術討論會

1991 年 8 月 6 日至 10 日，受學會委託，由吉林大學等 10 餘家單位籌辦的全國第五屆《金瓶梅》學術討論會在吉林省長春市召開。大會收到學術論文近百篇，百餘名專家

學者對《金瓶梅》進行深入研討，為將於 1992 年在山東棗莊召開的第二屆國際《金瓶梅》學術討論會作了學術上的準備。

5.參與籌辦第二屆國際《金瓶梅》學術討論會

為了推動金學進一步深入發展，為了滿足海內外金學研究者的團聚要求，在學會和山東省棗莊市共同籌辦下，第二屆國際《金瓶梅》學術討論會於 1992 年 6 月 15 日至 20 日在山東省棗莊市召開。此前，學會做了一系列準備工作，如確定會議地點，審定會議論文，商定會議的舉辦宗旨、學術主題、日程及生活安排等。其間，曾兩次以〈籌備會議紀要〉的形式向海內外學術界通報有關情況，徵集籌辦意見。棗莊會議共收到學術論文 70 餘篇，反映出金學研究出現了海內外共同促進與提高的新格局。

6.籌辦第六屆全國《金瓶梅》學術討論會

棗莊會議期間，學會審議並接受了鄞縣人民政府和寧波師範學院的申請，決定於 1993 年 9 月在寧波鄞縣舉辦第六屆全國《金瓶梅》學術討論會。其後，學會主要負責人和秘書處工作人員兩次赴寧波鄞縣，與當地有關部門和領導商談會議的具體事宜。會議明天就要開幕，可以預見，在寧波鄞縣黨政領導的關心和會議組委會的努力下，來自全國各地的《金瓶梅》研究者將會集在一個良好的學術環境中，為促進金學的大繁榮、大發展作出新的貢獻。

三、創辦金學專業刊物——《金瓶梅研究》

為了促進金學的發展，為日益增多的研究者及研究成果提供一塊專業園地，學會把創辦《金瓶梅學刊》作為重要的學術任務，並傾注了相當的精力與財力。在首屆國際會召開期間，學會籌委會就曾印了《金瓶梅學刊》（試刊號），以展示研究陣容、徵求辦刊方略、鍛煉編輯隊伍。學會正式成立後，即行組建了《學刊》編委會並設立了編輯部，隨後又積極聯繫出刊單位，因考慮到學會及《學刊》編輯部均依託在徐州市文化局，而學會又與江蘇古籍出版社有著良好的合作基礎，經學會與出版社議定，《學刊》定名為《金瓶梅研究》，由學會主辦，江蘇古籍出版社出版。

《金瓶梅研究》為學會專業性年刊，現已出版四輯。發表會員及海內外研究者具有學術代表性的論文 91 篇，計 100 萬字。在編輯方針上，《金瓶梅研究》注重發表具有新材料、新思維、新觀點的文章，並考慮到不同的研究領域或論題，力求把學術的嚴肅性和成果的多樣性結合起來。在發行上，《金瓶梅研究》採用向學會會員、海內外研究機構免費贈送的方式，以便及時交流並共用學術成果，受到各方面的讚賞。

四、整頓組織，搞好會員登記

學會成立時，首批發展會員 87 名。隨著研究隊伍的不斷壯大，經學會理事會審議批准，現已有會員 207 人。為了純潔學會這一專業學術團體，遵照社會團體管理法規，於 1991 年起，著手整頓組織，搞好學會的重新登記工作，清理不合格的會員。其中《成都晚報》記者吳紅，擅自盜用中國《金瓶梅》學會的名義私自印行《金瓶梅詞話》牟取私利，違反了國家法律，也違反了學會章程。1991 年 10 月，經學會理事會研究決定，將其開除出會。

五、學會日常工作的開展

學會除積極關注會員的研究動向和研究成果外，還注意與會員保持必要的聯繫，通報所知情況。為了給會員提供進行正常學術交流活動和查閱有關資料的便利，學會編印了《金學研究者通訊錄》，統一印製並正在辦理「學會會員證」。

學會注重與海外金學研究者聯絡，多次接待國外來訪學者。首屆國際會後，學會及時向未能與會的海外研究者寄發了會議論文及有關材料、物品，受到普遍讚譽。學會、學刊及國際《金瓶梅》資料中心還與海外部分研究者、學術刊物建立了經常性的學術交流關係。

國際《金瓶梅》資料中心自 1989 年創建以來，克服了經費、收藏條件等困難，始終堅持正常的搜集材料、分類編目和聯絡交流工作。現已收藏有關版本和研究專著 300 餘部，期刊及散頁資料 4000 餘份。資料中心於 1990 年 6 月正式開放，現已接待來訪學者 1000 多人次。

學會理事會基本可以結合學術研討會同步舉行，本屆理事會已召開了 3 次會議，有效地行使了職權。

六、學會經費收支情況

為了保證學會工作的正常開展和專業學刊的陸續出版，學會在籌措經費、計畫開支等方面，也做出了艱苦的努力。

在國家不撥款的情況下，四年來，學會通過徵集社會有識之士的贊助，共籌集資金 111187.86 元，開會、出刊、辦公支出 92978.12 元，尚餘 18209.74 元。

學會把有限的財力投入到刊物出版和學術交流活動上，廣求薄收，開源節流，度日艱難。為根本改變經費嚴重緊缺局面，學會正積極籌辦第三產業，並希望全體會員出計獻策，引路搭橋，為學會開創新的財源。

七、關於學會《章程》的修改建議

本會《章程》自 1989 年 6 月 14 日由會員大會通過生效後，對明確學會的宗旨和任務，發揮會員和學會組織機構的作用，保證金學研究的健康發展等方面，發揮了積極的作用。隨著社會形勢的變化，並考慮到學會工作的特點，建議對以下條款進行修改：

1. 由於學會籌措資金不易，僅靠《章程》第五款第一條所規定的「依託單位在文化研究經費中撥款補貼」和第二條所規定的「通過多種途徑籌措《金瓶梅》研究基金」來解決經費來源，是不敷使用的。建議在第五款「經濟來源」中，增設第 3 條：「通過學會秘書處開辦的第三產業創收補貼」。

2. 由於本會會員散佈於全國各地，而由學會直接主辦或參與籌辦的大規模學術研討活動又不能定期舉行，所以《章程》第六款第一條所規定的「會員大會每四年舉辦一次」也不夠嚴謹。建議修改為：「會員大會原則上每四年舉辦一次，特殊情況下，可提前或推遲舉辦。」

3. 由於本會理事分佈區域甚廣，且大多負擔有繁重的工作職責，召集會議也屬不易。建議在《章程》第六款第一條後增加以下文字：緊急會務問題，可由會長、副會長、秘書長辦公會議處理，並在下一次理事會上補充通過。

4. 為保證學會組織的嚴肅性，建議在第 10 款第 4 條後增加以下文字：嚴重違章者，可由理事會討論決定，開除其出會，並向全體會員及有關部門通告。

八、回顧與展望

《金瓶梅》是我國文學發展史上的一部里程碑式的重要作品，作為世界文學名著亦是全人類所共有的寶貴文化遺產。自問世以來，《金瓶梅》不僅對中國文化的發展影響深遠，而且對中國哲學、美學、社會學等學科的深入研究都提供了極為珍貴的資料，具有多角度、全方位的研究價值。值得重視的是，金學已成為國際性的專門學科，無論是作品本身還是對於作者及其所處歷史時代的研究，相對於其他中國古典文學名著都有著非同一般的意義。

我們欣喜地看到，近幾年國內的《金瓶梅》研究，進入了注重新材料、注重理性思維、注重文化蘊含的新階段，研究深度和整體水準，都有了顯著提高。不同研究學科的學者加入金學隊伍，為金學開了新生面，而作家、藝術家的熱心借鑒、據以改編和再創造，又使《金瓶梅》化生出奇異的當代文化色彩，為研究者提供了新的命題；出版家持續不減的出書興趣，使得《金瓶梅》的多種版本得以重新問世；各類研究專著、資料彙編大量湧現，可謂成果斐然。這一不斷升溫的《金瓶梅》熱，既有社會變化的內在動力，

也與眾多研究者的辛勤勞動有著直接的關係。

但我們應該清醒地看到，在所謂的《金瓶梅》熱中，也隱伏著一些令人不安的因素，如：有一些臨時拼湊、率意編撰的「金學專著」，影響了金學的嚴肅性和得之不易的學術聲譽，令人遺憾不已。一些不法之徒，又利用社會獵奇心理，大量非法盜印《金瓶梅》，並投入黑市，以牟暴利，已對圖書市場和民眾閱讀心理形成了危害。國內一些單位以工作需要為由，非法從境外進口了相當數量的《金瓶梅》，也為正常的《金瓶梅》研究和有關版本的出版帶來了困難。最近，國家新聞出版署已採取措施，嚴加制止《金瓶梅》原著在國內的出版與從境外進口。《金瓶梅》研究是一個極為嚴肅的學術領域，在這一領域裏，提倡辛勤耕耘的文風，提倡為弘揚民族優秀文化而不懈努力的精神，任何以贏利為目的，任何有損於社會健康心理的行為，都應受到嚴正的譴責！

中國《金瓶梅》學會是古代文學研究領域少數能夠卓有成效正常活動的國家級學術團體之一，宣導培育求實求是的學風與團結奮進的會風是學會的宗旨，辦好學刊、開好研討會是學會的工作目標。

學會成立四年來，本屆理事會及其工作人員一貫堅持以服務於學術界和研究者為宗旨，做了一些力所能及的工作，但相對於金學這一方興未艾的大學問、大事業而言，仍有許多不盡人意之處。展望未來，我們寄希望於新一屆理事會及全體會員的一如既往的監督與指導、關心與支持；同時，也衷心祝願金學界和海內外研究者取得新的成果與突破。

吳敢

1993 年 9 月 16 日

中國《金瓶梅》學會工作報告
——在第二屆理事會第三次會議上

　　世紀之交，中國《金瓶梅》學會在新世紀曙光即將來臨的金秋十月，迎來了國內舉辦的第十次學術會議、20 世紀末最後一次盛會——第四屆（五蓮）國際《金瓶梅》學術討論會。

　　自本世紀 80 年代以來，中國學術界對明代長篇白話小說《金瓶梅》的研究，走過了一條打破禁區、多方開展、深入發展的道路；海外漢學界亦造成了全球性的研討熱點。中國《金瓶梅》學會自 1989 年 6 月 14 日成立以來，作為國家一級學術團體，得到海內外金學研究者的關心、支援，得到國家有關部門和相關的地方政府、企事業單位的督導扶持，學會理事會和學會秘書處稟承學會成立宗旨，認真履行職責，積極投入工作，截至 1999 年底，分別在徐州、揚州、臨清、長春、棗莊、鄞縣、大同等地成功地舉辦了六屆全國《金瓶梅》學術討論會、三屆國際《金瓶梅》學術討論會，為推動《金瓶梅》研究與相關學術交流活動的有效展開和健康發展做出了努力。現將學會第二屆理事會秘書處 1997-2000 年的工作報告如下，請予審議。

　　一、舉辦第三屆國際《金瓶梅》學術討論會。為了進一步推動金學研究的深入發展，滿足海內外《金瓶梅》研究者的團聚要求，在學會和山西大同高等專科學校的共同籌辦下，第三屆國際《金瓶梅》學術討論會於 1997 年 7 月 30 日至 8 月 3 日在山西省大同市成功召開，海內外與會代表近 70 人，收到學術論文 30 餘篇。

　　二、編輯出版《金瓶梅研究》第六輯。大同會議之後，學刊編委會從會議交流論文和其他來稿中遴選 20 篇論文 20 萬字，編輯為《金瓶梅研究》第六輯，交由知識出版社於 1999 年 6 月出版。此前，《金瓶梅研究》第五輯已由遼瀋書社於 1994 年 4 月出版。

　　三、籌辦第四屆國際《金瓶梅》學術討論會。大同會議以後，學會即著手下一次會議的設想。1999 年經與雲南有關方面協商，本擬於昆明召開一次會議，後因故作罷。2000 年 6 月 15 日，學會發出預備通知，擬於 2000 年 11 月在徐州召開第四屆國際《金瓶梅》討論會。共發出會議預備通知 130 餘份，收到回執 62 份，其中海外 10 人，大陸 52 人。2000 年 7 月底山東省五蓮縣人民政府向學會發出邀請函，邀請學會在五蓮舉辦第四屆國際《金瓶梅》學術討論會。學會會長劉輝一行於 8 月 14 日前往五蓮考察，並於 8 月 15 日召開第四屆國際《金瓶梅》學術討論會五蓮協商籌備會議，學會會長劉輝，學會副秘書長及巨濤、孔凡濤，山東大學王平，臨清市史志辦杜明德，山東五蓮縣委副書記何子孔，縣政府副縣長劉祥亮，縣政府辦公室主任董福增、副主任秦緒堯等參加了協商會。

經過與會人員充分協商決定：第四屆國際《金瓶梅》學術討論會由中國《金瓶梅》學會、山東大學、山東省五蓮縣人民政府共同主辦，會議地點在山東省五蓮縣山城賓館，會議日期定為 10 月 23 日至 10 月 25 日。會議成立籌委會，劉輝任籌委會主任，吳敢、黃霖、劉祥亮、王平為副主任，卜鍵、及巨濤、孔凡濤、李志剛、董福增、秦緒堯等為籌委會委員。為便於開展各項籌備工作，籌委會責成中國《金瓶梅》學會組成學術組，五蓮縣人民政府組成接待組、宣傳組、保衛組、衛生組等，分頭具體落實各項會務事宜。2000年 8 月 20 日學會發出第四屆（五蓮）國際《金瓶梅》學術討論會正式通知，計邀請海內代表 100 人，海外代表 20 人，回執者海內（山東以外）60 人，海外 12 人，開列論文題目43 篇，寄交論文提要 30 篇，因故不能出席而致函祝賀者有徐朔方、鄧紹基、沈天佑、蕭欣橋、周晶、蔡敦勇、孟進厚、林辰、王啟忠、陳昌恆、宋謀瑒、許繼善、邱鳴皋、張俊、李靈年、陸大偉、荒木猛、大冢秀高、黃慕鈞、胡湘生等，孟進厚贊助學會 1000元，黃慕鈞向大會提交圖書 120 冊等。

四、學會本次會議主要任務：

1. 回顧《金瓶梅》研究歷程，展望《金瓶梅》研究前景，交流《金瓶梅》研究新見。

2. 進行會員重新登記。根據國家民政部關於整頓社會團體的精神，學會擬對會員進行重新登記。

3. 徵集《金瓶梅》研究資料。為全面展現新時期以來《金瓶梅》研究的成果，反映國內外《金瓶梅》研究的發展及現狀，建立起完備的《金瓶梅》研究資料系統，中國《金瓶梅》學會與國際《金瓶梅》資料中心擬向海內外《金瓶梅》研究者徵集《金瓶梅》研究資料。

4. 進行優秀《金瓶梅》研究成果評獎。為了展示中國《金瓶梅》學會會員新時期的學術成果，學會擬開展優秀《金瓶梅》研究成果評獎。優秀《金瓶梅》研究成果評獎委員會建議名單為：顧問馮其庸、徐朔方、袁世碩，主任劉輝，副主任黃霖、吳敢，委員：卜鍵、及巨濤、王汝梅、甯宗一、張遠芬、陳昌恆。

《金瓶梅》研究已成為國際性的專門學科。中國《金瓶梅》學會是古代文學領域少數能夠卓有成效正常活動的國家級學術團體之一，吸引了一大批《金瓶梅》研究者為弘揚民族優秀文化而不懈努力。宣導培育求實求是的學風與團結奮進的會風是學會的宗旨，辦好學刊、開好研討會是學會的工作目標。在 21 世紀鐘聲即將敲響的前夕，我們誠摯地希望，廣大《金瓶梅》研究者團結一致，加強交流，以嶄新的姿態把中國金學推向一個新的高峰！

吳敢
2000 年 10 月 22 日

正視內困，回應外擾，期待金學事業中興繁榮
——在第七屆（棗莊）全國《金瓶梅》學術討論會
閉幕式上的會議小結

　　本次會議已經有了很好的總結，中國《金瓶梅》研究會（籌）會長黃霖先生在本次會議論文集前言中，對各位師友的大作，已經做出簡明扼要的分析；兩次大會的主持人對發言要點均有深刻的評議；三個小組的召集人對討論情況亦有精彩的歸納；過一會中國《金瓶梅》研究會（籌）副會長王平先生的閉幕詞，還要對會議的全面情況，以及會務方面、禮節方面，作出周到得體的說明。我只想借此機會，談一點與會的感想。

　　本次會議是一次非常重要的會議。大家知道，此前，1985 年 6 月在徐州，1986 年 10 月在徐州，1988 年 11 月在揚州，1989 年 6 月在徐州，1990 年 10 月在臨清，1991 年 8 月在長春，1992 年 6 月在棗莊，1993 年 9 月在鄞縣，1997 年 7 月在大同，2000 年 10 月在五蓮，2005 年 9 月在開封，我國已經召開了 11 次《金瓶梅》學術討論會。連同這次總共 12 次會議（其中全國會議 7 次，國際會議 5 次）之中，1985 年首屆全國會議，1989 年首屆國際會議，1992 年第二屆國際會議，2005 年第五屆國際會議，與本次會議，這五次，都是更為重要的會議。1985 年會議篳路藍縷，1989 年會議推廣擴大，1992 年會議名副其實，2005 年會議中興重起，均令人感慨萬千，記憶猶新。本次會議則是在召開之前，《金瓶梅》研究面臨著嚴重的內困外擾。所謂內困，指《金瓶梅》研究「山重水復疑無路」，如果不開闢新的研究領域，如果沒有新的史料發現，如果不用新的理論、方法、視野更新傳統，《金瓶梅》研究便會就地打轉，甚至步入歧途，至少也是難有重大成果與發展。這不能不引起人們的高度重視！所謂外擾，指《金瓶梅》研究正在遭到尖銳激烈的批評，甚至是攻訐。這不能不引起人們的格外應對。本次會議的及時召開，本次會議日程與內容的著意安排，本次會議會前會後、會內會外的廣泛研討，特別是經過會議期間召開的中國《金瓶梅》研究會（籌）第一屆理事會第二次會議的熱烈討論，既梳理了內困，更審視了外擾，求同存異，集思廣益，金學界達到了空前的團結與振奮。

　　關於外擾，我還想多說幾句。《金瓶梅》研究近年是有人攻擊嘲弄，但包括《紅樓夢》，有哪一門學問不遭到攻擊嘲弄？《金瓶梅》研究是摻雜有不少偽學夢說，但包括《紅樓夢》，有哪一門學問沒有摻雜偽學夢說？問題在於這些偽學夢說是否是其主流，以及主流是否及時給予了批駁。我不敢說其他學界如何，我知道金學界偽學夢說不是主流，並且及時給予了批駁。在當今自由世界，有誰能制止這些偽學夢說！真正的金學家，沒有一個人會去製造偽學夢說，也沒有一個人會姑息遷就偽學夢說。原中國《金瓶梅》學

會會長劉輝先生率先垂範，逢會必講，已為眾所周知。真正的金學界又有什麼責任呢？據我所知，《金瓶梅》作者研究中一些偽學夢說者，他們沒有或很少參加金學會議，他們大多也不是本學會會員，他們的研究與真正的金學界又有什麼關係呢？至於陽穀縣建「金瓶梅文化旅遊區」，臨清市建「金瓶梅文化街」，黃山市西溪南鎮建「金瓶梅遺址公園」，棗莊市擬建「古嶧金瓶梅園」，均乃經濟開發項目，未必沒有經濟效益；即或社會效益短缺，又有哪一位金學同仁能過問得了！真正的學人，多是善良敦厚的君子，他們聞過則喜，首先自省，這固然是一種美德，但也要看與自家有沒有關係，要看批評者是何居心！大風歌起，魚龍混雜，泥沙俱下，比類皆然，又豈止我金學如此！相反，倒正說明金學是一門新興的顯學。我這樣說絕不是要各位師友放棄傳統美德，而是不願各位師友無辜代人受過！如果各位師友認同我前面的解說，那麼《金瓶梅》研究批評者的用意便值得檢討。對《金瓶梅》研究的批評，以劉世德、陳大康兩位先生最為激烈。他們的批評，多嘩眾取寵之嫌，少實事求是之意。他們是在貶低一大名著，是在嘲弄一門學問！金學同仁的所謂「反躬自省」，只能是一種姿態風度！我認為，金學界的當務之急，不是「清理門戶」，而是要回應這種貶低與嘲弄！以批評為武器貨假售私，其對學術的破壞性，對學人的傷害力，對世人的欺騙度，比製造偽學夢說，還要嚴重十倍！對此，黃霖先生在本次會議論文集前言中，在本次會議開幕詞中，在即將發表在《內江師範學院學報》的論文〈「笑學」可笑嗎〉中，均已做出有力的回答，令人感佩！

關於劉世德先生的批評，我也想再說幾句。劉世德先生的講座〈《金瓶梅》作者之謎〉涉及至少三個學術原則問題：一、對《金瓶梅》的評價，二、對《金瓶梅》作者研究的認識，三、對「世代累積型」創作模式的看法。這裏且說第一個問題。劉講說「我個人對《金瓶梅》的評價不是很高（敢按：其後文說『《金瓶梅》不是偉大的作品』），所以我從來沒有發表過評價《金瓶梅》、研究分析《金瓶梅》思想和藝術的論文」。沒發表過，看來沒寫過；沒寫過，看來沒認真研究過。沒認真研究就下結論，看來劉先生像蒲松齡一樣，「把《金瓶梅》就叫做《淫史》」。劉先生大概不知道張竹坡評點《金瓶梅》有這樣一句名言：「凡人謂《金瓶梅》是淫書者，想必伊只知看其淫處也」。劉先生批評「強作解人這是當前我們學術界的一個大毛病」，但他說：「根據我的統計，到現在為止，關於《金瓶梅》作者是誰的猜測已經有五六十種之多」。在劉講之前，包括拙著《20世紀金瓶梅研究史長編》在內，已經有很多師友統計出「有五六十種之多」，劉先生是否也在「強作解人」呢？劉先生看來並未直接親自統計，只是說說而已，正像他說「當時在籌備《金瓶梅》學會，我參與了籌備工作」，事實上並沒有，也是說說而已。

關於《金瓶梅》作者研究，我亦想補說幾句。陳大康先生針對拙文〈《金瓶梅》及其作者蘭陵笑笑生〉，發了一通被劉世德先生引為知己的宏論，我曾回應一文，發在《金

瓶梅研究》第 8 輯。陳文說《金瓶梅》作者研究「不科學」，劉講更進一步說是「偽科學」，並嘲弄為「笑學」，說與「秦學」「無獨有偶」。劉先生沒有敢將「笑學」與「曹學」相提並論，看來他對《紅樓夢》比對《金瓶梅》有研究。我不贊同在一門顯學下再區分出二級學問，所以不論是「曹學」「秦學」還是「笑學」，正面的稱謂都無必要，何況反面的嘲弄！我在拙文〈與陳大康先生討論《金瓶梅》作者說〉中說過，《金瓶梅》作者研究的主流應該得到充分肯定，其廣有影響的幾說，如王世貞、賈三近、屠隆、李開先、徐渭、王穉登等，對金學事業均有創造性的貢獻。《金瓶梅》作者研究是金學的主要支撐之一，《金瓶梅》作者研究又與《金瓶梅》成書年代、成書過程、成書方式等研究，還與《金瓶梅》文化、語言、內容、藝術、人物等研究密切關聯。金學首先要熱起來，才能談到發展。從這一角度說，《金瓶梅》作者研究對金學的影響，遠遠超過其具體課題本身。我在拙文中說過：「不進入金學圈中，隔岸觀火，隔靴搔癢，是很難切中肯綮的」。這是當時對陳大康先生的反批評，現在也是對劉世德先生的反批評。劉、陳二位先生曾經是或者現在仍是一家相當單位的負責人，他們應當是領導藝術的體現者。一個有組織的單位，尚且需要注意調動大家的積極性，何況是雜亂無序的群眾團體，何況是漫無邊際的鬆散聯繫！陳、劉二位對《金瓶梅》作者研究的批評，貌似有理，而實無理，其原因蓋為：一、不瞭解全局，二、不尊重事實，三、不看其主流，四、不注意影響。

我曾在拙著《20 世紀金瓶梅研究史長編》後記中表示想結束《金瓶梅》研究，而「用後半生的主要精力從事戲曲研究」。此絕非孟浪之言！人生苦短，應當儘量用其長項，補其空缺。我國的戲曲研究，一向兩途分道：一道是學院派，學力深厚但舞台生疏；一道是文化人，舞台裏手而學力不足。我畢竟是科班出身，又曾在文化系統分管戲曲多年，在戲曲藝術與音樂文學方面，有可能縫合兩途，搭橋鋪路。近五年來，我確實在戲曲文獻與戲曲格律方面做出了不少努力。但仍然沒能完全脫離金學，先是因為「非典」，原中國《金瓶梅》學會被註銷；接著劉輝會長病逝；隨後中國《金瓶梅》研究會（籌）成立，黃霖會長受命於危困之際，我欲罷不能，責無旁貸，這才不能不延續至今。但我已不是像當年那樣全力投入金學，對金學現狀，時有霧裏看花之感。感謝劉、陳二位先生，使我又和我熱愛的金學事業，和我親愛的金學同仁榮辱與共！山重水復之後，必是柳暗花明！祝願各位師友健康愉快！祝願金學事業興旺發達！

吳敢

2003 年 5 月 13 日於山東嶧城

開創金學新時代
——在第六屆（臨清）國際《金瓶梅》學術討論會
閉幕式上的會議小結

　　第六屆（臨清）國際《金瓶梅》學術討論會像以往各屆會議（在本次會議之前，已經舉辦過 5 屆國際《金瓶梅》學術討論會與 7 屆全國《金瓶梅》學術討論會）一樣，是一次團結成功的大會。第六屆（臨清）國際《金瓶梅》學術討論會像 2007 年 6 月第七屆（嶧城）全國《金瓶梅》學術討論會一樣，是一次學術豐收的大會（第七屆全國《金瓶梅》學術討論會論文集《金瓶梅文化研究》第五輯收錄論文 42 篇，本次會議論文集《金瓶梅與臨清》收錄論文 46 篇，還不包括未收入論文集的近 20 篇單篇論文）。第六屆（臨清）國際《金瓶梅》學術討論會也是中國《金瓶梅》研究會（籌）委員（理事）到會最多的一次會議，是中國《金瓶梅》研究會（籌）理事會主要工作人員全部到齊的一次會議（如已經擔任黨政要職的陳東有副會長、卜鍵理事等均出席了本次會議）。第六屆（臨清）國際《金瓶梅》學術討論會還使各位金學同仁既感知了臨清的當代文明，又經過參觀領略了這座明清運河重鎮、古老商城的往昔風彩。各位金學同仁親歷了本次會議，會上會下，交流廣泛，黃霖會長為本次會議論文集寫了要言不煩的序言，有 27 位師友作了大會發言，剛才各個討論小組的代表（第一組齊慧源，第二組霍現俊，第三組張進德）又介紹了各自討論的概況，已經用不著再去贅言總結。本人與會，也是感慨良多。下面便談談我與會的感知。

　　眾所周知，中國的《金瓶梅》研究，經過 80 年漫長的歷史，終於在 20 世紀的最後 20 年登堂入室，當仁不讓也當之無愧地走在了國際金學的前列。正當中國的金學如日中天之時，一場天災人禍使金學陷入極度困頓的境地。21 世紀初葉，法輪功的影響尚在延續，「非典」鋪天蓋地而來。就在此時，2002 年下半年，原中國《金瓶梅》學會接到國家民政部通知，要求在 2003 年上半年完成社團重新登記。學會秘書處立即著手此項工作，很快便按要求完成資產審計和書面申請。經民政部有關人員審查，僅缺少掛靠單位的一紙證明。但這成了一大難題。學會原掛靠單位——中國社會科學院，因為學會主要負責人均非該單位人員，以及其他顧慮，不再出具掛靠證明。學會負責人劉輝、黃霖、吳敢均曾多次面請或電請或函請有關人員幫助運作；學會副秘書長孔凡濤兩次晉京，請學會在京理事、會員，尤其是中國社會科學院的理事共同疏通，均未獲結果。劉輝、黃霖、吳敢商議決定轉找其他路徑。按民政部要求，掛靠單位必須是部級單位。於是劉輝向其主管部門——新聞出版署申請掛靠。劉輝因為重病在身，黃霖、吳敢因為「非典」不准進京，此事遂遭擱置。不料，2003 年 6 月 6 日，民政部發出 41 號公告，宣佈取消

中國《金瓶梅》學會等 63 個社團開展活動的資格。這無異於一聲悶雷，在學會內部以及社會上引起強烈的反響。2004 年 1 月 16 日原中國《金瓶梅》學會會長劉輝先生因病不幸逝世，更是雪上加霜！

原中國《金瓶梅》學會成立於 1989 年 6 月 14 日，經中華人民共和國民政部社證字第 1167 號《社會團體登記證》批准，准予註冊登記，社團代碼為 50001165-4，在《人民日報》1992 年 12 月 10 日第 8 版公告。原中國《金瓶梅》學會第一屆理事會，由卜鍵、及巨濤、王汝梅、盧興基、甯宗一、田秉鍔、孫遜、孫言誠、劉輝、吳敢、邱鳴皋、沈天佑、林辰、羅德榮、陳詔、陳昌恆、周中明、周鈞韜、徐徹、袁世碩、張遠芬、張榮楷、黃霖、彭飛、蔡敦勇等 25 人組成，劉輝為會長，吳敢、黃霖、周鈞韜、王汝梅、張遠芬為副會長，吳敢兼秘書長，卜鍵、及巨濤為副秘書長，聘請王利器、馮其庸、吳組緗、吳曉鈴、徐朔方為顧問。1993 年 9 月 16 日，原中國《金瓶梅》學會換屆選舉產生第二屆理事會，由卜鍵、及巨濤、王汝梅、王啟忠、盧興基、甯宗一、白維國、孫遜、劉輝、呂紅、吳敢、沈天佑、李魯歌、張遠芬、張榮楷、林辰、羅德榮、陳詔、陳東有、陳昌恆、周中明、周鈞韜、周晶、苗壯、趙興勤、徐徹、袁世碩、黃霖、蕭欣橋、彭飛、蔡敦勇等 31 人組成，劉輝為會長，吳敢、黃霖為副會長，吳敢兼秘書長，卜鍵、及巨濤、孔凡濤為副秘書長。原中國《金瓶梅》學會成立以後，成功地舉辦了四次國際《金瓶梅》學術討論會、三次全國《金瓶梅》學術討論會。學會機關刊物《金瓶梅研究》也已經出版了七輯。原中國《金瓶梅》學會有會員二百餘人，是工作比較規範、活動比較正常、成效比較突出的學術類國家一級學會。

不料，突然學會被註銷，群龍無首，金學事業受到很大損傷。為振興金學，經黃霖、吳敢協商，決定重整旗鼓，並仿社會通例，2004 年 2 月 26 日遂以原學會秘書處名義，發函給各位理事，建議以《中國金瓶梅研究會（籌）》名義暫行工作，並由黃霖任籌委會主任、吳敢任籌委會副主任兼秘書長。該建議獲得原學會第二屆理事會的一致同意。經過黃霖先生努力，復旦大學同意作為研究會掛靠單位，並於 2004 年 4 月 8 日以復旦文〔2004〕2 號文件，上報民政部。民政部接文後則堅持要教育部簽署意見。黃霖、吳敢因此於 2004 年 7 月 16 日在北京會齊，先後去教育部、民政部彙報。2005 年 9 月 17 日晚，中國《金瓶梅》研究會籌備委員會在河南開封召開了第一次全體委員會議。第一次全委會決定，聘請馮其庸、徐朔方、魏子雲、梅節、甯宗一、盧興基、沈天佑、袁世碩、杜維沫、林辰、陳詔、王汝梅、許繼善、傅憎享等 14 人為顧問，以卜鍵、馬征、王平、白維國、葉桂桐、孫遜、孫秋克、許建平、何香久、吳敢、李魯歌、張遠芬、張鴻魁、張進德、張蕊青、楊緒容、杜明德、羅德榮、陳東有、陳昌恆、陳維昭、陳益源、周中明、周晶、苗壯、趙興勤、黃霖、曾慶雨、蕭欣橋、翟綱緒、潘承玉、霍現俊等 31 人為

籌委會委員（即以後中國《金瓶梅》研究會理事），黃霖為主任委員（即會長），吳敢、王平、陳東有、何香久為副主任委員（即副會長），吳敢為秘書長（兼），陳維昭為副秘書長。目前中國《金瓶梅》研究會正在申辦登記的過程之中，在未准予登記之前，擬以籌備委員會名義暫行開展工作。

中國《金瓶梅》研究會（籌）成立以後，已經成功舉辦了兩屆國際《金瓶梅》學術討論會（2005 年 9 月在河南開封召開的第五屆國際《金瓶梅》學術討論會、2008 年 7 月在山東臨清召開的第六屆國際《金瓶梅》學術討論會）和一屆全國《金瓶梅》學術討論會（2007 年 6 月在山東棗莊召開的第七屆全國《金瓶梅》學術討論會），並出版了一輯《金瓶梅研究》（第八輯）。金學隊伍因此重新集結，金學事業因此薪火相傳。

雖然，中國《金瓶梅》研究會（籌）和全體金學同仁，決心繼承原中國《金瓶梅》學會共同開創的金學事業，把《金瓶梅》研究推向一個新的境界和層面；但是，《金瓶梅》研究的成果與水準，卻未盡如人意。儘管，研究的成果也在不斷出現，研究的水準也還維持在一個相當的高度，然如果長期小步移動，必然危機潛伏。這不能不引起有識之士的焦慮與思考。

開創金學新時代，應當成為全體金學同仁的首要議題。愚見以為至少有五個方面的問題需要討論：

一、要吸引更多的青年學者參加到金學隊伍中來。原中國《金瓶梅》學會五位顧問，有四位（王利器、吳組緗、吳曉鈴、徐朔方）已經駕鶴西去；「老一輩金學家」如朱星、魏子雲、宋謀瑒等也為仙遊；「中年金學家」如劉輝、日下翠、鮑延毅等亦是作古，健在者年多望七，或者興趣轉移，無有金學新著，或者只是結集論文，匯總舊說；「青年金學家」亦基本已過知天命之年，事務繁重，大多僅能兼顧金學。近年來雖有少數青年學人寫有金學論文，但在金學隊伍之中，青年人所占比例太低。如果不能形成青年集群，金學將後繼乏人，無有陣容。但本次會議見到了新的氣象，本次會議論文集總收 46 篇論文，有 30 篇左右為新的金學朋友的著作，其中絕大多數是青年學人。應該考慮的是，不但要讓更多的青年學者參加到金學隊伍中來，而且要指導幫助他們攻堅金學疑難課題，形成專題，多發論文，多出專著。還有，金學同仁中的碩導、博導，要儘量爭取指導研究生以《金瓶梅》研究為畢業論文。

二、要培育新的研究視角，熔鍛新的研究方法，開闢新的研究領域。回顧《金瓶梅》研究史，傳統的研究課題，因為長達百年的開掘，該說的話行將道盡，給人難乎為繼的感覺。譬如《金瓶梅》作者研究，如果沒有新的文獻發現，如果不用新的方法將全部已經用過的史料重新排列組合，確實再說也是白說。《金瓶梅》研究當然永遠需要堅守傳統陣地，穩紮穩打，日積月累，如同孫秋克提交本次會議的論文〈湯顯祖和《金瓶梅詞

話》及其他〉對「臨川四夢」與《金瓶梅》關係的辯析，楊國玉提交本次會議的論文〈《金瓶梅》的謎底在諸城丁家〉對丁純、丁惟甯父子創作《金瓶梅》的考證，〔日〕田中智行提交本次會議的論文〈《金瓶梅》的人物描寫〉以第34回西門慶人物形象的「矛盾」為中心展開的闡釋等；但更需要用新視角、新方法、新理論作出新解析，如同曾慶雨提交本次會議的論文〈論《金瓶梅》敘事建構的思維特徵〉對小說敘事的剖析，洪濤提交本次會議的論文〈《金瓶梅詞話》的外來樂器與民俗文化〉對相關問題的理解，譚楚子提交本次會議的論文〈肉欲與救贖張力場中的人生終極價值追問〉所做的宗教文化視野下的《金瓶梅》文本解讀等。

三、要大力發展《金瓶梅》文化與傳播的研究和應用。文化問題是近二十年金學園林的一道新的景觀，是《金瓶梅》研究傳統方法的突破與擴大。近年更是與日俱增，如陳家楨、周淑芳《金學視點：情感與亞文化》[1]，侯會《食貨金瓶梅》[2]，梅朝榮《讀金瓶梅品明朝社會》[3]等，可說是構建出一座金學的「世界奇觀」。這些著述一般都能脫離評點式或印象式或考據式或單一式的傳統，而從宏觀的背景，採用多側面、全方位的研究視角，造成多角度多學科研究的格局，往往觀點新穎，令人喜出望外。本次會議論文集所收論文，屬於《金瓶梅》文化研究序列的，即多達30篇，亦均多新見。

關於《金瓶梅》的改編，建議中國《金瓶梅》研究會（籌）牽總號召相關師友，組成強大創作班子，用二、三年時間，拿出電視連續劇《金瓶梅》與電影《金瓶梅》的劇本力作；同時，會同有關影視製作單位，同期運作《金瓶梅》影視的申批與攝製事宜。應當堅信，《金瓶梅》文化研究，或者再分出一支《金瓶梅》傳播研究，不僅是金學的延續，而且是金學的新生。

四、要高度重視金學的宣傳普及工作。愚以為，金學存在有兩個嚴重的不相應：一是專家認識與民眾認識嚴重不相應。一方面，金學同仁在金學圈內津津樂道，高度評價；另一方面，廣大民眾在社會上談金色變，好奇有餘，知解甚少。二是學術地位與文化地位嚴重不相應。一方面，《金瓶梅》研究與其他學科分支一樣，在學術界實際擁有同等的地位；另一方面，《金瓶梅》的出版發行、影視製作等，又受到諸多限制。這種專家認識與民眾認識的脫節、學術地位與文化地位的失衡，固然有諸多社會原因，非金學界所能左右，但金學同仁亦非一籌莫展，無事可做。有一些可以縫合專家認識與民眾認識、溝通學術地位與文化地位的工作，金學同仁應當奔走呼籲，竟相參與。譬如，電視講座，

1　北京：中國三峽出版社，2007年。
2　桂林：廣西師範大學出版社，2007年。
3　武漢：武漢大學出版社，2007年。

央視《百家講壇》走紅以後，地方台蜂擁而上，形成洶湧澎湃的學術普及、文化通俗的潮流。對於《金瓶梅》選題，儘管央視尚在猶豫，地方台如上海電視台《文化中國》欄目，即有意開講（2008年3月24日該欄目在南京召開「尋求學術明星南京座談會」，我應邀出席，他們即明確表示了這一意向）。不容置疑，易中天、于丹等人開創的文史現代評話，成為通俗文化大潮的潮頭。但其缺乏學術分量，亦是不爭的事實。建議中國《金瓶梅》研究會（籌）商請金學同仁，組織盛大陣容，以「群英會話說《金瓶梅》」為題，利用電視、網路，開闢學術普及新的途徑。

五、要堅持和維護《金瓶梅》研究的學術規範。《金瓶梅》研究過程中標新立異、弄虛作假、巧取豪奪、粗製濫造、東搭西湊、嘩眾取寵者固然時見其例，認真研究、層出創見、全面推進、精心梳理者自是主流。雖然瑕不掩瑜，但至少有兩點應當引起金學同仁的警惕：一是劉世德的「偽科學」說。劉世德先生2007年2月9日在北京現代文學館的演講〈《金瓶梅》作者之謎〉（後收入線裝書局2007年12月一版《明清小說——劉世德學術演講錄》），不承認《金瓶梅》是一部偉大作品，還只是不同的學術見解；但嘲弄金學為「笑學」，並斥為「偽科學」，就牽涉到學術規範問題。因此，像「偽科學」說這樣打擊別人抬高自己的不規範的學術行為，金學界應當杜絕。二是「用人說為己說」。譬如，魏子雲《金瓶梅探原》據《吳縣誌》考定馬仲良主權吳縣滸墅鈔關的時間在萬曆四十一年，否定了魯迅《中國小說史略》提出的《金瓶梅》初刻本「庚戌本」說，為《金瓶梅》的版本與成書時間研究，作出重要貢獻。後來有人撰文，另據《滸墅關志》得出同樣結論，卻在其論文集跋中說：「本書中的所謂新東西，……考定《金瓶梅》初刻本問世在萬曆四十五到四十七年之間，否定了魯迅先生的萬曆庚戌（三十八年）即有初刻本的權威論點」。

在臨清召開金學會議，這已經是第二次。1990年10月20-24日在臨清曾經舉行過第四屆全國《金瓶梅》學術討論會。該次會議由原中國《金瓶梅》學會、聊城師範學院、東昌《金瓶梅》學會、臨清市人民政府聯合主辦。為開好該次會議，1990年1月和6月，先後在聊城、徐州召開了兩次籌備會議。該次會議實到人員135人，來自全國13個省市。會議收到論文40餘篇，有近20位學人在大會發言。

該次會議有一項極有意義的文化活動應該多說上幾句。1990年6月28日臨清《金瓶梅》學會決定舉行「天下第一奇書」徵下聯活動，並在當天的《中國青年報》上登出上聯：奇天下，天下奇，天下奇書奇天下。後來共收到國內外應徵下聯7800餘條，經評選入選下聯為：絕千古，千古絕，千古絕唱絕千古。有趣的是，應徵此聯的竟有235人。最後只能以抽籤決定第一名1個，第二名2個，第三名10個。而第一名的獲得者竟然是內蒙古赤峰市一從事飲餐業的農民個體戶。

　　該次會議有兩位人物令與會人員肅然起敬。一位是許繼善，出版有好幾本詩文集，格律詩寫得相當工整，禮賢下士，知人善任，沒有他的通解斡旋，便沒有該次臨清會議；一位是張榮楷，身患有糖尿病、心臟病、高血壓綜合症，幹起活來卻不捨晝夜，是一個名副其實的拼命三郎，外王內聖，剛柔相濟，沒有他的通力經營，便沒有該次臨清會議。現在，這兩位先生均已過世，但他們的音容笑貌，仍然活在金學同仁心中。

　　《金瓶梅》歷史地理背景「臨清說」，是廣有影響的一說，也是本次會議的主要議題之一。臨清市是對《金瓶梅》研究作出重要奉獻的城市之一。借此機會，謹向臨清市委、市政府、市人大、市政協的領導，和全體會務人員，以及臨清賓館與參觀景點有關人員，表示崇高的敬意和衷心的感謝！

　　本次會議期間（2008 年 7 月 10 日晚），召開了中國《金瓶梅》研究會（籌）第一屆理事會第三次會議。會議收到潘志義帶來的黃山市徽州區徽文化研究會寫給本次會議的賀信，以及黃山市徽州區政府計畫承辦一次金學會議的意向，認為可於 2009 年七八月間，由中國《金瓶梅》研究會（籌）與黃山市徽州區聯合主辦，在安徽省黃山市召開第七屆（黃山）國際《金瓶梅》學術討論會或第八屆（黃山）全國《金瓶梅》學術討論會。會議討論了臺灣成功大學中文系主任陳益源的提議，爭取於 2010 年能在臺灣召開一次金學會議。2008 年 7 月 11 日晚，河北省清河縣政協副主席趙傑專程趕來參加會議，也有於 2010 年在清河召開一次國際《金瓶梅》學術討論會的意向（會後何香久副會長將會同趙傑副主席去清河落實這次會議的召開）。會議收到日本荒木猛、鈴木陽一，臺灣陳益源，香港梅節，北京杜維沫、王麗娜，天津孟昭連等先生的賀信賀電。會議還討論了增補委員（理事）與接收新會員事宜，決定在適當時候增補幾位委員（理事），決定本次會議之後，寄發會員登記表給尚不是本會會員的各位與會同道。會議決定繼續編輯出版學會機關刊物《金瓶梅研究》，爭取年出一期。即將編輯出版的是第九輯，為第六屆國際《金瓶梅》學術討論會的論文專集，請各位師友賜稿！

　　各位師友，傳統的金學，加上以文化與傳播為標誌的新金學，仍然又回到那個古老的命題：說不盡的《金瓶梅》。讓我們再接再厲，為開創金學新時代而努力！

吳敢

2008 年 7 月 13 日於山東臨清

將《金瓶梅》研究推向新的層面
——在第七屆（清河）國際《金瓶梅》學術討論會
閉幕式上的會議小結

　　第七屆（清河）國際《金瓶梅》學術討論會是一次團結成功的大會，是一次學術豐收的大會，也是近幾屆會議到會人數最多的一次會議（如第五屆國際《金瓶梅》學術討論會到會70人，第七屆全國《金瓶梅》學術討論會到會80人，第六屆國際《金瓶梅》學術討論會到會95人，本次會議到會116人），代表性很強的一次會議（與會人員來自4個國家，還有海峽兩岸，中國大陸來自20個省市。而法國波爾多第三大學雷威安教授、美國芝加哥大學陸大偉教授、日本琦玉大學大冢秀高教授、中國國際廣播電台義大利語專家唐雲教授等雖因故未能出席會議，均寫信表示遺憾與祝賀。中國大陸的出席人員，既有德高望重的老一代宿儒大家，如中國社會科學院榮譽學部委員、文學所原所長鄧紹基先生，中國《金瓶梅》研究會到會的幾位顧問甯宗一、王汝梅、盧興基先生，以及侯中義、歐陽健先生等；也有年富力強的中年金學中堅；還有嶄露頭角的青年才俊。另外，梅節、杜維沫、王麗娜、陳東有、卜鍵、李申、胡金望、孫秋克、曾慶雨、張蕊青、王增斌、周文業等先生亦寫信或電話向大會致意）。第七屆（清河）國際《金瓶梅》學術討論會還使各位金學同仁既感知了清河的當代文明，又經過參觀領略了這座明清運河重鎮、古老商城、區域中心的往昔風彩。各位金學同仁親歷了本次會議，會上會下，交流廣泛；黃霖會長為本次會議論文集所作的序言，以及其得體有序的開幕詞；還有鄧紹基先生在開幕式講話中對《金瓶梅》研究的追朔與感言，以及近30位師友的大會發言，均很為簡晰恰切；剛才各個討論小組的召集人（第一組許建平，第二組張進德，第三組霍現俊）又介紹了各自討論的概況；會後趙傑、霍現俊先生還將寫出本次會議的報導與綜述，我僅談幾點與會的感想，並借此機會通報一些情況：

　　中國《金瓶梅》研究會（籌）成立以來，已經成功舉辦了三屆國際《金瓶梅》學術討論會（2005年9月在河南開封召開的第五屆國際《金瓶梅》學術討論會、2008年7月在山東臨清召開的第六屆國際《金瓶梅》學術討論會、本次會議）和一屆全國《金瓶梅》學術討論會（2007年6月在山東棗莊召開的第七屆全國《金瓶梅》學術討論會），並出版了二輯《金瓶梅研究》（第八、九輯）。金學隊伍因此重新集結，金學事業因此薪火相傳。

　　但是，《金瓶梅》研究的現狀，越來越引起有識之士的焦慮與思考。如加拿大多倫多大學東亞文學系教授胡令毅先生在本次會議大會發言中，以中國古代小說（尤其是《金瓶梅》）作者研究為例，認為20世紀二三十年代先哲前賢已經解決的課題，未獲大踏步推進；尚未解決的課題，大多迄無結題。因此，將《金瓶梅》研究推向新的層面，應當

成為全體金學同仁的首要議題：

　　一、擴大與加強中國《金瓶梅》研究會（籌）工作人員隊伍。2010 年 8 月 20 日晚在清河召開了中國《金瓶梅》研究會（籌）一屆四次理事會議，理事會決定，增補卜鍵、陳益源、陳維昭、許建平、張進德、霍現俊為副會長，洪濤、趙傑、石鐘揚、孟昭連、胡金望、王枝忠、董國炎、杜貴晨、王立、王進駒、傅承洲、吳波、張文德、史小軍、楊國玉、徐永斌、黃強為理事，霍現俊為副秘書長（兼）。這樣，中國《金瓶梅》研究會（籌）現有會長 1 人、副會長 10 人、理事 49 人、顧問 10 人、秘書長 1 人、副秘書長 2 人。我相信，在黃霖會長的指引下，在擴大與加強後的中國《金瓶梅》研究會（籌）領導團隊的帶領下，通過全體金學同仁的共同努力，《金瓶梅》研究必將產生新的氣象與成果！

　　二、要吸引更多的青年學者參加到金學隊伍中來。在金學隊伍之中，青年人所占比例太低。第六屆（臨清）國際《金瓶梅》學術討論會已經見到了新的氣象，那次會議論文集總收 46 篇論文，有 30 篇左右為新的金學朋友的著作，其中絕大多數是青年學人。第七屆（清河）國際《金瓶梅》學術討論會論文集《金瓶梅與清河》亦有 23 篇是青年學人的作品，分量過半，其中近半數是新的金學朋友。應該考慮的是，不但要請更多的青年學者參加到金學隊伍中來，而且要指導幫助他們攻堅金學疑難課題，形成專題，多發論文，多出專著。金學同仁中的研究生導師，如王平、張進德、霍現俊、孟昭連、胡衍南先生等，均已經或正在指導博碩士研究生結撰《金瓶梅》研究方向的學位論文。

　　三、要培育新的研究視角，熔鍛新的研究方法，開闢新的研究領域。《金瓶梅》研究當然永遠需要堅守傳統陣地，穩紮穩打，日積月累，如同歐陽健先生提交本次會議的論文〈《續金瓶梅》成書年代再討論〉關於丁耀亢順治五年至十一年構思動筆、順治十一年至順治十五年撰寫完成，順治十七年（1660）添加與《太上感應篇》相關的說教而最後成書的辯析；楊國玉先生提交本次會議的論文〈《金瓶梅》第五十三——五十七回「贗作」勘疑——從語詞運用的個性、地域特點看《金瓶梅》的「贗作」公案〉對《金瓶梅》這五回語言特徵進行考察，並從其在語詞運用方面所體現的個性化、地域性特點，對「贗作」問題予以的探查；王昊先生提交本次會議的論文〈「苦孝說」發覆〉對「苦孝說」是張竹坡這一「苦孝人」主體意蘊的特定投射，而在張竹坡《金瓶梅》評點中處於核心地位的認識等。但更需要用新視角、新方法、新理論作出新闡釋，如同趙興勤、趙韡父子提交本次會議的論文〈王孝慈藏本《金瓶梅》木刻插圖研究〉對插圖實為小說敘事有益補充的剖析（胡衍南先生指導的碩士研究生曾鈺婷的碩士論文即為〈說圖——崇禎本《金瓶梅》繡像研究〉，可謂異曲同工），范麗敏先生提交本次會議的論文〈結構主義視角下的《金瓶梅》文化探析〉對相關問題的理解，譚楚子先生提交本次會議的論文〈荒誕世界凡俗生

靈汲汲神往之喜劇盛筵——《金瓶梅》性愛文本生命超越存在主義美學建構〉所做的美
學視野下的《金瓶梅》文本解讀等。本次會議在學術上還有一個亮點，即《金瓶梅》作
者研究，不但主張屠隆說的黃霖，主張王世貞說的許建平、霍現俊，主張徐渭說的胡令
毅，主張盧楠說的王汝梅，主張李先芳說的葉桂桐，主張馮惟敏說的趙興勤，主張賈夢
龍說的許志強、李鏊，主張丁維甯說的張清吉、楊國玉、張傳生，主張白悅說的徐永明，
主張蔡榮名說的陳明達，主張《金瓶梅》成書於陳繼儒手下的老儒的張同勝等群賢畢至；
而且老說有新的闡發，如胡令毅的大會發言；新說有老的證據，如徐永明的大會發言。
剛才所介紹的三個小組的討論，其最熱烈集中的話題之一，也是《金瓶梅》的作者研究。
《金瓶梅》作者研究是最為難解的命題，也是眾說紛紜的命題，更是備受爭議的命題。我
在此前兩次會議上所批評的劉世德、陳大康兩位先生對《金瓶梅》作者研究的偏見，他
們固然言過其實，有嘩眾取寵之嫌；但作者諸說中標新立異、弄虛作假、東搭西湊、望
文生義者，確亦時見其例。甯宗一先生在大會發言中再次呼籲回歸文本，盧興基先生在
大會發言中強調理論突破，均所言極是，將給與會人員以啟發。但《金瓶梅》研究中的
所有課題均不宜擱置等待（如陳大康連甯宗一先生說的「蘭陵笑笑生是文化符號」都不承認，竟然
主張停止《金瓶梅》作者研究）。《金瓶梅》作者研究既不能因噎廢食，更不能信口開河，
要堅守學術規範。我主張繼續大力展開《金瓶梅》作者的科學研究（哪怕偶然產生附會與難
免出現彎路），撥亂反正，正本清源，集腋成裘，曲徑通幽，籠罩在《金瓶梅》作者上的
神秘面紗將會逐層剝落，《金瓶梅》作者研究必將會出現一個令人滿意的結果，並且由
此知人論書，必將會對《金瓶梅》作出更為貼切的解讀。

　　四、要大力發展《金瓶梅》文化與傳播的研究和宣傳。本次會議論文集所收論文，
屬於《金瓶梅》文化研究序列的，即多達 20 餘篇，亦均多新見。而從宏觀的背景，採用
多側面、全方位的研究視角，造成多角度多學科研究的格局，往往觀點新穎，令人喜出
望外。近年來，黃霖、王汝梅、吳敢、張進德、史小軍等很多師友應邀在全國各地開設
過不少《金瓶梅》講座，在一定範圍內起到了普及、宣傳《金瓶梅》與金學的作用。在
第六屆（臨清）國際《金瓶梅》學術討論會上，我曾經呼籲金學同仁參與《金瓶梅》的影
視創編與製作，臺灣《金瓶梅》股份有限公司董事長陳靖騰先生在大會發言中更是認為
《金瓶梅》3D 電影是「中國最性感的品牌」「中華五千年文化的偉大復興要靠《金瓶梅》
品牌」。我認為，《金瓶梅》文化研究，或者其分支《金瓶梅》傳播研究、《金瓶梅》
影視研究、《金瓶梅》文化應用研究，不僅是金學的延續，而且是金學的新生。

　　五、關於本次會議之後學術會議的安排。陳益源先生在棗莊會議期間召開的中國《金
瓶梅》研究會（籌）一屆二次會議上，與在其大會發言中，以及其後的聯繫中，均曾講
到適當時機可在臺灣召開一次金學會議。這將是增進海峽兩岸乃至國際學術交流的一次

盛會，很遺憾他這次未能與會，研究會秘書處會後將再與之聯繫，希望能在 2011-2012
年舉辦。黃霖先生與鈴木陽一先生、崔溶澈先生商議，也有由中國《金瓶梅》研究會（籌）
與日本中國小說研究會、韓國中國小說研究會在三國輪流聯合主辦中國古代小說（《金瓶
梅》）高層論壇的打算。另外，經王平先生聯絡，山東省電力公司張傳生先生與山東省
五蓮縣委宣傳部辦公室主任周華先生代表五蓮縣出席本次會議，建議 2011 年 8 月在五
蓮召開第八屆國際《金瓶梅》學術討論會。中國《金瓶梅》研究會（籌）理事會一屆四
次會議同意與五蓮縣聯合主辦該次會議，並擬在今年年底以前在五蓮縣召開一次籌備會
議。張清吉先生偕同山東省諸城市人大原主任李增波先生參加本次會議，他在昨天大會
插言中透露，也有適當時候在諸城召開金學會議的動議。「芙蓉亭、金玉緣」陳明達、
夏吟伉麗參加本次會議，亦希望在浙江黃岩召開金學會議，並且懇請今年就能召開。清
河縣委副書記、清河縣政協主席任山景先生更明確表示，今後每年都可以到清河來召開
一次金學會議，還有此前幾天我與陳東有先生商議，希望能在江西（南昌、井岡山、盧山）
召開一次金學會議，他也正在聯繫之中。

六、關於國際《金瓶梅》資料中心。國際《金瓶梅》資料中心自 1989 年創建以來，
現已收藏有關《金瓶梅》的版本和研究專著 300 餘部，期刊及散頁資料 4000 餘份。自
1990 年 6 月至 2005 年 6 月，國際《金瓶梅》資料中心先後掛設在徐州市圖書館、徐州
教育學院圖書館，共接待來訪學人 1000 多人次。但因為徐州教育學院與徐州其他高校合
併組建徐州工程學院，我也因為年齡原因退離領導崗位，國際《金瓶梅》資料中心遂不
能正常開放。2010 年 6 月徐州市張伯英藝術館建成開館，國際《金瓶梅》資料中心依託
該館得以重新設立，不久即可開放。希望各位金學同仁出版專著、發表論文以後，能夠
惠寄 1 部（篇）交國際《金瓶梅》資料中心收藏。中國《金瓶梅》研究會（籌）一屆四次
會議決定繼續編輯出版學會機關刊物《金瓶梅研究》，爭取年出一期。即將編輯出版的
是第十輯，為第七屆國際《金瓶梅》學術討論會的論文專集，請各位師友賜稿！

《金瓶梅》歷史地理背景「清河說」，是最為信實的一說（這也是本次會議主要議題之
一，趙傑、喬福錦、趙福壽、許超、王連洲、于碩、霍現俊、許志強均提交了很見學術功力的論文）。
現在的清河縣，不僅完滿地籌備、組織召開了本次會議，而且在《金瓶梅》文化研究與
開發方面，也頗多實踐和方案，是對金學作出重要奉獻的城市之一。借此機會，謹向清
河縣委、縣政府、縣人大、縣政協的領導，向幫助本次會議豐富多彩（安排有書畫展覽、
聯歡晚會、書畫聯誼等活動）又圓滿成功的全體會務人員，以及贊助單位、清河賓館與參觀
景點有關人員，表示崇高的敬意和衷心的感謝！

各位師友，傳統的金學，加上以文化、傳播與影視為標誌的新金學，仍然又回到甯
宗一先生的經典命題：說不盡的《金瓶梅》。鄧紹基先生在開幕式講話中說：「《金瓶

梅》研究,也就是金學,正是朝著這樣一個昌盛繁榮的目標,在不斷地前進!」讓我們
再接再厲,為將《金瓶梅》研究推向新的層面而努力!

吳敢

2010 年 8 月 22 日於河北清河

金學萬歲——在第九屆（五蓮）
國際《金瓶梅》學術討論會閉幕式上的會議小結

　　第九屆（五蓮）國際《金瓶梅》學術討論會像以往各屆會議（在本次會議之前，在中國已經成功舉辦過 8 屆國際《金瓶梅》學術討論會與 7 屆全國《金瓶梅》學術討論會）一樣，是一次團結成功的大會。第九屆（五蓮）國際《金瓶梅》學術討論會像第八屆（臺灣）國際《金瓶梅》學術討論會一樣，是一次學術豐收的大會（第八屆國際《金瓶梅》學術討論會論文集收錄論文 47 篇；本次會議論文集收錄論文 76 篇，尚有近 10 篇單篇論文）。第九屆（五蓮）國際《金瓶梅》學術討論會也是大陸近幾屆會議到會人數最多的一次會議，（如第五屆國際《金瓶梅》學術討論會到會 70 人，第七屆全國《金瓶梅》學術討論會到會 80 人，第六屆國際《金瓶梅》學術討論會到會 95 人，第七屆國際《金瓶梅》學術討論會到會 116 人，本次會議到會 132 人），代表性很強的一次會議（與會人員來自 4 個國家，還有海峽兩岸，中國大陸來自 22 個省市。中國大陸的出席人員，既有德高望重的老一代大家名家，如中國《金瓶梅》研究會的幾位顧問袁世碩、甯宗一、王汝梅先生，與侯忠義、歐陽健、周鈞韜先生等；也有年富力強的中年金學中堅；還有嶄露頭角的青年才俊）。

　　13 年前，世紀之交，第四屆國際《金瓶梅》學術討論會在五蓮召開。在中國金學史上，那是一次至關重要的會議。20 世紀金學的回顧與 21 世紀金學的展望，成為當時的首要議題。一大批著名專家學者如魏子雲、梅節、袁世碩、陳美林、張錦池、魏同賢、杜維沫、盧興基、陳詔、甯宗一、劉輝、王汝梅、黃霖、張慶善、苗壯、陳慶浩、崔溶澈等與會，留下了廣多的文壇掌故、金學花絮。今天在座的已經年富力強、廣有影響的學術骨幹，當年還是二三十歲初出茅廬的年青人。如今，魏子雲、劉輝駕鶴西去，數量可觀、著述甚豐的師友，如陳美林、張錦池、魏同賢、杜維沫、盧興基、陳詔、周中明、蕭欣橋、張遠芬、苗壯、李魯歌、馬征、張鴻魁、陳昌恆、周晶等，已很難見到他們的身影。原中國《金瓶梅》學會副會長周鈞韜先生大隱於市 20 年，如今重出江湖。出席第七屆（清河）國際《金瓶梅》學術討論會並在開幕式上致辭的中國社會科學院榮譽學部委員鄧紹基先生，2013 年 2 月 9 日（壬辰除夕）給我發拜年短信曰：「心順處便是天堂——錄元曲名家王實甫曲語賀癸巳年禧」，2013 年 3 月 25 日竟魂歸道山！東北的兩位元老級金學家傅憎享、林辰久無音訊，恐怕也凶多吉少。原中國《金瓶梅》學會和中國《金瓶梅》研究會（籌）的顧問如王利器、吳組緗、吳曉鈴、徐朔方、沈天佑、許繼善已經仙遊；「老一輩金學家」如朱星、宋謀瑒也已辭世；「中年金學家」如日下翠、王啟忠、鮑延毅、王連洲，甚至青年研究者如及巨濤、許志強亦是作古。世事滄桑，命

途多舛，事業無量，生命苦短，秉燭遊學，倒履交友，喟然長嘯，感慨系之！

第九屆（五蓮）國際《金瓶梅》學術討論會使各位金學同仁既感知了五蓮的當代文明，又經過參觀領略了這座魯東重鎮的秀麗景色。各位金學同仁會上會下，交流廣泛。黃霖會長的開幕詞，35 位師友的大會發言，均很為簡晰恰切。剛才各個討論小組的召集人（第一組張蕊青，第二組曾慶雨，第三組李桂奎）又介紹了各自討論的概況。會後還將寫出並刊發本次會議的報導與綜述。會議論文也將在會後正式編輯出版。我僅談幾點與會的感想，並借此機會通報一些情況：

一、2005 年 9 月 17 日，中國《金瓶梅》研究會（籌）在河南開封成立。2013 年 5 月 11 日，在山東五蓮，中國《金瓶梅》研究會（籌）召開一屆六次理事會議，決定增補徐志平、胡衍南、李志宏、范麗敏、李志剛、張傳生、王昊、高淮生、謝定均、齊慧源、程小青、王增斌、馮子禮、張弦生、高振中、甘振波、褚半農為理事。如此，則中國《金瓶梅》研究會（籌）現有會長 1 人、副會長 10 人、理事 66 人、顧問 10 人。

二、王平兄將本屆會議論文集區分為版本、作者、成書，藝術、敘事、人物，思想、社會、風俗，金學、比較、語言，文化、傳播、其他五大類，現試細分一下：屬於金學者有甯宗一，周鈞韜，吳敢，馮子禮，高淮生，黃強，王思豪，張義宏、杜改俊等 8 篇；屬於版本者有黃霖，王汝梅，侯忠義、孔書敬，周文業等 4 篇，而且集中探討的是崇禎本；屬於成書者有董國炎，楊國玉，王增斌，傅善明等 4 篇；屬於作者有歐陽健，葉桂桐，張弦生，張傳生，張清吉，苟洞，邢慧玲，劉洪強，盛鴻朗，古今等 10 篇；屬於語言者有李申、廖麗珠，孟昭連，許超，褚半農，甘振波，張傳生等 6 篇；屬於思想者有李志宏，譚楚子，周遠斌，樊慶彥、劉佳，鞠小勇等 5 篇；屬於文化者有王立、雷會生，胡金望、莊丹，陳靖騰，康建強等 4 篇；屬於人物者有石鐘揚，范麗敏，徐永斌，程小青，尚福星，張豔新，傅善明等 7 篇，而且集中探討的是潘金蓮；屬於性事者有胡衍南，徐雅貴，宋培憲，胡吉星，張國培等 5 篇；屬於比較者有徐志平，杜貴晨，趙興勤，周鈞韜，陳國學，譚楚子，李娟娟等 7 篇；屬於翻譯者有洪濤，高振中（2 篇）等 3 篇；屬於評點者有賀根民 1 篇；屬於其他者有霍現俊（雪獅子貓等），張進德、祝慶科（繼承），張同勝（收繼婚），雷勇、蘇騰（賦），齊慧源（手工藝），李輝（建築），王祥林（典當），黃強（鬏髻），朱文元（菊花酒），王永莉（巫術），張傳生（區劃）等 11 篇。金學的所有課題方向，幾乎都有涉及。

雖然可能挂一漏萬，我仍然願意揀取若干精彩片段，並各加八字評語，與師友共賞。譬如，黃霖〈《金瓶梅》「初刊」辨偽略記——從「大安本」說起〉，先論證十卷線裝的「大安本」是冒充初刊的盜版。從而談及崇禎本中自稱「原本」的內閣文庫本、張評本中形形色色的裝作原刊初版的本子均非真正的初刊原本，從而說明越是打扮成「初刊」

「原本」模樣的本子，越有可能是假的。——鍥而不捨，必有所獲。

王汝梅〈讀天津圖書館藏《金瓶梅》崇禎本劄記〉，將崇禎本流變過程清理為：第一代：王孝慈藏本；第二代：天圖本（上圖乙本）、北大本（上圖甲本）、吳藏抄本、殘存四十七回本；第三代：內閣本（東大本）（減縮版）、首圖本。——邏輯嚴謹，條例清晰。

侯忠義〈崇禎本評語中的「世情畫卷」〉，研究《金瓶梅》崇禎本評點，認為該評點對書中描寫的小人物、財主、妓女、侍妾、官員，作了精彩而深入的評論，從而肯定了《金瓶梅》是一部揭示明代社會「世情畫卷」的現實主義傑作。——評點原著，兩相映照。

歐陽健〈「笑學」「曹學」的觀念與方向〉說：「笑學」的要義有二，或曰有兩種「笑笑生觀」：首先是「論世」，一種觀點認為，笑笑生是嘉靖間人；一種觀點認為，笑笑生是萬曆間人。其次是「知人」，主要的分歧為王世貞說與非王世貞說。周鈞韜先生嘗試著將兩種「笑笑生觀」融合起來，提出了時代背景「嘉靖說」，成書年代「隆慶說」，初刻本問世年代「萬曆末年說」，就將年代問題統一起來了；又提出作者「王世貞及其門人聯合創作說」、《金瓶梅》成書方式「過渡說」，就將作者問題統一起來了。他認為《金瓶梅》既不是藝人集體創作，也不是文人獨立創作，而是從藝人集體創作向文人獨立創作發展的過渡形態，既大量保留對前人作品的移植、借抄，又開始直面社會大量擷取創作素材，實可概括古代小說演進的規律。——他山之石，可以攻玉。

徐志平〈人情小說的雜語現象——從《金瓶梅》到《躋春台》〉，考察代表人情小說始末的《金瓶梅》《躋春台》二書，認為各種語言交雜，各種意識相互對話，尤其對於低下階層思想意識的反映，確保了那些思想意識不會在歷史上消失。以《金瓶梅》為始，雅俗文化不斷在人情小說中交會，經歷了數百年的發展，最後在《躋春台》這裏做了一個差強人意的結束。——橫面剖析，縱向關照。

杜貴晨〈《紅樓夢》是《金瓶梅》之「反模仿」和「倒影」論〉，認為《紅樓夢》對《金瓶梅》的承衍或《金瓶梅》對《紅樓夢》影響的研究，是兩部名著間歷史與美學聯繫的探討與釐清。「反模仿」本質上也是一種模仿。《紅樓夢》對《金瓶梅》的「反模仿」，使其形象體系包括立意、結構、人物等「大處」和總體，「乃《金瓶梅》之倒影」：《紅樓夢》「談情」，是青春版的《金瓶梅》；《金瓶梅》「戒淫」，是成人版的《紅樓夢》；《紅樓夢》「以情悟道」，賈寶玉是迷途知返的西門慶；《金瓶梅》「以淫說法」，西門慶是不知改悔的賈寶玉。其他林黛玉與潘金蓮、薛寶釵與吳月娘、襲人與春梅等，皆具此等「倒影」關係，乃兩書大旨迥異而然。——金書紅書，紅學金學。

董國炎〈試論《金瓶梅詞話》「說書體」問題的爭議〉，從說書藝術諸多方面分析《金瓶梅詞話》，認為不可能是書場產物，不可能是說書藝人的創作。《金瓶梅詞話》中

含有大量詩詞歌曲，其文學史價值應當肯定。白話小說中詩詞韻文基本屬於文言形式，文言詩詞與不斷發展的白話散文的矛盾，直接影響到聽講和閱讀接受效果。——解析文本，洞察成書。

馮子禮〈「梅」開「瓶」外淆香臭，「金」圍「塔」內賞孤芳〉：《金瓶梅》是最貼近生活的一部古典名著，在當今社會的審美接受中出現了嚴峻的美醜不分現象，而金學研究對此卻熟視無睹，這種脫離現實圍於象牙塔內考證作者版本等的孤芳自賞現象，應該引起學界重視。——人在書中，意在書外。

楊國玉〈新見《金瓶梅》抄引明文言小說素材考略——兼談周禮《秉燭清談》《湖海奇聞》的佚文〉，新發現了被《金瓶梅》抄引的四篇明代短篇文言小說，不僅拓展了我們對《金瓶梅》素材來源的認識，而且也為追尋久已散佚的明周禮《秉燭清談》《湖海奇聞》二書的佚文提供了寶貴線索。——披沙揀金，洞幽察微。

張義宏、杜改俊〈美國《金瓶梅》研究的歷史與現狀〉，說《金瓶梅》是美國明清小說研究的熱點領域之一。從 20 世紀 60 年代起，美國《金瓶梅》研究在文獻、文本、文化三個方面均取得了一定的突破性成果，形成了自身的學術理路與研究特色，同時中西文學觀念與文化傳統的差異使其又存在一些偏頗甚至誤讀，此均可為國內《金瓶梅》研究的深入發展提供反思與借鑒。——學理相通，中外互補。

本次會議的論文多有上乘之作，因時間關係，不能盡舉，實為抱歉，然吉光片羽，足見學術水準之一斑。

三、20 世紀 80 年代以來，不少報刊曾經開設有「《金瓶梅》研究」專欄（版），譬如《徐州工程學院學報》開設「《金瓶梅》研究」專欄，吳敢主編，自 2007 年第 3 期至 2010 年第 6 期，共 10 個專欄，發表論文 31 篇。《環渤海作家報》（《環渤海文化報》）開設「《金瓶梅》研究專版」，黃霖主編，何香久主辦，自 2007 年 8 月至 2012 年 6 月，共 30 個專版，發表論文 100 篇。各位已經聽到《河南理工大學學報》常務副主編謝定均的發言，該刊在校方的有力支持下，有意自 2003 年第二期起開辦「金學論壇」，優稿優酬，擬著力創建名欄名刊，我幫助該刊擬了一個今明兩年約稿方案，已經或就要送達相關各位師友。第一輯由黃霖、侯忠義、周鈞韜、高淮生與我打頭，將於近月重頭推出。謹請各位師友按約賜稿，踴躍投稿，廣為關注，幫助該刊把這一金學陣地打造成報刊著名欄目！

四、關於《金瓶梅》研究史，1995 年高雄復文圖書出版社出版的王年雙《金學》，2003 年文匯出版社出版的拙著《20 世紀金瓶梅研究史長編》與即將定稿的拙著《金瓶梅研究史》之外，另有不少師友發表了很多單篇論文。以學案形式研究金學史，也是一條可行的路徑。各位已經聽到中國礦業大學文法學院高淮生教授的發言，高淮生繼《紅學

學案》（第一輯）出版以後，擬撰述《金學學案》。《金學學案》第一輯擬撰寫黃霖、<u>劉輝</u>、<u>魏子雲</u>、<u>徐朔方</u>、梅節、甯宗一、王汝梅、吳敢、周鈞韜、卜鍵十篇專章，請相關師友予以參助！

　　五、關於《金瓶梅》的影視創作攝製。《金瓶梅》既然是一部如此偉大的作品，金學既然是一門如此輝煌的顯學，應當說，有必要也有能力更有可能寫好拍好《金瓶梅》影視劇。徐州市圖書館譚楚子提交本會的 50 集電視連續劇《金瓶梅》，是一個具有較好框架、頗具修訂餘地的本子，建議中國《金瓶梅》研究會（籌）給予相當的重視，牽總號召相關師友，會同有關影視製作單位，同期運作《金瓶梅》影視的申批與攝製事宜。

　　六、中國《金瓶梅》研究會（籌）成立以來，已經成功舉辦了 1 次全國會議（第七屆全國《金瓶梅》學術討論會）、5 次國際會議（第 5-9 屆國際《金瓶梅》學術討論會），編輯出版了學刊《金瓶梅研究》3 輯和相關論文集 3 部，像其前身中國《金瓶梅》學會一樣，是團結比較廣泛、工作比較規範、活動比較正常、成效比較突出的學術類國家（準）一級學會。中共十八大一個重要信息是群團設立程式的簡化，我們應該利用這一有利時機，儘快正式成立中國《金瓶梅》研究會。為了這一目標的實現，研究會應當更為規範有效的工作。舉辦會議，出版學刊，暢通聯絡管道，建立學術檔案，均要堅持不懈，精益求精。要充分發揮研究會的作用，讓研究會成為一面旗幟。要廣泛團結金學同仁，發揮集體的優勢。利用學術會議召開理事會，應當成為慣例。

　　七、建議學術會議每兩年左右召開一次，河南理工大學有意向承辦第十屆國際《金瓶梅》學術討論會，河南大學也保留召開該次會議的機會，何香久副會長也有在河北滄州舉辦一次金學會議的願望。該次會議是否安排在 2015 年更為合適？《河南理工大學學報·金學論壇》屆時已經出版十輯，應該產生了相當影響，而該校位於雲台山下，風景秀麗，也具有很大的號召力。1985 年在徐州舉辦了首屆全國《金瓶梅》學術討論會，2015 年是該次會議召開 30 周年，在徐州如能召開第十屆國際《金瓶梅》學術討論會，將格外有紀念意義。不論那種方案，如最終成議，將會提前發出預備通知。

　　八、計畫設立「中國作家協會《金瓶梅》研究版本庫」，具體由副會長何香久負責運作。中國《金瓶梅》研究會（籌）已從原中國《金瓶梅》學會接收有「國際《金瓶梅》資料中心」，均為紙質文本。如果該版本庫成議，則中國《金瓶梅》研究會（籌）也有了電子文本的資料中心。謹請各位師友鼎成！

　　《金瓶梅》作者「丁惟寧說」，是可以深入探討的一說（這也是本次會議議題之一，王平、張弦生、張傳生、張清吉、劉洪強均提交了很見學術功力的論文）。現在的五蓮縣，不僅完滿地籌備、承辦召開了本次會議，而且在《金瓶梅》文化研究與開發方面，也頗多實踐和方案，是對金學做出重要奉獻的城市之一。借此機會，謹向五蓮縣委、縣政府的領導，與

五蓮山旅遊風景區管委會的領導,向幫助本次會議豐富多彩(安排有文化座談、書畫聯誼等活動)又圓滿成功的全體會務人員,以及飛天賓館與參觀景點有關人員,表示崇高的敬意和衷心的感謝!

　　各位師友,甯宗一先生在提交會議的論文中說:「不要『走出文學』,不要『離開經典』,《金瓶梅》的審美研究有著廣闊的空間。這個領域時時刻刻檢驗我們的耐性和真功夫。我們可以大展身手的領域可能就是最有魅力的小說藝術,讓我們睜大眼睛找出《金瓶梅》的藝術!讓我們通過一部小說的研究提升我們的靈性、悟性和詩意。」本次會議的成功召開,再次驗證了甯宗一先生提出並為眾多師友回應的經典命題:說不盡的《金瓶梅》。黃霖先生去年在臺灣會議上曾有一副題詞曰:金學萬歲!讓我們再接再厲,為攀登萬歲金學的新高度而努力!

吳敢

2013 年 5 月 13 日於山東五蓮

附　錄

一、吳敢小傳

　　男，1945 年 3 月 17 日生，山東鄆城人。教授。1969 年畢業於浙江大學。1982 年畢業於江蘇師範大學，獲文學碩士學位。曾任徐州市文化局局長（1985 年 1 月-1995 年 2 月）、徐州教育學院院長兼黨委書記（1995 年 2 月-2003 年 5 月）、原中國《金瓶梅》學會副會長兼秘書長（1989 年 6 月-2003 年 6 月）、中華文學史料學學會理事、中國礦業大學文法學院文藝學研究生導師、江蘇省文聯委員、江蘇省炎黃文化研究會常務理事、江蘇省社科院文學所特聘研究員等。現任中國《金瓶梅》研究會（籌）副會長兼秘書長，中國古代戲曲學會理事，中國戲曲表演學會理事，江蘇省明清小說研究會副會長，江蘇省戲曲學會理事，江蘇師範大學文學院古代文學、戲劇戲曲學研究生導師等。江蘇省有突出貢獻的中青年專家，徐州市優秀專家。已出版《曲海說山錄》《中國小說戲曲論學集》《水滸傳導讀》等學術專著 8 部，主編《中國古代小說辭典》《古代戲曲論壇》《徐州文化博覽》等詞典、論著 10 餘部，發表各類論文百餘篇。

二、吳敢《金瓶梅》研究專著、編著、輯校、論文目錄

(一)專著

1. 《金瓶梅》評點家張竹坡年譜，瀋陽：遼寧人民出版社 1987 年。
2. 張竹坡與《金瓶梅》，天津：百花文藝出版社 1987 年。
3. 20 世紀《金瓶梅》研究史長編，上海：文匯出版社 2003 年。
4. 張竹坡與《金瓶梅》研究，北京：文物出版社 2009 年。
5. 話說張竹坡，南京：江蘇人民出版社 2012 年。

(二)編著

1. 金瓶梅學刊（試刊號）（為常務副主編）
   江蘇內部准印號，1989 年 6 月鉛印 1000 冊，為首屆國際《金瓶梅》學術討論會交流材料。
2. 金瓶梅研究（為常務副主編）
   第一輯，南京：江蘇古籍出版社 1990 年；
   第二輯，南京：江蘇古籍出版社 1991 年；
   第三輯，南京：江蘇古籍出版社 1992 年；
   第四輯，南京：江蘇古籍出版社 1993 年；
   第五輯，瀋陽：遼瀋書社 1994 年；
   第六輯，北京：知識出版社 1999 年；
   第七輯，北京：知識出版社 2002 年；
   第八輯，北京：中國文史出版社 2005 年；
   第九輯，濟南：齊魯書社 2009 年；
   第十輯，北京：北京藝術與科學電子出版社 2011 年。
3. 國際金瓶梅研究集刊（為第一副主編）
   成都：成都出版社 1991 年。
4. 《金瓶梅》與清河（為主編之一）
   長春：吉林大學出版社 2010 年。

(三)輯校

1. 會評會校《金瓶梅》
   劉輝、吳敢輯校，香港：天地圖書有限公司 1994 年一版，1998 年二版，2010 年三版，2012 年四版。

（四）論文

1. 張竹坡生平述略

   徐州師院學報，1984 年第 3 期；又百花文藝出版社 1987 年 9 月《張竹坡與金瓶梅》；又文物出版社 2009 年 2 月《張竹坡與金瓶梅研究》。

2. 李笠翁與彭城張氏

   徐州日報，1984 年 11 月 4 日第 3 版；又文化藝術出版社 1996 年 12 月《曲海說山錄》；又文物出版社 2009 年 2 月《張竹坡與金瓶梅研究》。

3. 張竹坡小傳

   徐州日報，1984 年 12 月 26 日第 3 版。

4. 張竹坡年譜簡編

   徐州師院學報，1985 年第 1 期；又北京大學出版社 1986 年 9 月《金瓶梅資料匯編》（增訂本）；又文化藝術出版社 1996 年 12 月《曲海說山錄》。

5. 張竹坡的故居與墓地

   淮海論壇，1985 年第 1 期；又遼寧人民出版社 1987 年 7 月《金瓶梅評點家張竹坡年譜》；又文物出版社 2009 年 2 月《張竹坡與金瓶梅研究》。

6. 張竹坡揚州行誼考

   揚州師院學報，1985 年第 2 期；又遼寧人民出版社 1987 年 7 月《金瓶梅評點家張竹坡年譜》；又文物出版社 2009 年 2 月《張竹坡與金瓶梅研究》。

7. 《張氏族譜》的發現及其意義

   淮海論壇，1985 年第 2 期；又徐州日報，1987 年 10 月 3 日第 4 版；又遼寧人民出版社 1987 年 7 月《金瓶梅評點家張竹坡年譜》；又文物出版社 2009 年 2 月《張竹坡與金瓶梅研究》。

8. 張竹坡及其《金瓶梅》評點

   大風，1985 年第 2 期。

9. 張竹坡與《金瓶梅》

   全國高等學校文科學報文摘，1985 年第 2 期。

10. 乾隆四十二年刊本《張氏族譜》述考

    文獻，1985 年第 3 期；又遼寧人民出版社 1987 年 7 月《金瓶梅評點家張竹坡年譜》；又文史哲出版社 2000 年 7 月《中國小說戲曲論學集》；又文物出版社 2009 年 2 月《張竹坡與金瓶梅研究》。

11. 張竹坡《十一草》考證

    徐州師院學報，1985 年第 3 期；又百花文藝出版社 1987 年 9 月《張竹坡與金瓶梅》；

又文物出版社 2009 年 2 月《張竹坡與金瓶梅研究》。

12. 張竹坡家世概述

　　中國文聯出版公司 1985 年 12 月《明清小說研究》第二輯；又百花文藝出版社 1987
　　年 9 月《張竹坡與金瓶梅》；又文物出版社 2009 年 2 月《張竹坡與金瓶梅研究》。

13. 張竹坡《十一草》考評

　　中國文聯出版公司 1985 年 12 月《明清小說研究》第二輯；又百花文藝出版社 1987
　　年 9 月《張竹坡與金瓶梅》；又文物出版社 2009 年 2 月《張竹坡與金瓶梅研究》。

14. 從「來保押送生辰擔」看《金瓶梅詞話》的成書（與鄧瑞瓊合作）

　　春風文藝出版社 1986 年 6 月《明清小說論叢》第四輯；又文化藝術出版社 1996 年
　　12 月《曲海說山錄》。

15. 張道淵與兩篇〈仲兄竹坡傳〉

　　人民文學出版社 1986 年 11 月《金瓶梅論集》；又百花文藝出版社 1987 年 9 月《張
　　竹坡與金瓶梅》；又文物出版社 2009 年 2 月《張竹坡與金瓶梅研究》。

16. 張翹與張竹坡

　　中國文聯出版公司 1986 年 12 月《明清小說研究》第四輯；又百花文藝出版社 1987
　　年 9 月《張竹坡與金瓶梅》；又文物出版社 2009 年 2 月《張竹坡與金瓶梅研究》。

17. 康熙六十年刊本《張氏族譜》考探

　　徐州教育學院學報，1987 年第 2 期；又遼寧人民出版社 1987 年 7 月《金瓶梅評點
　　家張竹坡年譜》；又文物出版社 2009 年 2 月《張竹坡與金瓶梅研究》。

18. 張竹坡《金瓶梅》評點概論

　　徐州師院學報，1987 年第 3 期；又百花文藝出版社 1987 年 9 月《張竹坡與金瓶梅》；
　　又文史哲出版社 2000 年 7 月《中國小說戲曲論學集》；又中國礦業大學出版社 2006
　　年 10 月《雲龍學術》（楊亦鳴主編）；又文物出版社 2009 年 2 月《張竹坡與金瓶梅
　　研究》；又香港天地圖書有限公司 2010 年 5 月《會評會校金瓶梅》。

19. 道光五年本《彭城張氏族譜》簡介

　　淮海論壇，1987 年第 3 期；又遼寧人民出版社 1987 年 7 月《金瓶梅評點家張竹坡
　　年譜》；又文物出版社 2009 年 2 月《張竹坡與金瓶梅研究》。

20. 張竹坡著述交遊三考

　　齊魯書社 1988 年 1 月《金瓶梅研究集》；又百花文藝出版社 1987 年 9 月《張竹坡
　　與金瓶梅》；又文物出版社 2009 年 2 月《張竹坡與金瓶梅研究》。

21. 張竹坡與《金瓶梅》

　　人民日報（海外版），1988 年 1 月 7 日第 2 版；又徐州日報，1988 年 1 月 9 日第 4

版；又上海三聯書店 1992 年 7 月《今日徐州》。

22. 張評本《金瓶梅》瑣考

　　徐州師專學報，1987 年第 1 期；又中華書局 1988 年 1 月《學林漫錄》第十二集；
又百花文藝出版社 1987 年 9 月《張竹坡與金瓶梅》；又文史哲出版社 2000 年 7 月
《中國小說戲曲論學集》；又文物出版社 2009 年 2 月《張竹坡與金瓶梅研究》。

23. 《張竹坡與金瓶梅》後記

　　徐州日報，1988 年 6 月 8 日第 3 版；又武漢出版社 1998 年 8 月《金瓶梅研究序跋
精選》；又百花文藝出版社 1987 年 9 月《張竹坡與金瓶梅》；又文物出版社 2009
年 2 月《張竹坡與金瓶梅研究》。

24. 《金瓶梅》詞典（為撰稿人之一）

　　吉林文史出版社，1988 年 11 月一版。

25. 《金瓶梅》的文學風貌與張竹坡的「市井文字」說

　　中國金瓶梅學會 1989 年 6 月編印《金瓶梅學刊》（試刊號）；又江蘇古籍出版社 1990
年 9 月《金瓶梅研究》第一輯；又文化藝術出版社 1996 年 12 月《曲海說山錄》；
又文史哲出版社 2000 年 7 月《中國小說戲曲論學集》；又文物出版社 2009 年 2 月
《張竹坡與金瓶梅研究》。

26. 源潛流細冷泉水　根深蒂固飛來峰——我與中國古代小說戲曲研究

　　成都出版社 1991 年 7 月《我與金瓶梅》；又藝術百家，1993 年第 4 期；又遼瀋書
社 1994 年 4 月《金瓶梅研究》第五輯；又徐州教育學院學報，1997 年第 4 期；又
文化藝術出版社 1996 年 12 月《曲海說山錄》；又文史哲出版社 2000 年 7 月《中國
小說戲曲論學集》。

27. 張竹坡及其《金瓶梅》評點

　　百科知識，1997 年第 4 期；又江西教育出版社 1999 年 1 月《金瓶梅說》。

28. 20 世紀《金瓶梅》研究的回顧與思考（上）

　　棗莊師專學報，2000 年第 1 期。

29. 新時期《金瓶梅》研究概述

　　文教資料，2000 年第 5 期。

30. 20 世紀《金瓶梅》研究的回顧與思考（中）

　　棗莊師專學報，2000 年第 6 期。

31. 20 世紀《金瓶梅》研究的回顧與思考（下）

　　棗莊師專學報，2001 年第 1 期。

32. 《金瓶梅》版本拾遺

東南大學學報，2001 年第 1 期。

33. 20 世紀《金瓶梅》研究的回顧與思考

    徐州師範大學學報，2001 年第 2 期；又中國戲劇出版社 2003 年 7 月《金瓶梅文化研究》第四輯；又文匯出版社 2003 年 1 月《20 世紀金瓶梅研究史長編》。

34. 《綜合學術本金瓶梅》序

    徐州教育學院學報，2001 年第 3 期。

35. 《20 世紀金瓶梅研究史稿》後記

    徐州教育學院學報，2002 年第 1 期。

36. 20 世紀《金瓶梅》研究史略（簡本）

    徐州政協，2002 年第 2、3 期；又《古典文學知識》2002 年第 5 期。

37. 徐朔方《金瓶梅》研究論著、編著、論文目錄

    廖可斌、樓含松、周明初編《奎壁之光》，杭州：浙江大學出版社 2002 年。

38. 20 世紀《金瓶梅》研究史略（繁本）

    廖可斌、樓含松、周明初編《奎壁之光》，杭州：浙江大學出版社 2002 年。

39. 《金瓶梅》研究的組織與活動

    知識出版社 2002 年 9 月《金瓶梅研究》第七輯；又文匯出版社 2003 年 1 月《20 世紀金瓶梅研究史長編》。

40. 前程總歸有新篇──《20 世紀金瓶梅研究史長編》後記

    徐州教院報，2003 年 5 月 20 日第 4 版；又文匯出版社 2003 年 1 月《20 世紀金瓶梅研究史長編》。

41. 徐州與《金瓶梅》

    徐州文史資料，第 23 輯；又都市圈，2009 年第 2 期。

42. 《金瓶梅》及其作者「蘭陵笑笑生」

    文匯報，2003 年 12 月 14 日第 6 版；又文化藝術出版社 2006 年 9 月《名家眼中的金瓶梅》。

43. 張膽其人其事──漢風《荊山橋悲歌》續補

    徐州日報，2004 年 6 月 14 日第 3 版。

44. 這就是劉輝──劉輝先生周年祭

    徐州日報，2005 年 3 月 28 日第 7 版；又中國文化報，2005 年 4 月 7 日第 6 版；又中國文史出版社 2005 年 12 月《金瓶梅研究》第八輯。

45. 與陳大康先生討論《金瓶梅》作者說

    金瓶梅研究，第八輯，北京：中國文史出版社 2005 年。

46. 原中國《金瓶梅》學會被註銷經過與中國《金瓶梅》研究會籌備情況
    金瓶梅研究，第八輯，北京：中國文史出版社 2005 年。

47. 《金瓶梅研究》第八輯編後語
    金瓶梅研究，第八輯，北京：中國文史出版社 2005 年。

48. 《致命的狂歡》序
    陝西人民出版社 2006 年 6 月《致命的狂歡》；又九州學林，2007 年第 1 期；又環渤海作家，2007 年 11 月 23 日第 3 版；又陝西人民出版社 2008 年 12 月《人性的倒影》。

49. 《另一隻眼看金瓶梅》序
    中國文學出版社 2006 年 9 月《另一隻眼看金瓶梅》；又當代徐州，2006 年 10 月號。

50. 《金瓶梅》其書
    嶧城通訊，2007 年 5 月 12 日第 4 版。

51. 張竹坡研究綜述
    金瓶梅文化研究，第五輯，北京：群言出版社 2007 年；又河南大學學報，2007 年第 6 期；又文物出版社 2009 年 2 月《張竹坡與金瓶梅研究》；又香港天地圖書有限公司 2010 年 5 月《會評會校金瓶梅》。

52. 正視內困，回應外擾，期待金學事業中興繁榮——第七屆全國《金瓶梅》學術討論會大會總結
    環渤海作家，2007 年 6 月 22 日第 11 版；又徐州工程學院學報，2007 年第 7 期。

53. 《彭城張氏族譜》序
    九州學林，2008 年第 1 期；又文物出版社 2009 年 2 月《張竹坡與金瓶梅研究》；又 2010 年 10 月重修《彭城張氏族譜》。

54. 《金瓶梅》研究的懸案與論爭
    《金瓶梅》與臨清，濟南：齊魯書社 2008 年。

55. 開創金學新時代——在第六屆（臨清）國際《金瓶梅》學術討論會閉幕式上的總結
    環渤海作家，2008 年 8 月 7 日第 2 版；又齊魯書社 2009 年 3 月《金瓶梅研究》第九輯。

56. 說《水滸傳》中的潘金蓮——《話說四個潘金蓮》之一
    昆明學院學報，2009 年第 1 期。

57. 《張竹坡與金瓶梅研究》跋
    徐州工程學院學報，2009 年第 1 期；又環渤海作家，2009 年 2 月 18 日第 2 版；又文物出版社 2009 年 2 月《張竹坡與金瓶梅研究》。

58. 《會評會校金瓶梅》三版後記

香港天地圖書有限公司 2010 年 5 月《會評會校金瓶梅》三版。

59. 將《金瓶梅》研究推向新的層面——第七屆（清河）國際《金瓶梅》學術討論會閉幕詞

環渤海文化，2010 年 9 月 8 日第 3 版；又徐州工程學院學報，2010 年第 6 期；又北京藝術與科學電子出版社 2011 年 6 月《金瓶梅研究》第十輯。

60. 《金瓶梅奇書》版本考評

明清小說研究，2011 年第 2 期。

61. 《金瓶梅》評點概論

里仁書局 2013 年 4 月《2012 臺灣金瓶梅國際學術研討會論文集》；又明清小說研究，2013 年第 3 期，題目〈《金瓶梅》評點綜論〉。

62. 金學萬歲——第九屆國際《金瓶梅》學術討論會閉幕詞

環渤海文化，2013 年 6 月 5 日第 3 版；又中國文史出版社 2013 年 12 月《金瓶梅文化研究》第六輯。

63. 明清《金瓶梅》研究概論

河南理工大學學報，2013 年第 2 期；又中國文史出版社 2013 年 12 月《金瓶梅文化研究》第六輯。

後 記

　　沒有想到學生書局能出版「金學叢書」，當然胡衍南先生有斡旋之功。以盈利為手段造成出版界的局促，以惠學為目的顯現出版家的機警，學生書局之與一般出版社不同，即此可見一斑。我與學生書局是第一次合作，作為該叢書的主編之一，在策劃、協商、約稿、編輯、審稿、定稿全程，都能感覺到學生書局的誠意與氣魄。毫不誇張地說，這是一次很愉快的合作，也是一次很有成效的合作。短短半年之內，七八百萬言的第二輯「金學叢書」便已編審告竣。要感謝學生書局的寬宏運作，要感謝各位師友的鼎力合成。這一輯叢書無異於是一部中國大陸《金瓶梅》研究史長編，如果連同第一輯臺灣學人的金學叢書在內，那便是一部中國《金瓶梅》研究史長編。

　　在接受聘請主編本叢書之際，我正在進行《金瓶梅研究史》的最後修訂。2003 年 1 月，文匯出版社出版了我的《20 世紀金瓶梅研究史長編》。在此基礎之上，從那之後，我就一直在寫作《金瓶梅研究史》。寫作過程中最令人困惑的便是《金瓶梅》研究資料的查訪，如果當年有這樣的叢書出版，《金瓶梅研究史》可以提前一半時間完成。

　　我的《金瓶梅》研究，正如本書目錄所顯示的，由兩部分組成。一部分是張竹坡與《金瓶梅》研究，已由文物出版社 2008 年 3 月版《張竹坡與金瓶梅研究》作結。一部分是《金瓶梅》研究史研究，已如前述。本書正是這兩部分的精選集，基本可以代表我的全部《金瓶梅》研究成果。

　　我作為中國《金瓶梅》學會與中國《金瓶梅》研究會（籌）的常務副會長兼秘書長，以金學為事業，投入了不少的時間與精力。1985 年 6 月、1986 年 10 月、1989 年 6 月我在徐州先後發起並主持召開了第一屆、第二屆全國《金瓶梅》學術討論會與第一屆國際《金瓶梅》學術討論會，其餘各次全國與國際金學會議，我也參與到籌備和組織之中，給予了應有的關心與支持。原中國《金瓶梅》學會與中國《金瓶梅》研究會（籌）的日常工作，由秘書處負責，先後掛靠在我作為主管的徐州市文化局與徐州教育學院，我責無旁貸，義不容辭，可謂運籌帷幄，殫精竭慮。本書的第三個板塊，所謂「金學視野」，可見其一斑。

　　本輯入選的眾多師友，在約稿時的第一反應，均能看到該叢書的歷史意義與學術價值，這種高瞻遠矚的大家風采，令人高山仰止；這種以金學為己任的主人感覺，令人景

行行止。金學之所以成為顯學，正是這些師友的共同功績。中國金學同仁的精誠團結，為學界所共聞。雍容的情懷，高尚的品格，務實的學風，和諧的會風，這一家底與結晶，是金學取之不盡，用之不竭的財富。

　　人生有限，不知老之將至；事業無邊，金學方興未艾。從本輯叢書入選師友年齡角度觀察，正是長江後浪推前浪，一代新人接老人。金學源淵流長，任重道遠，期盼以本叢書編撰出版為新起點，再接再厲，前赴後繼，將《金瓶梅》研究推向更高的層面！

吳敢

2014 年 3 月 2 日於彭城敏寶軒

國家圖書館出版品預行編目資料

吳敢《金瓶梅》研究精選集

吳敢著. – 初版. – 臺北市：臺灣學生，2015.06
面；公分（金學叢書第2輯；第12冊）

ISBN 978-957-15-1661-5 (精裝)

1. 金瓶梅 2. 研究考訂

857.48   104008051

吳敢《金瓶梅》研究精選集

著　作　者：吳　　　　　　　　　　敢
主　　　編：吳　敢　、　胡　衍　南　、　霍　現　俊
出　版　者：臺　灣　學　生　書　局　有　限　公　司
發　行　人：楊　　　　　雲　　　　　龍
發　行　所：臺　灣　學　生　書　局　有　限　公　司
　　　　　　臺北市和平東路一段七十五巷十一號
　　　　　　郵　政　劃　撥　帳　號：00024668
　　　　　　電　話：(02)23928185
　　　　　　傳　眞：(02)23928105
　　　　　　E-mail：student.book@msa.hinet.net
　　　　　　http://www.studentbook.com.tw

定價：精裝30冊不分售
　　　新臺幣 45000 元

二 〇 一 五 年 六 月 初 版

金學叢書 第二輯